新潮文庫

作家の顔

小林秀雄著

新潮社版

1504

目次

作家の顔

作家の顔

「文學界」(昭和十一年二月号)に、一つ異様な小説が載っている。北条民雄氏*の「いのちの初夜」だ。作者は癩《*らい》病院で生活している癩患者である。この雑誌に以前同じ作家の作品「間木《*まき》老人」が発表された時、その号の編輯《へんしゆう》後記に、作者は癩病患者であるという文句があるのを見咎《みとが》めて、ある人が、実に失敬だと憤慨していたが、そういう人も、この第二作を読めば、僕等は、お互に、実に失敬だなぞと憤慨する結構な社会に生きている事を納得するだろう。

「人間ではありませんよ。生命です。生命そのもの、いのちそのものなんです。……あの人達の『人間』はもう死んで亡《ほろ》びて了《しま》ったんです。ただ、生命だけが、ぴくぴくと生きているのです。なんという根強さでしょう。誰でも癩になった刹那《せつな》に、その人の人間は亡びるのです。死ぬのです。社会的人間として亡びるだけではありません。そんな浅はかな亡び方では決してないのです。廢兵《はいへい》ではなく、廢人《はいじん》なんです」

作者は入院当時の自殺未遂や悪夢や驚愕《きょうがく》や絶望を叙し、悪臭を発して腐敗している幾多の肉塊に、いのちそのものの形を感得するという、異様に単純な物語を語っている。こういう単純さを前にして、僕は言うところを知らない。

読者さえ増えれば、創作の*モチフなどは、どうであろうが構わない文士から、*「小説の書けぬ小説家」という小説を書かざるを得ない文士に至るまで、何も彼《か》もひっくるめて押流す濁流の様な文壇から、こういう肉体の一動作の様な、張りのある肉声の様な単純さを持った作品を、すくい上げて眺めると、何かしら童話染《じ》みた感じがする。癩病院の風景が、恐らくは如実《にょじつ》に描き出されていながら、そんなものを知らない僕には何か幻想的な感じを与えるのと*一般であろう。自意識上の複雑な苦痛の表現も、この作者から見れば、何んの事はないいのちを弄《もてあそ》ぶ才能と映ずるかも知れない。いずれにせよ稀有《けう》な作品だ。作品というより寧《むし》ろ文学そのものの姿を見た。或る人曰《いわ》く、俺に癩病になれとでも言うのかい。

*フロオベルの「*ジョルジュ・サンドへの書簡」（中村光夫訳）を読む。彼の書簡中で、恐らく一番興味ある部分ではないかと思われる。

「現在の私は、既に消え去った、これはさまざまな私の個性の結果です。私はナイル河の船夫だった。*カルタゴ戦役の頃のロオマでは女衒《ぜげん》、*シュブュルではギリシャの遊説家でした。そこで私は南京虫《ナンキンむし》に食われました。私は十字軍の遠征でシリヤの海岸であまり葡萄《ぶどう》を食いすぎたために死んだのです。私は海賊であり、僧侶《そうりょ》であり、香具師《やし》、馭者《ぎょしゃ》もやりました。多分東洋の皇帝にもなったことがありましょう」

「芸術家はその作品の中で、神が自然に於《お》ける以上に現われてはならぬと思って居ます。人間とは何物でもない、作品が総《す》べてなのです。この訓練は、事によると間違った見地から出発しているのかも知れませんが、それを守るのは容易ではないのです。しかし少くとも私にとって、これは自ら好んでなした絶間《たえま》のない犠牲でした。私だって自分の想《おも》った事を云い、文章によってギュスタフ・フロオベル氏を救ったら随分いい気持でしょう。だがこの先生に一体何の価値があるでしょう」

「極度に集約された思想は詩に変ずる」と彼は言っているが、この引用句などは、たしかに詩に変じている。構造は明らかではないが、人の胸に飛び込んで来る。僕は原文を探して大きな声で読んでみる。幾度くり返しても飽きないのである。

人間とは何物でもない、作品がすべてだ。そして書簡を書けば、書簡がすべてだ。僕等は書簡中を探して、どこにも実在のフロオベル氏の姿に出会う事が出来ない。*クロワッセの書斎から、ジョルジュ・サンドに手紙を書いたという事実がわかるだけである。渦巻いているものは、文学の夢だけだ。もはや、人間の手で書かれた書簡とは言い難い。何んという強靱《きょうじん》な作家の顔か。而《しか》も訓練によって仮構されたこの第二の自我が、鮮血淋漓《りんり》たるは何故《なぜ》だろう。

*ロオレンスの手紙の一節。

「僕には自信がないし、ただただ筆を取るのが僕は嫌なんだ。原稿を見ているだけでも僕がどれ程嫌なのか、君には解《わか》らない。心《しん》そこから、運命が僕を『作家』ときめちまわなかったらと、思うね。作家とは人心を虫ばむ仕事だ。……君、僕が自分の宿命を、嘆いているんでないことは確かだ。ただ文筆の世界とは、特にいとわしい、しかも強力な世界であると思う——と、言っているだけなのだ。美しい国土の下にふさわしからぬ地下層があるように、文学的素質というものは、生命のありとあらゆる下層に浸潤して、成長の根原に密着するものなのだ。ああ、そこがたまらないんだ！　ああ、この宿命から、解放されたら……」

この様な嫌悪《けんお》の情は、人間の叡智《えいち》に密着している。今日の多くの作家達が、こういう形而上学的《けいじじょうがく》苦痛からは解放されている様な顔をしているが、誰がそんな顔を信ずるものか。ただそんな気がしているだけなのである。言葉を代えて言えば、作家各自のうちに、拡大する世間智が、こういう苦痛に眼かくしをしているだけの話なのである。癈人の頭に「*不死鳥」がとまる。恐らくロオレンスは、こういう思想を抱いて生きたのではなかった。併《しか》し、在りようはそういうものであった。いとわしい而も強力な作家という宿命から、遂《つい》に彼が解放されなかったのだとすれば。僕を悩ますものは果して過ぎ去った大作家の亡霊に過ぎないであろうか。

*正宗白鳥氏が、トルストイに就いて書いていた。

「*廿五《にじゅうご》年前、トルストイが*家出して、田舎の停車場で病死した報道が日本に伝った時、人生に対する抽象的煩悶《はんもん》に堪えず、救済を求めるための旅に上ったという表面的事実を、日本の文壇人はそのままに信じて、甘ったれた感動を起したりしたのだが、実際は妻君を怖がって逃げたのであった。人生救済の本家のように世界の識者に信頼されていたトルストイが、*山の神を怖《おそ》れ、世を怖れ、おどおどと家を抜け出て、*孤往独邁《こおうどくまい》の旅に出て、ついに野垂れ死した径路を日記で熟読すると、悲壮でもあり滑稽《こっけい》でもあり、人生の真相を鏡に掛けて見る如《ごと》くである。ああ、我が敬愛するトルストイ翁《おう》！」

ああ、我が敬愛するトルストイ翁！　貴方《あなた》は果して山の神なんかを怖れたか。僕は信じない。彼は確かに怖れた、日記を読んでみよ。そんな言葉を僕は信じないのである。彼の心が、「人生に対する抽象的煩悶」で燃えていなかったならば、恐らく彼は山の神を怖れる要もなかったであろう。正宗白鳥氏なら、見事に山の神の横面《よこつら》をはり倒したかも知れないのだ。ドストエフスキイ、貴様が*癲癇《てんかん》で泡を噴いているざまはなんだ。ああ、実に人生の真相、鏡に掛けて見るが如くであるか。

あらゆる思想は実生活から生れる。併し生れて育った思想が遂に実生活に訣別《けつべつ》する時が来なかったならば、凡《およ》そ思想というものに何んの力があるか。大作家が現実の私生活に於いて死に、仮構された作家の顔に於いて更生するのはその時だ。或る作家の夢みた作家の顔が、どれほど熱烈なものであろうとも、彼が実生活で器用に振舞う保証とはならない。まして山の神のヒステリイを逃れる保証とは。かえって世間智を抜いた熱烈な思想というものは、屢々《しばしば》実生活の*瑣事《さじ》につまずくものである。

「今日、社会問題が、私の思想を占めているのは、創造の魔神が退いたからである。これらの問題は、創造の魔神が既に敗退したのでないなら、席を占めることは出来なかったのである。どうして自己の価値を誇称する必要があろう。嘗《かつ》てトルストイに現れたもの、即《すなわ》ち否定し難い減退を自分の裡《うち》に認めることを何故拒否する要があろう」（「ジイドの日記」、一九三二年）

トルストイもジイドも、彼等の過去の創造の魔神を信用出来なくなった時、新しい第二の魔神を得た筈《はず》だ。その背後を探して細君だとか家出だとかいうものを見附け出したところで何になる。何故例えば狂水病*で狂い死にしたカント*でも想像して、人生の実相がそこにあると言わないか。蛋白質《たんぱくしつ》合成の遊戯に耽《ふけ》る科学者の方が、よほど男らしい。偉人英雄に、われら月並みなる人間の顔を見附けて喜ぶ趣味が僕にはわからない。リアリズムの仮面を被《かぶ》った感傷癖に過ぎないのである。

僕は、今日までやって来た実生活を省み、これを再現しようという欲望を感じない。そういう仕事が詰らぬと思っているからではない、不可能だと思うからだ。泥の中を歩いて来た自分の足跡を、どうして今眺められようか。今時私小説*の書ける人はきっと砂地を歩いて来たのだろう。僕は自ら省みて、人間とは何物でもないと信じている。ただここに再建すべき第二の魔神について恥しい想いをしているだけである。

（「読売新聞」昭和十一年一月二十四日号、二十五日号）

思想と実生活

「*廿五年前《にじゆうご》、トルストイが家出して、田舎の停車場で病死した報道が日本に伝った時、人生に対する抽象的煩悶《はんもん》に堪えず、救済を求めるための旅に上ったという表面的事実を、日本の文壇人はそのままに信じて、甘ったれた感動を起したりしたのだが、実際は妻君を怖がって逃げたのであった。人生救済の本家のように世界の識者に信頼されていたトルストイが、山の神を怖《おそ》れ、世を怖れ、おどおどと家を抜け出て、孤往《こおう》独邁《どくまい》の旅に出て、ついに野垂れ死した径路を日記で熟読すると、悲壮でもあり滑稽《こっけい》でもあり、人生の真相を鏡に掛けて見る如《ごと》くである。ああ、わが敬愛するトルストイ翁《おう》！」

右の*正宗白鳥氏の文章（「読売」紙）を駁《ばく》した*拙文《せつぶん》（「読売」紙）に、*氏は答えている（「中央公論」三月号）。僕には、氏の説くところが意に満たなかったのである。尤《もっと》も、これは、半ば僕の文章の不備によると思っている。出来るだけ明瞭《めいりょう》に述べようと考える。

「ああ、わが敬愛するトルストイ翁！　貴方《あなた》は果して山の神なんかを怖れたか。僕は信じない。彼は確かに怖れた、日記を読んでみよ。そんな言葉を僕は信じないのである。彼の心が、『人生に対する抽象的煩悶』で燃えていなかったならば、恐らく彼は山の神を怖れる要もなかったであろう」、「あらゆる思想は実生活から生れる。併《しか》し生れて育った思想が遂《つい》に実生活に訣別《けつべつ》する時が来なかったならば、凡《およ》そ思想というものに何んの力があるか」。以上の文を、正宗氏は僕の文から引用し、必ずしも愚説ではないが、トルストイが細君を怖れた事には変りはない、というのである。彼の思想を空想に終らせなかったのも、細君のヒステリイという現実の力の御蔭《おかげ》なので、「つまり、抽象的煩悶は夫人の身を借りて凝結して、翁*に迫って来て、翁はいても立ってもいられなかったのである。……それ故《ゆえ》、この二つの日記が偽書でない限りは、トルストイが現身の妻君を憎み妻君を怖れて家出をしたことは、断じて間違いなしである。鏡に掛けて見る如し。『無一文で流浪《るろう》しろ』という大学生の手紙は、かねての卜*翁の思想に意義を認めた上の忠告であったが、その思想に力が加わったのは、夫婦間の実生活が働きかけたためである。実生活と縁を切った様な思想は、幽霊のようで案外力がないのである」。

僕が、「日記など信じない」と書いたのは、「一九一〇年の日記」*（八住、上脇訳）を読まないで書いたのでもなし、無論あれが偽書だと疑った為《ため》でもないのである。ただ細君を怖れたなぞという事が一体何んだと思ったからだ。そんな事実を鏡になんぞ掛けて見るのが馬鹿々々しかったからである。あの「日記」には、彼の家出という単なる事実を絶する力が感じられるのであって、その力が僕の暴露的興味を圧する事を感じたが為であった。

人類救済の本家の様に世界の識者から思われていたトルストイが、細君を怖れて家出するとは滑稽である。彼自身も、この滑稽を自認している。「この滑稽さ加減はどうだ。いかにも重大な立派な思想を、教えたり説いたりしながら、同時に女達のヒステリイ騒ぎに巻き込まれて、これと闘い、大部分の時間を潰《つぶ》しているのだ」（九月廿七日）。一体これが何か面白い事柄なのであろうか。ヒステリイという様な一種の物的現象は、ソクラテス*の細君以来連綿として打続いているものの様に思われる。後世批評家に、「自分一人のための日記」を見附けられるなぞ、トルストイも迂闊《うかつ》な事をしたものである。

正宗氏は、「人生の真相、鏡に掛けて見るが如し」というが、果して鏡に映った人生の真相であるか、或《あるい》は又氏に摑《つか》まれたトルストイの尻尾《しっぽ》に過ぎないか、僕は深く疑う。尻尾が本物でも、尻尾では面白くもないのである。この尻尾を摑える流儀は、例えば近頃の人物論なぞに流行している。あの男、尻尾を出さぬが玉に疵《きず》、という川柳みたいな説もあって、尻尾の処置に困る者は、独り天才ばかりではない。

ストラアホフが、*トルストイに、自分の「ドストエフスキイ伝」を贈った時（一八八三年）、次の様な手紙を書いている。

「私は、この伝記を執筆し乍《なが》ら、胸中に湧《わ》き上る嫌悪《けんお》の情と戦いました。どうかしてこの厭《いや》な想《おも》いに打勝ちたいと努めました。ドストエフスキイは、意地の悪い、嫉妬《しっと》深い、癖の悪い男でした。苛立《いらだ》たしい昂奮《こうふん》のうちに、一生を過して了《しま》った男だと思えば、滑稽でもあり憐《あわ》れにも思いますが、あの意地の悪さと悧巧《りこう》さとを考えると、その気にもなれません。スイスにいた時、私は、彼が下男を虐待《ぎゃくたい》する様を、眼のあたり見ましたが、下男は堪えかねて、『私だって人間だ』と大声を出しました。これと似た様な場面は、絶えずくり返されました。それというのも、彼には自分の意地の悪さを抑えつける力がなかったからです。彼は、まるで女の様に、突然見当はずれの事をしまりなく喋《しゃべ》り出す、そういう時には、私は大抵黙っていましたが、ひどく面罵《めんば》してやった事も二度ほどあります。そういう次第ですから、何んの悪意もない相手を怒らして了う様な事も、無論幾度もありました。一番やり切れないのは、彼がそういう事を自ら楽しんでいたし、人を嘲《あざけ》っても、決して了いまで言い切らなかった事です。彼は好んで下劣な行為をしては、人に自慢しました。或る日、ヴィスコヴァトフ*が来て話したことですが、ある女の家庭教師の手引で、ある少女に、浴室で暴行を加えた話を、彼は自慢そうに語ったそうです。動物の様な肉慾を持ち乍《なが》ら、女の美に関して、彼が何んの趣味も感情も持っていなかった事に、御注意願いたい。こういう事を皆考えた上で、彼の作品全体を見れば、犯した罪の長々しい弁護ともとれます。誠から出た情誼《じょうぎ》のほんの動きでも、真実な悔悟の一瞬でもありさえしたら、何も彼《か》も消えて了う、あの男について、そんな思い出でも、私にあったなら、何も彼も許したでしょう。ああ、頭の慈悲心と文学上の慈悲心としか持っていなかった人間を、傑物だと世人に信じさせる仕事とは。彼が労《いたわ》り愛したものは、ただ自分の身の上だけでした」

彼も亦《また》人類救済の念に燃えた大芸術家であった。幾万の人々の哀悼《あいとう》のうちに死にながら、臨終を看取《みと》られるまで二十年間の友の胸には、こういう抜き難い嫌厭《けんえん》の情を印刻して置いた事を、僕等は一体どう解釈したらいいのであろうか。最も穏健らしい解釈が一つある。即《すなわ》ち、ここに凡庸な人間と天才との単なるへだたりを見る事だ。ストラアホフには、ドストエフスキイのそういう半面しか摑めなかったのである、と。例えば、彼の妻は、トルストイに、良人《おっと》の性格を質問されて、何んと答えたか。「夫は人間の理想というものの体現者でした。凡《およ》そ人間を飾る、精神上、道徳上の美質を、彼は最高度に備えていました。個人としても気の好い、寛大な、慈悲深い、正しい、無慾な、細かい思いやりを持った人でした」。妻は良人の半面しか摑めなかった。ドストエフスキイも親友と妻とにうまく半面ずつ見せたものである。丁度いいじゃないか、両方足し算すればよい。人物の真相を知る為には、なるたけ沢山尻尾が集った方がいい様である。ただ集り過ぎて面喰《めんくら》わなければ幸いである。スタヴロオギンにして同時にゾシマである様な人間の真相とは何か。八十二歳にもなって、「道徳的には怠け者の小学生徒だ」と「自分一人のための日記」に書くトルストイの様な人物の真相とは。或《あるい》は幾百とない人物を小説制作上生きねばならなかったバルザックの様な人物の真相とは。こういう事情は必ずしも天才等に特有なものとは限らない。

ドストエフスキイの実生活を調べていて、一番驚くのは、その途轍《とてつ》もない乱脈である。彼の金銭上の浪費なぞは、その生活そのものの浪費に比べれば言うに足りぬ。成る程、彼があんなに沢山な実生活の苦痛に堪えられたのは、彼の所謂《いわゆる》「猫の生活力」によるのであろうが、実生活のあの無統制を支えた彼の精神とはどういうものであったろう。単なる怠惰が、あの乱脈に堪えた筈《はず》がない。尋常な意志は何等かの統制を案出した筈である。僕は実生活の無秩序に関する、彼の不可思議な無関心を明瞭に説明する言葉を持たぬ。この生活浪費家は、賭博《とばく》場から世人に警告する、「いかなる目的の為にも生活を浪費するな」と。僕はこの逆説*を明らかに語る言葉を持たぬのである。

若《も》し彼が「私小説*」乃至《ないし》は「心境小説*」を書いたらどうなっただろう。想像するさえ馬鹿々々しいが、幸い彼には書けなかった。併し、若し書いたら、この様になる筈だという証明はして置いてくれた。「地下室の手記*」が即ちそれである。この作は、単なる生活秩序に対する反抗児の手記でも非合理主義者の手記でもない。彼は、まさしく生活の浪費者だが、いかなる目的の為にも浪費を行ってはいないのである。彼には「私」というものはない、「心境」というものすらない。「私」とか「心境」とかいうものが、さまざまな社会的行為の、つまり習慣的生活の沈澱物《ちんでんぶつ》に過ぎないならば、「地下室」の男に、凡そあらゆる行為の動機が是認出来ないのも当然である。彼はあらゆる行為が禁止されている事を感じているが、社会から逃げ出そうとも、観念の世界に安住しようとも希《ねが》わない以上、あらゆる行為は万能だと感じているに過ぎない。こういう不安定な状態で、彼の生活の浪費は行われる。彼は生活するというより寧《むし》ろ生活を周囲から強いられる。無動機な生活を強いられるのである。彼に行為を強いた社会から見れば彼の行為は飽くまでも現実の行為だが、彼自身にとっては、架空のものに過ぎない。少くとも*ラスコオリニコフ自身にとっては、殺人とは社会的な現実性を持った行為の意味も持たぬ様に。

ドストエフスキイは「地下室の男」ではない。これを書いた人である。作者である。これを書いた人の口から洩《も》れたものでなければ「いかなる目的の為にも生活を浪費するな」という様な言葉は意味がない。

彼の生活の絵巻を眺めて、これを狂人か子供か馬鹿者の生活と見るのは最も穏当である。そして彼が狂人でも子供でも馬鹿者でもない事を作品で証明してみせると、世人は、だから彼は天才だと、ただのん気に考える。漁色家《ぎょしょくか》としての彼、賭博者としての彼が、芸術家としての彼とどの様な関係を持っていたか、無論これは分析の限りではない。併し漁色や賭博が、彼の「地下室」で行われた事は確かだ。無動機の行為、無目的の浪費であった事は確かである。ここで僕等の尋常な生活では、無動機、無目的では、漁色すら、賭博すら出来難い事を考えてみればよいのである。「地下室の男」の様な絶望にも非凡な才能を要し、意志を要することを考えてみればよいのだ。

*クロワッセの書斎から、*フロオベルは、ジョルジュ・サンドに書いた。「現在の私は、既に消え去った、これはさまざまな私の個性の結果です。私はナイル河の船夫だ

った。カルタゴ戦役の頃のロオマでは女衒《ぜげん》、シュブュルではギリシャの遊説家でした。そこで私は南京虫《ナンキンむし》に食われました。私は十字軍の遠征でシリヤの海岸であまり葡萄《ぶどう》を食いすぎたために死んだのです。私は海賊であり、僧侶《そうりよ》であり、香具師《やし》、馭者《ぎよしや》もやりました。多分東洋の皇帝にもなったことがありましょう」

クロワッセの書斎はフロオベルの「地下室」ではなかったか。ドストエフスキイが、背負ってうろついた「地下室」を、フロオベルはクロワッセに固定したに過ぎぬ。又別の比喩《ひゆ》を使えば、ドストエフスキイは、人々が自分の「地下室」を自由に横行するにまかせたが、フロオベルは、客をみんな断っただけなのである。

フロオベルは、文学という「唯一《ゆいいつ》の目的」の為に、極度に生活の浪費を惜しんだ。彼の実生活は殆《ほと》んど零に近附き、書簡を通じて彼の実生活を見物しようと思う人々を失望させる。両極端は合するという。ドストエフスキイが生活の驚くべき無秩序を平然と生きたのも、ただ一つ芸術創造の秩序が信じられたが為である。創造の魔神にとり憑《つ》かれたこういう天才等には、実生活とは恐らく架空の国であったに相違ないのだ。架空の国にも現実の苦痛や快楽が在る事をさまたげぬ。死すら在るではないか。

こういう天才達の信念に関する事情には、実生活の芸術化に辛労する貧しい名人気質には想像出来ない様なものがある事は確かだろうが、又、こういう事情も天才に特有なものではない。僕等は皆多少は天才等の模倣をせざるを得ない様に出来ている。

*加能作次郎氏が書いていた（「東京朝日」）。

「あの日記を読んで、僕は家出前後のトルストイの苦悩に充《み》ちた生活に、何かこう宿命的な、悲劇的な、人間生活の真の生きた姿を、トルストイが一生涯かかって、その解決に苦しんだ人生というものの活画を見るような気がして、無量の感慨を禁じ得なかった。非常に感傷的な言い方だが、彼がその偉大な芸術や、深い思想を通じて、一生涯かかっても果し得なかったところの、人生とは何ぞやという大問題の解決の懸案を、一九一〇年の彼の実生活そのものが、見事に果し得ているような気がするのだ。更に言えば、一九一〇年の彼の悲劇的な生活が、人生そのものの象徴のような気がするのだ」

加能氏も正宗氏と同じ意見の様である。若しトルストイが、こういう意見を聞いたら何んというか。君等の思想は、*四十八の時卒業したと言うだろう。芸術も思想も絵空ごとだ、人は生れて苦しんで死ぬだけの事だ、という無気味な思想を、彼が*「アンナ・カレニナ」で実現し、これを捨て去った事は周知のことだ。他人が一ったん捨て去った思想を拾い上げるのは勝手だが、*ナポレオンの凡人たることを証明した天才を捕え、その凡人性に感慨をもよおす事は気が利《き》かないのである。正宗氏が鏡に掛けてみた人生の真相とは一体何を意味するのか。トルストイは、「*戦争と平和」で英雄にまつわる伝説の衣を脱ぎ取って、凡常なる人間というその真相を描いた。然《しか》し彼の真相追求の熱情は、すべての人間はただの人間に過ぎないという発見に飽き足りなかった。「アンナ・カレニナ」に至っては、ただの人間は、殆ど非人間的な様々な元素に解体されている。彼の人生暴露は、どんづまりまで行きついているので、夫婦喧嘩《げんか》を見て、人生の真相鏡に照らして見るが如しという様なところにまごまごしているのではないのである。自分が眺めたぎりぎりの人生の真相に絶望し、そこから再び立ち上がろうとしたところに「*わが懺悔《ざんげ》」の信念が誕生した。加能氏のいうトルストイが、芸術によっても思想を通じても果すことの出来なかった人生とは何ぞやという問題の解決を、トルストイの実生活に於ける悲劇が果しているとは一体どういう意味だろう。彼の痛ましい悲劇も、それ自体問題の解決だ、では彼の死も亦問題の解決ではないのか。それでは問題を解決したのは彼ではなく、彼は寧ろ問題に解決されたのではないか。彼の晩年の悲劇は人生そのものの象徴だという。人は欲するところに、欲する象徴を見る。彼の晩年の悲劇が人生そのものの象徴なのではない。そこに人生そのものの象徴を見ると言う事が、正宗氏や加能氏の様に、実生活に*膠着《こうちゃく》し、心境の練磨に辛労して来たわが国の近代文人気質の象徴なのである。一幅《いっぷく》の人生の活画を提供する為に、トルストイはどれほど大きな思想に堪えねばならなかったか。彼は細君のヒステリイに堪えたのではない、「アンナ・カレニナ」の思想の放棄さえ迫った残酷な思想に堪えたのである。

実生活を離れて思想はない。併し、実生活に犠牲を要求しない様な思想は、動物の頭に宿っているだけである。社会的秩序とは実生活が、思想に払った犠牲に外《ほか》ならぬ。その現実性の濃淡は、払った犠牲の深浅に比例する。伝統という言葉が成立するのもそこである。この事情は個人の場合でも同様だ。思想は実生活の不断の犠牲によって育つのである。ただ全人類が協力して、長い年月をかけて行った、社会秩序の実現というこの着実な作業が、思想の実現という形で、個人の手によって行われる場合、それは大変困難な作業となる。真の思想家は稀《ま》れなのである。この稀れな人々に出会わない限り、思想は、実生活を分析したり規定したりする道具として、人々に勝手に使われている。つまり抽象性という思想本来の力による。

「抽象的思想は幽霊の如し」と正宗氏は言う。幽霊を恐れる人も多すぎるし、幽霊と馴《な》れ合う人も多過ぎるのである。

（「文藝春秋」昭和十一年四月号）

中野重治君へ

君の「閏《うるう》二月二十九日」（「新潮」四月号）を読んだ。君の文章に対する駁論《ばくろん》を書く様に二三の雑誌に頼まれたが、気が進まぬのでみな断って了《しま》った。言葉の上の弁明や揚足《あげあし》取りになる事を恐れたからである。君の文章はこんどのもかなり苛立《いらだ》しいもので、その苛立しさにつけ込んで、抜け眼なく嚙《か》みつくことはやさしい。しかしそんな事をしたって何になろう。いずれは君という人間と僕という人間の間に、無用な障害物を重ね上げるに過ぎまい。

君にいわせれば、僕は批評的言語の混乱というものを努めて作り出そうと心掛けて来た男だ。そして愚かなエピゴオネンを製造し、文学の進歩を妨害している。そういう奴は退治してしまわねばならぬという。豪《えら》そうな事をいうなとは言うまい。しかし、君が僕を眺める眼は大変感傷的なのである。若《も》し僕がまさしく君のいう様な男であったら、僕が批評文で飯を食って来たという事がそもそも奇怪ではないか。批評的言語の混乱に努力し、その努力を批評文に表現する様な人間は、どんな混乱した社会にあっても、存在する事が出来ないのは、わかり切った話だ。僕が批評家として存在を許されて来た事には自《おのずか》ら別の理由がある。その理由について僕は自省している。君の論難の矢がそこに当る事を僕は望んでいたのである。君は僕の真の姿を見てくれてはいない。君の癇癪《かんしゃく》が君の眼を曇らせているのである。

僕という批評家は、たまたま非論理的である批評家ではない、仕事の根本に非合理*主義を置いている批評家だと君はいう。しかし僕には非合理主義の世界観というような確乎《かっこ》たる世界観なぞないのだ。また、わが国の今日のあわただしい文化環境が、そんな世界観を育ててくれもしなかった。第一日本の近代批評がはじまって以来、僕等は合理主義と非合理主義の間の深刻な争いなどというものも一度も経験しはしなかった。シェストフ*の本も多く読まれたらしいが、彼の非合理主義を堂々と論破する力量を持った評家も一人もいなかったのである。姑息《こそく》な反対論や黙殺があったに過ぎぬ。僕のシェストフ*に関する文章などもそうだ。ああいう毒を薄める力が自分には無いという断り書きを必要とした疑問符以上を出ていないのだ。しかし、あそこに提出した疑問は逃げ口上でも洒落《しゃれ》でもなかった。その疑問すら真面目《まじめ》に取上げてくれる評家はなかったのである。

僕は「様々なる意匠」＊という感想文を「改造」に発表して以来、あらゆる批評方法は評家のまとった意匠に過ぎぬ、そういう意匠を一切放棄して、まだいう事があったら真の批評はそこからはじまる筈《はず》だ、という建前で批評文を書いて来た。今もその根本の信念には少しも変りはない。僕が今までに書いて来た批評的雑文（謙遜《けんそん》の意味で雑文というのではない、たしかに雑文だと自分で思っているのだ）が、その時々でどんな恰好《かっこう》を取ろうとも、原理はまことに簡明なのである。原理などと呼べないものかも知れぬ。まして非合理主義だなぞといわれておかしくなるくらいである。愚かなるエピゴオネンの如《ごと》き糞《くそ》でも食らえだ。

僕の批評文は、今まで主観的、独断的、心理的、非合理的等々様々な形容詞を冠せられた。形容詞である限り、恐らくどれも当っているのだろうと思う。ただ自分に確かな事は、いつも僕は同じところに止まっている、何処《どこ》かに出掛けて行っても直ぐ同じところに舞い戻って来る事だ。同じところとは批評が即《すなわ》ち自己証明になる、その逆もまた真、というそういう場所だ。僕はいろいろなものを疑ったり信じたりして来たが、いつも変らず信じていたのは、そういう尋常な批評家の原理だけなのである。どんな批評方法でも、この原理の上に開花したものでなければならぬ。遂《つい》にどんな花もひらかない不毛の野で終るかも知れない。そうならそれも仕方がないと思っている。

君は僕の文章の曖昧《あいまい》さを責め、曖昧にしかものがいえない男だとさえ極言しているが、無論曖昧さは自分の不才によるところ多い事は自認している。又、以前フランス*象徴派詩人等の強い影響を受けたために、言葉の曖昧さに媚《こ》びていた時期もあった。しかし、僕は自分の言葉の曖昧さについては監視を怠った事はない積りである。僕はいつも合理的に語ろうと努めている。どうしても合理的に語り難い場合に、或《あるい》は暗示的に或は心理的に表現するに過ぎぬ。その場合僕の文章が曖昧に見えるというところには、僕の才能の不足か読者の鈍感性か二つの問題しかありはしない。僕が論理的な正確な表現を軽蔑《けいべつ》していると見られるのは残念な事である。僕が反対して来たのは、論理を装《よそお》ったセンチメンタリズム、或は進歩啓蒙《けいもう》の仮面を被《かぶ》ったロマンチストだけである。この様な立場は批評家として消極的な立場だ。そして僕の批評文はまさしく消極的批評文を出ないのである。いわば常識の立場に立って、常識の深化を企てて来たに過ぎないのだ。創造的批評という言葉を屢々《しばしば》使用したが、この言葉のほんとうの意味がどうやらわかって来た、つまりそれを実践しようとする覚悟が決って来たのは極く最近の事なのである。

併《しか》し僕の主観自体は重要な事柄ではない。誰でも卅《さんじゅう》代になれば、自ら廿《にじゅう》代の*鳥瞰《ちょうかん》を得るものだ。僕もまた多少はこの鳥瞰を持っている。自己証明が批評であり、批評は自己証明だ、という尋常な心構えから、何ゆえ僕の様な否定と疑惑とに満ちた逆説的な批評文が生れたのか。こういう反省は当然少くとも僕が評家として生きて来た文化的環境を振返らすのである。

自己証明が一般に批評を意味するという原理から、強力な社会的批評表現を得るためには自己が充分に社会化した自己として成熟していなければならぬ。またそのような成熟を助成する人間の個人性と社会性との調和平衡を許す文化的条件がなければならぬ。そして僕がこの単純な批評原理だけを信じて評壇に出た当時、批評界はどのような有様であったか。いわなくても君は充分承知している筈である。第一僕は自己証明などといっても、すでに、確乎たる自己を見失わざるを得ないような状態にある自己の証明を強いられて来たのだ。僕の批評文の逆説性は、僕の批評原理が強いられた逆説性を語るものである。しかも僕が何かをいい得て来たのも、自己証明なぞは棚に上げ、社会的批評、科学的批評の方法という到来*ものさえあれば、事が足りた評家の喜劇を周囲に眺めるのに事を欠かなかったからだ。

僕等は、専門語の普遍性も、方言の現実性も持たぬ批評的言語の混乱に傷ついて来た。混乱を製造しようなどと誰一人思った者はない、混乱を強いられて来たのだ。その点君も同様である。今はこの日本の近代文化の特殊性によって傷ついた僕等の傷を反省すべき時だ。負傷者がお互に争うべき時ではないと思う。

（「東京日日新聞」昭和十一年四月二日号、三日号）

志賀直哉

世の若く新しい人々へ

1

私にこの小論を書かせるものは此《こ》の作者に対する私の敬愛だが、又、騒然と粉飾した今日新時代宣伝者等に対する私の嫌厭《けんえん》でもある。

*志賀直哉氏は既に公定の作家であるという人々の言葉を、私は少しも信用していない。或《あるい》は氏は人々の言う様に公定の作家かも知れない。然《しか》し如何《いか》なる世紀に於《お》いても、人々が当代のすぐれた作家に強いる公定なる言葉は、常にみすぼらしくも不埒《ふらち》なものである。今日まで氏の為《ため》に費された批評家等の祭資は巨額なものだが、誰がこの独自な個性の軌道を横切ろうと努めただろうか。私は全く知らないのである。

2

凡《およ》そ論理というものは、人間の痕跡《こんせき》を持っていないものである。この論理本来の性質によって、若《も》しお望みなら、論理は、存在の根本規定として停止する迄《まで》、あらゆる存在に滲透《しんとう》して行く事が可能なのである。論理を尊敬するという事は、論理を軽蔑《けいべつ》すると等しく無意味なわざなのである。処《ところ》が、何故に世には論理を尊敬する人々と論理を軽蔑する人々とが充満しているのであるか。この恐ろしく複雑な外観を持った問題の由来する処は、少くとも、原理的には、恐ろしく単純なのであって、世人が論理と呼んでいるものは、論理そのものではない、論理を馳駆《ちく》するに使用する様々な記号、諸映像をいうのである。この中には、先《ま》ず問題の混乱は惹《ひ》き起さない、例えば数字の如《ごと》き謙譲な、清潔な記号もあるのだが、凡そ人間の使用する記号を傍若無人に宰領しているものは、無限に雑多な環境の果実である最も豊富猥雑《わいざつ》な言葉という記号なのである。そこで世人が論理と呼ぶものは、実は論理そのものではなく議論というものを指す、と言ってもいい。そして、議論が、全く正しいという事の為には、一つの言葉は明瞭《めいりょう》に一つの概念を表すという頗《すこぶ》るたわいもない仮定が必要だ。

「議論したって始らない」という芸のない顔も、「議論か、議論なら負けないぞ」という脂下《やにさが》った顔も、等しく世に存在し得る所以《ゆえん》なのだ。

この比類のない一人物は、少くとも日本の現文壇からは、嘗《かつ》て一奇術師の御座興を楽しまれただけで、既に役を畢《おわ》った一奇譚《*きたん》作者として、姿を消してしまった。私は今、彼の不運を嘆くほど道草は食うまいが、私には、彼の脳髄を心に浮べる事なく、論理とその映像の問題、つまり批評というものを考える事が出来ないのだ。

彼の遊星の軌道の様な詩体や、極限をさまよう心理風景の諸魔術は、今も尚《なお》、セザ*ル・フランクの変調の様に私を捕える。彼は芸術活動とは、最も精妙に意識的な活動でなければならぬ、と最も強力に悟り、又これを実践した最初の人物であった。実現しようとする作品のあらゆる効果は、隈《くま》なく点検さる可《べ》きものであると彼は信じた。そこで、彼にとって、詩の制作に於ける最も困難な、最も重大な点は、詩とその詩の読者との関係の裡《うち》に存したのである。紙の上に表現を終った詩歌という精緻《せいち》な一死物に対して、あらゆる欲情を抱いて遥《はる》かに精緻な人間という一生物が挑戦する、この時、この両者の中間の如何《いか》なる点で、純粋な美を生む為に両者は折れ合うか、という問題に存したのである。彼の生涯の情熱は、作品と人間との間の、彼にとっては言わば審美の磁場の計算に使い果された。これをもっと簡明な言葉で言えば、彼こそ芸術家たる所以を失う事なく、最も深刻に芸術の社会性というものを計算した最初の人物だったのだ。

この詩を生む心の計算に際して、彼は、心理的にも論理的にも計算しなかった。あらゆる規矩《きく》*は無用であった。或る尺度をもって計算する事は、彼には脳髄の一局部のみを働かせる事に過ぎなかった。彼の計算には理智も感受性も想像力も、あらゆる彼の能力が参加した。詩を生む心は、言わば同じ詩を生む心によって計算されたのだ。言葉はその無限の陰翳《いんえい》を失う事なく彼の理論の世界に登場する。理論の諸映像は、はや因果のささやかな糸を辿《たど》っては進まない、一つの命題は先きの命題の全的な反応として現れる。彼等は自らの欲情を抱いた生物の様だ。ある時は急流の水の様に、静止していると見える程神速*に流れ、ある時は、縄上の軽業師の様に、無限の不平均を利用して静止している。かかる論理の風景を前にして、論理的とか直観的とかいう凡庸な言葉は意味を成さない。

私は彼の全体系を信ずるものではない、信じない為には私の脳旋回は充分に愚鈍に出来上っている。又私は、彼の耀眩《ようげん》*たる論理映像の建築術を体得したなどと言いはしない。その証拠にはこの小論の無様《ぶざま》な進行ぶりを見ればよい。ただ、彼が己れの壮麗な夢のみを信じた様に、私は自分の*孱弱《せんじゃく》な夢のみを信ずるのだ。私には、初等算術の様に明瞭で而《しか》も不明瞭なあらゆる批評の尺度を信用する勇気がないのである。言葉の陰翳というものを、いかなる場合にも軽蔑する勇気がないのである。

3

嘗て日本に*アントン・チェホフが写真術の様に流行した時、志賀氏は屢々《しばしば》チェホフに比された。私は今、氏に対する本質を外れた世の品評、言わば象に向って、「お前の鼻はちと長過ぎる様だ」と言った様な一切の品評を無視しなければならないと信ずるのだが、志賀氏をチェホフに比するという甚しい錯誤は、余り甚しい錯誤である点で、利用するに便利である。或る批評家は言った。「『*或る朝』はチェホフの作品の様にユウモラスだ」と。

チェホフは廿七歳で「*退屈な話」を書いた時、彼の世界観は固定した。それ以来、死に至る迄彼の歌ったものは追憶であり*挽歌《ばんか》であった。彼の全作は、彼が獲得した退屈という世界観の魔力から少しも逃れていない。嘲笑《ちょうしょう》するためには彼の心臓は温く、哄笑《こうしょう》する為には彼の理智は冷く、彼は微笑した。この最も宇宙的な自意識を持った作家の笑《わらい》は、常に二重であった。人間の偉大と弱小との錯交を透《とお》して生れた。笑いつつ彼の口許《くちもと》は歪《ゆが》んだ。彼の全作に定著された笑が、常に理智的であり、倫理的である所以である。

然《しか》るに、志賀直哉氏の問題は、言わば一種の*ウルトラ・エゴイストの問題なのであり、この作家の魔力は、最も個体的な自意識の最も個体的な行動にあるのだ。氏に重要なのは世界観の獲得ではない、行為の獲得だ。氏の歌ったものは常に現在であり、予兆であって、少くとも本質的な意味では追憶であった例《ためし》はないのである。氏の作品は、チェホフの作品の如く、その作品に描かれた以外の人の世の諸風景を、常に暗示しているが如き*氛気《ふんき》を決して帯びてはいない。強力な一行為者の肉感と重力とを帯びて、卓《すぐ》れた静物画の様に孤立して見えるのだ。こういう作家の表現した笑は、必然に単一で審美的なのである。「*助六」を見て、意休《いきゅう》の頭に下駄がのる時、人々は笑うであろう。嘗て「助六」の作者が、この行為にひそませた嘲笑が、今日何んの意味を持っていないとしても、この表現に一種*先験的な笑がある以上、人々は笑うのである。志賀氏の作品の笑は、この世界の笑である。美の一形態としての笑である。

「彼は胸をどきどきさせて、

『これ何んぼかいな』と訊《き》いて見た。婆さんは、

『＊ぼうさんじゃけえ、十銭にまけときやんしょう』と答えた。彼は息をはずませながら、『そしたら、屹度《きっと》誰れにも売らんといて、つかあせえのう。直ぐ銭持って来やんすけえ』くどく、これを云って走って帰って行った。

間もなく、赤い顔をしてハアハアいいながら還《かえ》って来ると、それを受け取って又走って帰って行った」（＊「清兵衛と瓢簞《ひょうたん》」）

「清兵衛と瓢簞」の笑は、清兵衛とこの世との交錯から生れたのではない。作者の清澄の眼によって、吾々が笑という言葉で御粗末に要約する美の一表情が捕えられているのである。清兵衛は、瓢簞の様な曲線を描いて街を走るのだ。清兵衛は、＊玄能《げんのう》で、愛する瓢簞を、親父にわられ、瓢簞の様に青くなって黙るのだ。

4

世には、あらゆる思想の形式に共鳴する贅沢《ぜいたく》な理智がある。その希《ねが》う処は、懐疑の雑音を如何にして整調す可きかにある。又、仮初《かりそめ》の＊荊棘《けいきょく》にも流血して、泥中を＊輾転《てんてん》する心臓がある。かかるものの希う処は……諸君が＊ヴェルレエヌを読まれん事を。これらは、近代の文学が、その最大の情熱である懐疑と悔恨とによって、完全な表現を了《おわ》った人間の二つの性格形態であろう。凡《およ》そ近代の作家で志賀氏ほど、これらの性格から遠いものは稀《ま》れである。古典的、朦朧《もうろう》とした言葉であるが、もしこの言葉が、理智と欲情との精密な協和を意味するなら、志賀氏は正しく古典的な人物である。

成る程、氏の透明な理智は、屢々《しばしば》世の逆説的風景を明かしはする、「クローディアスの日記」の如く、「正義派」の如く。だが、氏は嘗て己れの理智を持て余した事はないのである。別言すれば、嘗て己れの理智の操作を情熱の対象とした事はないのである。

「殺した結果がどうなろうとそれは今の問題ではない。牢屋《ろうや》に入れられるかも知れない。しかも牢屋の生活は今の生活よりどの位いいか知れはしない。其時《その》は其時だ。其時に起ることは其時にどうにでも破って了《しま》えばいいのだ。破っても、破っても、破りきれないかも知れない。然し死ぬまで破ろうとすればそれが俺の本統の生活というものになるのだ」（「范《はん》の犯罪」）

これが氏の思索の根本形式だ。これは思索の形式というより寧《むし》ろ行動の規定と見える。氏は思索と行動との間の隙間《すきま》を意識しない。たとえ氏がこの隙間を意識するとしても、それは其の時に於ける氏の思索の未《いま》だ熟さない事を意味する、或はやがて氏の欲情は忽《たちま》ちあやまつ事なくその上に架橋するだろう。洵《まこと》に氏にとっては思索する事は行為する事で、行為する事は思索する事であり、かかる資質にとって懐疑は愚劣であり悔恨も愚劣である。

だが、私は嘗て氏を評して古典的だという言葉を聞かないし、又、氏の原始性を強調した言葉を聞かない。恐らくこれは氏の全作が、比類なく纖鋭な神経をもって装飾されているが為だ、と私は思う。私は氏の神経の独自なる所以をあきらかにしなければならない。

近代人の神経は病的であり鋭敏であると人は言う。成る程近代人の神経は健康ではないかも知れない。然し決して鋭敏ではないのである。古代人の耳目は吾々に較《くら》べれば恐らく比較にならぬ位鋭敏なものであった。吾々はただ、古代人の思いも及ばぬ複雑な刺戟《しげき》を受けて神経の分裂と錯雑とを持っているに過ぎない。神経の複雑は神経の遅鈍を証しはしないだろうが、又神経の鋭敏も証《あか》しはしない。今日、神経の多岐多彩のプログラムを所有する作家の数は夥《おびただ》しい。だが神経の鋭敏な作家は寥々《りょうりょう》たるものである。恐らく吾々の神経組織を破壊するものは不健康な生理ではなく過剰なる観念である。*大脳の膨脹は*小脳の場所を侵害したのだ。つまり吾々の神経は古代人の生理的鋭敏から観念的複雑に移動したのである。

志賀氏の神経は正に鋭敏なのである。光線に反応する*虹彩《こうさい》の鋭敏を、氏はあらゆる感受性に失っていないのである。扨《さ》て、問題はもう少し複雑になる。

推進機の回転数が異常に増加してくれば、恐らく推進機は推進機でも何んでもなくなるが如く、理智の速度が異常に速やかになれば、理智は肉体とは何んの交渉もない観念学と変貌《へんぼう》するが如く、神経も亦《また》その鋭敏の余り人間行動から遊離して、一種*トロピズムの如く、彼独特の運動を起すものである。神経がその独立の運動によって彼の世界を建築しようとするに際して、その材料として、その骨格として最も自由な利用を許されるものは、肉体の命令から最も自由な観念というものである。*ジェラル・ド・ネルヴァルが、その恐ろしく鋭敏な神経の上に、「*夢と生」なる神経的架空の世界を築き得た所以は、彼が又恐ろしく神速に観念的な頭を持っていたが為である。彼の遊離した神経は、利用すべき観念の無限な諸映像に不足を感じなかった。

志賀氏の神経も亦その鋭敏の故《ゆえ》に肉体を遊離しようとする。

「踏切りの所まで来ると白い鳩が一羽線路の中を首を動かしながら歩いていた。私は立ち留ってぼんやりそれを見ていた。『汽車が来るとあぶない』というような事を考えていた。それが、鳩があぶないのか自分があぶないのかはっきりしなかった。然し鳩があぶない事はないと気がついた。自分も線路の外にいるのだから、あぶない事はないと思った。そして私は踏切りを越えて町の方へ歩いて行った。
『自殺はしないぞ』私はこんな事を考えていた」（＊「児を盗む話」）

氏の神経は氏の肉体から遊離しようとする、だが肉体は神経を捕えて離さない。氏の神経は氏の肉体を遊離するのだが、理智はこれに何等《なんら》観念の映像を供給しない、そこで神経は苦しげに下降して実生活の裡《うち》にその映像を索《もと》めねばならないのだ。氏が神経の独立した運動の上に「児を盗む話」なる最も現実的な世界を築き得た所以は、氏の心臓が恐ろしく生活の欲情を湛《たた》えていたが為である。主人公は児を盗もうとしてその児の将来の教育を考えるのだ。児を盗んで来て、「同じ床に臭い髪をした小さい女の児」のいびきを聞くのだ。この短篇が独自の魅力をもつ所以はここにある。少くとも私の知っている限りの世の夥しい所謂《いわゆる》病的神経を扱った小説中で、凡そ類型を見ない傑作である所以はここにある。

　こういう氏の神経を、私は古典的と呼んでいいかどうか知らないが、神経質という言葉が、氏にとっては、一般近代人等に較べて遥かに重要な意味を持っている事は明らかである。如何《いか》に末梢《まつしよう》的に見える氏の神経でも、丁度＊ショパンの最もささやかな＊装飾音符が、歯痛が臍《へそ》の辺りまでひびいて来る様な生ま生ましい効果を持っている様に、常に一種の粘着性を持っている。氏に於いて感じが嗜好《しこう》を決定し、又嗜好が良心を決定してあやまたない所以も亦、氏のこの感受性の清澄《せいちょう》と深刻とにあるのである。

5

私はどんな作家を語ろうとしても、その作家の思想の何等かの形式を、その作品から抽象しようとする安易を希いはしないが、如何に生まの心を語ろうとしても、語る所が批評である以上、抽象が全然許されないとなると問題は恐ろしく困難になるのである。志賀氏はかかる抽象を最も許さない作家である。志賀氏の作品を評する困難はここにある。私は眼前に非凡な制作物を見る代りに、極めて自然に非凡な一人物を眺めて了《しま》う。これは私が氏に面識あるが為《ため》では断じてなく、氏の作品が極端に氏の血肉であるが為だ。氏の作品を語る事は、氏の血脈の透けて見える額を、個性的な眉《まゆ》を、端正な唇を語る事である。

志賀氏は思索する人でもない、感覚する人でもない、何を置いても行動の人である。氏の魂は実行家の魂である。氏の有するあらゆる能力は実生活から離れて何んの意味も持つ事が出来ない。志賀氏にあっては、制作する事は、実生活の一部として、実生活中に没入するのは当然な事である。芸術は実生活の分裂によって現れる事なく、実生活の要約として現れるのは当然な事である。芸術と生活との分裂を、*モオパッサンは、この世にあって俳優となると同時に観客とならねばならぬ悲惨、と嘆いたが、彼が、この世に生きるとは如何なる事であるか到底了解すべくもない若年の頃から、*フロオベルという名教師に人生観察の術《すべ》を学んでいたという事は、恐らく志賀氏にとっては、愛嬌《あいきよう》ある一挿話《そうわ》に過ぎない。

然し問題は、芸術の問題と実生活の問題とがまことに深く絡《から》みあった氏の如《ごと》き資質が、無類の表現を完成したという点にある。氏が己れの実生活を、精緻《せいち》に語り、而《しか》も語られたものが実生活の結果たる告白となる事なく、実生活の原因たる希望となる事なく、人間情熱の独立した記号として完璧《かんぺき》な表現となった点にあるのである。

ここに最も本質的な意味で、氏の制作の手法に関する問題が現れる。

6

成る程志賀氏の文体は直截《ちよくせつ》精確であるが、それは或る種の最上の表現がそうである様に直截精確であるに過ぎないので、ここに氏の細骨*鏤刻《るこく》の迹《あと》を辿《たど》ろうとし、鑿々《さくさく》たる*鏨《たがね》の音を聞こうとするのは恐らく誤りだ。

氏の印象はまことに直接だ。笛の音に鎌首《かまくび》を擡《もた》げる蛇の様に、冬の襲来と共に白変する雷鳥の翼の様に直接だ。この印象の直接性は、或る印象を表現するに如何なる言葉を選ぼうとするかというためらいを許さない。水の上に拡《ひろが》る波紋は、拡り了《おわ》らない内に捕えられて了《しま》う。氏の文体の魅力は、これを貫くすばらしい肉感にあるのである。吾々が「*真鶴《まなづる》」で、頭の大きい漁師の子の潮風の滲透《しんとう》した欲情を嗅《か》ぎ、「*城の崎にて」で、蠑螈《いもり》の水浴する渓流の触感を感ずる処にある。

例えば「*夢」という小品では、三つの異った時期に書かれた文章が唯《ただ》芸もなく並列しているのみで緊密に結合している。「*或る男、其姉の死」で吾々は主人公の苛立《いらだ》しい眼を追って行く、忽《たちま》ち僻村《へきそん》の静寂の中で其姉の死を見せられる。この二つの風景は極めて不器用に、驚く可《べ》き果断をもって連結されているのだが、又、水晶が岩石に連結している様に自然である。「*和解」の一章一章の見事な配列も、整然たる建築と言うより寧ろ作者の頭に最も自然に交代した諸風景の流れであろう。氏の文体の魅力は*象嵌《ぞうがん》にない質量《マッス》にある、構成にない総和《ソンム》にある。

ここに最も個性的な章句がある。

「其他色々そう云う場合父と自分との間に実際起り得る不愉快な事を書いて、自分はそれを露骨に書く事によって、実際にそれの起る事を防ぎたいと思った。見す見す書かれたようには吾々も進まず済ませる事が出来ようと思ったのだ。（中略）然し自分は其長篇の*カタストローフをそう書こうとは決めなかった。それは決められない事だと思った。実際其所《そこ》まで書いて行かねばそれは如何《どう》なるかわからぬと思った。然し書いて行った結果、そうなって呉れれば如何《どんな》に愉快な事かと自分は思った」（「和解」）

ここに明瞭《めいりよう》に示されたものは、氏にあって或る時は生活の純然たる手段として現れた程実生活と緊密に結合している芸術活動が、作品となって実現するに際して、又、実生活上の行動に等しい潑剌《はつらつ》たる偶然と冒険とを必要とする様に見えるという事である。

　これはエドガア・ポオの手法とは凡そ対蹠《たいせき》的な手法である。私は気分で書くとか理《り》窟《くつ》で書くとかいう程度の問題を云々《うんぬん》しているのじゃない。制作の全過程を明らかに意識することが如何に絶望的に精密な心を要するものかと知りつつこれを敢行せざるを得なかった*ポオの如き資質と、制作する事は、手足を動かすという事の様に、*一眦《いっし》をもって体得すべき行動であると観ぜざるを得ない志賀氏の如き資質とを問題としているのだ。

　では、こういう手法が何故氏にとって偶然でもなく冒険でもなかったか。

7

私は所謂慧眼《けいがん》というものを恐れない。ある眼があるものを唯一つの側からしか眺められない処を、様々な角度から眺められる眼がある、そういう眼を世人は慧眼と言っている。つまり恐ろしくわかりのいい眼を言うのであるが、わかりがいいなどという容易な人間能力なら、私だって持っている。私は慧眼に眺められてまごついた事はない。慧眼の出来る事はせいぜい私の虚言を見抜く位が関の山である。私に恐ろしいのは決して見ようとはしないで見ている眼である。物を見るのに、どんな角度から眺めるかという事を必要としない眼、吾々がその眼の視点の自由度を定める事が出来ない態《てい》の眼である。志賀氏の全作の底に光る眼はそういう眼なのである。

例えば人々は、「和解」に於いて、子供が死ぬ個所の描写の異常な精到緻密を見て、ああいう場合にも作者の観察眼がくるわない事を訝《いぶか》るが、氏の様な資質が、ああいう場合、ああいう事件を観察すると思って見るだけでも滑稽《こっけい》な事である。恐らく氏にとっては、見ようともしない処を、覚えようともしないでまざまざと覚えていたに過ぎない。これは驚く可き事であるが、一層重要な事は、氏の眼が見ようとしないで見ている許《ばか》りでなく、見ようとすれば無駄なものを見て了うという事を心得ているという事だ。氏の視点の自由度は、氏の資質という一自然によってあやまつ事なく定められるのだ。氏にとって対象は、表現される為に氏の意識によって改変さる可きものとして現れるのではない。氏の眺める諸風景が表現そのものなのである。

私は、氏の手法の核心を暗示する様にみえる氏自身の明瞭な言葉をひこう。

「『*鵠沼行《くげぬま》』失敗した長い小説の一部分を切り離した日記のようなものである。総《すべ》て事実を忠実に書いたものだが、唯、一ヶ所最も自然に事実ではなかった事を書いた所がある。そういう風にはっきり浮んで来たので知りつつそう書いた。後に其時一緒だった私の二番目の妹が、色々な事を私がよく覚えていると云い、然し自分も此事《この》はよく覚えていると云ったが、それがその一ヶ所だけ入れた事実でない場所だった。私は、其処《そこ》は作り事だとは云い悪《にく》くなって黙っていたが、妹が出鱈目《でたらめ》を云う筈《はず》はないので、私に最も自然に浮んで来た事柄は自然なるが故《ゆえ》に却《かえ》って事実として妹の記憶に甦《よみがえ》ったのだろうと考え、面白く思った」（「創作余談」）

多くの作家に於いて、記憶というものが最も重大な意味を持つ時は、或る印象の欠陥を補う為に、或《あるい》は或る印象を一層多彩なものとする為の手段となる時である。氏の印象の鮮明は記憶による改変を許さない。堆積《たいせき》した諸風景は、無意識の裡《うち》に整正されて独立した生き物となって、独立した表現となって姿を現す。「母の死と新しい母」*が、「速夫の妹」*が、無類な所以《ゆえん》なのだ。

氏の近作に「豊年虫」*というものがある。これは恐らく氏の全作中で最も小さいもののの一つかも知れない。作者自身の最も関心する処少いものかも知れないし、こんな小品にも達人の表現があると言いたいのではないが、達人でなければかような小品を創《つく》ろうとはしないだろう。この小品に、氏の魂の形態が強力にではないが、又強力にではない為に最も簡明に結晶化されている様に私には見えるのだ。

其処にあるものは一種の寂寞《せきばく》だが虚無ではない。一種の非情だが、氏の所謂「色」という肉感がこれを貫く。主人公の見物した田舎の夜の街の諸風景だが、主人公の姿は全く街の風景に没入している。彼はその街の諸風景を構成する一機構となる。彼は自然が幸福でも不幸でもない様に幸福でも不幸でもない、快活でも憂鬱《ゆううつ》でもない。彼の肉体は車にゆられて車夫とその密度を同じくし、車夫は停車場とその密度を同じくし、停車場は豊年虫とその密度を同じくする。主人公は床に寝そべって豊年虫の死んで行くのを眺めている、豊年虫が彼を眺めている様に。この時、眼を所有しているものは彼でもない、豊年虫でもない。

8

「*性格破産者」というものは近代の文芸に屢々《しばしば》登場する人物だ。近代人が自意識の過剰による自己分析で、己れの性格を破産させるという事は悲惨な事に違いない、然し如何なる性格破産者も彼独特の面貌《めんぼう》を、彼独特の行動を拒絶出来ないという事は滑稽な事である。自然は人間に性格の破産を許すが、性格の紛失は許さない。多くの人々は性格破産のこの悲惨を見て、この滑稽を見ない。人々に人間の性格が屢々人間の心理と誤られる所以であり、性格は己れの思う儘《まま》に消費し、獲得する一物体の如く錯覚される所以である。

恐らく古代の人々にとって各人の性格とは各人の面貌であり、行動であった様に、志賀氏にとって己れの性格とは己れの面貌であり、行動であった。氏にとって、自然を対象化して眺める必要は嘗《かつ》てなかった様に、自然の定めた己れの資質の造型性を再閲する必要はなかった。自然の流れを*斫断《しゃくだん》して眺める必要がなかった様に、己れの心理風景の諸断面を作ってみる必要はなかったのである。

氏の魂は劇を知らない。氏の苦悩は樹木の成長する苦悩である。

人々は「和解」を読んで泣くであろう。それは作者の強力な自然性が人々の涙腺《るいせん》をうつからだ。泣かない人があったとしたらそれは君の心臓が枯渇しているからではない、君の余り悧巧《りこう》でもない脳髄が少々許り忙しがっているに過ぎない。観念的な人間を感傷的に或は神経的に泣かせるのは易しい事なのである。最上芸術も自然の叫びに若《し》かないのではない、最上芸術は例外なく自然の叫びを捕えているのだ。

「私は何も苦しもうと思って苦しんだのではないのだ、私は、唯、私の苦しみの独創性を尊敬しなければならなかっただけだ」――*マルセル・プルウスト。芸術家の心というものは、いつの世でもかかる清潔以外のものを指さない。

（「思想」昭和四年十二月号）

志賀直哉論

1

＊志賀直哉氏の作品を読み返すのは久しぶりだ。読み返すまでは、久しぶりだからいろいろ別な意見も湧《わ》くだろう、と漠然と考えていたが、実際に読み返してみると、そういう事が少しもない事がわかった。そして、少しもないのはいかにも当り前な事だと合点するのにいくらか時間を要した。恐らく結局はその時間について僕は書く様な事になるだろう。

＊志賀氏の作品についてはじめて書いたのは、まだ学生の頃で、その当時、自分が抱いた要求、自分のうちの何かを明らかにする為《ため》に、この作家について書いてみようという烈《はげ》しい要求は、もう同じ烈しさでは還《かえ》って来なかったが、再読して心中に動いて

来るのを感じたのは、やはり同じ性質の要求に他ならないのに気が附いた。

先《ま》ず大抵の作家の作品は、久しく読まずにいて又読み返すと、意外に前とは違った印象を、いい意味でも悪い意味でも受取るものだが、志賀氏の作品にはそういう事がない。例えば「和解」*を読み返す。同じところで感動し、同じ性質の涙が出る。僕は其処《そこ》に在るどうしようもない単純さに突き当る。僕の心が変ろうが変るまいが、そういう事には無関係で、じっとしている単純さに突き当る。作者もこれを表現する為に、あまり沢山な言葉を必要とはしていないが、読むものもこれを廻《めぐ》って殆《ほとん》ど批評的言語に窮する。それにも拘《かかわ》らず、これは大へん単純な或るもので、見損う様な事は先ず難かしい。じっとしている単純さなどという拙《まず》い言葉を使っても、志賀氏の愛読者なら、苦もなく合点して了《しま》う様なものである。

これが、志賀氏の芸術を語る事の難かしい所以《ゆえん》なので、氏の作品を眺めていると、見事な美術品を見ている様なもので、言ってみれば心が静かになってしまって法*がつかぬ。そういう静かさに堪える事は相当難事だから、自然、読者は美術鑑賞家流に、志賀氏の作品についていろいろ喋《しゃべ》り出す事になる。小品では「城の崎《さき》にて」*が好きだとか、いや「焚火《たきび》」*の方が上等だとか、何んだとか彼んだとか、愚にも附かない事を言っては楽しむのである。従って、そういう人には、志賀氏の作品は、非常に語り易《やす》く、恰好《かっこう》に出来ている様に思われるかもしれぬ。それは兎《と》も角《かく》、志賀氏の作品のこのどうしようもない単純さというものを、一度複雑さで昏迷《こんめい》している今日の文学界のうちに置いてみると、そこに様々な興味ある問題が起って来そうに思われるので、それに就いて書こうと思う。前に時間に就いて書く事になるだろうと言ったのもそういう意味である。

2

志賀氏の小説の骨組は、非常に簡明なもので、描かれた世界は、いつもそれを直かに眺めて得心する作者の主観を通じて整然と現れているし、題材も殆ど作者の実生活上の経験を出ず、少くとも本質的な意味では、氏の作品の悉《ことごと》くが自伝だとさえ言える。そういう文壇常識が志賀氏を所謂《いわゆる》*私小説家の典型と見做《みな》している所以については何も書く事はない。元来文学上の定義は、科学上の定義と違い、正しい正しくないという様なものではなく、使う人や使い方によってその定義の便、不便が生ずる態《てい》のもので、私小説という便利な定義も、古くは私小説か本格小説かとか、最近では個人小説か社会小説かとかいう多少でも作家の実践問題が絡《から》んで来る場合になると、却《かえ》って不便になる。それと言うのも、作家の創作の衝動のうちにまで、そんな対立があるわけのものではなく、創作の衝動というものは、いつも単一であるか、それとも、全然ないかどちらかだからだ。

私小説に対する侮蔑《ぶべつ》というものは、今日の新しい文学者一般の傾向となっている。無論これには根拠があるのだが、それは、小説の技法上、私小説の技法の様な単純なものに飽き足らなくなったとか、純文学の社会的孤立を何んとかしなければならぬとか、個人主義思想は間違っているという漠然たる考えとか、私小説は既にその歴史的使命を終ったという図式的な概念だとか、そういうものが互に入り交り、混雑した、まことに捕えどころのない動きであって、自分の創作衝動の裡《うち》に、自分の感受性のなかに、新しい人間が目覚めて来る事を自覚し、これに自信をもって新しい作家達が仕事をし始めたという様な筋のものではどうもない様である。ほんの数えるほどの中堅作家が、そういう自信の端緒を摑《つか》んで仕事を始めているに過ぎない。先ず大体に於いて、私小説侮蔑の風をしているかと思えば、今度尾崎一雄氏*が芥川賞を得たという様な事から、志賀直哉熱が新人の間に擡頭《たいとう》し、志賀直哉訪問記で新人が原稿料をもうけるなどという醜態も起っていると言ったあんばいなのである。

いつか座談会で、これから小説は社会化するとともにみんな一ったん堕落する。何か出るならそれから先きの事だという意味の放言をやって、批評家だからそんな無責任な事が言えるのだと言われ、そんなものかなと思って黙ったが、先日、深沢正策氏の訳した*ウェルズの選集を読んでいたら、ウェルズのもっとひどい放言に出会った。「本格小説《ノヴェル》なるものが、将来の知的生活に重要性を持つだろうかと私は疑いたい。もし重要なものとして残れば、社会相や人物に対して今日以上もっと明白に諷刺《ふうし》的評釈を加えたものになるだろう。しかし私には、それと同程度にこうも考えられる――本格小説は、もっと犀利《さいり》な、修飾しない伝記や自叙伝に取って代られて、次第に萎縮《いしゆく》し、死んでしまうのではなかろうか。物語、寓話《ぐうわ》、事実をもじった作品などは将来も読まれるであろうが、それは別の問題である。これから本格小説を書くと言っている愚かなる文学青年人種は、曾《かつ》て本格的叙事詩を書くと称していた愚かなる文学青年人種のあとを追って、*無間《むけん》地獄に堕《お》ちるであろう」

訳者も、こういう放言は少し困ると思ったらしく、「ウェルズは半世紀も文学のなかに生きていたのだから、文学の批評は出来る筈《はず》だと自信している。それで屢々《しばしば》こんな事を言うのである」と註を書いている。だが、僕は英文学の事はよく知らないが、ウェルズの放言に現れた彼の皮肉な眼光はかなり正確なものではないかと考える。小説の将来がどうなるかという様な問題は兎も角、*サッカアレイや*ディッケンズ以来、世の人情風俗を活写する本格小説の伝統が古く、小説家達は社会活写の技術に飽満し、耳目に触れるもの悉くが、小説的場面と見え、そうなると小説を書いている積りで、実は小説に書かれていると言った様な事になり、人間に関するほんとうの叡智《えいち》が、小説家にはだんだん要らなくなった、そういう光景が、ウェルズの眼に映じている事は推察するに難《かた》くない。

現代の作家達の私小説反対の気運に反対しようと思っているわけでもなければ、ウェルズの言葉をわが国の文壇にそのまま当てはめようと思ってもいないのだが、こういう事は言えると思う。私小説反対の気運は、ともかく反対するのだから見掛けは積極的な気運の様にみえるが、反対する根拠を作家達が各自の心底に求める努力をはぶいている以上、そういう気運に乗った仕事には、イギリスでノヴェルというものが発達に発達を重ねて、衰弱に向ったところに現れるのと同じ弱点が現れざるを得ない。

本格小説を書くという文学青年諸君に、無間地獄に堕ちるだろうなぞとは言わないが、併《しか》し金がかかるよ、とは言いたい。必ずしも皮肉な積りではない。月五十円もあれば私小説を書くに不自由はしないだろうが、広く世態風俗を活写しようという事になれば元手が要るに決っているのだ。純文学の新聞進出などと暢気《のんき》に言うが、例えば、武田麟太郎《りんたろう》の「銀座八丁」や「下界の眺め」が、彼の私小説「釜ヶ崎《かまさき》」より文学としての品質が向上しているかどうかは甚だ疑問だが、金は遥《はる》かにかかっている事に間違いない。彼の様な才能ある野心家にして既にそうだ。新しい思想を抱き、新しい内的衝動を持った作家を擁していなければ、私小説反対の気運なぞは、言ってみれば、金で才能を買うのが精一杯という気運に過ぎぬと言っても少しも差支《さしつか》えない。こういう言い方は新しい作家達に不服だろうと思うが、それなら志賀氏の文学を読んであの人は金に困らぬ人だから、という様な事も言わないがよいと思う。志賀氏は、自分の命を文学によって救う事、という一番金のかからない一番謙遜《けんそん》な為事《しごと》をしている。「志賀直哉全集」*は近頃贅沢《ぜいたく》な高価な全集だが、それにも拘らず、非常に沢山出たそうだ。そして恐らく誰も私小説だなどと思って読んでいる気遣いはない。よく売れるのも今日の反動的情勢が原因だと言う人もあるかも知れないが、僕は進歩主義者ではないから、あらゆる反動は真実なものを持っているという事実を見逃したいとは思わない。恐らく全集の読者の九十パーセントは、私小説に関する文壇論議なぞ知りはしまい。ただ志賀氏の文章のなかに現代文学が与えてくれない瑞々《みずみず》しい或る物を見ているに過ぎまい。

3

「和解」を読んで泣いたと書いたが、これは言うまでもなく、志賀氏の文章が、少しも感傷的なものを交えず、強い感動に貫かれている為だ。極く当り前な事なのだが、現代の夥《おびただ》しい小説に接しても、この当り前の経験は出来なくなってしまった。これは考えれば考えるほどおかしな事だ。現代作家等は、人を泣かす腕（実は腕ではないのだが）を無くして了った。その代りに何を得たか。無論それは何か得た気がしているのだろうが、失ったものは掛けがえのないものだという事にはなかなか気が附かない。だがそれが当り前な事になって了ったから誰もおかしがる者がない。そして言っている事は深刻だが、味《あじわ》いはまことに軽薄な作品が氾濫《はんらん》する。しかも誰も軽薄だと別に思わない。極言すれば病人の寄合いである。肉体の病人は、ごく軽い病人でも、健康を切望するものだが、精神の病人は、いくら精神が腐って来ても、それに気が附かないだけの口実は用意する、と言った様なものだ。

志賀氏の初期の作品には、周知の様に、病的なものがかなりあるが、どれも病的なままにその味いは生き生きとしている。そう見せる腕を作者が持っているわけではないので、この作者の様な烈しい心を持った人には、どの様な表現の形式を選ぼうとしても、衰弱した形式は見附からないのだ。作者自身の言葉を借りれば、「病的という事は飛躍であり、正気では感じられないもの、又は正気では現わせないものを、この飛躍で現わす」心の動きなので、志賀氏の病的な作品は、いつもそういう積極的な力を持っている。いつもただの健康が飽き足りなく思われる精神力の過剰から、そういう病的なものが出来ている。

世の中がだんだん不安になり、暮し難くなると、病的な作品の傑作も沢山生れそうなものだが、事実はまるで反対である。外的な不安は、作家の内的なものを衰弱させている。どうにもならない暗い絶望的な生活を、巨細《こさい》に亙《わた》って描写した小説が沢山現れるが、そういうものを読むとそれがよく解《わか》る。命がまるで凋《しぼ》んで了っている。不安小説や絶望小説を幾つ読んでも、この作家は、心底に何か烈しい狂気を秘めていると感じさせる様なものには出会えない。「魂の悩みは骨も枯らす」という言わば不安文学の原理とでもいうべきものと、現代不安小説とは何んの関係もないので、精神の不安が凝って文学となった有様が見られるわけではなく、ただ文学が出来上らない不安が露骨なだけだ。つまり世相の不安を馬鹿みたいに反映させているに過ぎない。一体が既に作家の仕事ではないのであるが、不安な世相の代弁者だという自惚《うぬぼ》れが、不安小説家の虚栄心を僅《わず》かに支えているのである。

要するに、若い作家達が失ったものは腕ではない、精神力なのだ。腕の方は発達した。大正の作家より昭和の作家は、技術の上で非常な進歩をした。この技術の進歩の為に、観念であれ、心理であれ、風俗であれ、いよいよ多彩に描ける時にはなったのだが、作家達は心の深さというものを次第に見失って来たのである。第一心の深さという様な言葉を軽蔑する様になって来た。

併し作品というものは正直なものだ。作品から感じられるリアリティという様な言葉は、言葉としては甚だ曖昧《あいまい》だが、直覚の上での感じとしては、少しも曖昧なところはありはしない。作品のリアリティの強さ弱さはそのまま作者の心の深さの度盛りを示す。それだけの事だ。

小説技術の発達とともに、心の深さというものについて、作者が知らず識《し》らず無関心になったのも、小説技術が専《もっぱ》ら＊リアリズムという技術の上に発展したという事が与《あずか》って力がある。併しこういう事は、自己を描かず社会を描くという意図に動かされている当の作家自身には非常に気附き難い事で、出来上った作品ばかりを受取っている読者の方が先きに気がつく。

リアリズムという手法は、一見危険が少しもなく、而《しか》も大変易しい手法の様に考えられがちだが、それは自分の事は棚に上げている人にだけそう思われるに過ぎない。常識から考えれば、自己告白を一度もした事もなく、その必要を感じた事もない様な人が、リアリズムで世間を描こうなぞとは思ってもゾッとする話である。「僕は御覧の通りケチな男だ、併し世の中は客観的に正確に観察はしている積りだ」、そういうリアリストの数は非常に多い。現代作家心理学を必要と感ずる程多い。そういうリアリストの小説は、作者が生きているから小説が在るという当り前な理窟《りくつ》が逆になって、世間があるから小説が在るので、而も小説が在るから作家があるとは限らないと言った風な理窟で出来上る。だから読者の迷惑はどういう事になるかというと、言わばせっかく直かに世間を眺めているのに、小説という世間の模造品が間に割り込んで余計な御世話をやくという事になる。

無論、現実は複雑となりその秩序が乱れてくるにつれて、これを正確に描きにくくなる。今日のリアリズム小説に感じられるリアリティの昏迷は、描かれる対象そのものの混乱に基因する。そして作家はリアリズムという使い易いと思った武器に頼って、仕事を進めれば進めるほど、この武器は作者に混乱した作品の形を提供するという始末になる。その事は嘗《かつ》て論じた事があるが、そうなると作家は厭《いや》でもリアリズムという手法が孕《はら》むヂレンマを意識せざるを得なくなる。その場合対象の方をどうにかする仕事は作家の手には合わないのだし、出来合いの思想の答案も何んの手助けにもならない。どうしても作品の統一を図る為には、何か自分の持つ内的な力に頼らざるを得ない。そういう時、一と口で言えば、棚に上げていた自分に復讐《ふくしゅう》される。

志賀直哉氏のリアリズムは、常に氏の烈しい心の統制の下にある。言いかえれば氏のリアリズムは氏独特の詩を孕んでいる。先日、志賀氏との座談会で、滝井孝作氏が*次の様な意味の事を言い、独り合点かも知れないが、何か僕には非常によくわかった気がしたが、滝井氏の言うには、日本の詩の伝統的精神には、抒情《じょじょう》というものは実はないのだ。少くとも第一流のものにはそういうものはない。「万葉」もそうだし、芭*蕉《ば しょう》の正風《しょうふう》というものもそういうもので、抒情というより寧《むし》ろ言わばリアリズムなのだ。自然というものは、いつも見えている様だが、実はその前に幕が下りているので、それを素早く開けて、そこに見えたもの、山でも鳥でも懐中時計でもいいが、そこに在るのがはっきり見えた時、それを摑んで来るのが詩だ。内側から歌い出そうとすると詩は流れて了《しま》うものだと。

若《も》し和歌や俳句に、そういう詩の発想法の伝統が根強く流れているのが確かなら、志賀氏のリアリズムは、そういう意味で非常に詩的だ。志賀氏の技術は、現代一流小説家中で最も単純であり、或る意味で貧しいとも言えるのだが、その強さ或《あるい》は純粋さという性格は、殆《ほとん》ど比類のないものである。所謂《いわゆる》名文ではない、急所々々で、いかにも見事に眼が澄んでいるという文章だ。

言うまでもなく、リアリズムの技術は、科学の発達に影響されて発展したのだが、科学にとって、現実がいつも様々なエレメント*に分解する用意をしている様に、リアリズム文学にとって、世の中はいつもエレメンタルな言語に分解する用意をしている。そういう風に思い込むのは、知らず識らずのうちにする科学の悪用であり、又暢気な錯覚だ。

現代小説に於《お》ける機械主義の勝利は、この錯覚の上に立っている。人間の心理や感情や或は性格でも行為でも、人間を構成する殆ど物的なエレメントの如《ごと》きものと見做《みな》して、これ等をあんばいして、小説の世界を築き上げようとする偏執は、作家のうちの詩人を殺して了った。正確な観察の為に、作家が自分のうちに住んでいる詩人を犠牲にした事が、その表現をどれだけ適確なものにしたろうか。

詩を失ったリアリズムとは、無私な観察というものの過信による文体の喪失である。独特の文体を持たぬ作家の観察という様なものが一体何んだろう。そんなものを誰も文学から期待しやしない。だが、文体の喪失という事は、現代文学の最も明らかな特徴なのである。リアリズムは作家の文体という抵抗に出会わないから、非常な勢いで氾濫する。作家は眺めるもの悉《ことごと》くが描けるというリアリズムの万能を心を空にして享《きょう》楽《らく》している。若し描く困難が現れれば、それは何か外的な例えば政治的禁令という様な障碍《しょうがい》である。そういう種類の障碍さえなかったら、作家はリアリズムに引摺《ひきず》られて何処《どこ》までも行くであろう。亜流リアリズムの当然な運命なのだ。

人は志賀氏の自然描写の美しさを言う。ああいう美しさは観察と感動とが同じ働きを意味する様な作家でなければ現せるものではない。観察された或る事実が、動かし難い無二の現実性を帯びる為《ため》には、観察者のその時一回限りの感動というものに、その事実が言わば染色されていなければならない。そこに叙事詩というものを発明した人間の健康な経験がある。「世の中に一つとして同じ樹も石もない」と教えたフロオ*ベルはその事を非常によく知っていた。だがこの金言を保持する為には、強い意志が要る事を亜流が忘れたに過ぎない。

だが、考えてみると叙事詩の根源にある、人間経験というものは、決して格別なものではない。それは普通人一般の経験である。誰が物を眺める時、観察と感動とを切り離そうという様な不自然な事を敢《あ》えて行うだろうか。僕等が世の固有名詞というものにのっぴきならぬ愛著《あいちゃく》を覚えているというのも、要するに僕等は多かれ少かれ生れながらの叙事詩人であるが為だ。傑《すぐ》れたリアリズム小説というものも、この僕等の素朴な経験を深化し純化したものであって、何か格別な職業の秘密によって出来上ったものではない。志賀氏の小説なぞは、その構造が純粋で単純であるから、この間の事情を大変よく語ってくれる。

描かれる対象の混乱そのものが、リアリズムを武器とする作家の作品のリアリティを台無しにする、と前に書いたが、結局それは消極的な原因であって、真因はリアリズムさえあれば何んでも描けるという、例えば昔からある心眼という様な美しい言葉を軽蔑《けいべつ》する作家の度し難い自負にある。今日ほど作家等が自然に対する謙譲な心を失って了った時はなかったろう。彼等は自然に関しては何もかも承知して了っている。そして描き出された処にどんな適確さがあるか。銀座通りが描かれても、本所*の工場が描かれても、必ずしも銀座でなくても本所でなくてもいいという甚だ不安定な姿が現れる。今日のリアリズムは既に固有名詞を躍動させる様な根柢《こんてい》的な力を失って了っている。だが作家の奇怪な自負は、それで小説上のトリヴィアリズム*を清算した積りでいるのだ。だが実は感受性が溷濁《こんだく》した事を知性が複雑になったと思い込んで自惚れているに過ぎない。

要するに、現代作家がリアリズムを駆使しようとして、リアリズムに小馬鹿にされた様な結果しか生み出せないのも、リアリズムという技術が便利すぎるところから来る。人間は才能の無いところでは失敗しないが、才能の故《ゆえ》につまずくと言われるが、何も人間には限らない。主義でも思潮でもそういう傾向がある。人生を解釈する上に非常に便利な思想というものは、その便利さで身を滅ぼす。便利さが新たな努力を麻《ま》痺《ひ》させるからだ。文学上のリアリズムも危機はその万能のうちに自《おのずか》ら萌《きざ》すもので、例えばロマンティスム*との衝突という様な外的な機縁で醸《かも》されるものではない。

作家達がロマンティスム技術の空想性に頼る危険は、批評家が眼をつけてやかましく言う程実は危険なものではない。空想による過失だとか虚偽だとか言うものは、このセチ辛い世の中で、放って置いても誤魔化しおおせるものではないからだ。併し、リアリズムの万能に頼る作家の陥る欺《ぎ》瞞《まん》は残念ながらそう明らさまなものではない。そこでは虚偽が、いつも尤《もっと》もらしい姿をしているからだ。「生《き》のままの真実は嘘《うそ》よりももっと嘘だ」というパラドックスでヴァレリイ*はこの面倒な現代小説美学の欺瞞を言っているが、リアリズムが専ら生のままの真実の蒐集《しゅうしゅう》に走る様になったのも、作家達が各自の心のうちに殺すべき嘘を見附けなくなって来たからだとも考えられる。リアリズムの年齢が未だ若い頃には、現実曝露《ばくろ》という事は、同時に作家が自分の心の裡《うち》に殺すべきセンチメンタリストやロマンチストの反抗を感じていた事を意味した。そういう反抗を心中に全く感じなくなった時、作家のなかの詩人が死ぬ。だが曖昧な言葉をもうこれ以上続けまい。再び言うが、こういう事は、出来上った作品の最初の印象、その味いの深浅が、誤る事なく語ってきかせてくれるものだ。僕等は其処《そこ》から、拙《まず》い＊演繹《えんえき》をやるに過ぎない。

現代の複雑多彩な文学のなかにあって、志賀氏の驚くほど単純な文学は、殆ど沈黙した人間のような様子をしている。併し、誰が氏の作品のリアリティの深さを見誤ろうか。この黙した人間のような様子が、僕等の心に或る暗黙の理解を伝える。そしてそこから、現代文学の饒舌《じょうぜつ》に関する、言わば病因論《＊エチオロヂイ》ともいうべきものが自ら僕の心に浮び上って来るのである。

リアリズムの万能という入場券みた様なものを握って、毎月数十という雑誌小説に幾百という人物が登場する。彼等は月評家に、自分の入場券を示し、この通り僕等は架空の人物ではない、実在の人物だという。そして彼等の持った入場券に作者のサインのある場合は極めて稀《ま》れである。成る程彼等は架空の人物ではない。その言行には不可解な処も、不自然な処もない。併し何んという魅力のない退屈な人達だろう。実際に居そうな人達ばかりだが、実際に居たところで附き合って見たいというような想《おも》いを起させる人物が幾人いるだろう。そういう味気無さを知らない批評家は恐らく一人もあるまい。

成る程作家は、小説中の人物に親しみを感ずるか感じないかという様な読者の通俗な想いを狙《ねら》って小説を書くのではあるまい。だから批評家も、なるたけ小説は通俗に読むまいと心掛けているわけで、毎月何十人という退屈極まる登場人物達を送迎しながら、心の底に味う言うに言われぬ味気無さの如きは、商売柄口に出さぬ事にしている。印象批評*はいけないと言われるが、作品の印象を率直に語ろうとすれば、心底の味気無さをぶちまける事になるのだから、印象批評などというものは、実際上殆ど不可能に近いのである。仕方がないから、作品から作者の意図を抽象する、或は作者の思想を抽象する、そして何んとか作品評の態《てい》を装《よそお》う。これが、近頃、少くとも批評という仕事を真面目に考えている人が苦り切ってやっている事だ。近頃の文芸時評は、作品に触れなくて怪《け》しからぬという様な不平は、作家の途轍《とてつ》もない自惚《うぬぼ》れから来る囈《たわ》言《ごと》に過ぎない。

作品の印象を素直に受入れる為に、何も批評家になる必要はない。作中人物となって生活している様な気になる事、或は作中人物と実際に交際したい様な気持ちになる事、そういう一般読者が小説を読むに際して必ず抱く素直な錯覚は、高級なもの通俗なものたるを問わず、凡《およ》そ小説と呼ばれるものが社会に生きる為の根柢の条件をなす。そういう通俗な（実は決して通俗などとは呼べないものなのだが）錯覚を満足させない小説は、批評家が、その思想の進歩性を、その意図の正当さをどんなに説いた処で所詮《しょせん》文壇論議を出ないのである。一般読者は、批評家から教わった或る作品の意図などというものと、作品から受ける最初の素朴な印象とを決して交換したがらないからだ。月評で食っている批評家も、亦《また》一般読者の心を持っている。この心が正直に語り出したら月評もへちまもなくなる。今はそんな時だ。

4

志賀氏の文学に登場する人物の数や種類は、周知の様に極めて少い。だから、これほどの人物しか踊らす事の出来ない手腕で、一体小説家と言えるだろうか、という議論も無論成り立つのである。然《しか》し古典が（志賀氏の作は既に古典だ）日に新たな所以《ゆえん》は、その作者に、後世の発見を待つほど多様な才能が備わっていた為ではない。ある限定されてはいるが＊ユニックな才能を徹底的に発揮した事によるのだ。志賀氏の作品のうち、作者の手で充分に仕上げられた人間のタイプを求めれば、僅《わず》かに「＊暗夜行路」の＊時任謙作《ときとう》一人しか見附からないであろう。だが作者は、時任謙作の創造には、その才能を徹底的に発揮している。そういう処を熟視したなら、わが国の近代文学中稀れに見る人間典型が其処に描かれている事に厭《いや》でも気が附く筈《はず》だ。

作家の描く人間典型などとは曖昧《あいまい》な言葉だ。描かれた人間で、どれが類型を出《い》でず、どれが典型にまで達しているか、そういう事を判別する理窟《りくつ》なぞは一切ない。だが誰も作品の読後印象の上で誤りはしない。誤らぬからこそ、類型とか典型とかいう言葉も出来て来たのである。類型はいつも典型に憧《あこが》れている。小説読者は、小説のうちにいかにも在りそうな人間を探しているのではない、この人でなければならないという人間を求めている。物語中の人物の名前を覚え込んで忘れない子供の心は、小説史上に幾人かの人間典型を記憶する歴史の智慧《ちえ》に直接通じているものだ。

時任謙作は、ただ世の中に在りそうな人物ではない。読者は彼の魅力に抗する事は難かしい、そういう人物だ。何処《どこ》からその魅力は生れるのか。魅力ある実在の人物を作者が冷静に正確に写してみせたからではない。作者はこの一人の人物を創《つく》りあげるのに十何年もかけた、その愛情、作者がこの人物に注いだ深い愛情から来るのではあるまいか。ひと口で言えば、作者の愛情が一人物を見事に客観化した場合なのではなかろうか。

だが、そういう言い方をすると、何かそこに美学上の高級な理論がありそうに思えるが、実はそんなものはない。僕等の日常生活に於ける人と人とのほんとうの関係というものを反省してみればよい。僕等はいつも知らず識《し》らず愛情によって相手をはっきり摑《つか》んでいるのだ。成る程、僕等は相手を冷静に観察はするが、相手にほんとうに魅力ある人間の姿を読む為には、観察だけでは足りない。愛情とか友情とか尊敬とかが要るので、そういうものが観察した人間の姿を明らかに浮びあがらせる言わば仕上げの役目をする。そういうものがほんとうのリアリズムなのであって、軽薄なリアリズム小説を書いている作家も、日常生活で親友に対してはほんとうのリアリズムを発揮している事に自ら気が附くだろう。尤も親友を作るという事は孤独になるのと同じ様に、先《ま》ず大抵の小説を書くより難かしい仕事だから、気が附きようもないかも知れぬ。小説中の諸人物の軽薄な諸関係は、作者の日常の軽薄な人間交渉の反映でないかとさえ思う。

5

「暗夜行路」は、傑《すぐ》れた恋愛小説である。通読して幾年ぶりでほんとうの恋愛小説に出会ったろうと思ったが、それほど現代では恋愛小説と呼ぶ事の出来るものが払底《ふってい》している。だが恋愛という大きな事実が払底しているわけではないのだから、小説家は恋愛に触れないで小説を書く事は依然として困難なのである。従って恋愛小説めいた恋愛小説は無論、沢山あるわけだ。だがそういう作家の唯一《ゆいいつ》の口実、現代人は恋愛めいた恋愛しかしないという口実は、あまり当てにならない。寧《むし》ろ恋愛めいた恋愛しかしない少数の人が小説の影響下にある。

恋愛という烈《はげ》しい粗野な情熱は、万人に平等だ。僕等は機会あるごとに野蛮人に立《たち》還《かえ》っている。現代小説家のペンは、もはや其処まで下って来る事を止《や》めて了った。何処にも根を下す事が出来ない様な恋愛的心理の葛藤《かっとう》は、非常に多く描かれているが、恋愛の本質的な幸福や不幸は、新聞の三面記事が、これを引受けている有様だ。もと もと恋愛は文学的なものではない。人々が考える様に文学に飜訳《ほんやく》し易《やす》いものではない。古来、恋愛文学の氾濫《はんらん》は、それだけに駄作も亦非常な数に上る事を語っているとも言える。

貧血したリアリズムが心理主義に堕するのは当然だが、最近著しく心理化した作家等の技巧に、恋愛は、まことに恰好《かっこう》な材料を提供している。実を言えば、恋愛という絶対の事実なぞ作家達はもう必要としていない。ただ男女の交渉に際して現れる心理上の駈引《かけひき》だけが、何か意味あり気に作家等の眼前にある。ではそんなものを、作家達の内部の何が必要としているのかと反問すれば、恐らく彼等は返答に窮するのである。

或は、自分達は、恋愛心理という人間心理の最も微妙なからくりを分析して見せているのだと答えるかも知れない。だが人生の微妙さは断じてそんな処に見附かる筈はないのだ。行為たる事を止めた恋愛が醸《かも》す心理上の駈引なぞに、元来嘘も本当もある筈がない。どのような心理だって可能なのだ。つまり一切が出鱈目《でたらめ》なのだ。嘗《かつ》て浪漫派文学が、生活の恋愛的装飾について遺《のこ》した厖大《ぼうだい》な駄言を考え合わせてみるがよい。今日の恋愛心理小説が、これに劣らず空想的なものだと気が附くだろう。作家達は、作品のサブタイトルに「恋愛という愚行」と書いた気でいるかも知れないが、内的統制力を失った彼等のリアリズムにとっては、何を書いても一応本当らしく見える恋愛心理の不安定性が、単に恰好な対象であるに過ぎないと考える方が、僕には実情に近いと思われる。

「暗夜行路」には、恋愛の戯画に類する様なものの片鱗《へんりん》さえない。登場する男女の間に、心理上の駈引なぞ一切見られない。すべては性慾という根柢的なものに根ざし、二人が、言わば行為によるその理想化に協力する有様が、熱烈な筆致で描き出されている。恋愛とは、何を置いても行為であり、意志である。それは単に在るものではなく、寧ろ人間が発見し、発明し、保持するものだ。だから、恋愛小説の傑作の美しさ、真実さは、例外なく男女が自分等の幸福を実現しようとする誓言に基《もと》づくのである。

そこから「暗夜行路」の強い倫理的色彩が発する。志賀氏の*モラリストとしての素地は、この作品で初めてその全貌《ぜんぼう》を現した観がある。*白樺《しらかば》派の文学者のうちにあって、志賀氏のモラリストとしての性格が露骨に見えなかったのも、氏のモラルの純粋さに依《よ》った、という事を、この作で読者は納得するであろう。それはひと口で言えば深い意味での幸福の探究である。幸福の探究は、昔から変らぬ又将来も恐らく変らぬ人間の道徳だと、この作品は強い語調で語っている様に見える。恐らくそうに違いあるまいと思われる。エデンの園の*巨大な神話を、今日も人間は汲《く》み尽す事が出来ない。将来もそうであるより他はあるまい。幸福は、各自が自力で生活の上に探り、知り、創り出すより他はない。その確実な方法に至っては学ぶ事も出来なければ教える事も出来ない。これも僕には非常に確かな事に思われる。

　現代のインテリゲンチャにとって、幸福という言葉ほど遠くにあるものはない。而《しか》も彼等は自分達の不幸を自分達の責任と考える事も止《や》めた。自分独りで幸福を編み出す勇気も捨てた。そういう頑固な時代の通念を、僕はどうしようとも思わない。それはどうにもなるものではない。どうにもならないからこそ通念となったのである。だから新しい思想の誕生の為には、時代の通念は、物的障碍《しょうがい》の様な姿で現れるのが常なのだ。昔からモラリストと言えば思想の物質化に対して文句をつけて来た。*モンテエニュ以来変りはしない。

幸福といい不幸といい、外的事情に強いられて人間が被《かぶ》ったり脱いだりする帽子の様なものだと、現代のインテリゲンチャは考えているが、そういう種類の知識は、幸福でも不幸でもない人間を作るだけだ。世の中には、外部の物が傷つけ様もない内の幸福があり、何物も救い様のない深い不幸がある事を僕等は知っているし、そういう幸不幸を識るのには、又別の智慧《ちえ》が要る事も知っている。別の智慧と言っても、少しも格別な智慧ではない。生活の何んたるかを生活によって識った者には、誰にでも備わった確かな智慧だ。「暗夜行路」は、この確かな智慧だけで書かれている。だから、この主人公が、極めて排他的な幸福の探究から始めて、幸福とは或る普遍的な力だという自覚に至るまでの筋道を理解するのにどの様な倫理学も必要としない。それほどこの筋道はごく自然な筋道であり、この主人公の摑んだものは、恐らく深い叡智《えいち》だが、その根は一般生活人の智慧のうちにある。

現代作家は、幸福という言葉は嫌いだがモラルという言葉は好きである。幸福にも不幸にも見離された様な人々が、新しいモラルについていろいろ工夫を凝らしている様は、何んというか一種まことに脆弱《ぜいじゃく》な感じのする風景である。新しいモラルの探究、だが探究されているのはモラルの名目だけだ。ヒュウマニズムという名目が見附かる、すると直ぐこの名目をどういう風に限定すべきかという議論が起る。日本主義という名目が見附かる、忽《たちま》ちその当否が幾多の論戦を捲《ま》き起す。まるで今日の文学者や思想家は、言わば思想的不眠症にかかっている様だ。不眠症の男が、眠りにつけない最大原因が、その眠ろうとする努力にある様に、論証のみ急なモラルの探究の故《ゆえ》に、モラルの真義が探究者の手から脱《のが》れている様な有様が見られる。

そういう中に、「暗夜行路」を置いてみる。そしてあの瑞々《みずみず》しさが何処から来るか、あの叡智に充ちた眼差しの様な美しさは何処から来るか、それを考えてみるのはよい事だ。衆人の為に論証しようと焦躁する現代の諸精神のうちにあって、時任謙作の精神は、異様な孤独を守っている様に見えるが、実は異様でも孤独でもない。彼の精神は、ただ健康にその実力を試しているに過ぎない。この主人公のモラル探究の方法は、現代精神が探究という言葉から理解しているところとは凡《およ》そ違うという事に注意するのはよい事だ。彼は、自分の摑もうとするモラルがどんなものだか知ってはいない。彼は、ただこれを知る智慧が、これに達する智慧とは別だという事をよく知っている。彼は、心の悩みを言葉に飜訳し、その言葉に又つまずくという現代文学者の愛好する遊戯を全く嗜《たしな》まない。彼の苦しみは、言葉なぞを媒介とせず生活から直接にやって来る。これを立て直す為にも、彼は生活を生活によって識る者の智慧、つまり精神の実力以外のものを使わない。

＊オルテガが明らかに洞察している様に、「規範がないというより寧《むし》ろ規範に人間が従わないという特徴を持った危機が現代に生じている」、そういう危機は既に日本の思想界にも訪れている。そうだ、確かに人間がついて行かないのだ。様々なモラルの形態があり、人々が選択に迷っているのではない。迷っていると思うのは、モラル製造業者の逃れ難い自惚《うぬぼ》れに過ぎぬ。万人を説得する為に工夫されたモラル、万人に納得が行く様に論証されたモラル、その様なものが、元来これを前にして人間が手の下し様もないものなのである。その様なものを、人間の本当の智慧が納得する筈がないのである。

（「改造」昭和十三年二月号）

菊池寛論

1

文壇の大御所などという世評のお化けの様な名の冠せられたこの非凡な人物の真の姿を見極めようとする仕事は、僕には大へん難かしい仕事で、どういう風に書き出したらいいか迷うのだが、「菊池寛全集」*を読んでいる間、附き纏《まと》って離れぬ一つの実感から先《ま》ず述べるのが一番自然の様に思われる。

文芸批評を発表し始めてからもう七八年になるだろうが、その間一っぺんもこの人物に関して真面目《まじめ》に想《おも》いを廻《めぐ》らした事がない。氏の作品を批評の材料に選んだ事も選ぼうと考えた事もない。自ら省みて滑稽《こっけい》の感に堪えぬ。金があって勝手な事を考え、気儘《きまま》な勉強が出来た身分ではない。ジャアナリズムが命の親で、殆《ほとん》ど文芸時評というもので生計を立てて来た事を想えば、よくもそれで商売が成立って来たものだと思う。それは菊池寛氏が最近の新しい文学の運動に全く無縁な存在だったからではないかと言う人があるかも知れないが、これは何も菊池寛氏に限った事ではない。所謂《いわゆる》文壇の大家達はみんな新文学の苛立《いらだた》しい運動に対しては固い殻を被《かぶ》って来た。伝統的文学に精通し而《しか》も新しい人々とともに歩く様な厄介な悲劇を演ずるのは誰にも馬鹿々々しい次第だったのである。菊池氏は例えば*谷崎氏以上に僕等と無縁な人だっただろうか。果して、「*春琴抄《しゅんきんしょう》」が「*貞操問答」より僕等に縁のある作品だっただろうか。そんな事を考えて来ると、滑稽感はもう僕の裡《うち》にじっとしていない。外部に溢《あふ》れ出して複雑な形をとり、いろいろな考えを強いるのだ。

最近、*魯迅《ろじん》が逝去《せいきょ》した。「改造」誌上に載った諸氏の追悼文を読んだ人は誰しも痛ましい感じに打たれたであろう。僕は殊《こと》に*林守仁氏の陰気な文章が心に残って気が滅入ってしまった。魯迅が広東《カントン》の中山《ちゅうざん》大学の文学部長に赴任した当時の話で、醤油《しょうゆ》色に染まった支那の古典をしこたま抱えてやって来た魯迅が、「革命の文学者魯迅」を迎える昂奮《こうふん》し切った学生を前にした演壇で見窄《みすぼ》らしい姿で鼻をかむ処《ところ》が書いてある。ああいう「*阿Q正伝」を地で行った様な様子を想像すると、「*魯迅全集」の大広告を見てもいそいそと買う気にもなれぬ。ポックリ死んでみたら「*東洋のゴオリキイ」だと騒いでみたり、会葬者が一万人に達したり、さぞ棺の中の魯迅も苦り切っているだろうという意味の事を林守仁氏は書いていた。そうに違いないかも知れないが、僕は何んだか羨《うらや》ましい気もした。魯迅は大作家ではあるまい。東洋のゴオリキイなどとんでもない事だ。だが支那の文学をやる若い人達は自国の現代の代表的作家を問われたら、皆言下に魯迅と答えるであろう。それだけは間違いない。併《しか》し僕等は同じ質問を外国人から受けて誰の名を答えるのだろうか。

僕はわが国には一個の魯迅すらいないなどという馬鹿気た事を言おうとするのではない。いずれこういう事情には各作家個人の天才や才能を絶した事柄が絡《から》まっているからだ。古い支那に精通し、新しい支那の真直中《まっただなか》に生きた、いかにも現代の代表的作家と呼ぶに相応《ふさ》わしい魯迅の様な文学者が、未発達な近代文学を抱えて混乱した現代の支那に現れたというのも、歴史の微妙な皮肉である。幸か不幸かわが国の文壇は魯迅を生むには既に老いている。而もジイド*を生むにはまだ若い。旧人の円熟は新人の渇を癒《いや》すに足りぬ。新人の早熟は旧人の心に触れぬ。而も両者に烈《はげ》しい相剋《そうこく》があるかというとそれもない。発達したジャアナリズムは新旧文学者等に奇怪な緩衝地帯を提供している。魯迅的問題は露骨に表面には現れないが、陰に籠《こも》って甚だ手の込んだものになっている。忍耐の無い奴がくたばるだけだという様なこんな状態が当分続くであろう。

2

菊池寛氏に関する評論では正宗白鳥、杉山平助の二氏のものを読んだが、それぞれ筆者の人柄がよくでていて面白かった。だが若い評家や作家は菊池寛氏には、殆ど無関心な様である。僕が批評を書き始めた頃には既に氏は所謂純文学の畠《はたけ》の人ではなくなっていた。芸術家としてより寧《むし》ろ文壇の大御所でもいいが兎《と》も角《かく》社会的渾名《あだな》がよく似合った成功者として僕の眼に映じていた。ボオドレエルに心酔していた当時の僕は洟《はな》もひっかけなかった。「文藝春秋」の埋草《うめくさ》原稿で生活していたから、時々社で氏と会う機会があったが、挨拶《あいさつ》一つしなかったものである。先方でも気味の悪い奴だと言っていたそうだ。だが考えて見ると菊池寛氏ほど文学青年というものを全く黙殺して仕事をした作家が他にいるだろうか。氏が純文学を捨てて通俗文学を書き出したという事が、文学青年の氏に対する無関心の原因の様に一見思われるが、それは間違いだ。氏の初期の短篇小説や戯曲に既に文学青年を惹附《ひきつ》ける何物かが欠けていたし、文学青年の理解を絶した何物かがあったのだ。

処女作に作家のすべてがあるという事が言われるが、その意味で菊池氏の処女作は「父帰る」である。氏の全作品を通じて見られる飽く迄《まで》も理詰めな構成、無駄のない人物の動かし方や会話、人間心理の正確な観察、健康な倫理観、そういうものがこの作の裡に圧縮されている。そして確かにそういうものが当時の文壇を動かした。併し今僕はこれを再読し、恐らくこの芝居が動かしたものは文壇人でなく寧ろ一般大衆であった事をはっきりと感ずるのである。この芝居に動かされた文壇人も、少くとも見ている間は一般大衆の心になっていた事を感ずるのだ。そこには一切の文学的意匠が無い。文学的思慕も文学的教養も持っていないが、実人生だけは承知している、そういう一般観客の胸に直接通ずるものだけが簡潔に表現されているところに、この戯曲の真の力があり、この作者の天才があるので、この天才は最近の「新道」に至るまで一貫して変らぬ。

小説の技法の発達は日進月歩で、菊池氏の初期作品の技法などに驚く人は今ないであろうが、当時にしても谷崎、志賀、里見、芥川、佐藤等の諸氏が自然主義的小説技法に対して反抗した豊富な新技巧に比べれば、菊池氏の技巧は大変見劣りのするものだ。谷崎氏の豊かな肉感性も志賀氏の精到なリアリズムも里見氏の巧みな心理描写も芥川氏の警抜な皮肉も佐藤氏の憂鬱《ゆううつ》な抒情《じょじょう》も、と言ってくるとよくまあその頃の作家はいろいろ目に立つ癖を持っていたものだと思うが、この技法上の癖と各作品の真の独創性との関係は兎も角として、文学青年達が、やれ俺は志賀党だとか谷崎派だとか騒ぐのにはこの癖は大変都合のいいものだった事は確かである。ところが菊池氏の作品にはこの癖という奴がない。文学青年達には惚《ほ》れ込み様がないのである。外国の或る評家が近代短篇小説を分類して家庭小説とか地方色小説とか性格描写小説とかいろいろ言っているうちに、人間的興味の小説《ヒユウマンインタレスト・ストオリイズ》という分類をしている事を氏は書いているが、氏の作品の様に意匠は何式と言う事の難かしい作品には、この「人間的興味の小説」という名前なぞは一番相応わしい。凡《およ》そ小説にして人間的興味の小説でないものはないからだという意味ではない。氏の作品は読者を人間的興味の中心に招待する為《ため》に、面倒な技術は一切御免を蒙《こうむ》っているという意味だ。心理描写だとか性格解剖だとか或《あるい》は何んとも言えない巧《うま》さだとか味いだとか、さては人生の哀愁だとか人類の苦悩だとか、そういうものには一切道草を食わず、直ちに間違いのない人間興味の中心に読者が推参出来る様に、菊池氏の作品は仕組まれているという意味だ。ここに僕は菊池氏の独創性を見る。だがこの独創性を明確に摑《つか》もうとしないのは果して文学青年達だけであろうか。

3

「常識嘲笑《ちょうしょう》の本陣たる芸術家の畑から出《い》でながら、その時代の支配を蒙らず、さらに身をもって当面社会に適応する常識的社会を確立したところに、菊池寛の群小芸術家から断然区別せられる所以《ゆえん》のものがあったのだとは、今にして始めて明かにせられるところのものなのだ。即《すなわ》ち当時の末流芸術家輩は、いたずらに常識を嘲笑し、個性を追い求めることに雷同*することによって、実際には却《かえ》って真の個性を失っていた。……その間にあって、菊池寛は、あだかも流行にうとい田舎者の如《ごと》く、すこしも『個性』や『天才』にとらわれないことによって、却って彼独自の一種の個性を確立し得たものと云うことが出来る」（杉山平助氏、「菊池寛論」）

これは卓見だ。併し、問題はもう少し面倒な様である。何故《なぜ》かというと、個性を追い求める事に雷同して真の個性を失っていた様な末流芸術家なぞが今更問題ではないからだ。

先ず大概の純文学者を以って任ずる人々は菊池寛氏の作品を軽蔑《けいべつ》している。と言えば暴言に聞えるかも知れないが、実は暴言に聞える様な気がするだけである。ただ侮《ぶ》蔑《べつ》感は陰に籠って、そしてこれは大事な事だが甚だ曖昧《あいまい》な形で彼等の胸底に存している。正宗白鳥氏の「菊池寛論」は、こういう胸底のもやもやを巧みにもやもやと書いていて、少女愛玩《あいがん》の小説に親しむことの如何《いか》に難《かた》きかを知った」という様なはっきりした皮肉がところどころ現れるが、こういう皮肉の発せられる所以のものを考えると少しもはっきりしていない。正宗氏の面目躍如たる皮肉などと言ってみたって始らぬ。僕には問題はそんなに簡単だとは思えない。正宗氏の皮肉の裏には、わが国の尊敬すべき文士気質の様々な亡霊がぞろぞろ行列しているのが見える。「新珠」が第一流の文学作品でないなどという事はわかり切った事である。第何流の作品だと決めた処が少女愛玩の小説だと決めた処が、亡霊の行列が見える事に何んの変りもない。これは可成り奇妙な事だ。吉村冬彦*氏の随筆に錯覚の事を書いたものがあり、ハイディンガ*ア・ブラッシというものがあるそうで、偏光を生ずるプリズムを通して白壁に斑点《はんてん》が見える現象だそうだが、ハイディンガアがこれを見附けてからいつでも現れている事はわかっているが、いくら眼を凝らして見ても直ちに見えるわけには行かぬという。ヘ*ルムホルツは見附けるのに十二年もかかったという。吉村氏は学生時代プリズムをやけに捻《ね》じ廻していたらひょいと見附かったそうだ。一ったん見え出すと他の光学現象を観察するのに邪魔になるくらいよく見え出す。こういう眼底網膜の一部が偏光に照らされた時に生ずる主観的生理的現象と、時代思想の「偏《かたよ》り光線」に照らされた人々の心の眼に映ずる主観的心理的現象とを氏は比較していた。菊池氏の全集が僕にプリズムをやけに廻させたのかも知れぬ。

4

菊池氏の小説の一般の評価では、長篇小説は悉《ことごと》く黙殺され初期の短篇だけが問題にされている。殊に所謂「啓吉物」*と呼ばれる氏の私小説が高く買われている様だ。幾年ぶりかでこれらの作品を読み返してみたが、格別これらの作品が優れているとは少しも感じなかった。そんな処にも文壇人の偏光現象による錯覚の様なものが明らかに現れている事を強く感じただけである。「忠直卿《きょう》行状記」*は「出世」*や「葬式に行かぬ訳」*より遥《はる》かに優れた作品だ。「受難華」*は「忠直卿行状記」より遥かに見事な小説である。上野の図書館に久しぶりで行った時の感想文（「出世」）を書くより、人間の孤独感を戯曲的に摘出してみせる仕事（「忠直卿行状記」）の方が手腕を要する仕事だし、それより三組の現代男女の恋愛図を描き分けて見せる仕事（「受難華」）の方が又余程高級な観察を要する仕事だ。「啓吉物」に今更感心するより、氏と一緒に競馬にでも行った方がましである。少くとも啓吉でも*譲吉でも三倍ぐらいよくわかる。

これもこんど読んで気が附いた事だが、「啓吉物」に限らず氏の私生活を題材にした作品には私小説の本流、と言っては変だが所謂私小説とまるで異った性格がある。菊池氏の私小説の魅力は、誇張のない逸話と同じ性質のものだ。人間的魅力に富む正確な逸話の種をいつも供給してくれている様なものだ。当人は力み返って語るが、聞く人には一向面白くないという分子は一切省略されている。言わば自分で自分の逸話を語る大家の様なもので、告白は逸話にならない事をよく心得ている。一体私小説というものは、いい意味でも悪い意味でも自分で自分を*玩弄《がんろう》する処にその魅力の中心があるもので、読者は作者が自分をいじくり廻す才能に感服したり嫌悪《けんお》を覚えたりしているので、読者が一般に無邪気に考えているほど、私小説というものに作者の姿は現れているものではない。ましてや文学者が文学的邪気を以って考えているほど自己告白の裡に自分が現れるものではない。菊池氏の「*半自叙伝」は作家の告白病から鮮やかに超脱している点で無類だと思う。先日*高橋是清《これきよ》氏の自伝を読んで、自己解剖に心胆を砕いている文学者には到底描き切れない自分の姿が語り切られている点を面白く思ったが、同じ性質の魅力である。自己反省の手際《てぎわ》なぞは見せず、見た事言った事行った事をさっさと語ってくれる。楽天的であり実践的であり反省の為の反省が皆無なところ両者はよく似ている。尤《もっと》もこうなると文学的才能というより根本の人格の問題になるから、自ら省みて根本の人格だけではとても間に合いそうもないと観念したのが、手を代え品を代え、自己観察の新型に関して苦労するのも止《や》むを得ぬ。

菊池氏に*「作家凡庸主義」という感想文がある。里見弴《とん》氏の「作家天才主義」と正面衝突をして評判だったらしい。どうせこういう種類の論争の性質上、水掛《みずかけ》論で終ったらしいが、両者ともに論争を実行によって解決した事だけが、後人にとっての研究材料を与えた。

「作家凡庸主義」が書かれたのは大正九年頃だから、「半自叙伝」によれば、「思いがけない文壇的出世に夢の如き思いがして、(恐らくこれが自分の絶頂ではないか)と、ひそかに考えた。そして、とにかく茲《ここ》まで来れば、自分も満足だと思った」丁度その頃に書かれたわけで、そういう自己満足の頂にあって、自分の才能に幻影を抱かなかったのを見れば、この人の個性は余程烈しく強いものだったに相違ない。細心とか慎重とかいう消極的性質ばかりが、そんな場合ものを言う筈《はず》がない。

「作家凡庸主義」は当時里見氏の誤解を受けた様だが、今でも誤解を受けている。何故かというと、菊池氏は自分の天才を「作家凡庸主義」で巧みに覆《おお》って了《しま》ったからである。自分は天分のない凡人だとか作家になれたのは運だと思っているとかいう言葉の裏に、自分の凡人性や自分の運を信ずる烈しい確信がみんな隠されて了ったからだ。里見氏は最も執拗《しつよう》な私小説家である。里見弴という人物が物を観察する一つの眼の様になって了った氏の最近の諸作には文句なく感服しているが、例えば「善心悪心」*と「出世」とを比べてみれば後者の独創性ははっきり分ると思う。所謂《いわゆる》「啓吉物」は、自画像を描くのに鏡の必要を全く感じなかった人の手で書かれたという事を理解しなければ、「啓吉物」を理解する事は出来ない。

5

菊池氏は偉大なる常識家と言われている。これはもうそうに違いないが、そうだからと言って氏の文学の価値を割引して考える必要はない。純文学者達が皆知らず識《し》らず割引して考えるのも、菊池氏の仕事の真相を正確に摑もうとしないからだと思う。正宗氏の意見によれば、菊池氏は「素直に現実を受入れる人である。現実に対して相応に敏感な人である」、菊池氏のリアリズムは「上すべりの綺麗事《きれいごと》に過ぎぬ感じ」で、「これは、婦女子を喜ばせるためにわざとそういう筆使いをしたのではなくって、作者自身の心境がそうなのではあるまいか」という考え方である。これは専門的文学者達の代表的意見の様なもので、正宗氏だから敢《あ》えてここまで言い切ったので、普通は「啓吉物」なぞはいいと思うと言っている。

範囲は勿論《もちろん》限られてはいるが、僕が会った文学者のうちでこの人は天才だと強く感じる人は志賀直哉氏と菊池寛氏とだけである。取合せが妙に聞えるかも知れない、敬愛の念が僕の観察眼を曇らせているのかも知れない、が、兎《と》も角《かく》これは僕の実感である。菊池氏の鋭敏さは志賀氏の鋭敏さと同様に当代の一流品だと思っている。鋭敏さが端的で少しも観念的な細工がないところが類似している。一体文士の敏感さくらい当てにならぬものも少いので、商売柄ほんとに感じてもいない事を感じているらしく書く習慣が身についているから、巧まずして鈍感さを隠しているからだ。芸術家らしい癇癪《かんしゃく》だとか詩人らしい神経の細かさだとか小説家らしい物の見方だとか、そういうものを僕はあんまり信用していない。心の弱さや頭の細工がどのくらい贋《にせ》鋭敏家を作っているか見当がつかぬ。

菊池氏の鋭敏さは屢々《しばしば》病的と思われるほどのもので、妙な例を挙げる様だが、菊池氏が講演か何かで北海道に行った時、女の幽霊に宿屋で会った。そういう話を一切描写抜きで面倒臭そうに話すのを聞いていると氏の非凡な感受性の性質がよく納得出来る。菊池氏は女の幽霊を信用していない程度に芸術の幽霊を信用していない。だから両方とも描写抜きで話す。

作家の専門的技巧というものの威厳がいろいろな原因から次第に怪しくなった今日でこそ、描写の後に寝そべってはおられぬ、という様な意見も言われるが、大正文学が自然主義文学の平板な描写に抗し文壇の主流作家等が争って新描写法の探究に凝った時に、その中に立ち混って描写の後に寝ていられぬとはっきり宣言もし実行もしたのは菊池氏一人であった。自然主義小説家達は美文の後に寝ていられぬという革命家達だったが、客観的描写の後には実によく寝た。客観的描写という小説の描写のうちでは一番大衆的なものが、わが国では優れた作家の手で遂《つい》に大衆化される機がなかった事は考えてみると妙な事だ。

わが国の所謂ブルジョア文学者のうちで、菊池氏ほど古い文人気質というものから鮮やかに脱した人はいない。氏は努力によって或は何かの影響によって脱したのではない。初めから新しい作家の型であった。初めから新しい型として生れた人間を追い越す事は仲々難かしい。一時新作家の新しい型が文壇を風靡《ふうび》したが、又一定の思想に乗って書くことが困難になって、思い思いの技法で書き始める時勢になってみると、人間の本質的な古さ新しさというものが眼に立って見えて来る。この新人にこの古さがあるのかと驚く様な次第だ。真の人間の新しさというものを持っている新作家は稀《ま》れだし、これを見分ける事も容易ではない。菊池氏の文学の真の新しさというものも評判当時より寧《むし》ろ今日になってはっきりする様なものだ。例えばいろいろな新しそうな新人より*林房雄の方が真に新しい型の人間だと世間は仲々気附かぬ様なものだ。

自然主義文学に反抗した多くの大正期の作家のうち、一番徹底した改革家は菊池寛氏と*武者小路《むしゃのこうじ》実篤《さねあつ》氏だったろうと思う。少し乱暴かも知れないがあとは良かれ悪《あ》しかれ改良派と一括出来る。あらためて武者小路氏の全集を読んだら又いろいろな事が考えられそうである。共にスタイルというものに心を労せず新しいスタイルを発明し、又この発明したスタイルにも執着しなかった人だ。ともあれ共にその才能の一番大事な部分をスタイル以外のものに費した人だ、そして両方とも結局純文学の世界では仕事をしなくなって了った人だ。

描写の後に寝そべってスタイルを練磨した事にかけては、わが国のブルジョア・リアリズムは世界無比だ。その結果第一流の小説が小説本来の性格を失って散文詩となる傾向に於いても世界に冠たる事を示した。こういう間に立ち混っては菊池氏のスタイルは、浅薄の譏《そし》りを免れぬ。併《しか》しこれは氏の作品の真の価値と何んの関係もない事で修辞学的批評は氏の作品に対しては殆《ほとん》ど無力なのである。

6

「作家諸子は人生その物の観照に就てはみんな大抵リアリストであるが、芸術と云うものについては、みんな大抵ロマンチシストである。人生の他の凡《すべ》ての事に幻滅を感じながら、芸術に対してはなお幻影を持っているらしい。芸術と云うものが何だか云い知れぬいいもののように考えているらしい。芸術と云うものが何だか云い知れぬいいもののように考えている――またそうでなければ芸術家にはなれないのだろうが――ように私には考えられるのである。従って芸術家と云う者は、芸術に対する認識だけは、どうも少しく不安心なような気がするのである。無論、芸術に対して、幻滅を感ずれば芸術家としては、致命的である。が、然《しか》し人生のあらゆる事物の中で、芸術だけが日本の作家諸子の多くが考えるように disillusion-proof のものだろうか。どうも、私には甚だ怪しく思われるのである」(「文芸雑筆」)

無論これは理窟《りくつ》ではない、実感だ。当時の芸術的芸術に対する疑義が大震災の、人はパンによって生きるという実感と結ばれたものだ。この率直な文章の書かれたのは大正十三年だが、こういう考え方の種は既に「作家凡庸主義」が書かれた頃からのものだ。主張するものは根本に於いて変っていないからである。「作家凡庸主義」は凡庸という言葉が誤解を生んだに過ぎない。又、その頃の「文芸作品の内容的価値」論にしても、内容的価値という曖昧《あいまい》な言葉が当時の文壇を賑《にぎ》わしたのだが、菊池氏の実行力の蔭《かげ》に隠れた信念はまことに明瞭《めいりょう》で、それは凡庸人という代りに社会人、内容的価値と言う代りに社会的価値と言えばよかったのである。周知の如くこの問題が少くとも文壇の中心部に於いて再び展開されたのはその後十年余り経《た》ってからである。

菊池氏は当時の文壇人の作家的自覚を少くも十年は抜いていた人だ。氏の鋭敏さはそういう処《ところ》に現れた。作品の上ででも修辞より着想に現れたのも当然なのである。小*説家協会が氏の手で出来たのは大正十年だ。こんな事が書いてある。「小説家協会は頗《すこぶ》る振わない。外敵がないのもその一つの原因である。もう一つは、本当に今の仕事に誰も興味を持ってくれないのである。殆ど僕一人でやっているような有様である。近*松秋江氏などはいかにも、此《こ》の仕事に理解をもって手伝って呉れそうな人なので、手紙を書いて頼んだところ、自分には手下のようなものがないから、やれないとの返事であった。仕事はちゃんと事務員がいるのである。ほんとうに関心を持って呉れさえすればいいのである。今の所、僕一人でやっている様なものだ。忙しい自分としては、こんな仕事迄《まで》やりたくない。しかし、行きがかり上、仕方がないとあきらめている。しかし、自分一人でやっている内には、小説家協会の必要なことが必ず分るだろうと思う。積立金は、今三千円以上だが、この金が一万円になれば誰も多少は関心を持って来ると思っている」（「文芸雑筆」）

氏は成功したから、先駆者の悲哀がその裏に隠れて了ったただけだ。それに又氏は世間の到《いた》る処にドラマを発見したが（氏の短篇も長篇も一種の心理的ドラマである）自分の先駆者たる悲哀には決してドラマを見なかっただけだ。だが要するに氏が歩いた道は先駆者の道であって、社会の歩みに垂直に交わる様な言わば観念的先駆者の道ではなかっただけである。先駆者の顔を一っぺんもしてみせなかった先駆者が歩いた道というものを考えると、僕は菊池氏の仕事の一切は明瞭の様に思われる。氏は文学の社会性というものの重要さを、頭ではなく身体で、己れの個性の中心で感じた最初の作家だ。氏のこの信念は今日に到るまで一貫しているのであって、作家としてのその才能は或る種の文学の完成には費されず専《もっぱ》ら文学の社会化に費されたのである。一流小説家達が、意識的にも無意識的にも自己探求という観念的な一種の呪縛《じゅばく》に捕えられていた文壇は、最初からこういうものから逃れていた菊池氏の信念を育てるのには大変都合の悪い場所だったに相違ない。こういう事も氏の世間的成功の蔭に隠れて了って人々の注意を惹《ひ》かないのである。人々は笑うかも知れないが、若《も》し菊池氏がもっと文壇的な好条件に恵まれていたら、氏は純文学を捨てる必要もなかったろうし、通俗小説を書いているという不必要な意識を持つ必要もなかったろう。氏の文学に対する態度は一貫していたとは言え、氏がそういう意識に苦しめられなかったとは思えない。信念がそう隅から隅まで武装しているわけがない。先駆者たる事に決して酔えなかった人の苦しみは自《おのずか》ら微妙な人目に附かぬものたらざるを得なかった。そしてこれは氏の世俗的成功とは関係のないものだ。

7

先日、*岸田國士《くにお》氏の「現代演劇論」を通読した。演劇の専門家に無論為《ため》になる本であろうが、僕は要するに過去十年間岸田氏が新しい観衆発見の為に一つの演劇の理想型を抱いて*輾転《てんてん》反側して来た姿に心惹かれて読了した。氏の新聞小説はこういう焦躁《しょうそう》の捌《は》け口《ぐち》の様なものであろうと思った。*山本有三氏なども もっと沈著《ちんちゃく》にだが同じ道を歩いて来た人だろうと思う。恐らく両氏は新聞小説を書いていて、観衆の顔が見えない事はずいぶん気が楽だと思うだろうが、それは眼に見える観衆層が眼に見えない読者層に変っただけだ。現代民衆の姿が明確に摑《つか》めないという不安は依然として同じだろうと思う。そしてこれは凡ての現代文学者の不安だ。

プ*ロレタリヤ文学の運動は、文壇に文学の社会性に関する議論を沸騰《ふっとう》させたが、結局議論倒れになって作品の上で実際に民衆を摑む事には成功しなかった。この前衛的な運動が作家凡庸主義を言いながら天才主義者の如《ごと》く書いたというのも止《や》むを得なかったのである。僕はプロレタリヤ文学の運動が外部的弾圧によって挫折《ざせつ》したという事も大袈裟《おおげさ》に考えたくない。殊《こと》に転*向問題なぞ大した問題ではないと思っている。簡明な理論によって簡明な階級を摑みそこなった事なぞ問題ではない。ブルジョア文学者も複雑な技巧によって民衆を摑みそこなって来たのである。要するに現代の民衆は純文学者の手にも負えない、在来の通俗文学者の手にも負えないという様なものになって来ているのではあるまいか。

8

菊池氏に自作「第*二の接吻《せっぷん》」の失敗について書いた文章があるが、之《これ》を読むと氏の新聞小説を書く態度がはっきり解《わか》る。準備の為に内外の小説を読むこと数百巻、想を練る事日夜、到頭いいストオリイが見附からなくて残念だった事を書いている。純文学の作品で苦心なぞ一遍もした事がないというはっきりした言葉は他の感想にも屢々《しばしば》出て来るが、新聞小説では純文学と違って筋も境遇も人物もみんな創作しなければならぬ苦痛を述べている。今日例えば武田麟太郎《りんたろう》＊は同じ苦痛を経験している筈《はず》である。

通俗文学を書くという意識は無論文壇の空気が氏に強制したものである。氏はただ純文学を書くより新聞小説を書く方が数倍困難である事を痛感して努力しただけだ。そして氏の新聞小説はどれも初期の純文学作品に優《まさ》るとも劣っていやしないのである。

僕は氏の長篇を次ぎ次ぎに読み、何が大衆を惹き附けたかをいろいろ考えたが、結局それは氏の初期の諸作品にあるオリヂナルなものと違ったものではない事を確信した。氏は最初から自分の為にも文学の為にも書かなかった。批評家の為にも作家の為にも書かなかった、ただ一般読者の為に書いて来た作家なのだ。一般読者にとっては、あらゆる文学的意匠は存在しない。まして純文学と通俗文学との区別なぞありはしない。彼等は手ぶらで扱われた題材の人間的興味の中にずかずか這入《はい》って来るだけだ。そういう小説の尋常な性格を、これが最も見分け難い文壇にあって最初に洞見して以来常にこの洞見の上に立って来た作家だ。「第二の接吻」について作者は書いている。「宮田と倭文子《しづこ》とを中途から結婚させようと思って、『ある結婚』と小みだしまで掲げて、二人を結婚させようと努力したが、いくら小説の中の人物だからといって、イヤなものをどうすることも出来ないのだ。まして、世の親達よ、自分の子供達の望まぬ結婚などを強いる勿《なか》れ」

氏の新聞小説はどれも当り前な事が当り前に書かれている。殊に最近のものはいよいよ当り前になった。そして大衆はまさしくこの当り前な処に最大の魅力を感じているのである。

岩波文庫で一番よく読まれる小説は*モオパッサンの「*女の一生」だそうである。その売れ高は最もよく売れる大衆文学なぞの売れ高と比べても比較を絶しているのである。値段が安いからなどという事では説明がつかぬ。一般読者は作者の高い個人的心境を語った小説よりも、又誇張された筋や不自然な感動を盛った*髷物《まげもの》小説よりも遥《はる》かに自分達の実生活に近い人間的興味を発見しているからだ。彼等は自然主義的描写の精到もモオパッサンの心境も見やしない。ただ或る女の一生に感動しているだけだ。彼等は実生活に対して鋭敏な様に小説に対して鋭敏なのだ。彼等は思想や理論や描写に対しては鈍感かも知れぬ、併し小説中の人物の一喜一憂に対しては友人の表情に鋭敏な様に鋭敏なのだ。思想の構造に関しては鈍感かも知れないが、大きな思想の人間的力や社会的力には立派な人物の威厳に鋭敏な様に鋭敏なのだ。純文学の貧困が叫ばれ、純文学者は作品の通俗化を目指している。だがいかにして通俗化すべきかなどという言葉は寝言である。大衆の鋭敏さが何処《どこ》にあり、どういう性格なものであるかを摑めば通俗化なんかが出来るわけがない。そういう不可能事について思い惑うより今迄の孤独な道を振返る方がよいと思う。

菊池氏の新聞小説には、若し通俗性という言葉と大衆性という言葉をはっきり区別するなら、通俗性はない、大衆性だけがあるのだ。作者は読者に面白く読ませようと努力しているが、読者を決して軽蔑《けいべつ》はしていない。女子供でも軽蔑してはいない。「女の一生」より「貞操問答」が劣るのは、モオパッサンの才能より菊池氏の才能が劣っているからだ。作者が誤った道を歩いたのではない。

菊池氏はそういう道を人々に先んじて歩いた。四十を前にして人生に就いて大いに惑うという感想がある（「文芸雑筆」）。落莫《らくばく》とした心持ちにどうにか活路を見つけねば自分は駄目になるだろうという意味の感想だが、どんな苦しみだか、それだけではさっぱりわからぬ。氏は作家としてそういう個人的苦しみを語る必要を認めなかったのである。恐らく筆を持たぬ多数の人々がやる様に、黙って活路を見出《みいだ》して了《しま》ったに相違ない。

僕は菊池氏の作品について不満は述べまい、それは僕が新しい時代に生れたというお蔭で持つ不満に過ぎないからだ。

9

主に作家菊池寛について書いた。それが一番正しいと思ったからだ。氏の人物については別段書き加える事もない様に思う。氏の人物がよく現れている一文を引いて置く。「私は往来で帯がとけて、歩いている場合などよくある。そんなとき注意をしてくれると、いつもイヤな気がする。帯がとけていると云うことは、自分で気がつかなければ平気だ。人から指摘されると云うことがいやなのだ。そんなことは、人から指摘されなくても、やがて気がつくことだ。人生の重大事についても、これと同じことが云えるかも知れない」(「私の日常道徳」)。長いから引用しないが、最近の感想に「菊池寛という男」というのがある。最近の「啓吉物」と称すべき名文である。

氏は人からものを書くのを頼まれると「我れ事に於いて後悔せず」という「*独行《どっこう》道《どう》」の文句をよく書く。きっとそうだろうと思っている。今日の菊池氏は恐らく何んの夢も抱いてはいまい。氏は薬が好きでいろんなのを持っている。心臓が痙攣《けいれん》を起してから嗅《か》いでいれば三十分だけは生きていられるという最新式の薬をポケットから出して小児の様な朗かさで自慢する。そういう時、何かが僕の心を強く打つ。その何かは口ではうまく言えない。

（「中央公論」昭和十二年一月号）

菊池さんの思い出

僕は、大学生時代、家出して女と一緒に自活していたので、いろいろな事をしてかせがなければならなかったが、「*文藝春秋」に匿名《とくめい》の埋草《うめくさ》原稿を買ってもらうのが、一番楽な仕事だったから、毎月せっせと書いたものである。だから*菊池さんには、ずい分早くから御世話になっていたわけだが、長い間面識はなかった。先方の何かの都合で、原稿が来月廻しになり、稿料がもらえず、非常に困って、当時*麴町《こうじまち》にあった社に、僅《わず》かばかりの前借を頼みに行った事がある。編輯《へんしゅう》の大草実さんを通じて、その旨《むね》菊池さんに話してもらったところ、やがて奥から出て来た大草さんは、気の毒そうな顔をして、「今日は金がないって言うんですよ」、暫《しばら》くして、「なあに、あるんですよ、嘘《うそ》ですよ、何しろ将棋をしているんでね」と言った。何んというやつだろうと、帰る道々、腹が立ってならなかった。

その後、社が大阪ビルに移ってから、菊池さんにしばしば顔を合わせる様になったが、ろくに挨拶《あいさつ》もしなければ口も利《き》かなかった。昔の事を決して根に持っていたわけではないが、悲しいかな、二十代の僕のいらだたしい眼には、雑誌屋を兼業している通俗作家など凡《およ》そ何者とも思えなかったのである。ある時、金に困り、というと普段は困らぬ様に聞えるが、無論そんな事はないのであるから、何んの事だか忘れたが、余程困った時の事、友人から預った梅原*さんのデッサンとパステル画を、ええ、めんどくせえ、売っ払っちまえ、と決心した。

デッサンの方は、久米*さんに直ぐ買ってもらった。次にパステルの方は菊池さんというのが物の順序の様に思われたが、未《ま》だ意思が疏通《そつう》していない相手なので切り出し兼ねていると、僕の情人*が苦もなく引受け、翌日会うと売れたわよ、と言った。ところが、いつまでたっても金を払ってくれない。

今にして思えば、菊池さんは買った積りではなかったに違いない、彼女はただムニャムニャ言いながら置いて来た、そうに違いなかったのである。おい、催促してくれよ、なに催促してもくれない、けしからん。そのくせ、菊池さんに会うと何んだか恥しくて何にも言えず、ただ妙な眼付きをしていた。小林というのは、気味の悪いやつだと、菊池さんは社の人に言っていたそうだ。

ある日、下の広間で、独りで茶を飲んでいると、菊池さんが這入《はい》って来て、僕の隣りに腰をかけ、サンドウィッチを註文《ちゆうもん》した。僕は菊池さんの顔を見れば、パステルの代金以外は考えられなかったから、話すのは今だと思ったが、どうしても言葉が出て来ない。いや向うから何んとか言うべきではないか。やがて、サンドウィッチが来ると、菊池さんは、凡そ僕などは黙殺して了《しま》った不機嫌な顔でムシャムシャ食い出した。

食い終ったら黙って行っちまうだろう、もう我慢がならぬと思う途端に、「先日は、絵をどうも有難う存じました」と馬鹿丁寧な言葉が口から出て了った。菊池さんは、口の周りにパン屑《くず》をつけて、しばらく怪訝《けげん》そうな顔をして僕を見ていたが、突然顔じゅう皺《しわ》だらけの何んとも言えぬ笑顔になり、「あんな絵、君、ほんとにいい絵なのかい、君、儲《もう》けるんじゃない？」と言った。

僕は、大きな声を出して笑い、菊池さんという人を理解した様に感じた。

文藝春秋社の講演旅行で、どこかへ行った汽車の中での事、社の人達が、めいめい帽子の自慢をやり出した。おれのは何製だとか何処《どこ》製だとかやかましい品評になった。菊池さんは、それを見ていて、どれ、どれ、何んだいこんな安ものを持って自慢してるの、僕のを見たまえ、僕のはねえ、何んとか何んとかと嬉《うれ》しそうに講釈しながら網棚を見上げたが、帽子がないのである。どうしたどうしたと皆で捜したが見付からない。やがて、帽子はペチャンコになって菊池さんの尻《しり》の下から出て来て、主人の講釈を拒絶した。これに類する話は、沢山あって、逝去《せいきょ》されたと聞いて、悲しい想《おも》いでいろいろと思い出されるのだが、書く煩《はん》に耐えない。典型的な一例をもう一つ挙げて置く。

何処からだったか、東京に帰る汽車の中で、*二等車を通り抜けようとすると、菊池さんが*佐藤碧《みどり》さんと差し向いで腰かけている。僕は佐藤さんの隣りに腰を下したが、何んとなく様子が変だと思った。すると佐藤さんが、「今日ねえ、先生は入歯を失くしちまったのよ、だから誰とも口を利かないんですって」と言った。へえ、そうかね、と言って菊池さんの顔を見ると、いかにも忌《い》ま忌ましそうに窓の方を向いてしまった。

成る程、口を利かず、東京駅まで、佐藤さんとばかり話をして来た。降りる時、菊池さん、靴をはこうとして、ゴソゴソやっていると、入歯が靴の中から出て来た。

（「時事新報」昭和二十三年三月十八日号、十九日号）

菊池寛

私には、小説を書くことは生活の為であった。——清貧に甘んじて、立派な創作を書こうという気は、どの時代にも、少しもなかった。
菊池寛「半自叙伝」

「風雲人物読本」という特輯《とくしゅう》号を出すので、*菊池寛という人物について書く様に頼まれた。早急の事でもあるし、何の用意もないままに、もう二十年も前に書いた自分の*「菊池寛論」を読み返してみたが、この非凡な人物に対する自分の考えは、今日になっても少しも変っていないと思った。同じ様な事を書く事になるだろうし、断って了《しま》うのが一番いいのであるが、私は、菊池寛という人を尊敬していたし、好きだったし、菊池さんからの頼まれ事は、いやな事でもみんなして来た習慣の名残《なご》りであろうか、断るのがいやなのである。あれこれと考えているうちに、嘗《かつ》て*浜本浩氏から聞いた或る話を、ふと思い出し、それを書いてみようかと思った。記憶に不確かなところがあるので、浜本氏に会って、もう一度、話を聞く事にした。勿論《もちろん》、菊池氏に関する逸話である。浜本氏は、はっきり記憶していて、詳しく話してくれたが、話し終えると、感慨に堪えぬ面持《おもも》ちで、こう言った。「菊池寛という人は、あの人を、菊池さんとか菊池先生とか言って親しんでいた人達でないと、本当にはわからないところが、沢山あった人だ。そんな気がする」。私には、彼のそう言う意味が直覚出来たので、「いかにもそうだ」と答えたが、彼の言葉は、それからそれへと勝手に考えるきっかけを、私に与えた。

大正昭和の代表的人物のうちに、菊池寛を数えるのは、誰にも異存のないところであろうが、これを逆に言うと、代表的人物菊池寛とは、誰にも異存のない要素ばかりで出来上った人物という事になるだろう。誰が見ても異存のない人間的事実など面白いわけがあるまい。逸話が面白いのは、まともな伝記が逸する話だからである。菊池寛という人が、逸話の問屋の様な人であったことは、近しかった人がみなよく知っているところであるが、誰か、菊池寛逸話集というものを、年譜でもつけて編纂《へんさん》したら、随分特色のある伝記が出来上りはしないかと思う。逸話というものは、その人の顔附き、言わばその人の広義の癖の様なものであるから、当人が作ろうとして作れるもののではない。告白は意識的なものである。告白の好きな人は、逸話に於いて貧しく、人物に面白味のない人が多い様である。古人の言った様に、「己れを得んとするものは、これを失う」のであろうか。

菊池さんは逸話に富んだ人であった、と言うだけでは、言い足りない。逸話の大家とでも言って置くか。菊池さんの初期の短篇に、自分の生活を題材としたものがかなりあって、「*啓吉物」と言われて、評判だったが、これらのものも、短篇小説というより寧《むし》ろ逸話である。格別の工夫も苦心もなく、ただ有《あり》のままを書き流した自分に関する実話であって、所謂《いわゆる》*私小説でも告白文学でもない。私小説好きの文壇が、これを独特な私小説と間違えてとやかく批評しただけの話である。

菊池寛の処女作と言えば、「*父帰る」であろう。作者は、この作品に、一番自信を持っていたらしい。が、自信と言っても作者自ら書いている通り、「父帰る」は、十年や二十年は残るだろう、後世というものを信じない自分には、作品の生命が十年もあれば満足だ、というだけの事だ。「私は、文壇に出て、数年ならざるに、早くも*通俗小説を書き始めた。私には、元から純文学で終始しようという気は全然なかった。私には、小説を書くことは生活の為であった。――清貧に甘んじて、立派な創作を書こうという気は、どの時代にも、少しもなかった」(「半自叙伝」)。菊池さんは、私に、自分は、純文学で苦心して書いた事は一度もない、通俗小説を書く時には、読者の事を考えたから苦心した、と語った事がある。成る程、尤《もっと》もな説である。気心の知れぬ幾十万の読者を考えに入れて、小説を工夫するのには、苦心を要するが、自分の思うところを、自分の気に入る様に勝手に書く純文学に、何んの苦心が要ろうか、というのが菊池寛流の考え方なのである。

私は、ずい分長く菊池さんに接して来たが、菊池さんが告白めいた話をするのは殆《ほとん》ど聞いた事がない。親交のあった他の人々でも恐らくそうだったのではあるまいか、と私は思っている。これは文学者には、稀有《けう》な事であろう。菊池寛という人は、生来、楽天的な、のん気なところのある人で、自己反省の苦しみ、自己発見の苦しみなどには、縁がなかった、という様な見方をしている人も多い様であるが、ああいう鋭敏な心の持主に、そんな事があろう筈《はず》がないので、恐らくこの人は、そういう苦しみに、将棋《しょうぎ》に勝つ様に勝って了った人なのである。棋譜《きふ》が残っていないだけだ。菊池氏の一生は、意志と実行の一生だったと思う。常識人ではない、常識家たろうと努めて、常識家になりおおせた、いや遂《つい》になりおおせなかったかも知れないが、どちらにしても、氏の逸話の魅力は、この努力から生じていると私には見える。そういう人だ。

今日では、純文学という言葉も、曖昧《あいまい》なものになって了ったが、菊池氏が大正期に使った純文学という言葉は、はっきりした意味を持っていた。西洋の近代文学が発生以来、その中心に持っていた自我の問題は、わが国に移ってから、所謂私小説というわが国独特な表現形式に、出口を見付けたのであるが、大正期は、その私小説の全盛期であった。人生いかに生くべきかという問題に関する、作者独特の解釈、少くとも、この問題についての作者の個性的な苦しみが、はっきりうかがえる、そういう文学が純文学だったのである。菊池氏は、これを否定し去ったのだが、そういう作家の苦しみを、到《いた》り着くところのない言葉の戯《たわむ》れと考えたところが、氏の純文学否定の根本だと思う。個人の勝手な言葉の戯れが、世人を鼓舞する大文学ともなるという様な天才の特権は、そっとして置こう。自分は、凡人として生きるのが正しいと菊池さんは思って、この考えで一生を貫いた。菊池さんは、文壇に出ると間もなく、「作家凡庸主*義」という論を書いたが、作家天才主義の風潮を動かす事は出来ず、誤解を受けただけで、無駄な事であった。当時、若い作家達から一番尊敬されていた作家は、恐らく夏目漱石であったが、菊池氏は、夏目漱石を少しも重んじなかった。「同僚の芥川や*久米が崇拝するのが、不思議でならなかった。芥川などは、本気であんなに認めていたのか訊《き》いて見たかった位である」と後年、書いている。「奇《き》警《けい》な会話や哲学的な思想や物の見方で、読者は煙にまかれているのである」と書いている。同様な意味で、芥川龍之介も、友情というものは別として、作品の価値は重んじてはいなかっただろうと思う。

菊池さんは、非常な読書家で、学問するつもりで読んでいたら、*幸田露伴博士の弟子ぐらいな学者にはなれた筈だが、僕のは濫読《らんどく》だから駄目だった、と何処《どこ》かに書いていた。旅行中も、いつも本を読んでいた。講演で、一緒に金沢の宿にとまった時の事である。朝寝して昼頃起きてみると、講師達は皆外出していて、宿は、森閑《しんかん》としていた。二階に上ると、菊池さんは、独り寝ころんで岩波文庫を読んでいた。起き上って傍に置いた本を見ると、*ドーソンの「*蒙古史《もうこ》」であった。「ひどいもんだねえ、ずい分人を殺すもんだねえ」と私の顔をじっと見詰め乍《なが》ら、言った。無論、私の顔など見ていたのではなく、蒙古の沙漠《さばく》を見ていたのである。寂しい異様な顔であった。晩年、時々、菊池さんのいかにも寂しそうな顔を見るごとに、私は、心のなかで、ああ、蒙古襲来だ、と思った。一緒に昼飯を食べていると、珍らしく文学の話になったが、「純文学を書こうと思わないが、もし又書くなら、人生観の上で新しい革命的な思想が湧《わ》かなければ意味のない事だ。僕の人生観は、若い時から変らないから、同じ事書いたって意味ないんだ」。暫《しばら》くすると突然、「君、博士になっとけよ」と言った。「その気になれば、*辰野隆《たつのゆたか》が何んとかしてくれるだろう?」。私が黙っていると「君、そうしろよ。批評なんかやめちゃえよ」と言った。菊池さんは批評家が嫌いであった。私が、「文學界*」を編輯《へんしゅう》していた時、新人の為《ため》に、池谷信三郎*を記念して賞を年二回出すと菊池さんが言い出した。第一回の受賞者は中村光夫*と保田与重郎*だった。第二回は津村秀夫*だった。「又、批評家かね」と菊池さんは渋い顔をした。「今度は、作家にしてくれよ。批評家に三人も賞金出すのいやだよ」

　菊池さんは、物にだけ興味を持って、物の見方とか物の考え方の話になると、すぐ退屈そうな顔を露骨にしてみせた。作品もそうなので、前にも書いた通り、「啓吉物」にせよ「歴史物」にせよ、その魅力は、逸話の魅力なのである。逸話は「物」であって、「物の見方」ではない。文の技巧に頼らず、読者を直接に「物」の面白さに誘い込もうというやり方は、菊池氏の文学上の仕事に一貫していたやり方であったが、当時の文壇は、自然主義小説*への反動期で、作家は、めいめいの新技巧に腐心していた。つまり「物の見方」の方を重んじる風が強かった。自然主義小説にしても、わが国では、西洋の自然主義小説とは異って、見たままを描くと言い乍ら、ことさら平凡な題材を描き、こまかな物の見方で読ます風があったのである。その中で、小説の面白さは題材の面白さが八割で、物の見方など、トルストイくらいになれば一風変って面白いかも知れないが、普通から言えば、凡人の思い付きで、面白い題材さえつかまれば、結構いい小説は書ける、という菊池寛説は、全くの俗論に思われた。菊池寛の文学は、はじめから文学青年とは縁がなかったのである。「父帰る」は、大正五年に書かれて、「新思潮」に発表されたが、作家にも批評家にも、雑誌の同人達の中にさえ、この作を認めたものは一人もなかったと作者自身書いているのは面白い事だ。恐らく、その魅力が、あんまり簡単明瞭《めいりょう》だったからである。後年、上演されて、簡単明瞭な人間劇の面白さに簡単明瞭に感動する一般観客にめぐり合い、劇は大成功した。これが真っすぐに新聞小説に通ずる菊池さんの道であった。同じ理由から新聞小説も大成功であった。それは作者の言葉を借りれば「日本の現代小説で、飜訳《ほんやく》しても外国人に一番わかり易《やす》い小説」であった。「真珠夫人」*には、ロシヤ語の飜訳まである事を、世人はあまり知らないであろう。氏は、自分の新聞小説を、通俗小説と言っていたが、氏の所謂純文学とさして違いはない様に思う。努めて通俗に書こうとしたとも思われぬ。それより、自分にモオパッサンの才無きを嘆じていただろうと思う。

菊池さんは、文壇的成功の頂上にあったころ、こんな事を書いている。「作家諸子は、人生の観照に就いては、みんな大抵リアリストであるが、芸術というものについては、みんな大抵ロマンチストである――人生の他の凡《すべ》てのものに幻滅を感じ乍ら、芸術に対しては、なお幻影を持っている。――人生の事物のなかで、芸術だけが、dis-*

illusion-proof のものかどうか、私には、甚だ怪しく思われる」、考えとしては新しいものでもないし、文学などつまらぬ、何も彼《か》もつまらぬという文学があっても悪いわけはないが、菊池さんのは考えではない、そう思ったから、そうする事にした、という報告の様なものである。一っぺん報告して置けばそれでお終《しま》いである。考える事も勝負をつける事であって、勝負のつかぬ様な考えは、考えと戯れている様で嫌いだったのであろう。勿論、古い文人気質などは全くない人であった。当時の新しい文学者気質からも蟬脱《せんだつ》していた。文学者としての自負など少しも持たず、ただ読者の為に書いた。文を売るなりわいが、他の職業より上等という理由もなし、文学の価値は、作家の自信による空想的価値ではない、価値は社会によって、読者によって現実に定るのである。そういうはっきりした考えで、菊池さんは生涯書いていた。そんな点で、自己れを重んずるところがなかった人だ。自我が強く、実にわが儘《まま》な人であったが、自分というものを少しも重んじてはいなかった。この二つの事は、世人は混同し勝ちであるが、全く違った事なのである。

議論などせずに、菊池さんが、文学の社会化を着々実行してから十年の後、文壇に、読者を持たぬ社会小説*が現れ、文芸の社会的価値について、誰も読まぬ議論がやっと行われる様になった。この辺が難かしいところで、例えばフランスの近代文学史は、近代フランス社会の鏡であろうが、日本の近代文学史は、そんな好都合なわけには参らぬ様である。「文藝春秋」を出したのは、菊池さんがたしか三十五の時である。ささやかな文芸雑誌として出発したが、急速に綜合《そうごう》雑誌に発展して成功した。成功の原因は簡単で、元来社会の常識を目当てに編輯すべき綜合雑誌が、当時持っていた、いや今日も脱し切れない弱点を衝《つ》いた事であった。菊池さんの言葉で言えば、「世の中で一番始末に悪い馬鹿、背景に学問を持った馬鹿」の原稿を有難がるという弱点を衝いた事によってである。

　菊池さんは、先駆者の様な顔を少しもしなかった先駆者である。急ぐつもりはないのに、自《おのずか》ら人より先きを歩いていた。先駆者には二種類あるだけだ。菊池さんの類と、磔《はりつけ》になる先駆者と。先駆者面《づら》をした先駆者が一番多いが、これは何一つ新しい事を仕出かさない。菊池さんが、文芸家協会の前身、小説家協会を作ったのは、大正十年である。文学者で誰一人、本当に関心も興味も持つものはなかった。「僕一人でやっている有様だが、今に必ずこの必要がわかる時は来るだろう」と書き、次に大変正しい予言をしている。「積立金は、今、三千円だが、この金が一万円になったら、人々は多少は関心を持って来るだろうと思っている」と。

　昭和三年の普選の時、菊池さんは民衆党から立候補したが、落選した。（因《ちなみ》に記しておくが、菊池さんが「社会主義について」を書いたのは、大正十年である。日本が社会主義化して行く事は時の問題であり、ただ手段を誤り、過激な事で、そこに進もうとすると、却《かえ》って反動期をまねく恐れがあるのが心配であるという考えであった。それは昭和廿二年に書かれた「半自叙伝」の続稿を見れば明らかである。今になって言っても益もない事だが、自分の予想は不幸にして適中し、大正末から起った共産主義の弾圧のとばっちりを受けて、自由主義的なものから社会主義的なものへの健全な発展がはばまれて了《しま》ったと書いている。）

菊池さんは「敗戦記」という文を書いているが、それを読んでいて面白く思ったのは、当時のどの新聞の政治部も、文学者の立候補など頭から問題にしていなかったという事である。一と口で言えば、われわれ専門家達には、素人《しろうと》のやる事を、真面目《まじめ》には考えられないというわけで、ブルジョア*文学者が民衆党から出る、という単なる言葉の組合せだけで、揶揄《やゆ》、冷笑をもって迎えた。彼等は、当選圏内に迫る素人の意外な得票に驚いたが、菊池さんは、当落予想記事に、全然、自分の名が黙殺されていた事が、非常な打撃であったと残念そうに記していた。現代のジャアナリズムが、成功した新聞小説と言っているものの型を発明したのは菊池さんだが、菊池さんは、やはりこの道を歩いているうちに、いつの間にか先きに進んで了っていた。

それは、映画の仕事である。仕事の、実が結ばぬうちに、菊池さんは逝《な》くなったが、晩年の菊池さんが一番本気になっていた仕事は、もう雑誌でも小説でも芝居でもなかった、驚くほどの社会的な影響力を持とうとしていた映画であった。今日になってみれば、菊池さんの拓《ひら》いた道を歩いている現代の新聞小説家達も、後で映画化されることを念頭に置いて小説を書くというような有様になっているが、やがて小説家が本気になって映画に取組まねばならぬ時は来るだろう。

今日出海《こんひでみ》君が、私に、こんな話をした事がある。菊池さんは、私の「菊池寛論」を読んだ時、今君にこう言ったそうである。「僕について小林の様な評論は書けるだろうが、誰にも僕の伝記は書けない。誰も知らないんだから。三十幾つだったかの時、誰にも知れない様に生活してやろう、とふと考えたのだ」。ふと考えた時には、恐らくもう実行していたのである。そういう人なのだから。四十を前にして、人生について大いに惑うと書いているが（「文芸雑筆」）、どういう惑いであったかは、まるで書かれていない。惑いなどは私事であって、公表する価値はないと考えたからであろう。私事の否定の考えは、この合理的な実行家にあって、行く処《ところ》まで行った様である。嘘《うそ》をつく事の嫌いだったこの人は、遂に、私生活に関して徹底的な黙秘権を行使するに至ったのである。世間は菊池さんの成功を許したが、そういう不思議な孤独な道に氏を追いやったのも亦《また》世間であった、それも本当だった、と私は思っている。

扨《さ》て、先きに触れた菊池さんの逸話を書いて終りにしようと思う。それはお化けの話なのであるが、私は昭和十一年に書いた「菊池寛論」の中でも、菊池さんが北海道の宿屋で女の幽霊を見た話を書いたのである。併《しか》し、その時は、ただ、菊池さんという人には、そんな神経質な面もあったというだけの話であった。ところが、昭和十四年の十一月、菊池さんは、又、お化けを見たのである。二度目ではあるし、このリアリストには一向似合わぬ話なので、私は、話よりも菊池さんがお化けに対してどういう考えを持っているのかを聞いてみたい気がしたが、どうせそんな話は、菊池さんが嫌がるだろうとも考えていた。翌年、一緒に満洲を旅行した時、少くとも私には、はっきりと納得のいく会話を菊池さんと交した。それを思い出したので、書く気になった。今度のは、書く動機がまるで違うのである。

十四年の十一月、毎日新聞主催の、四国講演旅行の折である。一行は、菊池寛、浜本浩、壺井栄*、日比野士朗*、窪川稲子*の諸氏であった。今治《いまばり》市に着くと、プラットフォームに、浜本氏の友人Mが迎えに出ていた。今夜の宿はどこかと聞くので、S旅館だと答えると、Mは、妙な顔をして、S旅館とは、どうしてそんなとこに決めたんだろう、と独り言の様に呟《つぶや》いたそうだ。尤《もっと》も、この事は、後で思い当った事で、その時はまるで気にも止めなかった、と浜本氏は私に語った。夕方、雨の中をＳ旅館に行き、あわただしい晩飯を終えると、一行は順ぐりに講演会場に車で行く。菊池さんは最後にやるので、それまで寝る、と言って二階の自分の部屋に引込んだ。浜本氏の番は、菊池さんのすぐ前だったから、講演を済して帰って来るのと入れ違いに菊池さんは出掛けていた。

控室で、日比野氏と窪川氏とが、火鉢をはさんで話し合っている。どうもいつもと様子が違う。何かこちらを憚《はばか》る風を、浜本氏は感じていたが、やがて、窪川氏は、思い切った風に浜本氏に言って了おうか、と言って、菊池さんの部屋にお化けが出た、と言った。「僕は嫌だから隣りの部屋に寝る。浜本をお化け部屋に寝かす事にするから、浜本には言うなよ」と菊池さんは言って出掛けた、と白状した。菊池さんは帰って来て、皆の様子を見ると、直ぐ「喋《しゃべ》ったな」と不機嫌そうに言ったそうだ。

菊池さんは、洋服を着たまま、床《とこ》に這入《はい》って、岩波文庫の「祝詞《のりと》、宣命《せんみょう》」を読んでいた。廊下に廿四五の痩《や》せた男が、短い浴衣《ゆかた》を着て、うろうろしているのが、硝子戸《ガラスど》越しに見えた。文藝春秋社員の香西昇に実によく似ていると菊池さんは思ったそうである。誰か部屋を間違えたのであろうと思い、気にも止めず、本に眼を移して読み出すと睡《ねむ》くなって来たので、本を顔の上に乗せ、そのまま眠って了った。急に胸苦しくなって、眼を覚まし、本をはねのけて起きようとすると、先刻の男が、馬乗りになっていた。首を絞めにかかったので、何をするか、と菊池さんは両手で男の顎《あご》を下から圧《お》し上げた途端、男の口から血が流れ出すのを見た。血のぬめりと一緒に、男の無精髯《ぶしようひげ》のチクチクする感触を掌にはっきりと感じた時、菊池さんは、「こりゃ人間ではない」と思ったそうだ。そして「君は、何時《いつ》から出てるんだ？」と聞いた。すると相手は「三年前からだ」と答えた。菊池さんは、話を続けようとしたが、急にだるくなって寝て了ったそうだ。

浜本氏が、その部屋に寝る事になった。話を聞き乍ら、私は、「気持ちが悪かったろう」と訊《き》くと「だが、まあ僕は、そんな事、あまり気にかけない方だ」と浜本氏は答えた。菊池さんは、浜本氏の枕元《まくらもと》に、「これは魔よけになるんだ」と言って、屋島で買った浜木綿《はまゆう》を置き、岩波文庫を取り出して、祝詞を読んだそうだ。

「菊池さんは真面目だったのか」と私は又口をはさんだ。

「真面目だったさ。それに僕に気の毒したという気持ちもあったんだね。いたずらっ気も少しあったかな」と言い、暫《しばら》く考えてから「そんな事がみんな一緒くたに出来た人なんだ、あの人は」と浜本氏は答えた。さすがに寝つかれず、電灯をつけたまま、長い事、一人で目を覚ましていたが、ふと硝子越しに女が立っているのを見た。出たかと、眼を据えると、立っていたのは窪川氏で、彼女は、肱《ひじ》を曲げ、小首をかたむけて、寝る様子をしてみせ、指を鼻の上でたたいてみせた。「親父は寝たか。*花を引こう」という合図と解したから、浜本氏は、直ぐ起きて階下に降り、文藝春秋社の人を加えて、三人で花を引いていた。暫くすると、二階から日比野氏が降りて来て菊池さんが何やら喚《わめ》いている、と言う。みんなで二階に駈《か》け上って、部屋に行ってみると、菊池さんは、床の上にあぐらをかいて、ぼんやり坐っていた。今度は、菊池さんも何にも語らなかったそうである。浜本氏は、菊池さんが、洋服を着たままでいるのを見て、

「わかったよ。そりゃネクタイですよ。ネクタイが苦しかったんですよ」

と言ってネクタイをほどいた。

翌日、朝飯を終えると、浜本氏は昨日駅に来ていた友人Mの訪問を受けた。Mは、

「昨夜、何か変った事はなかったかね」と言った。浜本氏が驚いて、昨夜の事を話し出すのを皆まで聞かず、Mは、

「出たのは若い男だろう。三年前に肺病で死んだここの主人なんだ」

と言った。Mの語った長い因縁話《いんねんばなし》を、浜本氏は詳しく語った。

興味がないから、それは略すが、S旅館が化けもの屋敷である事は、今治の土地の

人は皆知っていた事で、何故《なぜ》一行がそんな家に泊る事になったかというと、最近そこを買った大阪の人が、菊池寛一行が来ると聞き、景気挽回《ばんかい》の好機と考え、既に宿はK旅館と決っていたのを、種々運動した結果であった。次の講演地は尾ノ道だったが、宴会の席上、浜本氏は、或る芸者に、今治の出来事を話したら、彼女は今治で芸者をしていたので、「よく知っている。あの家の泊りは、いつも断っていた」と言ったそうである。

後で、菊池さんと話したというのは、次の通りである。

「又、出たそうですね」

「出たよ」

と菊池さんは、興味もなさそうな顔で、答えた。

「誰から聞いたの？」

「浜本浩から聞きました」

「ありゃ、君、本当の話だよ」

「嘘だと言ってやしませんや」

「だって、ネクタイだとか何んか言うじゃないか」

「ネクタイ？」

「ネクタイから、お化けが出るなんて、現代医学の迷信だよ」

「成る程、迷信だね。お化けって、やっぱりあるのかな」

「あるのか、ないのか、なんて事、意味ないじゃないか。出ただけで沢山じゃないか」

つまり、出たら、君は何時から出ているんだ、と聞けばいい。あとは凡《すべ》て空想的問題なのである。こういう人を本当のリアリストと言う。リアリストという曖昧《あいまい》な言葉が濫用《らんよう》されているが、この人は、本当にリアリストだと感ずる人は、実に実に稀《ま》れなものだと思う。

今、ふと思い出した話を附記して置こうか。最近、今日出海に会った時、話した事である。

「僕は、吉田茂*という人に面識はないが、あの人、菊池寛に似たところのある人じゃないのかな。僕は、世評なんか、一度も信用した事はないがね、どうだね？」

と今君に言ったら、彼は、こう答えた。

「似たとこあるよ。この間、座談会の時、いい葉巻をすっているので、少し貰《もら》えないかなと言ったら、帰りに呉れたよ。その呉れ方のケチな処なぞ、菊池寛にそっくりだよ」


（「文藝春秋」昭和三十年六月号）

「菊池寛文学全集」解説

菊池寛*の短篇小説が、全集中の一巻にまとめられたに際して、その解説を求められた。これを機会に、改めて通読してみたが、どれもまことに解《わか》り易《やす》い作品で、特に、解説を必要とするものとも思えない。又、実際、作者としても、そういう誰にも解り易い作品を書こうと願っていたのである。作者の初期の感想集「文芸往来」の中に、「小説の分類」という感想があるが、その中で作者は、凡《およ》そ次のような事を書いている。アッシュマン*という米国の文学者が、小説を分類して、地方色小説とか、家庭小説とか、その他、性格解剖小説、諧謔《かいぎゃく》小説、驚異小説、空想小説等々と分類している。そういう表面的な安易な分類は、今日の批評家から馬鹿にされるであろうが、自分は強《あなが》ちそうは思わない。むつかしく考えて、小説を分類してみたところが、どうなるものでもないのだから、安手《やすで》な分類法と軽蔑《けいべつ》すべき理由もないわけである。例えば、アッシュマンの分類のうちに、"human interest stories"というのがある。ヒューマン・インタレスト、つまり人間らしさの面白さを狙《ねら》う小説という意味だが、ヒューマニズムの小説と呼ぶより、ヒューマン・インタレストの小説と呼ぶ方が、遥《はる》かに解りやすく、又、実際にも適合する言い方ではないか、と菊池寛は言うのである。ここに集められた短篇すべてを、アッシュマンが、ヒューマン・インタレスト小説の部類に入れても、作者は首肯《しゅこう》しただろうと思われる。

「三浦右衛門の最後」*という短篇がある。今川氏元《うじもと》の寵臣《ちょうしん》に三浦右衛門という者があったが、主君を見殺しにして、逐電《ちくてん》し、捕えられて、処刑された。刑部《ぎょうぶ》*に覚悟を問われて、命が惜しいと答えた。当時の武士としては、そういう場合、考えても見られぬ「命が惜しゅうござる」という言葉を、最後まで主張して、首を切られた。作者は、終りに、こう附記している。「戦国時代の文献を読むと、攻城野戦英雄雲の如《ごと》く、十八貫*の鉄の棒を苧殻《おがら》*の如く振り廻す勇士や、敵将の首を引き抜く豪傑は沢山居るが、人間らしい人間を、常にmissしていた。自分は、浅井了意《りょうい》*の犬張子《いぬはりこ》*を読んで、三浦右衛門の最後を知った時、初めて、"There is also a man." の感に堪えなかった」。菊池寛の作品の、制作動機は、いつも其処《そこ》にあった。其処以外にはなかったと言ってもよい。この集のなかには、自己の生活を題材とした幾つかの作もあるが、どれも告白文学として工夫を凝された ものではない。悔恨も弁明も主張もない。自己の平凡な生活が、平凡に語られていて、作者は、恐らく、これを読むものに、「ここにも人間がいる」と共感してくれる人がいたら満足だ、それ以上、何も望んではいない、と考えていたと思われる。この人間らしさに共感するのに、読者の側に、何も特別な知識が要らないように、作品によって、この人間らしさを提供する作者にしても、少くとも自分としては、何も天才を要するような仕事ではない、と菊池寛は考えていたであろう。

ある作品を読んで、うまい――と思いながら、心を打たれない。他の作品を読んで、ちっとも描けていないと思いながら、心を打たれる。これは誰も経験している事だ。芸術作品として、前者が勝《すぐ》れていると思いながら、心を打たれるのは後者である。とにかく、後者には、前者の持っていない何かの価値がある事は確かであるが、その価値とは何であろうか。菊池寛は、そう質問する。彼は、この価値を、作品の芸術的価値とは別個のもの、言わば、その内容的価値と考え、その重要性を強調し、「文芸作品の内容的価値」という小論を書いた（大正十一年）。里見弴《とん》の、これに対する駁論《ばくろん》が現れ、菊池寛は、同じ問題を再論した。菊池寛は、里見弴の誤解が、その思索の軽率と不親切とから生じた、と言っているが、菊池寛の論文にも、思索の厳密はないのであって、実を言えば、菊池寛には、一般に、文芸とは何かを論ずる事より、実際、今日、わが国に於《お》いて、文芸作品はどのように鑑賞されているか、どのように経験されているか、という事実の方が、余程大事なことだったのである。現に経験されている事実に注目せよ。これが、菊池寛が、本当に言いたかった事なのだ。内容的価値というような言葉使いが、人の誤解を生んだのだが、拙劣な作品で、而《しか》も読者の心を打つものの性質を、どう規定するかというような事は、恐らく、彼には大して興味のない事であった。これは、菊池寛という人の心の動きの特色であって、彼は、里見弴の反《はん》駁《ばく》に会って、その立場を明瞭化《めいりようか》しようとする。自分は、文芸の内容的価値というような曖昧《あいまい》な言い方をしたが、文芸作品に於いて、芸術は表現である。表現と内容とは一つであるくらいな事を承知していないわけではない。芸術は表現である。表現という言葉で、芸術活動の凡《すべ》てを覆《おお》い得る、と自分は信じている。立派に表現されている作品の、詰らぬ内容なぞ考えるのは無意味だし、内容が立派でなければ、価値ある表現は不可能だ、というような愚説を述べるのでもない。従って、自分の言う作品の内容的価値とは、作品としての内容の価値を指すのではなく、作品以前のもの、作品の素材の価値を言う。例えば、藤森成吉*の「旧先生*」という作に於いて、旧先生という実在の人物が、「旧先生」という作品の内容であるとも、又藤森成吉の芸術がわれわれを動かす力は旧先生の人格であるとも、そんな事を、少しも言っているのではない。旧先生の人格の価値は、「旧先生」という作品の価値とは、全然別個のものであり、旧先生の人格の力は、旧先生その人の持つ力であって、作者の才能が創《つく》り出す力ではない。自分は、まことに簡単な事実を言っているに過ぎない。自分のこの見方は、芸術は表現なり、という見方と同じようにはっきりしたものである。

そこで、自分の立場は、甚だ矛盾したものになる。承知の上である。作家として、芸術的価値以外の価値が、常に気にかかり、これを重大視するという事は、*外道《げどう》であろうが、自分は外道でよろしい。だが、事実を見よ。文芸作品を読む大多数の人々は外道的な読み方をしているし、又せざるを得ないのである。例えば、志賀直哉の「暗夜行路」*を、或る読者が読んで、この作の敏感な主人公が、自分の使っている金というものについて全く無反省である事に、不満を抱いたとする。この読者は、たしかに芸術的感銘以外のものに関心を持った。彼の読み方は外道のものだ。併《しか》し、彼がもし金銭について非常に苦労した人間であれば、それは無理のない事だろう。彼を非難するわけにはいかない。そのように、読者は必ずしも文芸作品を、作品として正統には鑑賞しないものだ。各人が、その生活経験に基《もとづ》いて、各自の味《あじわ》い方を、勝手にしているものだ。

「浮世の悲しさで、作品の芸術的感銘だけでは、満足しない人間が沢山いるのだ。うまい、と感嘆した後で、直ぐ、外《ほか》の評価が出て来て、だけど、と考え込む人間が沢山いるのだ」、これは重大な事である。

自分は、バーナード・ショウ*のように「芸術の為《ため》に、一行でも書く奴《やつ》は、救われない馬鹿だ」という極端な事を言うのではない。純粋な芸術の存在を決して否定する者ではない。芸術的感銘は、凡そ感銘のうちで最も高級な感銘である事も認めている。だからこそ、自分も、こうして文芸作品を書いているのである。書いていながら、一途《いちず》に芸術的感銘を求める事が出来ず、そういう事に安心出来る里見弴のような作家を羨《うらやま》しく思っている、と率直に告白しているに過ぎないのである。作家の念願は、如何《いか》に感じ、如何に描くか、に集中されて然《しか》るべきものと思いながら、自分は、何を感じ、何を描くかに心労せざるを得ない。如何に感じても、如何に描いても、そういう作家の才腕とは独立して、その対象なり素材なり題材なりには、それ自身の価値がある、という事に、想《おも》いを致さざるを得ない。自分の、そういう作家的態度が不徹底であると難ずるより、何の先入主もない生活人達が、何よりも先《ま》ず実人生に執着し、生活体験に基いて文芸作品を判断し、評価している事実に着目して欲しい。その点で、彼等は、文芸作品の文芸的価値だけを目指して、これを鑑賞するものではない。彼等は、文芸作文芸作品を考えるについて正統派とは言えないかも知れぬが、人生そのものから論を成せば、彼等の方が正統派だとも言えるだろう。自分としても、芸術の本来の性質、構造を究明するばかりではなく、芸術が実生活にあって、どういう作用で働くか、その生態も合せ考える方が、芸術に関して徹底した考え方である、とひそかに自負しているのである。

里見弴は、自分の立場は、作家の立場であるというより、寧《むし》ろ哲学者の立場である、作家を止《や》めて、哲学者になれ、と言う。だが、それはおかしい。ここで菊池寛は、特色ある言葉を書いている。君の言う事は、「往来には並樹が欲しい、と言うと、それなら、森の中を歩けと言うのと同じだ。カツレツには、ソースが欲しいと言うと、そんならソースを嘗《な》めていろ、と言うのと同じことである。私は往来を論じているのだ。カツレツを論じているのだ」。

菊池寛は、哲学を必要としなかった。何故《なぜ》かというと、作家としての彼にとって、哲学とは、「生活第一、芸術第二」で沢山だったからだ。彼は、後年、「半自叙伝」のうちに、こう書いている。

「私には、小説を書くことは、生活の為であった。――清貧に甘んじて、立派な創作を書こうという気は、どの時代にも、少しもなかった」

これは、彼の言葉通りにとってよいばかりではなく、ここに彼の信念があったと見るべきだ。つまり、創作の動機は、生活上必至な様々な動機のうちの一つであり、この動機が何か特別に高級な動機と思い込むのは、感傷的な考えである、という信念である。その点で、当時の文壇の大多数の文学者達が、彼には感傷家と見えていた。彼は、文壇的成功の頂上にあって、次のように書かざるを得なかった。「作家諸子は、人生の観照に就いては、みんな大抵リアリストであるが、芸術というものについては、みんな大抵ロマンチストである――人生の他の凡てのものに幻滅を感じ乍《なが》ら、芸術に対しては、なお幻影を持っている。――人生の事物のなかで、芸術だけが、disillu-sion-proof のものかどうか、私には、甚だ怪しく思われる」、彼は、芸術を否定するのではない。人生が disillusion-proof のものでないように、芸術も亦《また》 disillusion-proof のものではない、これは常識である、と言うのだ。作家が、芸術というものについて、ロマンチックな夢を抱いているから、作家の仕事に、何か特権的意識が伴う。何故、そんなものから離脱して、社会の他の様々な職業のうちの作家業をやっているに過ぎないという自覚に立戻らないのだろう。それが根柢《こんてい》的な事だ、と彼は言いたいのである。彼の考えによれば、純文学というような言葉が、作家諸子を惑わせている。純文学とは、全く自己本位の仕事である。人生いかに生くべきかについての、自己の思想なり、見解なり、或《あるい》は感情なり、行為なりを語り、工夫を凝して、これを芸術的表現に高め、この世界に人々を招き、人々を納得させ、共感させようと願う仕事だ、だが、そのような仕事をする資格のある人間が、果して幾人あるだろうか。大多数の作家達が、自分は果してこの資格のあるような人間かという反省から仕事を始めてはいないし、仕事をつづけて、この反省に達する人も稀《ま》れである。少しばかりの文才を持っていたという理由だけで、純文学を始め、これをつづけているうちに、知らず識《し》らずのうちに、作家という特権意識を育て上げる。文学を志望する青年で生まじっか文才を持っているものほど始末に悪いものはない、と菊池寛は、「小説家たらんとする青年に与う」という感想中に書いている。

　当時の文壇は、*自然主義文学の風潮に抗して、技巧を凝して、独特な個性的世界に読者を誘おうとする作家達が輩出した時なのだが、菊池寛の足どりは、これに全く逆行したと言ってよい。彼は、言わば当時の天才主義の傾向に対して、断乎《だんこ》として作家凡庸主義をもって抵抗したと言える。彼の作家としての成功は早かったが、この集にも載っている「*無名作家の日記」が語る通り、自己告白や自己主張に基く、作家的自負は少しも持たなかった。自分の作家的天分について、何んの幻影も持っていなかった。彼に文壇的成功をもたらした諸短篇は、前にも書いたように、ヒューマン・インタレストの小説だったのだが、この彼の作品にある、人間らしさの魅力とは、彼の考えによれば、又、彼の言い方によれば、芸術的価値というより寧ろ内容的価値なのであった。人間らしさの魅力は、人間存在のうちにあって、作家の才能とは独立して存する価値だと彼は考えたかった。作家は、これを発見しはするが、これを発明することは出来ない、と見るところに、彼の考えの重点があった。自分のような、さしたる才もなく作家になった人間には、この魅力の発見で充分である。これ以上を望んで、不正作品に独創的な世界を展開させてみるというような事は、心の迷いであろうし、不正な事でもあろう。更に又、実人生に内在する、この人間らしさの魅力の価値は、生活第一を信ずる大多数の人々が、一番敏感に動かされる価値であって、生活上の智慧《ちえ》の或る種の純化が行われるところ、人々はこの感動を摑《つか》むのに、殊更《ことさら》、文芸作品という廻り道を要しないのである。この感動には、様々な実生活上の要求も混和しているから、甚だ複雑であり、純粋な感動とは言えないが、直接で切実なものはあるのであって、一作家の自負する個性的世界のもたらす感動より、遥《はる》かに普遍的なものだ。菊池寛は、これを信じた。作家の特権意識が、この尋常な一般人の尋常な生活感動を軽視する事を嫌った。彼は、己れの為に書いたというよりも、むしろ読者の為に書こうとした。作家の良心とは、作家という社会的な一職業人の良心であった。「半自叙伝」*で言うように、彼は、「文壇に出て、数年ならざるに、早くも通俗小説を書き始めた」、しかし、恐らく、彼には、純文学といい、通俗小説といい、呼称は、どうでもよい事であった。それは、雑誌の短篇を発表するのを止《や》めて、新聞紙上に長篇を書き始めた、という明瞭簡単な事であった。通俗小説を書き始めて、「いかに描くべきか」の苦労が減じたわけではない。そういう苦労を、彼は、純文学の制作にあたっても、軽視していたのである。ただ、新聞に書く場合、多数の読者を考えねばならず、この為に、彼は、「何を描くべきか」について異った苦労は経験した筈《はず》であろうが、作家としての読者尊重の立場には、根本的に少しも変りはなかった筈である。

菊池寛の仕事は、先ず劇から始った。「父帰る」*は、彼の処女作と言ってよいが、これも、ヒューマン・インタレストが狙《ねら》われた、まことに簡明率直な作品である。彼は、この作品に、自信を持っていたようである。だが、自信と言っても、彼自身言っているように、この劇は十年や二十年は残るだろう、後世というものを信じない自分には、作品の生命が、十年もあれば満足だ、というはっきりした考えを持っていた。「父帰る」が、「新思潮」に発表されて（大正六年）以来、作家も批評家も誰一人、この菊池寛の代表作を認めたものはいなかった。後年、実際に上演され、成功するに至るまで。これはまことに興味ある事であって、この簡明明瞭な人間劇に、一般の観客が簡明明瞭に感動するに至るまで、この作のヒューマン・インタレストの簡明は、文壇に軽視されていた。それほど、当時の作家達は、めいめい一癖ある、或は一癖あれば充分とする世界の建築に多忙だったのである。

菊池寛は、劇に於いても、見物本位の考えであった。「文芸往来」（大正九年）に載っている「劇論及び演劇論」も、彼の劇に関する考えを知る上に、重要な論文であるから、解説して置く事にする。彼の意見には、まことに鋭いものがあり、今日になっても陳腐にはならない。

明治四十年頃から、わが国で、演劇の革新運動が、絶えず続けられているが、一向に効果があがらない。その最大の原因は何か。菊池寛は、演劇革新運動にたずさわる人々が皆忘れている、まことに簡単な事実をあげるのである。「芝居くらい保守的なものはない。劇場位非進歩的なものはないだろう。日本の多くの演劇革新家は、このさざえの如《ごと》き保守堅城《けんじょう》の前で、大抵は討死して了《しま》ったのである」

歌舞伎の見物が、徳川時代から殆《ほとん》ど何の進歩もしていない芝居を、相も変らず享楽《きょうらく》している事に腹を立てるのはいいが、それは、芝居とは、元来、それほど社会的な、あまりに社会的な芸術である事に由来もしているという事実を忘れてはならない。見慣れぬもの、聞き慣れぬものを、基礎として、社会的娯楽を作る事は出来ない。見物がなければ、芝居は成立しないが、更に、見物の楽しみの性質や、その懐《ふところ》具合や、暇のあるなしまで考慮に入れなければ、芝居は成立しない。そこが、文学とは大変異ったところである。

菊池寛は、日本の演劇革新運動の不幸が、イプセン*やショウやハウプトマン*などの飜訳《ほんやく》劇の上演から始った事にある事を、早くも看破していた。そういう所謂《いわゆる》思想劇、問題劇は、欧洲では、十九世紀の“well made plays”よく出来た芝居に対する反動として起った芝居であり、そこにその価値もあり意義もあったものだが、わが国には“well made plays”の地盤がなかったのだ。多くの見物を獲得した近代劇なるものの伝統がなかったのだ。あったのは歌舞伎芝居だけだ。尋常な近代劇について、何等《なんら》の観念も持たぬ一般の見物を前にして、その反動劇を演じてみせても成功する筈はなかったのである。芝居は、見物の協力を要する芸術である。現にいる見物に見てもらうのが芝居である。新たに見物を作り出そうとしてもどうなるものではない。わが国の新劇運動は、新たに見物を作り出さねばならぬところから、新劇運動というより、文学運動の性質を帯びざるを得なかった。

要するに、新劇運動の選手達は、自分の必要ばかりを重んじ過ぎて、見物人の現実性を軽視したのである。歌舞伎劇で満足している見物に、飜訳劇を強いるのは、日本食で満足している人間に、無理に洋食を食えというに等しく、無駄な事である。自分の考えによれば、現存する見物の側に、新しい芝居に対する要求が起って来ない限り、新しい芝居は成功しない。現存する観劇階級の他に特別な観劇階級を作ろうとする企図は空想に過ぎない。現存する観劇階級が、いかに低級なものにせよ、彼等は、芝居を見る金も暇もあり、ともかく芝居というものを楽しみ、芝居というものに対して何等かの要求を持っている人達である。彼等を軽視してはならぬ。自分は彼等の芝居に対する要求が低級な事を認めるに於いて人後に落ちるものではないが、彼等が、現在の芝居に愛想をつかし、欠伸《あくび》をする時でなければ、新しい劇は起り得ない事も信じている。新劇運動の前途は、多難だし、道は遠い。

菊池寛は、小説に於いて現存の一般読者本位であったごとく、劇に於いても現存の一般観客本位の立場をとった。プロレタリア*文学運動に対しても、彼の関心は、理論にはなかった。現存するプロレタリアに、文学を鑑賞し理解する暇と力とが果してあるかどうか。小説を与えられて、小説どころの騒ぎではない、と彼等は言わないかどうか、其処《そこ》に根本の問題がある、と考えた。自分は、既成のブルジョア*文壇が頽廃《たいはい》し行き詰っている事を認めているし、又、社会主義の傾向は、必然的な事の成り行きである事も認めている。しかし、現在のプロレタリア文学は、現実のプロレタリアの要求に基いて書かれたものというより、プロレタリア文学者の主観的要求を表現したものだ。プロレタリア文芸と呼んではならぬ。社会改造主張の文学或はプロレタリア崇拝の文学と呼ぶべきものである。これは空想的な仕事である。

扨《さ》て、前に戻って、演劇の革新の運動は、前途望洋の嘆なきを得ないものだが、現在の観劇階級を相手にして（これは絶対的な事だ）、演劇改良が実際に行われ得る道が只《ただ》一つある。ここで注意すべき事だが、菊池寛は、彼の感想文のうちでは珍らしく、説明もなしに、逆説的な言葉を述べている。

「それは、現在の見物の智識と趣味と、観劇力の程度以下に身を下しながら、而《しか》も真に偉大なる、新しい、本当の戯曲を作り得る大劇作家の出現である」と。

菊池寛は、無論、自分を大劇作家とは、少しも考えていなかったが、「父帰る」が、このような考え方から書かれたという事は間違いない事だろう。菊池寛の言葉の真意を忖度《*そんたく》してみれば、こういう事になるだろう。金も暇もあって芝居を楽しんでいる現在の観劇階級は、全く保守的であるという意味で低級なのであるが、彼等が、芝居を楽しんでいる限りでは、彼等の芝居に関する知識なり鑑賞力なりは、まことに複雑な円熟した高級なものだ。これに対して、もっと進歩的な鑑賞力を上から要求しても、彼等は動くものではない。それより、芝居を楽しむとは、君達のような贅沢《ぜいたく》な享楽ではない、脚下にあるヒューマン・インタレストに、率直に感動する事だ、という事を納得させなければならない。現在の観劇階級は、無意識のうちに、芝居がわかるという陳腐な特権意識を持っている。これを破壊する事だ。近代劇の面白さというものは、芝居通《つう》でなければわからぬというような厄介なものではない、もっと尋常な、健全なものだ、生活人の生活的智慧で共感出来るヒューマン・インタレストの劇的表現である。これを納得させる為には、大劇作家の出現が必要だ。これは理想だが、演劇を実際に改良するために、可能な実行方法を指示している唯《ただ》一つの理想だ。今日わが劇壇が要求されている大劇作家とは何者か。そこで逆説となる。「現在の見物の智識と趣味と、観劇力の程度以下に身を下す」事の出来る人間だ。飜訳劇による演劇改良というような自己の主観的要求を捨てさる事の出来る人だ。とともに、陳腐な観劇習慣のとりことなって、贅沢な芝居趣味を楽しんでいる現在の観劇人の心の底に、人間らしい魅力に対する素直な共感が眠っている事を信ずる事が出来る人だ。

以上が、菊池寛の文学観の根本の性質である。文芸に関してとは限らず、人生どの方面にも保守派と進歩派とがあるものだ、菊池寛は、そのどちらにも与《くみ》しなかった。ただどちら附かずの曖昧《あいまい》な立場に立ったのではない。保守派も進歩派も、実人生の見えないロマンチストに過ぎぬと、はっきり考えた人なのだ。保守派は、現実の習慣のうちに安んじて眠っている。進歩派は、理論のうちに夢みている。眠っているものと、夢みているものとは、幾らでもいるが、覚めている人は少い。人生は動いて止《や》まぬ。その微妙な動きに即して感じ考え行う人は、まことに稀れである。有能な生活人は、そういうやり方で生活しているものだとは、一応言えるだろうが、この生き方についての徹底した、一貫した自覚を持つという事は、自《おのず》ら別事である。これには非凡な精神力が要る。菊池寛は、そういう非凡な人物であった。読者が、彼の言語による表現のうちに、常に覚めていた実行家のヒューマン・インタレストを摑みとる事を、私は望みたい。

（文藝春秋社刊「菊池寛文学全集」第二巻、昭和三十五年三月）

林房雄の「青年」

林＊君、「青年＊」を有難う。今、読み終った処《ところ》だ。近頃になく気持ちがよい。この気持ちは、約束＊した「青年」評を書くよりも、じかに君に手紙を書くのに適する。

僕は今まで殆《ほとん》ど君の作品を読んだ事がない。読まないで大凡《おおよ》その見当をつけていた。見当が当っているかいないかを、実物によって検査しようという気は億劫《おっくう》でなかなか起し難いものである。それとも億劫だからこそ、見当をつけるのかな。兎《と》も角《かく》、批評家商売をしていると、こういう意味の精神上の経済が、知らず識《し》らずに、身につくものだ。言う迄《まで》もなく自慢にならない。

つきあい出してから、君という男は人間になかなか魅力を備えているものだから、いよいよ作品なんぞ読むのが億劫になった。だが断って置くが、この億劫は僕の罪ではない。そう感じさせ、そう思わせるものを、君が確かに持っている限り僕の罪ではない。

併《しか》し結局のところ、普段つきあっている処に感ずる人間的魅力などというものは大したものではないかも知れぬ。つき合っている時には、妙に生き生きとしたあるものだが、つらつら想《おも》えば漠然とした、はかないものの様な気もする。直木三十五氏*が逝《な》くなって、新聞雑誌に、氏の生前の思い出や逸話の類が充満した。氏の人間的魅力のしからしむる処だろう。氏が大変魅力ある人物であったという世の定評を僕も信じているが、ああいう類の文章をいくつも読んでいると、お葬式の延長みた様な気がして来て、なんとなく愉快でない。なんだい、これでは直木という男、まるで人間的魅力を広告する為《ため》に刻苦精励して来た様にみえるじゃないか、そういう臍《へそ》の曲った感さえ覚える。逝くなって作品の他なんにも残っていない今こそ、直木氏の真価が問われはじめる時であり、作家は仕事の他、結局救われる道はないものだ、という動かし難い事実に想いをいたすべき時だ。ときっぱり言いたいが、こういう微妙な問題にはいろいろと疑いが湧《わ》き上って来ていけない。

「作家は作品を書いている時が一番正しい」とは君の口癖だ。併しそういう言葉は、作家の無意識の自己欺瞞《ぎまん》が一番這入《はい》り込み易《やす》い種類の言葉だ。君は勿論《もちろん》心からそう思っているに違いないが、君があああいう言葉の真意に徹しているかどうかとなれば疑わしいものさ。だが、これは半ば僕の勝手な言い分で、僕の様にえて思い惑いたがる性質は、専心思い惑いたがらなければ自分を活《いか》す事が結局出来なくなる。それは君も承知してくれるであろう。

　例えば*ロマン・ロオランの「芸術と行動」（「改造」四月号）、あれを君は読んだか、*レエニンが*レオナルドとともに「*生命の飛躍《エラン・ヴィタル》」と結婚するという論文だ。ソヴェトに対する妙なお追従《ついしょう》も感じられ鼻持ちならぬ気がする。ジイドの方が遥《はる》かに無器用で見《み》得《え》が少いし、正直にものを言っている。それは兎も角、僕はああいう器用な論文乃至《ないし》は論理をつまらぬと思う。現実に関する夢と芸術に関する夢との一致、芸術と行動はどういう具合に結合するか、結合しなければならぬか、そういう問題を、誰にでもわかる様に筋をたてて語る、そういう仕事を僕は低劣だと思う。生活のない処に芸術はないとか、生活意欲と芸術表現との関係はどうだとか、という百千の言葉より*制作三《ざん》昧《まい》という言葉の方がまだまだましな言葉だと思う。

「青年」は、雑誌に発表されて以来、いろいろ批評された様だが、そういうものを全く念頭に置かずに、読後、心に浮んだ感じを率直に言うなら、これが林房雄だという言葉で僕の心は一杯になって了《しま》ったと言いたい。こんな感じを読者に与えるのは作者の本意ではあるまい。だがこれが読者と作者との食い違いというものだ。この食い違いは、殊《こと》に君の様に熱情にかられて仕事をする性質《たち》の作家の場合では甚だしいのであって、傍人の観察参考にならぬとは言わさぬ。

何が歴史小説だ、林房雄まるだしじゃないか、という様な乱暴な事を勿論言うのではないが、君が誤解しなければそう言っても差支えない。君はよく人の悪口を言うし、人からも悪口をよく言われる。そういう喧嘩《けんか》好き、一般の定評である君の好戦的性質というものより、もっと君の持っている別なものに僕は魅力を感じている。君の喧嘩好きは、充分内面化された君の性質だとは僕には思えない。君にはもっと明るい楽天家の笑いがある。微妙でうまく言えないが、例えば「どうもみんな余程俺の悪口はいいやすいとみえるね、俺にはあげ足を取られやすい処があるのだ」と言って笑う君の子供らしい笑顔に、僕は君のもっとも*醇乎《じゅんこ》たる性質を見る様に思う。ああいう笑顔はぎりぎりのもので、知らず識らずの嘘《うそ》も這入る余地がないからね、これは君の美点だ。君がよく知らない君の美点だ。尤《もっと》も自分の美点をはっきり知っている奴というのも妙なものだが。

この美点が「青年」全篇に、極めて自然に開花している。明治維新の世相を*唯物《ゆいぶつ》史観の立場から描いたという様な開き直った印象を得るよりも先《ま》ず作者の主観、作者の告白を感ずるのだが、これは僕が唯物史観を信ぜず、明治維新史に暗いが為ばかりであろうか。

描き出されたものは、陰惨だった*馬関戦争前後の世相というよりも、寧《むし》ろ張り切った青年の心だ、青年*伊藤俊輔、*志道聞多《しじもんた》が描かれているというよりも、寧ろ描いた作者が青年なのだ。

君は*獄中で、この長篇の腹案を立てたという。ある処では稚気さえも感ぜざるを得ぬほど明るいこの長篇を獄中で空想していた君を考えてみると、僕は一種羨望《せんぼう》に似た感を覚えるのである。作品のなかで、独房で作者が海の夜明けを写した日本画に感動し、「心が海の様にわきたちはじめた」と書いている処があるが、読んでいて佯《いつわ》りのない率直な感じだろうと思った。そして君がこの小説を空想している時の幸福を、僕の方でも空想していると、瀬戸内海に浮ぶ*東洋艦隊の姿が浮んで来る。とても*マンチェスタアの商人どもの狡猾《こうかつ》な野心をのせた船とも思われない。君の描写に従えば、船は「笑う子供の歯の様な波の上を、白鳥の様に揺られている」、太陽は輝やき、海は青く、艦隊の姿は童話めいて、青年の理想を談じ、*広重えがくフジヤマの美を談ずる船室の声も、憚《はばか》る処なく明るい。*トレエシイ中尉の皮肉にも暗い蔭《かげ》はない。戦争の文章にしてもそうだ。血腥《ちなまぐさ》い臭《にお》いを吹払う様な潮風が通過している。

僕は、君のものの見方の通俗性を笑っているのではない。笑う子供の歯の様な波だとか、白鳥の様な船だとか、その他君の小説の随処に出て来る通俗小説家めいた表現を笑っているのではない。あの通俗性も林房雄だから好意がもてるなどというお座なりを言おうとするのでもない、僕は君の美点に裏打ちされた君の文章のあるがままの美しさをしかと感じているのである。こんな単純な事がなかなか解《わか》らせ難いんだよ、君自身にさえ解らせにくいのだ。

　例えば、次の様な文句がある。「作者をして、この物語の筆をとらせたものは、すべての労働者と農民の胸に共通する、愛するものをうばわれた悲しみ、美しいものをけがされた怒りである。*プロレタリアートの作家は、今こそ秘められた絵巻の封印をきり、けがされた日本の人と自然のなかから、しんじつに美しいものをほりだして、ほこりと確信とをもって敵と味方の眼の前にくりひろげる。日本の自然の美を全身をもってかんじうるものはわれわれである。日本人の胸の奥にひそむ、より高きものに自分をささげることのできるほこらかな精神を、しんじつにうけつぐものはわれわれである！」壊そうと思えばすぐガラガラッといく建物の様な文章じゃないか。併し何んの為に壊す、何んの必要があって。

　*割木松の峠で、*晋作、俊輔、聞多の三人が偶然一緒になる処で、君は断り書きを書いている。「歴史はときどき、このような偶然を好むものらしい。これがもし、小説家の作為であったなら、三人の青年を、こんな風にめぐり合わせることは、平俗にす

ぎて、効果はかえって低調であろう」と。だが上述の君の感慨にもほんといえば断り書きが要るんだよ。即《すなわ》ちこの感慨の通俗性は作者の作為によるものではないのだ、と。僕の言葉に皮肉を読んでくれるな。僕の言い度《た》い事は通じただろう。歴史には記録の証言という重宝なものがあるが、告白を保証するものは眼に見えない情熱だけだ。偶然の事件の呈する外見の通俗性は、記録の証言によって容易に壊れるが、在りのままの告白の呈する外見の甘さにけつまずかない為には、直観に頼るより他に術《すべ》がないのだ。誤解されやすいのは君の書いた歴史じゃない、君自身なのだ。

僕は君の美点というものの性質を考え考えこの長篇を読み、終篇に至って、われ知らず眼頭《めがしら》の熱するのを覚えた。強い思想が語られているのでもなかった、深刻な眼力が働いているとも思わなかった。何かしら男同士で酒を呑《の》む様な、感傷をまじえぬ人なつかしさの様なものを感じつつ、「日本最初の西洋料理」*の場面に至って、奇妙な美しさが僕を打ったのである。

君は「青年」の通俗性を気にしている様だが、一般に通俗性というものはセンチメンタリズムなしには成り立たぬものだが、君はほんとうに知っているだろうか、君の通俗性にはセンチメンタリズムが絶無である事を。

歴史小説を書くという事の難かしさに就いては、君自身が、こんどの仕事で充分に味《あじわ》っただろうが、君は一般に歴史小説というものをどう考えているだろうか。

僕は先日「戦争と平和」*を評したツルゲネフ*の言葉を読んで、歴史小説というものについて色々思いをめぐらした。言葉というのはこうだ。

「トルストイの小説は驚くべきものである。併しその最大の弱点は、世人が喜んでいる点にある。即ち其《そ》の歴史的方面と心理描写とにある。彼の物語は手品である。微細な些事《さじ》を並べて人の眼を掩《おお》うものである。時代の特色など何処《どこ》にあろう？　歴史的色彩など何処にあるか？　デニソフ*の姿は立派に描かれている。けれどもあれは背景の模様として美しいものであろう。が、その背景がない」

君はロシヤの作家でいつもトルストイとツルゲネフを推賞しているが、この意見をどう思うか。僕は卓見だと思う、卓見だと思うが、ただ卓見に過ぎないものじゃないかとも思う。何故《なぜ》かというと理窟《りくつ》はともあれ事実上「戦争と平和」はツルゲネフの所謂《いわゆる》「最大の弱点」によって生き長らえているのだから。一体背景と登場人物、この二つのものを劣らず高度に生かした歴史小説というものが可能だろうか、不可能だろうかと徒《いたず》らに疑ってみるのではない。今迄そんな大小説を書いてくれた人が一人もないのはどうしたわけかと思うのさ。僕はこの二つのものをよろしく塩梅《あんばい》する通俗歴史小説の話をしているのではないのだ。それを可能にしてみせる、と君は言うかも知れない。が、誤解しないでくれ。僕は今、一作家の野望に関して考えているのではないのだ。

「戦争と平和」の天才的なところはメレジコフスキイの言葉を借りれば「黄色いウンコで汚れたオムツ」を諸君、これだこれだと振り廻している処にあるのだ。こういう簡単明瞭《めいりよう》な平凡事に憑《つ》かれた非凡な男、こんな男がツルゲネフの卓見ぐらいに驚いただろうかね。尤もトルストイの振り廻したものはいつまでもオムツではなかった事は周知の事だが、それはともかくああいう凄《すさ》まじい光景を眺めると、林君、僕は君の「青年」の歴史背景がどうの、登場人物がどうの、と批評家めいた口がきけないよ、馬鹿々々しくって。

現代人は成る程トルストイより遥かに明瞭な歴史的意識をもっているだろう。これに自惚《うぬぼ》れられる奴《やつ》は自惚れさせとくがいい。いや僕がここで言い度いのは、歴史的意識が強くなったからと言って、何も歴史家と小説家の間が近附いたわけではないということだ。近附いた様に思いたがるのも、歴史的関聯《かんれん》の下に作家的認識を位置させよう等々の調停というものの大好きな批評家等の美辞麗句の誘惑にちょいとやられるからさ。二つの精神は飽くまで二つの精神だ。妥協を考えるより相手を殺そうと考える事だ。相手を殺さなければ相手がほんとうに呉れたものはわからないんじゃないかな。少くともその方が世の実相に近いよ。再びいう、僕は通俗歴史小説家を語っていない。*バザアロフの言葉ではないが、「金をもうける芸術と痔《じ》を退治する芸術」は好かない。誇張したものの言い方をしていると思わないでくれ給《たま》え。トルストイが振り廻したものは、所謂歴史的文化というものは真の人間性に比べれば条件的なものに過ぎぬという様な空虚な思想じゃない。そう言って了えば、トルストイの思想など何んの事はないではないか。つまり、そう言って了えば嘘になるのだよ。彼の振り廻したものは、ほんとうに臭いオムツなんだ。今日のウンコも黄色くってよかったと幾億万のお袋が安心している、あのオムツなのだ。

*寺田寅彦氏がジャアナリズムの魔術についてうまい事を言っていた。「*三原山投身者が大都市の新聞で奨励されると諸国の投身志望者が三原山に雲集するようなものである。ゆっくりオリヂナルな投身地を考えているような余裕はないのみならず、三原山時代に*浅間へ行ったのでは『新聞に出ない』のである。此《こ》のように、新聞はその記事の威力によって世界の現象自身を類型化すると同時に、その類型の幻像を天下に撒《ま》き拡《ひろ》げ、恰《あたか》も世界中がその類型で充《み》ち満ちているかの如《ごと》き錯覚を起させ、そうすることによって、更にその類型の伝播《でんぱ》を益々《ますます》助長するのである」（「中央公論」四月号）。類

型化と抽象化とがない処に歴史家の表現はない、ジャアナリストは歴史家の方法を迅速に粗笨《*そほん》に遂行しているに過ぎない。歴史家の表現にはオリヂナルなものの這入《はい》り込む余地はない、とまあ言う様な事は一般常識の域を出ない。僕は進んで問い度いのだ。一体、人はオリヂナルな投身地を発見する余裕がないのか、それともオリヂナルな投身地なぞというものが人間の実生活にはじめから存在しないのか。君はどう思う。僕はこの単純な問いから直ちに一見異様な結論が飛び出して来るのにわれながら驚いているのだ。現実の生活にもオリヂナルなものの這入り込む余地はないのだ。

オリヂナルなものが実現するのは、架空な世界を置いて他にはない。小説の世界とは即ち架空の仮構の世界ではないか。歴史家の誠実な抽象化にオリヂナルなものの這入り込む余地がないのは、現実生活にそれがなければこそだ。歴史家の眼が、曇っているわけではあるまい。僕の言葉を逆説ととらないでくれ。若《も》し君が歴史家と小説家の戦をはっきり戦えば、僕の言う事を首肯してくれるだろうと思う。オムツとはトルストイのオリヂナルなるものだ。

客観的手法なるものは近代文学の最大の発明である。だがこの手法の弱点は、というよりも寧ろこの発明が齎《もたら》した大きな欺瞞《ぎまん》は、客観描写の存する処に人生が存するという打勝ち難い錯覚なのだ。小説家が自分の表現は歴史的表現より遥《はる》かに現実に近附いていると思いこむ気の利《き》かない恐悦なのだ。この恐悦が、小説は一つの架空な世界の創造であるという大胆な認識を無意味に恐れさせているのだと僕は考える。近頃リアリズムの様々な種類が流行している。*主体的リアリズムだとか*社会主義的リアリズムだとか、*否定的リアリズムだとか。

　処《ところ》でどれか選んでくれと言ったら君は困るのさ。困らなかったら作家じゃないからな。僕はこういう様々な探究を決して軽蔑《けいべつ》しない。それ処か悪足《わるあ》掻《が》きをしている批評文の方が先ず近頃の大概の小説よりも溌剌《はつらつ》としているとも言えるんだ。が、それはそれでいいとして、君は、これらのリアリズム上の探究の裏に、リアリズム即現実という抜き難い頑固さが流れているのを看取しないか。頑固さは又文学は現実を模倣するという*自然派以来の臆病《おくびょう》な思想でもあったのだ。従ってそんなものは現実には決してないのだよ。それはツルゲネフの言う「微細な些事」ではないのだよ。

　何故に人々は、作家は架空の世界を自在に創造するものだ、しなければならぬものだという自覚を怖《おそ》れるのか、作家は現実の再現を企図すべきではない、現実の可能性の上に創造を行うべきだ、という自覚を何故に恐れるか。僕のいう処が果して*浪漫派の寝言かどうか、君一つ判断してくれ。

　僕は嘗てこの国の或る作家群が、自然主義作家に対して揚げた反動の声をくりかえしているのではないのだ。リアリズムの他に妙なものを発明しようとしているのでもないのだ。

リアリズムとは、飽くまで文学的リアリティに徹する道だ、いや文学的リアリティそのものの深い自覚に他なるまい。リアリズムを現実に肉迫する武器の様に考えていたのでは、限りなくリアリズムの種類が増えるだけの話だろう。*バルザックの様に、自分の夢は現実よりもっとほんとうだ、という処まで行かなければ、或《あるい》は行こうとしなければ、バルザック的方法もリアリズム的手法も空言であろう。

*自然は芸術を模倣するという*ワイルドの有名な言葉には、惟《おも》うに当人が自覚していたより遥かに正当な意味があるのだ。

歴史小説の事がとんだおしゃべりになったが、結局、僕は歴史小説と歴史とは似ても似つかぬものだ、という極く単純な事を書いただけである。この単純な原理を作家が複雑な事情に面して守り通すか通さぬかという処が問題だ。だから単純な事必ずしも単純じゃない。ましてや容易じゃない。守り通さざるを得なかった故《ゆえ》に、オムツを振り廻さざるを得なかったとしたって、それがなんだ。彼が一流作家だったという証明になるだけじゃないか。敢《あ》えてオムツとは言わないが、作家実践上の或る種の冒険や無法を例外的なものと見做《みな》したがるのが間違いのもとだと思う。

誇張して言えば時代意識などという常識に色目を使い乍《なが》ら、誰が魅力ある作品を書いたか、と言いたい。批評家として穏やかならぬ言辞という勿《なか》れ。穏やかならぬ言辞ほど無害なものはない。何故って黙殺という手があるではないか。批評家というものは、批評家だけに限らぬが、単純な命題を好まぬものだ。僕も好まなかった。近年この事がはっきり分って来た様な気がする。好まぬというのはごまかしなのだ、実は恐《こわ》いのだ。命題は単純なほど現実的だしごまかしが利かぬ、そこが恐いのだ。

例えば近頃の*プロレタリヤ文学に於ける政治の問題をとってみ給え。プロレタリヤ文学上に於ける政治の位置如何《いかん》というが如き高級な命題は、単純な政治か文学かと問う一質問の前で、何んと白々《しらじら》しい問題か。ブルジョア批評家からまずいまずいと言われてうまく書く事が文学に於ける政治的優位性の*清算というものなのか、といつか君に言ったら、君は実状をしらないからそんな呑気《のんき》な観察をするんだと君は答えた。成る程僕には実状を知らぬものの呑気さがある事は認めるが、僕の言葉には皮肉な意味はないのだ。僕は、例えば文学に於ける政治の位置という様な複雑な逃げ道のどこにでもある様な問題では、人々は問題の複雑をいい事にして嘘《うそ》のつき合いをやる。こういう場合には正直になろうとしてもなかなか口がうまく扱えないものだ。その点が言い度かった。

そしてもっと言い度かった事は、ああいう懐疑の陶酔からさめて、文学とは何か政治とは何か、政治家たるべきか文学者たるべきか、という恐ろしい問題に躍りかかり、これを究明しようとした批評家が作家が一人でもいたか。

問題をすぐ解決せよとは言わぬ。一体*転向という事は人が人間としての懐疑を味う絶好なチャンスじゃないか。惜しい事さ、みんなチャンスを逸してる。泣き言を宣言にしてみたり、小説にしてみたり、或は一と理窟つけて納って了《しま》ったり。

君は「*政治か文学か？」という論文を書いていた、景気はいいが曖昧《あいまい》なものだ。尤《もっと》も元来君は正確な男じゃないのだから曖昧結構だ。だがあの問題はあれで終るまい。今後も君を苦しめるであろう。併《しか》しいつも君を欺瞞から救っているものは君の率直と楽天的な実にまんまるい君の心だ。

あの論文にしたってああいう面倒な問題をつかまえて、誤解を怖れずに子供らしいほど率直な意見を発表した人が所謂左翼の作家批評家のうちにいるのかねえ。僕はよく知らないが。

最後に再び「青年」を読ましてくれた事を謝する。実に気持ちがよかったのである。いささかのケチ臭いものも、吝《しみ》ったれたものも、小ざかしいものも、ない。懐疑も渋面もない、感傷もない、あの底抜けの明るさは深く僕を動かした。君は才人だ、併し「青年」だけは心でかかれている。

君は又近く一*年間の沈黙を強いられている。君は丁度ディ*ケンズの全集があるからみんな読んで来ると言っていたが、是非読んで来い。今時ディケンズなどはいかがなものかなどという反省は君には無用と僕は信ずる、そして「壮年」の空想が又幸福に進行する事を望む。

（「文藝春秋」昭和九年六月号）

林　房　雄

「君は林房雄と大変親しい様だが、林という男は一体どういう男かね。僕にはどうもわからない人物なのだがね」、僕は、何べん同じ質問を今迄《まで》に受けたかわからぬ。うまく返答が出来た例《ため》しがない。僕には、彼という人物はよく解《わか》っているとは決して言わないが、彼が世人の誤解の塊りの様な人物である事はよく解っている。友人の文学者のなかで、林房雄は恐らく一番難解な男だ、と僕はいつも思っているが、人間というものは妙なもので、実に難解な人だと合点して了《しま》えば、そこに退引《のっぴ》きならぬ理解が生れてくるらしい。もう誤解という様なものの仕様がなくなるのである。あの男は、ああいう男だ、という動かし難い感覚を持つ様になる。そういう風に考えて行けば、何もこれは林君に限った事はない。難解な人物という様なものもなければ、単純な人物という様なものもあるまい、という身も蓋《ふた》もない話になりそうだ。なるだろう。なれば大したものである。本当に人間が人間を理解するとは、そういう身も蓋もない処《ところ》に行き着くのが理想だろうから。

林房雄の放言という言葉がある。彼の頭脳の粗雑さの刻印の様に思われている。これは非常に浅薄な彼に関する誤解であるが、浅薄な誤解というものは、ひっくり返して言えば浅薄な人間にも出来る理解に他ならないのだから、伝染力も強く、安定性のある誤解で、釈明は先《ま》ず覚束《おぼつか》ないものと知らねばならぬ。

林が、いつも放言する理由は、まことに簡単で、彼が非常に鋭敏な直覚力を持っているからである。鋭敏すぎて、彼自身が持て余しているのである。妙な言い方だが、直覚力が彼を小馬鹿にしたり、彼に逆《さから》ったりしている、僕にはそんな風に見える。彼は、統制のつかぬ直覚力の軍勢を引連れた大将みたいな顔を時々している。いつもしているかも知れぬ。だが、彼の直覚力の一つ一つを取ってみると、それはまことに鋭敏で正確なものであり、未だ誰も気の付かぬ現実の気配とか、いろいろな概念の下にかくれて見え難い現実の性質とかに、ぴったりとくっついたもので、少しも曖昧《あいまい》なところがない。実に珍重すべきものであると、僕は彼の所謂《いわゆる》放言のなかにいつもそれを認めて感服している。

彼は、直覚したところを有りの儘《まま》に言うのであるが、彼の言葉を聞く相手には何んの用意もない事も、或《あるい》は不都合な用意がある事も、てんでお構いなしである。構おうにも構う才が彼には欠けている。例えば、彼は、未だ誰も気のつかぬ美点や弱点を、実にいろいろな作家のうちに発見して殆《ほとん》ど過《あやま》つ事がない。そして簡単明瞭《めいりょう》な言葉で、それを指摘する。用意のない相手には当然何を言ってるんだ、という結果となる。そこで論文を書いて説明しようとなると、彼は必ず失敗するのである。生まな直覚を、批評文のなかにどうあんばいするかという技術は、直覚力の強い人間には、殆ど自《おのずか》ら備わった技術の様に、僕なんか考えているが、これは林の場合には、当て嵌《は》まらない。彼の饒舌《じょうぜつ》が邪魔に這入《はい》るからだ。論文は冗漫な、誇張された説得力を欠いたものとなる。

彼の持っている饒舌の才は、彼の女好きに密接な関係がある様である。彼は好きな女の子を連れて歩く様に、自分の饒舌を連れて歩いているという風な感を僕には与える。彼の直覚力は、実に天稟《*てんぴん》という感じで、正確で曖昧なところがないが、それに比べると彼の饒舌の才は、まことに人工的で通俗で曖昧なものである。元来が、別人を選んでそれぞれ住むべき才能が、この厄介な男には同居していると言った風なものだ。「俺の放言放言と言うが、みんな俺の言った通りになるじゃないか」と彼は言う。言った通りになった時には、彼が以前放言した事なぞ世人は忘れている。「馬鹿々々しい、俺は黙る」と彼は言う。黙る事は難かしい、発見が彼を前の方に押すから。又、そんな時には狙《ねら》いでも付けた様に、発見は少しもないが、理窟《りくつ》は巧妙に付いている様な事を言う所謂頭のいい人が現れる。林は益々《ますます》頭の粗雑な男の様子をする始末になる。

一体、頭がいいとか悪いとかいう様な言葉は、恐らく昔はなかったので、抽象とか理論とかに関する能力如何《いかん》に準じて、人間の頭を品評する傾向が強くなって、はじめて現れた不健全な言葉ではないかと思われる。何かにつけ、頭がいいとか悪いとか言い度《た》がるが、頭の天稟の出来不出来という事を、現代人は、実におろそかに考えているのである。

林君が二度目に下獄*した日、僕は、深田久弥*君と彼を裁判所まで送って行った。林夫人と山田清三郎*氏の夫人とが一緒だった。人通りの多い廊下のベンチで、僕等は話していた。やがて彼は向いのドアに消えねばならぬ。みんなあわただしい気持ちを押し殺していたから、連絡のない話をポツリポツリしていた。いよいよ時間になり、林は着物を脱ぎはじめた。その時、山田夫人が「山田の創作集*の序文もとうとう戴《いただ》けませんでしたね」と言った。林はもう裸体になっていた。奥さんは、彼の脱いだ着物を、ベンチの上で、風呂敷につつみかけていた。「あ、そう、そう、失敬、失敬、今書きましょう」と彼は奥さんのハンドバッグから、在りあわせの紙片《かみき》れを出させ、ハンドバッグを台にして、猿股《さるまた》一つで立ち乍《なが》ら、チョコチョコ、チョコチョコ書き始めた。彼が、どんな序文を書いて渡したか読まないから知らない。だが、猿股一つで書いている彼の姿の何んとも言えない面白さに比べれば、書かれた彼の文章など全く言うに足りないのである。それはもう確かな事だ。

その時の彼の裸姿は、実に沢山の事を僕に語ってくれた。今でも語ってくれている。彼の裸体は、彼を眺める僕の尺度と化して了ったから。従ってそこから彼の作品に行き着くのは、僕には容易な道に見えるが、逆に、彼の作品を彼の人間の尺度とする事は、そんなに容易ではない。これは、文学者林房雄にとっては、自慢になる事ではない。

大工は粗悪な材料から、美しい丈夫な家を建てる事が出来ない。芸術家だって全く同じ事なのである。仕事の性質上、造形美術家はその事をよく知っているが、文学者は、それほどよく知っているとは限らない。屢々《しばしば》知らぬ振りもする、併《しか》し無駄である。

文学は時代の産物だ、文学者は時代の子だとは誰でも言うが、現代文学が、どんな恰好《かっこう》をして現代の社会のうちにあるか、そのありの儘の恰好を見るという事は、これは又別の事で、易しくはない。みんな上手に考えて下手に見るから。たまには、逆様をやってみるとよい。そうすれば、現代文学が、現代の粗悪な材料に悩まされ、殆ど本能的にこれを避け様として、どういう処に追い詰められているか、その恰好が、まざまざと眼に映るであろう。

銀座通りを忠実に描いて、美しい文章はおろか文章らしい文章も作る事は出来ない。銀座通りというものが、粗悪極まる材料だからだ。だからよく読み給《たま》え。現代小説の何処《どこ》にも本当の銀座通りなぞ描かれていない。風俗小説なんという事を言っている、自分は風俗小説家だと思い込んでいる人もある、たぶらかされてはいけない。現代の実際の風俗なぞ、誰も描き得てはおらぬ。驚くほど雑然紛然とした現代風俗のあるが儘の姿なぞ、風俗小説家の薄弱な精神が、とても正視出来るものではない。現代風俗めいたものを、垣間見《かいまみ》ているに過ぎぬ。それは致し方のない事だ。美とか調和とかを求める本能は、どんな作家にもあるのであって、作家は、本能の命ずるままに、粗悪な材料を避けるからだ。どうにもならぬ、材料の混乱と無秩序とが、作家に迫り、作家は逃げるのである。だが、逃げて何処《どこ》に行くかというと、心の風俗のなかに逃げ込むのであるが、そこに逃げ込めば、しっかりした文学に適当なしっかりした材料が見付かるかというと無論見付かりはしない。現代の心の風俗は、現代の物の風俗と同じ様にやくざである。処《ところ》がまことに好都合な事には、作家の扱う材料が物の世界から心の世界に移ると、そこに大変な相違が自ら《おのずか》ら現れて来る。前者を扱うにはごまかしが利《き》かぬが、後者を扱うには、いくらでもごまかしが利く。心の風俗を眺めていれば、材料の粗悪な事なぞ、もう感じなくて済むのである。

衰弱して苛々《いらいら》した神経を鋭敏な神経だと思っている。分裂してばらばらになった感情を豊富な感情と誤る。徒《いたず》らに細かい概念の分析を見て、直覚力のある人だなどと言う。単なる思い付きが独創と見えたり、単なる聯想《れんそう》が想像力と見えたりする。或は、意気地のない不安が、強い懐疑精神に思われたり、機械的な分類が、明快な判断に思われたり、考える事を失って退屈しているのが、考え深い人と映ったり、読書家が思想家に映ったり、決断力を紛失したに過ぎぬ男が、複雑な興味ある性格の持主に思われたり、要するに、この種の驚くべき錯覚のうちにいればこそ、現代作家の大多数は心の風俗を描き、材料の粗悪さを嘆じないで済んでいるのだ。これが現代文学に於《お》ける心理主義の横行というものの正体である。

現代文学者の本物と贋物《にせもの》とを判定する規準を、僕はいつもこの心理主義の係蹄《＊けいてい》に落ちているかいないかに求める。現代に力一杯生き、現代で文学を創《つく》る困難を痛感している文学者が見付かれば、文学なぞ見付からなくても一向差支《さしつか》えないとさえ思っているが、見付かり過ぎるのは、無論いつも文学の方である。文学者のいない文学の氾濫《はんらん》をどうしようと思っているわけではない。作品月評でまことしやかな嘘《うそ》を吐《つ》いていれば、それで済む事である。

「文學界」三月号に、林君が、「転向に就いて」という文を書いているのを面白く読んだ。裁判所刑務所を通じ、所謂《いわゆる》転向者と公認された者は、六万人にも上るそうである。そのうちには、己れを語る才に恵まれた文学者の数も随分這入っている筈《はず》なのだが、文学者によってまともに書かれた「転向論」というものは、今日まで遂《つい》に現れなかったのである。転向問題*というものが、とやかく言われた一と頃を過ぎて了えば、誰もけろりとして不思議とも思わない。今日こそ、再び転向の問題を転向文学者は取上げるべき時だ、と林君はいう。彼が書かなければ、必ず誰も書かずに終るのである。そう思うだけでなかなか僕には興味ある事であった。

文学者のうちで、一番早く左翼運動*に飛び込んだのも彼だったし、一番早く転向したのも彼だった、そんな事が大事な事ではない。大事なのは、転向とは心理の問題でも理論の問題でもなく、道徳の問題だという事を、最初に看破したのは彼であり、以来、彼の文学者たる自覚には、一貫してこの道徳問題が附き纏《まと》っているという点である。

転向の心理などというものはない。彼は、今日まで、転向に関して何遍語ったかわからぬ程だが、一っぺんでもそんなものを口にした例しはない。これは世人が見損っている林という人間の重要な特徴なのである。

心理の綾《あや》を付けずに物を言うから、彼の言う事は子供らしく聞える。彼は子供の様に感傷を知らぬだけである。心理の告白は良心の告白めいている。心理主義の係蹄にかかった現代の文学者達が取違えるのも無理もないことだ。

転向の理論という様なものはない。現代人は、理論が信念を生むという妄想《もうそう》から逃れ難い。転向とはこの深い妄想から覚める事であり、理論の編制替えではない。この事に関しては、林が「転向に就いて」のなかで面白い事を言っている。

「あらゆる職業の分野で、なかなか頭のいい眼から鼻に抜け、人づきあいもよく、しかも、すべての社会事象に一見適切らしい批判を有し、或る場合には巧みに仲間を指導する三十代から四十にかけての人間に出遭ったら、『ああ君も左翼だったか』と遠慮のない質問を試みて見給え。敢《あ》えて全部だとはいわぬが、少くともその二分の一は、旧左翼関係で、しかもその大部分は独房の思索の機会を与えられず、留置場あたりですました連中なのだ」

これは喜劇の場合である。僕は、悲劇の場合も付け加えて置きたいと思う。

逝《な》くなる二た月ほど前だったと思うが、大森義太郎*さんに、久しぶりでひょっこり会った。久しぶりで世間に出て来ると、いろんなヘッポコが、いろんな大家になってるものだね、という様な本気とも冗談とも付かぬ不得要領な話をしていたが、平生の人なつこそうな彼の笑顔が、急に何んとなく不自然な感じになって、こう言った。

「だけど、何ですよ、僕なんか、ああいう処に長く這入っていても何にも得して来ないんだからね、まるで身にならない経験をして来たわけなんだからね、僕なんかには損ですよ」

皮肉や自嘲《じちょう》の影は少しもなく、はきはきした調子でそう言って笑った。僕は、その時、彼のはきはきした調子と強張《こわば》った様な笑顔から、何んとも言えぬ印象を受けた。だから、今でも、彼の言葉の端までよく覚えているわけなのだが、その時、僕は、何んと言っていいかわからぬままに、黙り込んで了った。この人は自分にもわからぬ何かを我慢しているのだ、そういう感じが強くしたのを覚えている。今、これを書いていると、その時の印象が鮮やかに蘇《よみがえ》って来る。

大森さんは、いろんな事を喋《しゃべ》ったり書いたりして来たが、あの時、あの人の心中にあったものは、ふとしたきっかけで、僅《わず》かばかりの言葉と強張った笑顔で明るみに出ただけで、そのまま消えて了った。あの人が、長生きしても、それは恐らく同じ事だったろう。ふとしたきっかけから、僅かばかりの言葉と強張った笑顔くらいで現す以上の何物でもない、彼はそう信じ続けただろうから。

併し、彼が信じた彼の評論の方が本音だったなぞとは、僕は少しも考えない。彼にとっては何んでもない身振りが、僕には一種痛ましい印象を与えた。僕は、殊更《ことさら》な観察眼を働かせたわけではなかった。

理論家は、論敵が敵だといつも思い込んでいる。論敵などという都合のいい敵があるわけではないのだが。だから、本当の敵は自分のなかにいる事に気が付かぬ。理論は現実の尺度だと思い込んでいる。理論の監視にも係わらず、外界の変化に順応する自分の生活感情が知らぬ間に絶えず理論を計っている事に気が付かぬ。

（「文藝春秋」昭和十六年三月号）

富永太郎

虚無の相貌《そうぼう》を点検し了《おわ》り、*瀝青《チャン》色の*穹窿《きゅうりゅう》を穿《うが》って、*エデンの楽園を覗《のぞ》かんとする卑劣を放棄した時、詩人は、最初の毒を嚥《の》まねばならない——。「今は、降り行くべき時だ」と。消耗性の紅潮を帯びた美しい顔を傾けて、新鮮な牡蠣《かき》の様に生ま生ましい*双眸《そうぼう》で薄暮を吸い乍《なが》ら、*富永の裸身は、凋《しぼ》んだ軽気球の様な茶褐色の背広につつまれて、白埃《はくあい》を敷いた鋪石《ほせき》の上を動いて行く——。「私は、花の様に衰弱を受けた」そして彼は、その短い生涯を、透明な衰弱の形式に定著しつつ、廿五で死んでしまった。

彼の蝕《むしば》まれた肺臓が呼吸したものは、幸福というものではなかったが、不幸というものでもなかったのだ。それは、*ボオドレエルの仮面を被《かぶ》った「焦慮」であった。而《しか》も、この「仮面」が、痛ましくも、彼にとって恐ろしい真実であったのだ。彼の眼に映じたものは、潑剌《はつらつ》たる人生の個別ではなかった。現実は、最も造型的な喜劇の一形式によって、彼に感傷的な昇天を辛《から》くも給与する時、彼に*恕《じょ》すべきものに見えた一厭《えん》嫌《けん》物に過ぎなかった。最初の毒を嚥下《えんか》した時、彼の面前に現れたものは、あまりに明らかな虚無の影であった。

然《しか》し、白銀の衰弱の線条をもって、人生を縁取《ふちど》って逝《い》った詩人よ！　僕は、君の胸の上で、*ランボオの「*地獄の一季節」が、君と共に焼かれた賞讃すべき皮肉を、何んと言い得よう？　君の苦悩が、生涯を賭《と》して*纏縛《てんばく》した繃帯《ほうたい》を引きちぎって、君の傷口を点検する事は、恐らく僕に許されてはいないだろう。

如何《いか》に*倏忽《しゅっこつ》たる生命の形式も、それを生きた誠実は、常に一絶対物を所有するものだ。僕は、彼の残した作品の僅少《きんしょう》を決して嘆くまい。又、彼が恐らく数々の歌を歌い残して*夭折《ようせつ》した事を、嘆くまい。人間の歌が畢《つい》にそういうものであるならば。

「おい、此処《ここ》を曲ろう。こんな処《ところ》で血を吐いちゃ馬鹿々々しいからな」――僕は、*流竄《りゅうざん》の天使の足どりを眼に浮べて泣く。彼は、洵《まこと》に、この不幸なる世紀に於いて、卑陋《ひろう》なる現代日本の産んだ唯一《ゆいいつ》の詩人であった。

（「山繭」大正十五年十一月）

富永太郎の思い出

＊富永太郎は廿五歳で死んだ。僕は廿四歳であった。死ぬ前の年の秋に彼が書いた散文詩は「私は私自身を救助しよう」という文句で終っているが、それから死ぬまで約一年の間に、＊ランボオの詩の強い影響の下に自分を救おうとする必死な歌を、彼は十ほど書いた。青春の＊エゴティスムは二人に共通なものであった。僕の専念していた事も亦《また》恐らく自分自身の救助であったが、僕は、その為《ため》に何を賭《か》けたらいいか、彼の様にはっきり知ってはいなかった、或《あるい》は知らされてはいなかった。自分に苛《か》酷《こく》である事、ただそんな事で充分に多忙であったらしい。

「私には群集が絶対に必要であった。徐々に来る私の肉体の破壊を賭けても、必要以上の群集を喚《よ》び起すことが必要であった」(「断片」)。そして彼は、咳《せ》き込み乍《なが》ら、街々をうろつき歩いた。例外なく僕等の連れであった死んだ＊中原中也が、富永の顔を「教養ある姉さんの顔だ」と言っていたが、富永はそんな顔をして「おい、ここを曲ろう、こんな処で血でも吐いたら馬鹿々々しいからな」と彼に全く無関心な群集を眺めて言ったりすると、僕等は黙って彼について曲るのである。僕は、そういう時、どういう了簡《りょうけん》であったか、今となっては、もはや言い現す術《すべ》がない。

記憶とは、過去を刻々に変えて行く策略めいた或る能力である。富永が死んだ年、僕は彼を*悼《いた》む文章を書いたが、今それを読んでみて、当時は確かに僕の裡《うち》に生きていた様々な観念が、既に今は死んで了《しま》っている事を確めた。そして、自分は当時、本当に富永の死を悼んでいたのだろうか、という答えのない疑問に苦しむ。

彼の死んだ年の夏の或る暑い真昼、僕は彼の家を訪ねた。彼は床の上に長々と腹這《はらば》いになって鰻《うなぎ》の弁当を食べていた。縁側から這入《はい》って行く僕の方を向き、彼は笑ったが、発熱で上気した頬の上部に黒い大きな隈《くま》が出来ていて、それが僕をハッとさせた。強い不吉な印象であった。彼は最近書いたと言って、小さな紙切れに鉛筆で走り書きしたものを見せた。“*Au Rimbaud”という詩だった。彼は、眼をつぶったまま“*Parmi les flots : les martyrs !”と呟《つぶや》いた。僕は紙切れを手にして、どんな空想を喋《しゃべ》ったか、もう少しも覚えていない。だが、たった今僕を驚かせた彼の顔を、もう少しも見ていなかった事は確かである。死は殆《ほとん》ど足音を立てて彼に近付いていた。その確かな形を前にしながら、僕は何故《なぜ》、それを瞥見《べっけん》するに止めたのだろうか。其他《その》これに類する強い印象を、彼の姿態から折に触れ、間違いなく感受し乍ら、何故、それが当時の僕の心のなかで、然《しか》るべき場所を占めなかったのであろうか。それはどんな空想のした業《わざ》だっただろうか。彼*が死んだ時に、僕は京橋の病院にいて手術の苦痛以外に何も考えてはいなかった。間もなく僕はいろいろな事を思い知らねばならなかった、とりわけ自分が人生の入口に立っていた事に就いて。

富永の霊よ、安かれ。僕は再び君に就いて書く事はあるまいと思う。

（筑摩書房刊「富永太郎詩集」昭和十六年一月）

中原中也の思い出

1

鎌倉比企《ひき》ヶ《が》谷《やつ》妙本寺境内《けいだい》に、*海棠《かいどう》の名木があった。こちらに来て、その花盛りを見て以来、私は毎年のお花見を欠かした事がなかったが、先年枯死した。枯れたと聞いても、無残な切株を見に行くまで、何んだか信じられなかった。それほど前の年の満開は例年になく見事なものであった。名木の名に恥じぬ堂々とした複雑な枝ぶりの、網の目の様に細かく分れて行く梢《こずえ》の末々まで、極度の注意力を以って、とでも言い度《た》げに、繊細な花を附けられるだけ附けていた。私はF君と家内と三人で弁当を開き、酒を呑《の》み、今年は花が小ぶりの様だが、実によく附いたものだと話し合った。傍で、見知らぬ職人風の男が、やはり感嘆して見入っていたが、後の若木の海棠の方を振り返り、若いのは、やっぱり花を急ぐから駄目だ、と独り言のように言った。蝕《むしば》まれた切株を見て、成る程、あれが俗に言う死花《しにばな》というものであったかと思った。*中原と一緒に、花を眺めた時の情景が、鮮やかに思い出された。今年も切株を見に行った。若木の海棠は満開であった。思い出は同じであった。途轍《とてつ》もない花籠《はなかご》が空中にゆらめき、消え、中原の憔悴《しょうすい》した黄ばんだ顔を見た。

　中原が鎌倉に移り住んだのは、死ぬ年の冬であった。前年、*子供をなくし、発狂状態に陥った事を、私は知人から聞いていたが、どんな具合に恢復《かいふく》し、どんな事情で鎌倉に来るようになったか知らなかった。久しく殆《ほとん》ど絶交状態にあった彼は、突然現れたのである。私は、彼の気持など*忖度《そんたく》しなかった。私は、もうその頃心理学などに嫌気がさしていた。ただそういう成行きになったのだと思った。無論、私は自分の気持ちなど信用する気にはならなかった。嫌悪《けんお》と愛着との混淆《こんこう》、一体それは何んの事だ。私は中原との関係を一種の悪縁であったと思っている。大学時代、初めて中原と会った当時、私は何もかも予感していた様な気がしてならぬ。尤《もっと》も、誰も、青年期の心に堪《こた》えた経験は、後になってからそんな風に思い出し度がるものだ。中原と会って間もなく、私は彼の*情人に惚《ほ》れ、三人の協力の下に（人間は憎み合う事によっても協力する）、奇怪な三角関係が出来上り、やがて彼女と私は同棲《どうせい》した。この忌《いま》わしい出来事が、私と中原との間を目茶々々にした。言うまでもなく、中原に関する思い出は、この処《ところ》を中心としなければならないのだが、悔恨の穴は、あんまり深くて暗いので、私は告白という才能も思い出という創作も信ずる気にはなれない。驚くほど筆まめだった中原も、この出来事に関しては何も書き遺《のこ》していない。ただ死後、雑然たるノオトや原稿の中に、私は、「口惜《くや》しい男」という数枚の断片を見付けただけであった。夢の多過ぎる男が情人を持つとは、首根っこに沢庵石《たくあんいし》でもぶら下げて歩く様なものだ。そんな言葉ではないが、中原は、そんな意味の事を言い、そう固く信じていたにも拘《かかわ》らず、女が盗まれた時、突如として僕は「口惜しい男」に変った、と書いている。が、先きはない。「口惜しい男」の穴も、あんまり深くて暗かったに相違ない。

それから八年経《た》っていた。二人とも、二人の過去と何んの係わりもない女と結婚していた。忘れたい過去を具合よく忘れる為《ため》、めいめい勝手な努力を払って来た結果である。二人は、お互の心を探り合う様な馬鹿な真似《まね》はしなかったが、共通の過去の悪夢は、二人が会った時から、又別の生を享《う》けた様な様子であった。彼の顔は言っていた、彼が歌った様に――「私は随分苦労して来た。それがどうした苦労であったか、語ろうなぞとはつゆさえ思わぬ。またその苦労が、果して価値のあったものかなかったものか、そんな事なぞ考えてもみぬ。とにかく私は苦労して来た。苦労して来たことであった！」。併《しか》し彼の顔は仮面に似て、平安の影さえなかった。

　晩春の暮方、二人は石に腰掛け、海棠の散るのを黙って見ていた。花びらは死んだ様な空気の中を、まっ直ぐに間断なく、落ちていた。樹蔭《こかげ》の地面は薄桃色にべっとりと染まっていた。あれは散るのじゃない、散らしているのだ、一とひら一とひらと散らすのに、屹度《きっと》順序も速度も決めているに違いない、何んという注意と努力、私はそんな事を何故《なぜ》だかしきりに考えていた。驚くべき美術、危険な誘惑だ、俺達にはもう駄目だが、若い男や女は、どんな飛んでもない考えか、愚行を挑発されるだろう。花びらの運動は果しなく、見入っていると切りがなく、私は、急に厭《いや》な気持ちになって来た。我慢が出来なくなって来た。その時、黙って見ていた中原が、突然「もういいよ、帰ろうよ」と言った。私はハッとして立上り、動揺する心の中で忙し気に言葉を求めた。「お前は、相変らずの千里眼*だよ」と私は吐き出す様に応じた。彼は、いつもする道化た様な笑いをしてみせた。

　二人は、八幡宮*の茶店でビールを飲んだ。夕闇《ゆうやみ》の中で柳が煙っていた。彼は、ビールを一と口飲んでは、「ああ、ボーヨー、ボーヨー」と喚《わめ》いた。「ボーヨーって何んだ」「前途茫洋《ぼうよう》さ、ああ、ボーヨー、ボーヨー」と彼は眼を据え、悲し気な節を付けた。私は辛《つら》かった。詩人を理解するという事は、詩ではなく、生れ乍《なが》らの詩人の肉体を理解するという事は、何んと辛い想《おも》いだろう。彼に会った時から、私はこの同じ感情を繰返し繰返し経験して来たが、どうしても、これに慣れる事が出来ず、それは、いつも新しく辛いものであるかを訝《いぶか》った。彼は、山盛りの海苔巻《のりまき》を二皿平げた。私は、彼が、既に、食欲の異常を来《きた》している事を知っていた。彼の千里眼は、いつも、その盲点を持っていた。彼は、私の顔をチロリと見て、「これで家で又食う。俺は家で腹をすかしているんだぜ。怒られるからな」、それから彼は、何んとかやって行くさ、だが実は生きて行く自信がないのだよ、いや、自信などというケチ臭いものはないんだよ、等々、これは彼の憲法である。食欲などと関係はない。やがて、二人は茶店を追い立てられた。

　中原は、*寿福寺境内の小さな陰気な家に住んでいた。彼の家庭の様子が余り淋《さび》し気なので、女同士でも仲よく往《ゆ》き来する様になればと思い、家内を連れて行った事がある。真夏の午後であった。彼の家がそのまま這入《はい》って了《しま》う様な*凝灰岩の大きな洞窟《どうくつ》が、彼の家とすれすれに口を開けていて、家の中には、夏とは思われぬ冷い風が吹いていた。四人は*十銭玉を賭《か》けて*トランプの二十一をした。無邪気な中原の奥さんは勝ったり負けたりする毎《ごと》に大声をあげて笑った。皆んなつられてよく笑った。今でも一番鮮やかに覚えているのはこの笑い声なのだが、思い出の中で笑い声が聞えると、私は笑いを止める。すると、彼の家の玄関脇《わき》にはみ出した凝灰岩の洞穴の縁が見える。滑らかな凸凹をしていて、それが冷い風の入口だ。昔ここが浜辺だった時に、浪《なみ》が洗ったものなのか、それとも風だって何万年と吹いていれば、柔らかい岩をあんな具合にするものなのか。思い出の形はこれから先きも同じに決っている。それが何が作ったかわからぬ私の思い出の凸凹だ。

中原に最後に会ったのは、狂死する数日前であった。彼は黙って、庭から書斎の縁先きに這入って来た。黄ばんだ顔色と、子供っぽい身体《からだ》に着た子供っぽいセル*の鼠色《ねずみいろ》、それから手足と足首に巻いた薄汚れた繃帯《ほうたい》、それを私は忘れる事が出来ない。

2

汚れちまった悲しみに*
今日も小雪の降りかかる
汚れちまった悲しみに
今日も風さえ吹きすぎる

中原の心の中には、実に深い悲しみがあって、それは彼自身の手にも余るものであったと私は思っている。彼の驚くべき詩人たる天資も、これを手なずけるに足りなかった。彼はそれを「三つの時に見た、稚厠《おかわ》の浅瀬を動く蛔虫《むし》」と言ってみたり、「十二の冬に見た港の汽笛の湯気」と言ってみたり、果ては、「ホラホラ、これが僕の骨だ」と突き付けてみたりしたが駄目だった。言い様のない悲しみが果しなくあった。私はそんな風に思う。彼はこの不安をよく知っていた。それが彼の本質的な抒情詩《じょじょうし》の全骨格をなす。彼は、自己を防禦《ぼうぎょ》する術《すべ》をまるで知らなかった。世間を渡るとは、一種の自己隠蔽《いんぺい》術に他ならないのだが、彼には自分の一番秘密なものを人々に分ちたい欲求だけが強かった。その不可能と愚かさを聡明《そうめい》な彼はよく知っていたが、どうにもならぬ力が彼を押していたのだと思う。人々の談笑の中に、「悲しい男」が現れ、双方が傷ついた。善意ある人々の心に嫌悪が生れ、彼の優しい魂の中に怒りが生じた。彼は一人になり、救いを悔恨のうちに求める。汚れちまった悲しみに……これが、彼の変らぬ詩の動機だ、終りのない畳句《ルフラン》だ。

彼の詩は、彼の生活に密着していた、痛ましい程。笑おうとして彼の笑いが歪《ゆが》んだそのままの形で、歌おうとして詩は歪んだ。これは詩人の創《つく》り出した調和ではない。中原は、言わば人生に衝突する様に、詩にも衝突した詩人であった。彼は詩人というより寧《むし》ろ告白者だ。彼はヴェルレエヌ*を愛していたが、ヴェルレエヌが、何を置いても先《ま》ず音楽をと希《ねが》うところを、告白を、と言っていた様に思われる。彼は、詩の音楽性にも造型性にも無関心であった。一つの言葉が、歴史的社会にあって、詩人の技術を以ってしても、容易にはどうともならぬどんな色彩や重量を得て勝手に生きるか、ここに自《おのず》ら生れる詩人の言葉に関する知的構成の技術、彼は、そんなものに心を労しなかった。労する暇がなかった。大事なのは告白する事だ、詩を作る事ではない。そう思うと、言葉は、いくらでも内から湧《わ》いて来る様に彼には思われた。彼の詩学は全く倫理的なものであった。

この生れ乍《なが》らの詩人を、こんな風に分析する愚を、私はよく承知している。だが、何故だろう。中原の事を想う毎に、彼の人間の映像が鮮やかに浮び、彼の詩が薄れる。詩もとうとう救う事が出来なかった彼の悲しみを想うとは。それは確かに在ったのだ。彼を閉じ込めた得態《えたい》の知れぬ悲しみが。彼は、それをひたすら告白によって汲《く》み尽そうと悩んだが、告白するとは、新しい悲しみを作り出す事に他ならなかったのである。彼は自分の告白の中に閉じこめられ、どうしても出口を見附ける事が出来なかった。彼を本当に閉じ込めている外界という実在にめぐり遇う事が出来なかった。彼も亦《また》叙事性の欠如という近代詩人の毒を充分に呑んでいた。彼の誠実が、彼を疲労させ、憔《しょう》悴《すい》させる。彼は悲し気に放心の歌を歌う。川原が見える、蝶々《ちょうちょう》が見える。だが、中原は首をふる。いや、いや、これは「一つのメルヘン」だと。私には、彼の最も美しい遺品に思われるのだが。

*秋の夜は、はるかの彼方《かなた》に、
小石ばかりの、河原があって、
それに陽は、さらさらと
さらさらと射《さ》しているのでありました。

陽といっても、まるで硅石《*けいせき》か何かのようで、
非常な個体の粉末のようで、
さればこそ、さらさらと
かすかな音を立ててもいるのでした。

さて小石の上に、今しも一つの蝶がとまり、
淡い、それでいてくっきりとした

影を落としているのでした。

やがてその蝶がみえなくなると、いつのまにか、今迄《まで》流れてもいなかった川床に、水はさらさらと、さらさらさらと流れているのでありました……

（「文藝」昭和二十四年八月号）

死んだ中原

君*の詩は自分の死に顔が
わかって了《しま》った男の詩のようであった
ホ*ラ、ホラ、これが僕の骨
と歌ったことさえあったっけ

僕の見た君の骨は
鉄板の上で赤くなり、ボウボウと音を立てていた
君が見たという君の骨は
立札ほどの高さに白々と、とんがっていたそうな

ほのか乍《なが》ら確かに君の屍臭《ししゅう》を嗅《か》いではみたが

言うに言われぬ君の額の冷たさに触ってはみたが
とうとう最後の灰の塊りを竹箸《たけばし》の先きで積ってはみたが
この僕に一体何が納得出来ただろう

夕空に赤茶けた雲が流れ去り
見《み》窄《すぼ》らしい谷間《たにあ》いに夜気が迫り
ポンポン蒸気が行く様な
君の焼ける音が丘の方から降りて来て
僕は止《や》むなく隠坊《おんぼう》の娘やむく犬どもの
生きているのを確めるような様子であった

ああ、死んだ中原
僕にどんなお別れの言葉が言えようか
*君に取返しのつかぬ事をして了ったあの日から
僕は君を慰める一切の言葉をうっちゃった

ああ、死んだ中原
例えばあの赤茶けた雲に乗って行け
何んの不思議な事があるものか
僕達が見て来たあの悪夢に比べれば

（「文學界」昭和十二年十二月号）

島木健作

島木健作君の「或る作家の手記」を読んで、なかなか面白かった。島木君とは親しくしているが、彼の作を僕はあんまり読んでいない。島木君に限らず、友達の書くものを、僕は実に読まない方である。こんなに親しくしているのに、と時々自分でおかしくなるくらい読まない。確かにおかしくなるのであって、悪い事だと真実思った例《ため》しがない。

友達から一生懸命書いた本を贈って貰《もら》って、読まないのは悪い事だと考えはするが、どうもそれは空疎《くうそ》な考えに似て、やがて消えさり、実感が伴わぬのが常だ。要するに不精なので、不精は弁護する気はないが、他にも原因がないわけではない。と言うのは、友達になるという事で、これはもう大した事だと思っているかららしい。作品という間接なものを通さずに、直《じ》かに作者と付き合うのは楽しい事である。これは誰にも与えられた運ではないと思うと、信頼出来る文学者を幾人も友達として持っている自分の幸運を思わざるを得ない。取留《とりとめ》もない話をしていれば、それでいいのだ。彼の死後、彼の作品の運命はどうなるであろうか、そんな事はちっとも解《わか》らない、現在の社会に、彼の作は、どういう意味を持っているであろうか、それも正確なところはまるで解ってやしない。ただ、こうして取留もない話をしている楽しさが、確実に解っている。そんな事を思う。そしてそういう考えは強くて充実していて僕は好きだ。友達になったその上に、友達の小まめな愛読者になるのもおかしな事である。

「*文は人なり」という言葉は、大した言葉で、何んの彼《か》の言い乍《なが》ら、文学の研究法も鑑賞法も、この隻句《せっく》を出ないと見えるものであるが、この簡明な原理の万能を信ずる為《ため》には、作者との直かの付き合いなぞない方が好都合である。古典の大きな魅力の一つは、作者が死に切り、従って作品を一番大切な土台として、作者の姿を想《おも》い描かざるを得ない魅力である。

　友達の作品には、いつも生ま生ましい友達の姿態が付き纏《まと》っている。「文は人なり」の原理は簡単には通用しないのである。或る作が、いかにも彼らしいと思えば、眼の前にある彼の行為が生ま生ましいままに、言わば逆に「人は文なり」の感をなす。友達の言行は、屢々《しばしば》彼の作品より鋭く強く豊かである。恐らく友情というもののする業《わざ》だ。

「或る作家の手記」の批評文を書こうとしてペンを取上げると、自《おのずか》らこんな前置きめいたものが書けて了《しま》った。作品の印象は、僕に親しい作者日常の言動と離れ難い。「或る作家の手記」という作品が、＊僕の家の向いの二階で風邪をひいて多分うどんなぞ食っているのである。僕は今文学のなかから出て来て、友情のなかにいる事に気が付く。そして、そういう気持ちが、批評する者にとっては、どういう筋合いのものだろうか、という様な事は、僕は少しも考えたくない。

この本の巻頭に、「＊ハルビンにて著者」と題する写真がある。よく纏《まとま》った綺麗《きれい》な写真で、作者も小ざっぱりとした顔をしているが、本文によって作者の描いた自画像はなかなかそんなものではない。憤懣《ふんまん》や弁解や抗議の絵具を、これでもかと言った具合に塗りたくって、さんざんな為体《ていたらく》である。色調は乱れているが、急所ははっきり描けていて、実に島木だなあと思わせる。「ハルビンにて著者」の如《ごと》きは、実にたわいもないと思わざるを得ない。

文学者というものは、告白が好きなものだが、告白というものが成功する場合は非常に稀《ま》れなものだ。日常生活で僕等が経験している告白というものの難かしさが、そっくりそのまま文学の世界にもあるわけなのだが、文学者は己れの才能を頼むから、それになかなか気が付かぬという事もあろうと思われる。まあ僕の話を一つ聞いてくれ、と坐られて、うんざりした経験を、誰も持っていながら、やがて忘れて相手をうんざりさせる側に廻る。当世告白文学の端緒は、僕等の日常生活の到《いた》る処《ところ》にあるわけだが、扨《さ》て腕に撚《より》をかけて告白しようとなると、それが賢明なる読者をいよいようんざりさせる始末になる事を忘れ勝ちである。

告白の本当の聞き手は実は自分自身に過ぎない、言い代えれば、相手を映写幕の様な空白な人間と認めるのである、この事にはっきり気が付く時が告白病から癒《い》える時だ。告白文学で成功するのは、文才という様なものに拠《よ》るのではないと悟る時だ。自己反省という才能も、気が付いてみれば、己惚《うぬぼ》れ鏡の様なものであり、己れを明るみに出す道具と言うより、寧《むし》ろ自己韜晦《とうかい》の術《すべ》である。

「或る作家の手記」を読んでいると、作者が告白文学に於《お》て、自己を偽るまいとして却《かえ》って自己欺瞞《ぎまん》の暗礁《あんしょう》に充《み》ちた危険な海を難航している様が実によくわかる。作者は自己反省という凡庸な難破船にしがみ付いている様に見えながら、結局、海に飛び込んで泳ぎ出す事になる。作者は半ば本能的に陸地を指して泳ぎ出しているのである。この自画像の色調は乱れているが、結局急所を描く事には成功していると言う所以《ゆえん》なので、彼は、自分の美点も弱点も、取混ぜて片端から、長篇小説家特有の才にまかせて書いて行くが、遂《つい》に、彼は自分の美点でも弱点でもないものに衝《つ》き当っている。そして、そういう処では、もはや彼は才に頼って書いてはいない。そういう島木君の身振りが、この本にはよく現れていて、いかにも島木だなあ、と思う。実は、本を読む前から僕がよく知っている彼の本質的な身振りなのであるが。だが、彼の作を評する文壇人は案外その事に気付いていていない。

この手記の主題は、作者の満洲開拓民視察*の旅である。彼は自分が実地に見聞したところを、世人に訴え、人々から妙な具合にはぐらかされたり、心外な誤解を受けたりする事で苛《いらだ》立っている。彼は、自分の苛立しさが正当なものである事を力説する。俺の方が正しいのだぞ、君等は皆間違っているのだぞ、と怒鳴ったり、毒付いたり、根気よく弁解したりしている。この事で、彼はずい分精力を使っているのだが、彼には何にも出来ていない。浅薄だと信ずる誤解を解こうとすれば浅薄な抗議が出来上るだけである。併《しか》し、彼はそれをやる。やらざるを得ない。何が彼を押すのだろうか。満洲の新聞記者が、島木の談話を誤解する。島木は舌打ちする、何んというオッチョコチョイだ。そしてオッチョコチョイなる所以を説き来《きた》り説き去るのだが、腹を立てているから、結局オッチョコチョイの顔を正確には描き得ない。談話を誤解されるのは、自分に誤解される様な処があるからだろう、自分にもオッチョコチョイな処があるからだ、と彼は一方反省する。

この種の反省も元来が詰らぬ反省だから、そういう反省では彼は決して自分を摑《つか》むのに成功していない。仮りに彼がオッチョコチョイだとして（そんな事は、僕の考えでは意味のない事だ）、そのオッチョコチョイが直ったとしても、島木という人間に少しも変りはあるまい。

彼は或る農民文学会の発会に臨み、演説をする、それが、後で会報に載る、まるで誤解されている事を見付ける。そんな事は世間にあり勝ちな事と彼には看過する事がどうしても出来ない。彼は誤解の原因をまるで大切な宝でも探す様に探さずにはいられない。すると次第にさか上って嘗《かつ》て「生活の探求」*という長篇を書いた時分の作家としての内奥《ないおう》の苦しみを、世人は遂に解ってはくれなかったではないか、という様な侘《わび》しさまで見付け出す始末になる。それにしても無気味な世間に、軽薄な作家共よ、と彼は何処《どこ》に持って行き様のない怒りと悲しみを感ずる。探した宝を懐《ふところ》にねじ込む様なものだ。

満洲開拓民に関係のある会の座談会に、彼は出席する。人々は彼に腹を立てさせようと待ち構えているらしく見える。或る男がさも確信あり気に彼の意見を否定する。永い事経って彼の意見の方が正しかったという証拠が見付かる。彼はこれで仇《かたき》が討てたと考えざるを得ない、とともに相手はとっくに忘れている頃だと思わざるを得ない。

座談会は失敗に終る。彼は帰途、あの時はああ言うべきであった、ああ言うべきではなかった、としきりに反省する。彼が失敗なく喋《しゃべ》ったとしても会は終《つい》に失敗だったかも知れぬ。彼が気にしながらはいて来た見窄《みすぼ》らしい*セルの袴《はかま》が凡《すべ》ての原因だったかも知れない。だが、彼にはそう断ずる事が出来ない。人間というものが、それほど軽薄なものとは彼には思えない、思いたくはない。あれほど人間の軽薄さを到る処に嗅《か》ぎ付けていながら、何んという不手際《ふてぎわ》な事か。併し、これが島木健作なのである。彼は告白文学者の好む感傷も頽廃《たいはい》も、皮肉も自嘲《じちょう》も知らぬ。

この退屈と快楽との味《あじわ》いを知らぬ不手際な野人を、世人は往々手際のいい説教文学者に仕立て上げて眺めている。

何が彼を押し、彼を踊らせているのだろうか。誰も知らない。だが、この質問を彼はいつも心底に聞いている事は確かな事の様に思われ、僕には彼の孤独が其処《そこ》にある様に思われる。彼は、其処で、自分の星とか運とか或《あるい》は業《ごう》とか呼んでいい様なものをしっかりと感得している。彼は半ば作家の本能によって本当の自分を摑む。それから見ると、彼が、自分は人付き合いの悪い男だとか、神経質だとか、物を理窟《りくつ》で見る傾向はいけないことだとか、言っているのは、皆たわいもない事なのである。

ここに「或る作家の手記」の第二の主題がある。何故《なぜ》彼は満洲で貰って来た*さなだ虫に就いて、あんなに長々しく書かずにはいられなかったかが僕にはよく解る気がする、彼がさなだ虫を唯一《ゆいいつ》の満洲土産と呼びたい気持ちも。彼が病院の一室で、一人きりで、お丸に跨《また》り＊、ツルツルした五米《メートル》もある奴を、ひり出している場面は、「手記」のなかで一番真実な美しい場面である。

「或る作家の手記」は現代文化に対する抗議書に他ならないのであるが、結局、あの場面で、彼は一番烈《はげ》しく抗議している。それに比べると他の彼の疳高《かんだか》い抗言は、恐らく、風の中に消えて行くであろう。

彼はじたばた不手際に腹を立てるのだ。腹を立てる事が彼の生きるのに必要だからだ。だが、実は腹を立ててはだんだんどうにもならぬ処へ追いつめられて行く事の方が、彼には必要なのだ。じたばたやらざるを得ないからやっているうちに、彼にはそういう事が解ってくる。そして最後に一番不手際にお丸の上に蹲《しゃが》み込むのである。少しも病的な処はない。彼は鋭敏で健全な詩人になっただけだ。

凡《およ》そ文学者が、本当に文化というものを批評出来るのは、ただそういう姿に於いてである。島木君、君は正しいのだ。早く風邪でも直すがよい。他に何にも考える事なぞないのである。

（「文藝春秋」昭和十六年二月号）

島木君の思い出

＊島木君の晩年の短篇を集めた「赤蛙《あかがえる》」という本を最近もらったのを機会に、彼の遺《のこ》した、これらの不思議な感じのする散文詩を再読した。「赤蛙」は、未《ま》だ出歩けた頃のものだが、「黒猫」「むかで」「ジガ蜂《ばち》」は、もう殆《ほとん》ど寝たっ切りになってからのもので、言わば死を予感した者が知る生の感じ、と言った風なものが、身辺の小動物に託されて鮮やかに現れている。そしてそれが僕の思い出を掻《か》き立て、僕は苦しい気持ちになる。僕は、そういう島木君しか知らないからである。彼の刻苦精励になる多くの長編小説を、殆ど読んでいないのであるが、そういう彼の理想や理論が命じた表芸に、詩人島木君を探るのは、恐らく困難であろうと常に感じていたからである。

詩人は、僕の家の筋向いの二階屋に棲《す》んでいた。僕等はしげしげ行き来したが、僕の方からは勿論《もちろん》、彼の話も僕の仕事に触れた事は殆どなかった。彼が僕の近所に引越して来た当時、僕は瀬戸物＊に夢中になっていて、他の事には一切興味を失っていた。

彼は、世にも不興気な顔をして、僕の話を聞き、僕の見せるものを見ていた。その癖、内心異常な興味を感じていたらしく、いつまでも坐り込んで、容易に還《かえ》りはしなかった。そのうち鎌倉の古道具屋で、*李朝《りちょう》の小さな白壺を買って来て、恥しそうに見せた。白壺のうちでもいい方に属するので、その由《よし》言うと、彼はいかにも嬉《うれ》しそうな顔をした。まだその顔が眼にチラつく。やがて、彼は瀬戸物好きの僕等の仲間に這入《はい》り、*仲通りをうろつく様になり、しまいには、骨董《こっとう》商のH君と僕とが、*吉原の*引手茶屋でドンチャン騒ぎをするのにも、素面《しらふ》で黙ってつき合う様になった。

文学上の友としては、僕は殆ど無能者だったが、島木君が僕とのつき合いを機として、相手はたかが瀬戸物にせよ、生れてはじめて道楽の味を知ったという事は、恐らく確かだと思っている。それが、彼の辛《つら》い宿業《しゅくごう》の様な仕事の合い間合い間の、大きな慰めになったに相違ないと思っている。彼の顔には忍苦の刻印が捺《お》されていた。凡《およ》そ楽しみと暇とを神様から取上げられて了《しま》った様な彼の顔は、附合うには、まことに厄介な顔であった。それが、時として美しい歯並みを見せた笑顔に綻《ほころ》びると、僕はホッとした。これは瀬戸物の仕業であって、僕の力ではない。二人はよくのんき気な旅行をした。瀬戸物あさりが最大の目的で、大阪や京都をうろついた事もある。僕は妻から頼まれていたので、京都の五条筋の古着屋を軒なみ物色し、*薩摩《さつま》上布《じょうふ》を買った。彼は終始黙々としてついて来たが、帰りがけになって、いかにも言い憎《に》くそうに、俺も一つ買ってやりたいから見てくれと言った。僕等は又引返して買った。彼は酒も女も知らぬので、しきりにうまいものを食いたがり、食いものの話ばかりしていた。彼の舌は非常に鋭敏であった。宿屋に着いて手酌で一っぱいやる毎《ごと》に、杯を伏せた彼の膳《ぜん》を眺《なが》め乍ら、こいつもせめて一本くらいはいける様にならぬものかと思った。遂《つい》にそういう事にはならなかったが、幾時《いつ》だったか、伊豆をぐるぐる廻り、熱川《あたがわ》温泉での晩飯の折、彼がはじめて、どうだ一杯注ごうかと酌をしてくれたのをよく覚えている。生れてはじめて酌というものをするという恰好《かっこう》であった。

空襲中、彼は鎌倉の病院の薄汚い一室で呻吟《しんぎん》していた。医者はもう駄目だと言っていた。見舞に行っても、もう僅《わず》かの時間しか居られず、話も殆どしなかったが、或る日、突然、湯呑《ゆの》みに使う様な古唐津《*こからつ》が欲しいから見附けてくれと言った。話を続けようとしていたらしいが、その儘《まま》眠って了った。僕が使っている古萩《*こはぎ》のやつを、彼が予《かね》てから好んでいるのを知っていたから、それを持って来ようと思った。

翌日の夜、病院から、病状険悪のむね電話があり、急いで行くと、薄暗い玄関口を、島木君のお母さんが、女中さんに、手を引かれて、這入ろうとしていた。女中さんは声を上げて泣いていた。眼のお悪いお母さんは、開いた方の手を泳ぐ様に烈《はげ》しく動かしていた。僕は、もうおしまいだと思った。上に上って見ると、彼は既に荒い呼吸をしている肉体に過ぎなかった。

（「文藝往来」昭和二十四年三月号）

川端康成

*川端康成という人は、決して人に尻尾《しっぽ》を摑《つか》ませぬ男だ、とか、自分を人前に出さぬ人だとかいう評をよく耳にする。そんな風な事が彼については一番言い易《やす》い評なのであろう。彼の複雑な人工的な文学が、複雑な人工的な人間をただ何んとなく読者の頭に拵《こしら》え上げているからである。実は、彼には、いろんな尻尾を生やす様な余力はないのだし、気負うに足る自己という様なものを、彼は信じてはいない。彼はただ当り前なそういう風をして不器用に世間に対しているだけである。そして、又それが、彼の複雑な人工的な文学の簡明な変らぬ骨格でもある。

人間に就いても、文学に就いても、その複雑さというものに惑わされない様に心掛けるのはよい事だ。ことに現代の様な複雑な社会にあっては。皮肉屋にもいろいろあるが、複雑さに惑わされているという点では甲乙はない様だ。僕は、そこから、現代人という大きな類型さえ考え兼ねない。
たまたま複雑な社会に生れ、なるたけ御多分に洩《も》れぬ様に物事に処している御蔭《おかげ》で複雑になった人間の、複雑なのは現代人の特権だという様子ほど見ていてうんざりするものはない。何んという醜態だろう。ただ意志を紛失しているという事に過ぎないではないか。

複雑な社会が複雑な人間を生むのは当り前だし、そういう人間が複雑な文章を作るのは当り前だという考え方は、人間や文学の肝腎《かんじん》なところを知るのに何んの足しにもならない。尤《もつと》も、そういう考え方が、肝腎なところなぞまるでない様な人間や文学を繁昌《はんじよう》させるという事は別の話だ。
社会の複雑さに反抗していない様な人間も文学も、僕は信用する気になれない。どんな時代の社会生活も、その時々の人々にとっては充分に複雑な筈《はず》のものだし、人間の信ずる事の出来た美とか善とかいうものの秩序の極まるところが、複雑だった例《ため》しはないのだから。

僕は、ドストエフスキイ*の作品を精読した時、はじめはパラドックス*めいて感じ乍《なが》ら、遂《つい》に否応《いやおう》なく納得させられた一事は、彼の信念の驚くべき単純さであった。彼の作品の複雑さに眼を見張って兎《と》や角《かく》言う人は、彼の作品という複雑な和音が、単声に聞えて来るまで我慢の続かぬ人だけである。

自分が信じた或る名状し難い、極めて単純な真理を、一生を通じ、あらゆる事に処して守り了《おお》せようとした。その為《ため》に彼がめぐらさねばならなかった異常な工夫、それが、彼の作の異常な複雑さに他ならない。複雑な人生図なぞ描写したわけではない。そんなものは、無ければ、無くて済ましたかったであろう。世渡りとは綱渡りの様なものであり、綱を渡るのに、彼が払わねばならなかった注意や戦の一切が、彼の作に他ならぬ。僕にはそういう事がはっきり解《わか》った。

個性というものは＊天稟《てんぴん》だ。性格とか心理とかいうものの原因は、或《あるい》は僕の外部にあるかも知れない、あった方が本当だろうとも思う。だが、僕の個性というものの原因は、僕のうちにしかない。僕が信じなければ、僕の個性という様なものは何処《どこ》にもない。天稟という言葉が生れた所以《ゆえん》である。僕は、個性という言葉を、そういう風に解したい。＊フロオベルが、＊テエヌの方法に就いて、彼の方法では文学或は文学者の個性には触れる事が出来ないと難じた時、彼の考えていた個性とはそういうものだったと思う。人は、自分が信じられるに順じて個性的である、と考えていい。いや、そう考える以外は、個性という言葉の濫用《らんよう》のうちに迷い込むばかりだろう。

自己反省というものの最後に行き着くところは、自分というものは、ばらばらにしか知る事は出来ぬという事である。そこまで行き着かないで途中にいる人だけが、告白というものを好む。告白につれて、その場限りの心理とか性格とかが発明され、又、何処かに消えて行く。果敢無《はかな》い即興である。

人間が人間を客観的に観察するという様な事を、僕はあまり信ずることが出来ない。自分を冷静に観察してみるがいい。その時、恰《あたか》も肉体のうちに異物が這入《はい》って来る苦痛を感じる様に、観察という異物が侵入して来る不快を覚えない様な精神は生きた精神ではない。

「歴史の必然は僕等の生みの母親だが、父親は誰も知らない」とヴァレリイ*が言っている。何んという名で呼ぼうと、父親を信じていない人に、そんな事が言えた筈はない。芸術家の仕事は、美の名の下に、生みの母たる歴史から救われる人間の状態を案出するというに尽きる。芸術史家は、奇怪な事をする、救われた人間を元の木阿弥《もくあみ》に戻してみる事。

川端康成について書こうとして、余談めいた事ばかり書いて了《しま》った様だが、これは川端康成という人がそうしむけたのだ。僕がペンを取上げたのは、彼という人間が凡《およ》そ次の様な場所に、僕を引入れて了ったからである。

改造社版の*「川端康成選集」には、一冊ごとに著者の写真が入れてあるが、その中で、*高等学校受験用に撮った当時の、非常に美しい写真がある。小説家なんぞになって本棚を背景に鳥籠《とりかご》なぞ眺めている処《ところ》を幾枚撮ってみてもとても受験用の*手札形にはかなわない。これは僕の説ではない。恐らく著者自身の説である。写真ばかりではない。ある一冊には、著者の十六歳の時の日記が原文のまま載っていて、著者は、「あとがき」の中で、それは、「私の作中では傑《すぐ》れたものである」と書いている。「私の文才は決して早熟ではなかった」と附記している事も忘れてはならない。非凡な才が四十過ぎまで書きつづけ、少年時の日記に及ばざらん事を恐れている。これは一体どういう事になるのか。だが、そう質問しているのが実は、彼自身なのである。

答えの方ではない、質問の方が明らかになるにつれて、彼は自分の個性と信ずるものに出会う様になった。恐らく彼はそれを自分の業《ごう》と呼びたいのである。

彼が、自分の業に明らかな形式を与えようが為に試みた様々な工夫、これに関する彼自身の釈明。

「古賀（春江）*氏が私に多少の好意を寄せていてくれたらしいのは、なんのゆえか、私は明らかにせぬ。私は常に文学の新しい傾向、新しい形式を追い、または求める者と見られている。新奇を愛好し、新人に関心すると思われている。ために『奇術師』と呼ばれる光栄すら持つ。もしそうならば、この点は古賀氏の画家生活に似通ってもいよう。古賀氏は絶えず前衛的な制作を志し、進歩的な役割をつとめようとする思いに駆られ、その作風の変幻常ならずと見えたため、私同様彼を『奇術師』扱いにしかねない人もあろう。ところで、私達は果してよく『奇術師』であり得たろうか。相手は軽蔑《けいべつ》を浴《あび》せたつもりであろうが、私は『奇術師』と名づけられたことに、北叟笑《ほくそえ》んだものである。盲千人の一人である相手に、私の胸の嘆きが映らなかったゆえである。彼が本気でそんなことを思ったのなら、私にたわいなく化かされた阿呆《あほう》である。とはいえ、私は人を化かそうがために、『奇術』を弄《もてあそ》んでいるわけではない。胸の嘆きとか弱く戦っている現れに過ぎぬ。人がなんと名づけようと知ったことでない」（「末期《まつご》の眼」）

彼自身が、言葉通り処女作であり、唯一《ゆいいつ》の真率な自伝であると言う「十六歳の日記」を僕は注意して読んだ。子供のものとは思えぬ強い正確な筆致である、という様な事は何んでもない事だ。優れた文章だと思ったが、日記の一番優れた鑑賞者は川端康成自身だ、その方が肝腎であると直ぐ気が付いた。恐らく、日記は彼の心中で次第に育って行った、次第に傑れた作と映る様になったのである。彼が廿七歳の時、少年時の日記を、故郷の倉で見付け出した時、最近の彼が断言する様に、これは私の作中で傑れたものときっぱり言えたかどうか疑問だが、奇術師と言われた形式摸索《もさく》時代の彼には、一つの強い啓示だった事は疑えぬ様に思う。彼は、直ちにそれを発表したのだから。

半ば狂い一人ぼっちで死んで行く七十五の老人を十六の孫が看取《みと》っている。老人に飯を食わせてやったり、溲瓶《しゅびん》を取替えてやったりしている。老人に憑《つ》いた毛物を刀を抜いて追い払ったりしている。そして原稿用紙を拡《ひろ》げ老人の言行を、真率な感情を交えて写し出す。「私は心中静かに悲しくなり、笑いもせず、むつかしい顔をして一語一語写していた」

川端さんがこの日記から読み取った啓示というものは、どういうものだろうか、と忖度《そんたく》し、拙《まず》い言葉で言ってみるわけだが、それは子供というものの恐ろしさなのだ。孫にはみんな解っている。祖父の老醜も孤独も絶望も憤懣《ふんまん》も亦滑稽《またこっけい》さも善良さも慈悲心も。真率な子供の愛や悲しみの動くところ、人間に肝腎なもので何が看破されずにいようか。知識はもう大したものをこれに附加する事が出来ない。これが、川端康成のうちで、童話という言葉が独特な形で育って来る土台である。

彼自身好んで口にしながら曖昧《あいまい》に使っている童話という言葉を、僕は、ややはっきり使ってみたい。彼にとって童話の国は、天上にあるのではない。大人の認識の果てにあり、彼方《あちら》にあるのではなく、寧《むし》ろこちら側にあるのである。常識が、何かにつけ憧《あこが》れてみせる天真爛漫《てんしんらんまん》な子供の天国という様なものは、この作家が一番信用しないものである。そういう空想は少年の「日記」の何処へも這入り込む余地はない。

少年が、ただ真率に生きているという最小限度の才能を以って描き出したものが、人間の病や死や活計の永遠の姿であるとは驚くべき事ではないのか。そして、何故《なぜ》この少年の世界が、あらゆる意見や理論や解釈や批評の下に、理想と幻滅とが乱れ合う大人の複雑に加工された世界に抗議して立ち上ってはいけないか。

川端康成の小説の冷い理智とか美しい抒情《じよじよう》とかいう様な事を世人は好んで口にするが、「化かされた阿呆」である。川端康成は、小説など一つも書いてはいない。僕等の日常の生活とはどういうものであるか、社会の制度や習慣やに僕等はどんな風にぶつかりどんな風に屈従するか、思想や性格を異にする二人の人間の間にはどんな葛藤《かつとう》が生ずるか、等々凡そ小説家の好奇の対象となるものに、この作家が、どんなに無関心であるかは、彼の作を少し注意して読めば直ぐ解る事である。彼が、二人の男、二人の女さえ描き分ける才能を持っていないのを見給《みたま》え。

小説家失格は、この作家の個性の中心で行われ、童話の観念は、「胸の嘆き」の裡《うち》で成熟する。

彼が少年少女達の作文を愛読して倦《う》む事を知らないのも怪しむに足りない。彼の天《てん》稟《びん》が命ずるのだ、社会的人間より生理的人間へ。＊北条民雄も＊小川正子も＊豊田正子も＊野沢富美子も、言わば彼の天稟の好餌《こうじ》に過ぎない。歴史の衣は脱落し、人間は生理に則《のつと》った一様な歌を歌う様になる。彼の聡明《そうめい》さが、この道を一種の倒錯したロマンチスムと観ずるが、無駄である。天稟が彼を引摺《ひきず》って行く。片足で「伊豆の踊子」から「雪国」に至る道を、もう一方の足で「＊葬式の名人」から「＊禽獣《きんじゆう》」に至る道を引摺って行く。

彼は十三年間文芸時評を書き続けて来た鋭敏な批評家でもある。何んでも承知しているのだ。だが、正銘の芸術家にとっては、物が解るという様な、安易な才能は、才能の数には這入らない。天賦《てんぷ》の才が容易であるとは間違いだ。作家は、それを見付け出して信じなければならない、そしてそれはその犠牲となる事だ。彼も亦その犠牲、従って一種の無能者でもある。「僕も今度満洲*に行く事にした」「そうですか」「僕のは碁の方でね、呉清源*と一緒だよ」と彼は笑う。

（「文藝春秋」昭和十六年六月号）

三好達治

＊三好達治から「＊夜沈々」という随筆集を貰《もら》い、面白く読んだ。どれもいかにも正確な感じのするいい文章だが、特に「小動物」と題する文がよかった。
その中の一つで、蛙《かえる》を呑《の》んだ青大将の尻尾《しっぽ》を踏んづけて、折角《せっかく》呑んだやつを吐き出させる話を書いている。尤《もっと》もこれは彼がやろうと思ってやった事ではなく、何を考えて歩いていたのか知らないが、散歩している途中の或る一歩が、偶然蛙を呑んだ青大将の尻尾の上に乗っかり、彼がぼんやりそうしていると、意外にも食物は蛇の腹を逆に動き出し、外に出ると蘇生《そせい》して、二匹は又別々に暮さねばならぬ様になったのであるが、彼は一寸《ちょっと》得意な気持ちであったと言っている。実に尤もな気持ちで、何んだかおかしくて堪《たま》らなかった。

併《しか》し、そんなのは例外で、彼がその好きな「小動物」に関して得意になり損った経験は、恐らく枚挙に暇《いとま》がないのであって、＊鎌倉に来るともう直ぐ失敗している。彼は自分で書かないかも知れないから一例として挙げて置く。或る日、どうしても行かねばならぬ様子で伊豆の湯ヶ島に行ったが、やがてお玉じゃくしを五六匹壜《びん》に入れて帰って来た。ガラスの金魚鉢に水を張り、中央に、ただ砂利を大きくした様な変哲もない石をしつらえ、こいつ等は必ず*河鹿《かじか》になると大騒ぎであった。見たところ別にそこいらにいるお玉じゃくしと変りがないじゃないか、というと、いや、これを採集した川は下等な蛙なぞ棲《す》めぬ川だ、と言う。まことに薄弱な根拠なのだが、彼の確信を支えるには足りる。

その後、訪ねる毎《ごと》に、お玉じゃくしの肥《ふと》り具合を見せられた。これも彼の確信に依《よ》るのだが、お玉じゃくしの食料は、食パンに限るそうで、金魚鉢にはいつも、お玉じゃくしには凡《およ》そ不似合な大きな食パンの切れが浮いていた。そして隣りの犬がパンを狙《ねら》うので油断がならぬ、と彼は言っていた。

隣りというのは*佐藤信衛の家で、これは哲学者だから、お玉じゃくしなぞ眼中にない。その代り犬は非常に可愛《かわい》がっている。何んの取柄もない平凡極まる駄犬であるが、取柄のある様な犬は詰らぬというのが彼の説で、無芸大食の愛犬が、隣りのお玉じゃくしの食料を失敬する一芸あるを発見し、彼は、おや、そうかい、失敬、失敬と三好に嬉《うれ》しそうに言っていた。

或る夜、佐藤の家で大岡*と三人、取り止めもない話をしていると、三好が金魚鉢を抱えてやって来た。遂《つい》に河鹿の子になったと言う。見ると小豆《あずき》粒ぐらいなのが、石の上にとまっている。仔細に見ると成る程蛙ではあるが、誰も格別異色ある蛙とは認めなかった。そこらの蛙なら動作がこうは敏捷《びんしょう》には行かないのだと、濡《ぬ》れたのを畳の上に置いたり、掌の上に乗せてみたりしたが、蛙は何んとなくぐったりした様子であった。

帰りがけに、三好は、河鹿の網籠《あみかご》を買うと言って、僕等を送って来た。彼は背中の出来物を切開したばかりで出歩くのはよくないのであるが、河鹿の夢に憑《つ》かれたあんばいで、鳥屋を二軒、金物屋を二軒聞いて歩いたが、生憎《あいにく》売っていない。彼は残念そうにニヤニヤ笑い、僕はというと、どうせエボ蛙に化けるなら金魚鉢より河鹿の籠の中で化けて欲しいと思っていたので、これも恐らく残念そうな面持ちでニヤニヤした。何は兎《と》もあれ、生ま暖い海風が吹いて、何んとなくおかしい様な妙な気持ちの夜であった。

その後、お玉じゃくしは食パンで二匹蛙になった様子であった。一匹は女中が座敷を掃いている時、偶々《たまたま》畳の上にいたらしく、埃《ほこり》と一緒に庭にけし飛んだ、と三好はいまいまし気に説明したが、あとの一匹は何んとなく逃げ出したそうだ。これは蛙になると食パンは食わず、生きた蚊をやるのが種々技巧を要し、ごたごたしているうちに隙《すき》を見つけたらしいと言う。蛙の動作が敏捷だった為《ため》か、三好の動作が敏捷を欠いた為かどちらだか知らないが、話が不得要領に終って了《しま》って読者はさぞ残念であろうと思う。

（「文体」昭和十三年十一月創刊号）

ランボオ　I

この*孛星《はいせい》が、不思議な人間厭嫌《えんけん》の光を放ってフランス文学の大空を掠《かす》めたのは、一八七〇年より七三年まで、十六歳で、既に天才の表現を獲得してから、十九歳で、自らその美神を絞殺するに至るまで、僅《わず》かに三年の期間である。この間に、彼の怪物的早熟性が残した処《ところ》(二五〇〇行の詩とほぼ同量の散文詩に過ぎない)が、今日、十九世紀フランスの詞華集に、無類の宝玉を与えている事を思う時、ランボオ*の出現と消失とは恐らくあらゆる国々、あらゆる世紀を通じて文学史上の奇蹟《きせき》的現象である。

その過半が全く孤独な放浪に送られたランボオの生涯は、彼のみの秘密である幾多の暗面を残している。又、彼がその脳漿《のうしょう》を*斫断《しゃくだん》しつつ、建築した*眩暈定著《げんうんていちゃく》の秘教は、少くとも私には晦渋《かいじゅう》なものである。この小論は勿論《もちろん》研究と称せらるべきものではない。ランボオ集一巻を愛した者の一報告書に過ぎないのである。

＊＊＊

「偉大なる魂、疾《と》く来《きた》れ」、一八七一年十月「*酩酊《めいてい》の船」の名調に感動した*ヴェルレエヌは、*シャルルヴィルの一野生児を巴里《パリ》に呼んだ。すばらしい駄々っ子を発見するものは、すばらしい駄々っ子でなければならない。「*ラシイヌ、ふふんだ、*ヴィクトル・ユウゴオ……堪《たま》らない」。ランボオの*魁崛《かいくつ》な詩想に、而《しか》も既に詩歌《しいか》*勦絶《そうぜつ》の理論の侵蝕《しんしょく》し始めていたその脳髄に、サロンの饒舌《じょうぜつ》が如何《いか》に映ったか。彼は、*ファンタン・ラツウルが描いた様に机の一隅に不器用に肱《ひじ》をついて沈黙している他はなかった。「*流竄《りゅうざん》の天使」は、忽《たちま》ち一大無意識の詩人ヴェルレエヌの心を捕えた。ヴェルレエヌは、腹を立てた細君を置き去りにした。二人はビスケットを齧《かじ》り乍《なが》ら放浪を始めた。

「実際、私は、心底からの誠をもって、彼を、太陽の子の本然の姿に、かえしてやろうと請合った。そして、私達は、間道に酒をのみ、街道にビスケットをかじり、さまよい歩いた。私は、場所と形とを発見しようと急《せ》き込みながら」(*Les Illuminations; *Vagabonds.)

　性急な絶対糺問者《きゅうもんしゃ》と人間性に酩酊する詩人との間に当然の破綻《はたん》が起らねばならない。終末は、一八七三年七月、*ブラッセルに於《お》ける驚くべき喜劇に終る。

「これは貴様の為《ため》だ——俺の為だ——全世界の為だ」、離別の悲しみに胸を貫かれた酔漢ヴェルレエヌは、戸口に椅子《いす》を据えて、壁に凭《もた》れたランボオを狙《ねら》った。この時、二人の魂は相擁して昇天しなければならなかった筈《はず》だ。然《しか》し、ピストルは放たれ、弾丸は、ランボオの左手に命中した。二人は絶縁した。恐らくそれは、彼等の心情が、不幸にもあまりに純情過ぎたという事であった。各々《おのおの》その情熱の化学に忙しかった。

十二月、ランボオは、ロオシュ*にあって、手元の原稿を全部焼棄して、永遠に文学の世界を去った。一八九一年、アフリカで滑液膜炎*に罹《かか》り、マルセイユ*の病院に送られた。其処《そこ》で、この大歩行者*の片足は切断され、十一月十日、三十七歳でこの天才は、一商人として死んだ。当時彼の唯《ただ》一人の看取りであった妹イザベルは、「死に行くランボオ」の痛ましい姿を書いている。

文学に離別して以来、殆《ほとん》ど二十年に近い漂泊である。彼はナポレオンの如《ごと》き神速*を以《も》って、その到《いた》る処の国語を征服しつつ転々した。英国、独逸《ドイツ》、伊太利《イタリー》、西班牙《スペイン》、ジャヴァ、スカンヂナヴィヤ、エジプト、シプル島、アラビヤ、エチオピヤと。彼は、英国ではフランス語の教師であった。西班牙では、ドン・カルロス党員*であった。ジャヴァでは和蘭陀《オランダ》の志願兵、スカンヂナヴィヤでは曲馬団の通訳、アフリカ内地では、珈琲《コーヒー》、香料、象牙《ぞうげ》、並びに黄金の商人、隊商の頭、探検家——長々しい、諸君は、彼の義弟パテルヌ・ベリションの手に成る、或《あるい》は、ジャン・マリイ・カレのものする無類の奇譚《きたん》を読まれんことを。

＊＊＊

宿命というものは、石ころのように往来にころがっているものではない。人間がそれに対して挑戦するものでもなければ、それが人間に対して支配権をもつものでもない。吾々の灰白色の脳細胞が壊滅し再生すると共に吾々の脳髄中に壊滅し再生するあるものの様である。

あらゆる天才の作品に於けると同様ランボオの作品を、その豊富性より見る時は、吾々は唯眩暈するより他能がないが、その独創の本質を構成するものは、決して此処《ここ》にないのである。例えば、「悪の華」を不朽にするものは、それが包含する近代人の理智、情熱の多様性ではない。其処に聞えるボオドレエルの純粋単一な宿命の主調低音だ。

創造というものが、常に批評の尖頂《せんちょう》に据っているという理由から、芸術家は、最初に虚無を所有する必要がある。そこで、あらゆる天才は恐ろしい柔軟性をもって、世のあらゆる範型の理智を、情熱を、その生命の理論の中にたたき込む。勿論、彼の錬《れん》金《きん》の坩堝《るつぼ》に中世錬金術士の詐術《さじゅつ》はない。彼は正銘の金を得る。ところが、彼は、自身の坩堝から取出した黄金に、何物か未知の陰影を読む。この陰影こそ彼の宿命の表象なのだ。この時、彼の眼は、痴呆《ちほう》の如く、夢遊病者の如く見開かれていなければならない。或は、この時彼の眼は祈禱者《きとうしゃ》の眼でなければならない。何故《なぜ》なら、自分の宿命の顔を確認しようとする時、彼の美神は逃走して了《しま》うから。芸術家の脳中に、宿命が侵入するのは必ず頭蓋骨《ずがいこつ》の背後よりだ。宿命の尖端が生命の理論と交錯するのは、必ず無意識に於いてだ。この無意識を唯一《ゆいいつ》の契点として、彼は「絶対」に参与するのである。見給《みたま》え、あらゆる大芸術家が、「絶対」を遇するに如何に慇懃《いんぎん》であったか。「絶対」に譲歩するに如何に巧妙であったか。

　蓋《けだ》し、ここにランボオの問題が在る。十九歳で文学的自殺を遂行したランボオは芸術家の魂を持っていなかった、彼の精神は実行家の精神であった、彼にとって詩作は象牙の取引と何等《なんら》異る処はなかった、とも言えるであろう。然しかかる論理が彼の作品を前にして泡沫に過ぎない所以《ゆえん》は何か。吾々は彼の絶作*「地獄の一季節」の魔力が、この作品後、彼が若《も》し一行でも書く事をしたらこの作は諒解《りょうかい》出来ないものとなると言う事実にある事を忘れてはならない。彼は、無礼にも禁制の扉を開け放って宿命を引《ひき》摺《ず》り出した。然し彼は言う。*「私は、絶え入ろうとして死刑執行人等を呼んだ、彼等の小銃の銃尾に嚙《か》み附く為に」と。彼は、逃走する美神を、自意識の背後から傍観したのではない。彼は美神を捕えて刺違えたのである。恐らく此処に極点の文学がある。

＊＊＊

「酩酊の船」は、*瑰麗《かいれい》な夢を満載して*解纜《かいらん》する。

*われ、非情の河より河を下りしが、
船曳《ふなひき》の綱のいざなひ、いつか覚えず、
罵《のゝし》り騒ぐ蛮人は、船曳等《やつら》を標的《まと》にと引つ捕へ、
彩色《いろ》とりどりに立ち並ぶ、杭《くひ》に、赤裸《はだか》に釘附《くぎづ》けぬ。

船員も船具も、今は何かせん、
ゆけ、*フラマンの小麦船、イギリスの綿船よ。
わが船曳等の去りてより、騒擾《さわぎ》の声も、はやあらず、
流れ流れて、思ふまゝ、われは下りき。

〈Bateau Ivre〉

彼はこの船の水脈《みお》に、痛ましくも来るべき破船の予兆が*揺曳《ようえい》するのを眺めなかったか。彼はこの時既に死につつある作家であった。

*想《おも》へば、よくも泣きたるわれかな。来《きた》る曙《あけぼの》は胸抉《ゑぐ》り、
月はむごたらし、太陽《ひ》は苦《にが》し。
切なる恋に酔ひしれし、わが心は痺《しび》れぬ。
*竜骨よ、砕けよ、あゝ、われは海に死なむ。

今、われ、欧洲の水を望むとも、
はや、冷え冷えと黒き*潴水《いけ》、吹く風薫る夕まぐれ、
悲しみ余り、をさな児《ご》が、蹲《うづくま》つては、その上に、
五月の蝶にさながらの、笹舟を放つ潴水かな。

あゝ、波よ、ひとたび汝《な》れが倦怠《けんたい》に浴しては、
綿船の水脈《みを》曳《ひ》くあとを奪ひもならず、

標旗《はた》と焔《ほのほ》の驕慢《けうまん》を横切《よぎ》りもならず、
船橋の恐ろしき眼を掻潜《かいくぐ》り、泳ぎもならじ。

〈Bateau Ivre〉

ランボオの詩弦《リイル》は、最初から聊《いささ》かの感傷の痕《あと》も持たない。彼は、野人の恐ろしく劇的な触覚をもって、触れるものすべてを斫断《しゃくだん》する事から始めた。それは不幸な事であった。その初期の作る処は、その煌《きらめ》く断面の羅列なのである。

人生斫断は人生嫌厭《けんえん》の謂《いい》ではない。多く人生嫌厭の形式をとるというに過ぎない。ボオドレエルの眼がどんなに人生に対する嫌厭に満ちていようとも、彼は決して人生を斫《き》りきざみはしないのである。彼は、その*焮衝《きんしょう》を起した空虚《うつろ》な眼の底に、*一眦《いっし》をもって全人生を眺めるもう一つの静かな眼を失いはしなかった。*「俺の心よ、出しゃばるな、獣物《けだもの》の蟄《ねむり》を眠っていろ」、虚無の味をかみしめて、彼の心臓は、人の世の流れと共に流れて行く。「獣物の蟄」――これこそランボオにとって最も了解し難い声であったのだ。

斫断とは人生から*帰納することだ。芸術家にあって理智が情緒に先行する時、彼は人生を切り裂く。ここに*犬儒主義《シニスム》が生れる（勿論、最も広い意味に於いてだ）。ところが、人生斫断家ランボオには帰納なるものは存在しない。彼位犬儒主義から遠ざかった作家はないのである。犬儒主義とは彼にとって概念家の蒼《あお》ざめた一機能に過ぎなかった。理由は簡単だ。ランボオの斫断とは彼の発情そのものであったからだ。換言すれば彼は最も兇暴《きょうぼう》な犬儒派だったのだ、そしてその兇暴の故《ゆえ》に全く犬儒主義から遠ざかって了った。彼は、あらゆる変貌をもって文明に挑戦した。然し、彼の文明に対する呪詛《じゅそ》と自然に対する讃歌《さんか》とは、二つの異った断面に過ぎないのである。彼にとって自然すらはや独立の表象ではなかった。或る時は狂信者に、或る時は虚無家に、或る時は諷刺家《ふうしか》に、然しその終局の願望は常に、異る瞬時に於ける異る全宇宙の獲得にあった、定著にあった。見給え、彼は*旋転する。

*俺の心よ、一体俺達の知った事か、奔流する血と*燠《おき》が、
百千の殺人が、尾を曳く叫喚が、……
すべての復讐《ふくしゅう》、——糞でも喰えだ……だが、それでも
喧嘩《けんか》が買いたけりゃ、望む処だ……

〈Vertige〉

彼は、全力をあげて人生から窃盗《せっとう》を行った。そして全く新しい金属の酒宴を開いたのだ。而《しか》もこの酒宴の背後には、何等人生の過去は揺曳していない。「自然に帰れ」*とは、彼にとってあまりに自明な事であった。そこで彼は自然との交流を放棄して自然の奪掠《だつりゃく》を断行した。然しこの奇術師は、その燦然《さんぜん》たる奇術を一体誰の面前で演じたらよいのか。彼は独語する。「吾れは墳塋《ふんえい》の彼方《かなた》の人」*と。

人生を寸断した時、彼が人類の過去を抹殺《まっさつ》した事は不幸であった、然しこの断面が、彼の専制的な生命の盲動を絶対糺問者の姿として反映した事は、彼に二重の不幸を強いた。

「酩酊の船」は解纜《かいらん》する。彼は、はや自然から余す処なく奪っていたのである。彼は、奪掠品の堆積《たいせき》を眺めて吐息した。「おゝ波よ、吾れひと度汝れが倦怠に浮んでは……」、然し彼の倦怠は、「パイプを咬《くわ》えて断頭台の階《きざはし》を夢みる」*者の倦怠ではなかった。彼は人生に劇を見る事に離別したと信じた時、流絢《りゅうけん》*たる新しい劇を建てていたのである。

ここに奇妙な魂の一状態がある。

解体された世界は、金属の瀑布《ばくふ》となって、彼の眼前を鎔流《ようりゅう》した。彼の見たものは、下り行く大伽藍《だいがらん》であった、上り行く湖水であった。回教寺院は工場と連結し、無蓋《むがい》四輪馬車は天の街道を疾走し、物語は海と衝突した。あらゆるものは彼の願望に従って変形され染色される。あらゆる発見が可能である。あらゆる発想が許された。

　もはや、彼の詩弦《リイル》が外象に触れて鳴るのではない。彼は、神速純粋な精神の置換を行うのである。自転車の鋼鉄は、ペダルから彼の血管に流入して、彼の身体は鋼鉄となって疾走するのだ。

「*かくて私は、言語の幻覚をもって、私の数々の妖術《ようじゅつ》的*詭弁《きべん》を説明した。私は遂《つい》に、私の魂の錯乱が*祝聖されるのを見た」と。彼は、その陶酔を、人間の達し得られる極処に於いて定著した。この一有性者の熾烈《しれつ》なる燃焼は、遂に、殆ど無機体の光芒《こうぼう》を帯びるのである。「*私は、架空のオペラとなった」と。

＊＊＊

　ヴェルレエヌは恐ろしく無意識な生活者であった。ランボオは恐ろしく意識的な生活者であった。ヴェルレエヌが涸渇《こかつ》しなかった所以《ゆえん》は、彼が生活から何物も学ばなかったからだ。彼の詩魂は最初から生活の上を飛翔《ひしょう》していたのである。世のかりそめの*荊棘《けいきょく》にも流血する心臓を、彼は悔恨をもって労《いたわ》った。労られた心臓は、歌われる為《ため》に彼にその悲痛の夢を捧《ささ》げた。そこに永遠の歌があった。ランボオは最初から生活に

*膠着《こうちゃく》していた。追うものは生活であり、追われるものも生活であった。彼の歌は生活の数学的飛躍そのものの*律格である。

彼は生活を理論をもって*規矩《きく》しようとした。然《しか》るに彼の理論は一教理という様なものではなかったのだ。極めて迅速に動く生活意識であった。生活を規定せんとする何物ももたないヴェルレエヌと生活を規定せんとするより他何物ももたぬランボオと、遂に外観上の*対蹠《たいせき》に過ぎないのか。ヴェルレエヌは、穢《けが》れを抱いて一切の存在に屈従する事によって無垢《むく》を守ったのか。ランボオには、無垢を抱いて全存在を蹂躙《じゅうりん》する事によって、無垢すら穢れと見えたのか。

彼は陶酔の間に、自らの肉を削《そ》ぐ如《ごと》く、刻々にその魂を費消していた。

「*私の健康は脅《おびや》かされた。恐怖は来た。幾日もの睡《ねむ》りに落ちては、起き上り、私は世にも悲しい夢から夢を辿《たど》った。臨終の時は熟した。私の*羸弱《るいじゃく》は、危難の途より、影と旋風の国、*シムメリイの果て、世界の果てに私を駆った」

「*ああ、私の*サックスと柳の林。夕を重ね、朝を重ね、夜は明けて、昼の来て、……」、彼は疲れた。彼は*倨傲《きょごう》の最も高い塔の尖頂に攀《よ》じて忍んだ。この時だ、而も恐らく唯一の時だ、彼が、自身の魂を労ったのは。このすばらしい自動機械の忍耐が、如何《いか》に不思議な美しさをもって歌われたか。

最高塔の歌*

時よ、来い、
ああ、陶酔の時よ、来い。

よくも忍んだ。
忘れてしまおう。
積る怖れも苦しみも
空を目指して旅立った。
今、条理《わけ》もなく咽喉《のど》は涸《か》れ
血の管《くだ》に暗い陰はさす。

ああ、時よ、来い、
陶酔の時よ、来い。

穢らわしい蠅《はえ》共の
むごたらしい翅音《うなり》を招き、
毒麦は香を焚《た》きこめて、
誰顧みぬ牧場は、
花をひらいて膨れるか。

ああ、時よ、来い。
陶酔の時よ、来い。

残された道は投身のみである。彼は最後の斫断を為《し》なければならない。「*俺はありとある祭りを、勝利を、劇を創《つく》った。俺は新しい花を、新しい星を、新しい肉を、新しい言葉を発明しようとも努めた。俺はこの世を絶した力も獲得したと信じた。扨《さ》て、俺は俺の想像と追憶とを葬《ほうむ》らねばならない。芸術家の、話し手の一つの美しい栄光が消えて無くなるのだ」(Une Saison en Enfer ; Adieu.)

＊
＊＊

全生命を賭《と》して築いた*輪奐《りんかん》たる伽藍《がらん》を、全生命を賭して破砕しなければならない。恐るべき愚行であるか。然しそれは、彼の生命の理論であった。

「地獄の一季節」――おのぞみなら諸君は、*クウロンと共に一少年異端者の愚行を発見し給《たま》え。或は*ドラヘイと共に神の言葉を発見し給え。幸いなことには、この*宝匣《ほうこう》は、諸君の好奇を満たすにあり余る宝石を蔵している。彼は錯乱の天使となって悪魔に挑戦した。毒盃《どくはい》を仰いだ異端者として神に挑戦した。然し、神も悪魔も等しく仮敵であったのだ。この地獄の手帳に於いては、一切が虚偽である。而も一切が真実だ。

マストの尖頂から海中に転落する水夫は、過去全生涯の夢が、恐ろしい神速をもって、彼の眼前を通過するのを見るという。「最高塔」の頂から身を躍らせたランボオは、この水夫の夢を把握して、転落中*耳朶《じだ》を掠《かす》める飆風《はやて》の如き緊迫した律動をもってこれを再現したのである。そして転落中の叫喚が旋転する発想を与えた。最後の一叫喚そのものが、最後の一発想となった。

――*今や、魂の裡《うち》にも、肉体の裡にも、真理を所有する事が、俺には許されよう。

と。

詩弦《リイル》の駒《こま》はくだけて散った。ランボオはアフリカの沙漠《さばく》に消えた。吾々は、はや沙漠の如く退屈な、沙漠の如く無味な、然し沙漠の如く純粋な彼の書簡集のみしか読む事が出来ない。

ランボオが破壊したものは芸術の一形式ではなかった。芸術そのものであった。この無類の冒険の遂行が無類の芸術を創った。私は、彼の邪悪の天才が芸術を冒瀆《ぼうとく》したと言うまい。彼の生涯を聖化した彼の苦悩は、恐らく独特の形式で芸術を聖化したのである。

あらゆる世紀の文学は、常に非運の天才を押し流す傍流を生む。蓋《けだ》し環境の問題ではないのである。或る天才の魂は、傍流たらざるを得ない秘密を持っている。後世如何に好奇に満ちた批評家が彼の芸術を詮表《＊せんぴょう》しようと、その声は救世軍の太鼓の様に消えて行くだろう。人々はランボオ集を読む。そして飽満した腹を抱えて永遠に繰返すであろう。「然し大詩人ではない」と。

（「仏蘭西文学研究」大正十五年十月）

ランボオ Ⅱ

四年たった。

若年の年月を、人は速やかに夢みて過す。私も亦《また》そうであったに違いない。私は歪《ゆが》んだ。*ランボオの姿も、昔の面影を映してはいまい。では私は、今は*狷介《けんかい》とも愚劣ともみえるこの小論に、而《しか》も、聊《いささ》かの*改竄《かいざん》の外、どうにも改変し難いこの小論に、何事を追加しようというのだろう。常に同じ振幅を繰返さなかった私の動き易《やす》かった心を、ここに計量しなければならないのか。

私はこの困難を拋棄《ほうき》する。人々を退屈させない為《ため》に、私を無益にいじめつけない為に。だが、私はもう、自分をいじめつける事には慣れ切った、どうやら自分を労《いたわ》る事と区別のつかぬこの頃だ。己れを傷つけない為に、己れを労る為に、――一体何んの意味がある。人々を退屈させない為に、恐らく其処《そこ》には、覗《のぞ》かねばならぬ、辿《たど》らねばならぬ私の新しい愚行があるのかも知れない。

人々の真実の心というものは、自分が世の中で一番好きだと思っている人の事を一番上手に語りたいと希《ねが》っているものらしいが、そうは行かぬものらしい。

人々がいろいろな品物（勿論《もちろん》人間も人間の残した仕事もこの品物の中へ這入《はい》る）に惚《ほ》れ込むと、自分達の心の裡《うち》に、他人にはわからぬ秘密を育て上げるものだ。この秘密は愚かしさと共に棲《す》み乍《なが》ら最も正しい事情を摑《つか》んでいるのを常とする。冷眼には秘密はない、秘密を育てる力はない、理智はいつも衛生に止《とど》まる。人間の心の豊富とは、ただただこの秘密の量である。

だが、人々はめいめいの秘密を、いやでも握り潰《つぶ》して了《しま》うのが世の定めであるらしい。歌とは、敗北を覚悟の上でのこの世の定め事への抗言に他ならぬ。ランボオ集一巻が、どんなに美しい象《かたち》に満ちていようとも、所詮《しょせん》、この比類のない人物の蛻《もぬけ》の殻《から》だ。彼は死んだのだ。まさしく永久に。この蛻の殻を前にして、いろいろな場所で、いろいろな瞬間に、私の心がいろいろな恰好《かっこう》をしている時に、私が育てた私の秘密を、握り潰そう。

＊
＊＊

時として、私が街々を行く人々に見附ける、あの無意味な程悲し気な顔は、自分の秘密は秘密にして置きたいと希う無意味な程悲し気な心を語っているのであろうか。この街行く人々の心が、心の奥底までも歌い切りたいと希う世の最上詩人等の心から、そう隔ったものとも思われぬ。私は、手を拱《こまぬ》いて自分の硬《こわ》ばった横顔を思う。

私が人々に自分の横顔しか許さないのなら、人々が私に、人々の横顔だけしか許さない事を悲しむまい。こんな風にもの事を考えるのは、私を少しも幸福にはしないが、私はこの世に幸福なくらしをする為に生れて来たとは夢にも思ってはいない。私はただ芸もなく不幸であるに過ぎぬ、ただ芸もなく。

こうして文字を並べて行き乍ら、どうして、こう白々《しらじら》しい顔を拵《こしら》え上げて了うのかと私は訝《いぶか》る。きっと私はてれているに相違ない。併《しか》し、私はてれるという言葉が、世間の人達が信じている様に一種の高等語だとは思っていない。てれるという心は、天然自然の心から遠ざかった、人工のからくりの仕掛けられた心だとは思っていない。人間はよちよち歩ける様になれば、はや、てれる事は覚えるものだ。良心の藪《やぶ》にらみも亦恂《まこと》に自然なのである。

ランボオ程、己れを語って吃《ども》らなかった作家はない。痛烈に告白し、告白はそのまま、朗々として歌となった。吐いた泥までが晃《きらめ》く。彼の言葉は常に彼の見事な肉であった。如何《いか》にも優しい章句までが筋金入りの腕を蔵する。ランボオ程、読者を黙殺した作家はない。彼は選ばれた人々の為にすら、いや已れの為にすら歌いはしなかった。ただ歌から逃れる為に、湧《わ》き上ってくる歌をちぎりちぎってはうっちゃった。その歌声は無垢《むく》の風に乗り、無人の境に放たれた。彼程短い年月に、あらゆる詩歌の意匠を兇暴《きょうぼう》に圧縮した詩人はいない。人々は彼と共に、文学の、芸術の極限をさまよう。この秘教的一野生児のものした処《ところ》には、その決然たる*文学への離別と、アフリカの炎熱の下の、徒刑囚の様な黙々とした*労働の半生が、伝説の衣を纏《まと》いつけ、彼の問題は日に新たであるらしい。

だが、もはや私には、彼に関するどんな分析も興味がない。彼は、人々の弱々しい、ふっ切れない讃嘆《さんたん》を呼び集めては、*マラルメの所謂《いわゆる》「*途《と》轍《てつ》もない通行者」である事を、いつまでも止《や》めないであろう。

夢を織る事は人々の勝手だ。諸君は、幸いに、私の駄訳に、諸君の夢を惜しまない事を。私は自分の仕事を自慢もしまい、謙遜《けんそん》もしまい。

「繊維のくまぐま迄《まで》も、明晰《めいせき》な音の滲透《しんとう》した、乾燥した、柔軟な、*ストラディヴァリウスの木の様な」とは、*クロオデルがランボオの文体を評した言葉である。これは適確だ。私はどうやら、彼の乾燥、先《ま》ず眼をとらえる、苛立《いらだ》しい程、ど強《ぎつ》く、硬く、光り輝やく彩色は、そのなかばを写し得たかも知れないが、これを貫く彼の柔軟、重厚なまた切ない迄に透明な息吹きに至っては、はや、私の指先は徒《いたず》らに虚空《こくう》を描く。

* * *

浅草公園の*八卦《はっけ》やが、私は廿二歳の時から衰運に向ったと言った。私が初めてランボオを読みだしたのは廿三の春だから、ランボオは私の衰運と共に現れたわけになる。手に入れたのは「*地獄の季節」のメルキュウル版の手帳のような安本であった。私は彼の*白鳥の歌を、のっけに聞いて了った。「*酩酊《めいてい》の船」の悲劇に陶酔する前に、詩との絶縁状の「*身を引き裂かれる不幸」を見せられた。以来、私は口を噤《つぐ》んだ。いや、ただ、私の弱貧の為にも、私は口を噤んで来た筈《はず》だ。

その頃、私はただ、うつろな表情をして、一日おきに、*吾妻橋《あづまばし》から*ポンポン蒸気にのっかって、*向島《むこうじま》の*銘酒屋の女のところに通っていただけだ。船は、私のお臍《へそ》のあたりまで機械の音をひびかせて、早いような、遅いような速力で、泥河をかき分けて行く。私の身体《からだ》は舳先《へさき》に坐って、半分は屋根の蔭《かげ》になり、半分は冷っこい様な陽に舐《な》められて、「地獄の季節」と一緒に懐中にした、女に買って行く穴子のお鮨《すし》が、潰れやしないかと時々気を配ったり、流れて来る炭俵を見送ったり、丸太が一本位は船と衝突してもよさそうなものだなどと、なるたけ考えても何んにもならない事を択《よ》って考える事にしようと思ったりする。この「地獄の季節」には一っぱい仮名がふってあった、どうしても、見当のつかない処《ところ》は、エヂプトの王様の名前みたいに、枠を書いて入れてある。この安本は大事にしていたが、友達の*富永太郎が死んだ時、一緒に焼けた。思い出しては足の裏が痒《かゆ》くなるのをこらえる。*ヴェルレエヌが、パイプを咬《くわ》え、ポケットに手を突込んで歩いている*流竄《りゅうざん》天使の様なランボオを粗描している。富永はその絵によく似ていた。ちっとも金がない時でも滑々《すべすべ》した紺碧《こんぺき》の上に、鉄鏽《かなさび》色の帯の貫いた、「*海の児《アンファン・ド・ラ・メエル》」の包みは豊富にポケットに入れて、いいパイプが欲しいと言っていたっけ。肺を患《わずら》って海辺に閉込められたが、「私には群集が必要であった」と詩に歌いたいばっかりに、直ぐ逃げ帰って来た。人混みをのたくり歩く彼に、私はついて歩いた。想《おも》えば愚かにも、私は彼の*夭折《ようせつ》をずい分と助けた。そして今、私の頭にはまだ詩人という余計者を信ずる幻があるのかしらん。私は知らぬ。

　ランボオの三年間の詩作とは、彼の太陽の様な放浪性に対する、すばらしい智性の血戦に過ぎなかった。かなぐり捨てられた戦の残骸《ざんがい》が彼の歌であった。芸術という愚かな過失を、未練気もなくふり捨てて旅立った彼の魂の無垢を私が今何んとしよう。

彼の過失は、充分に私の心を*攪拌《こうはん》した。そして、彼は私に何を明かしてくれたのか。ただ、夢をみるみじめさだ。だが、このみじめさは、如何にも鮮やかに明かしてくれた。私は、これ以上の事を彼に希いはしない、これ以上の教えに、私の心が堪えない事を私はよく知っている。以来、私は夢をにがい糧《かて》として僅《わず》かに生きて来たのかもしれないが、夢は、又、私を掠《かす》め、私を糧として逃げ去った。私は、私の衰運の初めから、私という人物が少しも発達していないとは思うのだが、又うつろな世の風景は、昔乍らにうつろには見えるのだが、ただ、今はその風景は、昔の様に静かに位置してはいない様だ。人々は其処此処《そここ》の土を掘り、鼠《ねずみ》の様に、自分等の穴から首を出し、あたりを見まわす。私もやがて自分の穴を撰《えら》ばねばなるまい。そしてどの穴も同じ様に小便臭かろう。

「*ああ、この不幸には屈託がないように」

果てまで来た。私は少しも悲しまぬ。私は別れる。別れを告げる人は、確かにいる。

（「詩神」昭和五年二月号）

ランボオ Ⅲ

僕が、はじめて*ランボオに、出くわしたのは、*廿三歳の春であった。その時、僕は、*神田をぶらぶら歩いていた、と書いてもよい。向うからやって来た見知らぬ男が、いきなり僕を叩《たた》きのめしたのである。僕には、何んの準備もなかった。ある本屋の店頭で、偶然見付けた*メルキュウル版の*「地獄の季節」の見すぼらしい*豆本に、どんなに烈《はげ》しい爆薬が仕掛けられていたか、僕は夢にも考えてはいなかった。而《しか》も、この爆弾の発火装置は、僕の覚束《おぼつか》ない語学の力なぞ殆《ほとん》ど問題ではないくらい敏感に出来ていた。豆本は見事に炸裂《さくれつ》し、僕は、数年の間、ランボオという事件の渦中にあった。それは確かに事件であった様に思われる。文学とは他人にとって何んであれ、少くとも、自分にとっては、或る思想、或る観念、いや一つの言葉さえ現実の事件である、と、はじめて教えてくれたのは、ランボオだった様にも思われる。

僕は、この*マラルメの所謂《いわゆる》「*途轍《とてつ》もない通行者」が、自分の弱年期の精神を、縦横に歩き廻るにまかせたが、彼の遺《のこ》した足跡を、今、明らかに判ずるよすがはない様である。恐らく僕は、影響という曖昧《あいまい》な事実の極限を経験したから。自分の眼にも他人の眼にも明瞭《めいりよう》な影響の跡という様なものは、精神のほんの表面《うわべ》の取引を語るに過ぎまい。それに、もともと精神の深部は、欲するものを確かに手に入れたり、手に入れたものを確かに保存したりする様な仕組に出来上っているとも思えない。或る偶然な機会が、再びランボオについて、僕に筆をとらせる。事件は去って還《かえ》らない。僕は、何に出会おうとするのか。

当時、*ボオドレエルの「*悪の華」が、僕の心を一杯にしていた。と言うよりも、この比類なく精巧に仕上げられた球体のなかに、僕は虫の様に閉じ込められていた、と言った方がいい。その頃、詩を発表し始めていた*富永太郎から、*カルマンレヴィイ版のテキストを、貰《もら》ったのであるが、それをぼろぼろにする事が、当時の僕の読書の一切であった。僕は、自分に詩を書く能力があるとは少しも信じていなかったし、詩について何等《なんら》明らかな観念を持っていたわけではない。ただ「悪の華」という辛辣《しんらつ》な憂《ゆう》鬱《うつ》な世界には、裸にされたあらゆる人間劇が圧縮されている様に見え、それで僕には充分だったのである。

確かに、それは空前の見ものであったが、やがて、精緻《せいち》な体系の俘囚《ふしゅう》となる息苦しさというものを思い知らねばならなかった。実際この不思議な球体には、入口も出口もなかった。――「猫*っかぶりの読者よ、私の仲間よ、兄弟よ」――魔法の様な声で呼び込まれたのは、どんな隙間《すきま》からだったかわからなかったが、作者に引摺《ひきず》られ、引廻されて、果てまで来ると、彼が「死」に呼び掛ける声がする。「船*長、時刻だ、碇《いかり》をあげよう」、しかし、老船長は、決して碇をあげはしなかった。その代り「猫っかぶりの読者よ」と又静かに始める様に思われた。僕は、ドオ*ムの内面に、ぎっしりと張り詰められた色とりどりの壁画を仰ぎ、天井のあの辺りに、どうかして風穴を開けたいと希《ねが》った。すると、丁度その辺りに、本物の空よりもっと美しい空が描かれているのに気付いた。「旅*への誘《いざな》い」の音楽が鳴り渡り、その出発禁止の美しい旋律は、詩の不信者の胸を抉《えぐ》った。そういう時だ、ランボオが現れたのは。球体は砕けて散った。僕は出発する事が出来た。何処《どこ》へ――断って置くが、僕は、過去を努めて再建してみたまでだ。

「夜*は明けて、眼の光は失《う》せ、顔には生きた色もなく、行き合う人も、恐らくこの俺に眼を呉れるものはなかったのだ。

突然、俺の眼に、過ぎて行く街々の泥土は、赤く見え、黒く見えた。隣室の灯火の流れる窓硝子《ガラス》の様に、森に秘められた宝の様に。幸福だ、と俺は叫んだ、そして俺は、火の海と天の煙とを見た。左に右に、数限りもない*霹靂《へきれき》の様に、燃え上る、ありとある豊麗を見た」

傍点を付したのはランボオである。――或る全く新しい名付け様もない*眩暈《げんうん》が来た。その中で、社会も人間も観念も感情も見る見るうちに崩れて行き、言わば、形成の途にある自然の諸断面とでも言うべきものの影像が、無人の境に煌《きらめ》き出るのを、僕は認めた。而も、同時に、自ら創《つく》り出したこれらの宝を埋葬し、何処とも知れず、旅立つ人間の、殆ど人間の声とは思えぬ叫びを聞いた。生活は、突如として、決定的に不可解なものとなり、僕は自分の無力と周囲の文学の経験主義に対する侮蔑《ぶべつ》とを、当てどもない不幸の裡《うち》に痛感した。

僕は「地獄の季節」の最後の章を、その頃京都にいた富永に写して送った。やがて、彼の詩の衰弱と倦怠《けんたい》とが、ランボオの生気で染色されるのを、僕は見て取ったが、彼が、その為《ため》に*肺患の肉体の刻々の破滅を賭《か》けていた事は見えなかった。その種の視覚を、ランボオは僕から奪っていた様に思われる。或る夏の午後であった。僕は、富永の病床を訪れた。彼は、腹這《はらば》いになって食事をしていたが、*蓬髪《ほうはつ》を揺すって、こちらを振向いて笑った時、僕はぞっとした。熱で上気した子供の様な顔と凡《およ》そ異様な対照で、眼の周りに、眼鏡でもかけた様な黒い隈取《くまど》りが見えた。死相、と僕は咄嗟《とっさ》に思った。だが、この強い印象は一瞬に過ぎ去って了《しま》った。何故《なぜ》だったろう。何故、僕は、死が、殆ど足音を立てて、彼に近寄っているのに、想《おも》いを致さなかったのだろう。今になって、僕は、それを訝《いぶか》るのである。彼は、鉛筆で走り書きをした枕元《まくらもと》の紙片を、そら、落書、と言って、僕に渡した。“*Au Rimbaud”と題した詩であった。今でも空で覚えているし、懐《なつ》かしいので引いて置く。

I

*Kiosque au Rimbaud,
“Manila” à la main,
Le ciel est beau,
Eh!　tout le sang est Pain.

II

*Ne voici le poète,
Mille familles dans le même toit.
Revoici le poète :
On ne fait que le droit.

III

*Que Dieu le luise et le pose !
Qu'il ne voie pas ouvrir
Les parasols bleus et roses.
Parmi les flots : les martyrs !

僕は、不服を唱えた、これはランボオではない、寧《むし》ろ“Au Parnassien”*とすべきだ。其他《そのか》、何や彼《か》や目下の苦衷めいた事を喋《しゃべ》った様だが、記憶しない。僕の方が間違っていた事だけは確かである。何ものも、自分さえも信用出来ない有様だった当時の僕の言葉に、何んの意味があっただろうか。それに、僕は、富永が既にランボオの*“Solde”（見切物）に倣《なら》って、美しい「遺産分配書*」を書いていた事を知らなかった。間もなく彼は死んだが、僕はその時、病院*にいて、手術の苦痛以外の事を考えていなかった。やがて、僕は、いろいろの事を思い知らねばならなかった。とりわけ自分が人生の入口に立っていた事について。嘗《かつ》て、僕の頭を掠《かす》め通った彼の死相が、今、鮮やかに蘇《よみがえ》り、持続する。

＊＊＊

フランス近代詩人のなかで、ランボオは、普通、所謂《いわゆる》＊サンボリストの列に加えられているのだが、これは殆《ほとん》ど無意味な分類である。彼とサンボリスト達との間の共通点を求めるなら、＊プロゾディイの扱い方という様な事に止《とど》まろう。それも、彼の初期の韻文詩に限られる。――尤《もつと》も、彼の韻文詩が、完成の頂に達したのは、十七歳の秋であり、その詩作の魔物の様な早熟と二年後の突然の放棄を思えば、初期という様な言葉も殆ど意味をなさぬのであるが――それに、彼の韻文詩は、ついで、現れた散文詩ほどの重要さを持たぬ。彼の散文詩が、不完全な形ではあるが、はじめて世に紹介されたのは、＊ギュスタアヴ・カアンが主宰した「＊ヴォギュ」誌上であった（一八八六年）。つまり、既に十余年来生死不明となっていたこの奇怪な詩人の重要作品は、突然、サンボリストの運動の中心点で破裂したわけであるが、その影響という事になると、僕は、マラルメの言葉を信ぜざるを得ないのである。有名な＊ロオム街の火曜日の夜の集りで、ふと誰か、煙の雲の中で、ランボオの名を仄《ほの》めかすものがあると、「人々は、謎《なぞ》をかけられた様に黙り込み、物思いに沈み、恰《あたか》も、多くの沈黙や夢や中途半端な讃《さん》嘆《たん》の念を、一時に押付けられる様な有様であった」(Mallarmé ; Divagations.)。太陽に焦《こ》げ、海や風の匂《にお》いのする野人が、サロンを横切った。*ルコント・ド・リイルの所謂「粉々に砕け散ったボオドレエルの断片達」は、手を拱《こまぬ》いて見送った。

*前大戦の後、*ダダイスムとか*シュウルレアリスムとかいう運動が起った時、ランボオの名は一時に高くなった。そういう傾向の文学者達は、戦後の混乱の中にあって、詩の伝統に関するその極端な侮蔑と新しい詩への当てどのない渇望《かつぼう》とを、ランボオの詩が啓示すると信じたものに賭けた。ランボオが、「*言葉の錬金術」と呼んだ詩形の錯乱状態は、彼等に麻酔薬の様に作用し、彼等の不安な精神に怠惰な夢をみさせた。然《しか》し、亜流というものは皆そういうものであるが、彼等には、ランボオがこの為に払った代価が解《わか》らなかった。彼等は、ランボオから詩形の異様な錯乱を受取り、その真の動機と内容とを置き忘れて来た。無論、要らないから忘れたのである。彼等は、ランボオとともに「*物語としてのこの世に別れを告げた」が、その故《ゆえ》に、いよいよ「性格は鋭く痩《や》せて行き」「世の果て、*シンメリイの果て、旋風と影との国」へ駆り立てられる理由は持たなかった。彼等の流行は、嘗て我が国にも及んだ。その頃、僕は、彼等のうちの理論家*アンドレ・ブルトンの*精神のオオトマティスムに関する衰弱した詩論を読み、彼等は、ランボオの破片とさえ言えないと思ったのを覚えている。強いて言うなら、寧ろ*ラフォルグの破片であろうか。ここでも、ランボオの影響という事

は、甚だ疑わしく、僕はやはりマラルメの言葉に還り度《た》い様に思う。ランボオを、はじめて詩壇に紹介したのは、言うまでもなく*ヴェルレエヌであるが、ランボオの性格を、はじめて確かに見てとったのはマラルメだと言ってよい。そして、この「*詩界のソクラテス」の炯眼《けいがん》は、今もなお動かぬ様に思われる。

「詩に許された自由というものも、更に言えば、奇蹟《きせき》によって迸《ほとばし》ったとも見える自由詩も、自己証明の為に、この人物を引合いには出せまい。最近の一切の詩の片言と別れて、或《あるい》は、まさしく片言が杜絶《とだ》えた時に、彼は古代の戯《たわむ》れの厳密な観察者であった。彼が、精神上のエキゾティックとでも言うより他はない様な情熱の豪奢《ごうしゃ》な無秩序を提げて、*パルナス以前の、ロマンティスム以前の、いや極めてクラシックな世界に対抗して産みだしたその魔法の様な効果を、見積って見給《みたま》え。彼は、ただただ彼が現存するという動機によって点火された流星の光輝であり、独りで現れて、消えて行く。凡《すべ》てそういうものは、確かに、其処《そこ》にどんな文学的環境の準備があったわけではなかったのだから、この途轍《とてつ》もない通行者がいなくても、以前から間違いなく存在していたであろう。人称格は、力ずくで居坐る」(Divagations ; "Arthur Rimbaud")

　これは、見易《みやす》い事にも係わらず、殆ど注意されていない事だが、*マラルメが一番熱烈に又美しく語った詩人はランボオなのであって、ボオドレエルでもポオでもヴェルレエヌでもないのである。僕には、ランボオを主題とするこの驚くべき散文詩に、両者の深く強い交感が現れている様に思われてならぬ。複雑だが的確な和音が聞えて来て、詩作とは弱年期の束《つか》の間《ま》の愚行と考えた人と、詩作を人生の唯一《ゆいいつ》の目的と信じた人との間の越え難い溝《みぞ》が、その中で、消え失せる。僕は、もう、そういう常識がでっち上げたコントラストを信じなくなる。マラルメはランボオを語り、ランボオが詩にもヨオロッパにも別れを告げるところに来て、こんな事を言う。「ここに不思議な時期が来る。尤も、次の事を認めるなら、何も不思議ではないのだが。自分の方が間違っていたか、それとも夢の方に誤りがあったか、いずれにしても、夢を放棄して、生き乍《なが》ら、詩《ポエジイ》に手術されるこの人間には、以後、遠い処《ところ》、非常に遠い処にしか、新しい状態を見付ける事がかなわぬ事を。忘却が沙漠《さばく》と海との空間を包む」。ここで、マラルメが使っている詩《ポエジイ》という言葉が、あれこれの詩的作品を意味するものではなく、凡《およ》そ文学というものが目指す、或る到達する事の出来ぬ極限の観念を意味すると考えてよいならば、マラルメも亦《また》、生き乍ら、詩《ポエジイ》に手術された人間ではなかったであろうか。マラルメがランボオに就いて書いていた時（一八九六年）、マラルメの心を占めていたものは、「＊骰子《さい》の一擲《いつてき》」の構想だったと推定しても差支《さしつか》えあるまい。彼も亦遠い、何んと遠い処に、新しい状態を見付けざるを得なかったか。彼は、この「脳髄の貪欲《どんよく》な冷い地域」を「星座」と呼んだが、この星座の空間を包んだものが、忘却であったか覚醒《かくせい》であったか、誰が知ろう。いずれにしても、それは読者のあらゆる理解を拒絶するのを目的としている様に見える。これは、彼が追いやられた「旋風と影との国」ではなかったか。成る程、彼は死ぬまで詩作を続けた。だが、周知の如《ごと》く、それは、廿歳の時に既に到達していた己れの詩の完璧《かんぺき》からの逃亡であった。三十幾年の彼の努力は、寧ろ書かない努力であったとさえ言えよう。僕は、夢から逃亡した人と夢の中で異様な逃亡を行った人とが共鳴する音を聞く。言語表現の極限の意識に苦しんだ者が強いられた、同じ孤立と純潔と狂気とを見る。

ここで、前に引用したマラルメの文章から、彼の炯眼が、当時の世評を無視して摑《つか》んだと思われる、ランボオの二つの性質を抽《ひ》き出してみよう。第一に、彼の詩形の不安定は、主観の曖昧《あいまい》さから来ているのではない、それは或る物の厳密な観察に由来するという事。第二に、彼は英雄譚《たん》や伝説の中の人物ではない、ランボオという名さえ偶然と思われるほどの、或る普遍的な純潔な存在だという事。

＊＊＊

「ただただ彼が現存するという動機によって点火された流星の光輝」というマラルメ

の言葉には、何んの誇張も飾りもない。彼の詩は、まさしくそういう人間の極印としてより他に解し様がない。ただ己れの為にのみ書いたマラルメさえ、当然選ばれた最小限度の読者を必要としたのであるが、ランボオは、文字通り誰の為にも書かなかった。彼には、彼自身の意志によって発表された作品は一つもないのである。作品とは、このヴェルレエヌの所謂《いわゆる》「薄青い不安な眼をした下界に流された天使」*が、野や森や街道にばら撒《ま》いて行ったきれぎれな衣の様なものであった。人々が、それを取り集めて驚嘆した時には、彼は、流刑地《るけいち》をアフリカの沙漠に選び、隊商*の編成に余念がなかった。

何が彼を駆り立てたのか。恐らく彼自身、それを知らなかった。僕等も知らぬ。恐らく知ってはならぬ。

＊＊＊

俺は、夏の夜明けを抱いた。

館《やかた》の前には、まだ何一つ身じろぎするものはなかった。水は死んでいた。其処此処《そこここ》に屯《たむろ》した影は、森の径《みち》を離れてはいなかった。俺は歩いた、ほの暖く、瑞々《みずみず》しい息吹《いぶ》きを目覚まし乍ら。群れなす宝石の眼は開き、鳥達は、音も無く舞い上った。

最初、俺に絡《から》んだ出来事は、もう爽《さわ》やかな蒼白《あおじろ》い光の満ちた小径で、一輪の花が、その名を俺に告げた事であった。

俺は、樅《もみ》の林を透かして、髪を振り乱す滝に笑いかけ、銀色の山の頂に、女神の姿を認めた。

そこで、俺は、*面帕《かずき》を一枚々々とはがして行った。両手を振って道をぬけ、野原を過ぎて、彼女の事を雞《にわとり》に言いつけてやった。街へ出ると、彼女は、鐘塔や円屋根の間に逃げ込んだ。俺は、大理石の波止場の上を、乞食《こじき》の様に息せき切って、あとを追った。

道を登りつめて、月桂樹の木立の近くまで来た時に、とうとう俺は、搔《か》き集めて来た面帕《かずき》を、彼女に纏《まと》い付けた。俺は、彼女の途轍もなく大きな肉体を、仄《ほの》かに感じた。夜明けと子供とは、木立の下に落ちた。

目を覚ませ、もう真昼だ。

（「飾画」夜明け）

近代詩に於《お》けるロマンティスムの運動は、既に終っていたが、この運動は客観世界の否定という暗い大きな傷口を残した。いつ夜明けが来るのか誰も知らなかった。あらゆる流派の詩人達が、この傷口を弄《もてあそ》んでいたから。突然、遠い空で一つの星が燃え、目を覚ませ、という声がした。夜明けと子供とが木立の下に落ちて来た。ランボオは、詩の為に、疑い様のない外部の具体世界を奪還した。そして、これは大事な事であるが、ただただ彼自身の現存という動機によってである。だが彼のこの唯一の動機は、あまり自明であり、詩作に関して様々な動機が必要だった人々には、却《かえ》って不明と見えた。彼には何んの術策もなかった。彼の自然奪還は、例えばヴィニィ*の様に、厭世《えんせい》家《か》の特殊な哲学によったのでもなければ、一般に流布《るふ》された科学を援用した写実主義という様なものによって行われたのでもない。彼は、何んの苦もなく夏の夜明けを抱いた。自然は、子供の、野人の、殆《ほとん》ど動物の眼で見据えられた。

「大洪水」の記憶も漸《ようや》く落ち着いた頃、

一匹の兎《うさぎ》が、岩おうぎと釣鐘草《つりがねそう》のゆらめく中に足を停め、蜘蛛《くも》の網を透かして、
虹の橋にお祈りをあげた。
ああ、人目を避けた数々の宝石、――はや眼ある様々の花。

（「飾画」大洪水後）

この「大洪水」*直後の人間の記憶が、どういう見えない血統を辿《たど》ってか、ランボオという身体に棲《す》みつく事に成功したらしい。彼は、詩を書き始めるや、もう、この唐突な事件に不安を感じていた様子である。それは、彼が抱いた自分ではどうにもならぬ「魔」の様なものであった。彼には、伝統も習慣も、一切の歴史が無意味に見える。僕等が共有する思想も心理も感覚も、社会生活の一切の条件が、不可解に思われる。初期の韻文詩は、一見、互に何んの脈絡もなく、各々《おのおの》が偶然に気紛《きまぐ》れに雑然と歌い出された様に見えるが、もともと「一匹の兎の祈り」に発するのであって、それは、その受容するものと、その拒絶するものとに、はっきりと二分されている。彼の現存が理解するものと理解しないもの、自然への没入と歴史への拒絶、彼の裡《うち》にあるこの二つの運動は、あたかも自然界の元素の結合と反撥《はんぱつ》との様に力強く、何んの妥協もない。僕は、後者に就いては語るまい。人間生活の愚劣と醜悪とを、彼の様に極端に無礼

な言葉で罵《ののし》った詩人は恐らくいない。又、その憤《いきどお》りの調子にしても、辛辣《しんらつ》で直接で、独特なものがあるが、結局この天才のあり余る精力の浪費に過ぎない様に思われる。何かが欠けている。彼は、どの様な立場も持たず、あんまり孤立していて、それがなければ皮肉にも諷刺《ふうし》にさえもならぬ、そういう或る人間的理由が欠けている様に見える。僕等は彼の当てどのない憤怒《ふんぬ》の彼方《かなた》に虚無を見る。いずれにせよ、人間は、憎悪《ぞうお》し拒絶するものの為には苦しまない。本当の苦しみは愛するものからやって来る。天才も亦《また》決して例外ではないのである。

＊＊＊

ランボオの自然詩が、空前の、——恐らく絶後であろうが、——開花に達したのは、*上田敏の名訳で、わが国でも早くから知られている「*酔どれ船」に於《お》いてである。船は碇《いかり》をあげ、大海原の精気に酔痴《よいし》れる。読者は作者と酔どれ船に同乗して、「*非情の河を降《くだ》って」行くが、最初の*ストロオフが終るかと思うと、船の姿は消えて、もう海に呑《の》み込まれている。叙事とか抒情《じょじょう》とかいう言葉は、もはや用をなさぬ。それは、突如として起る海という物質への突入の様である。人間の認識心理は雲散霧消して、海が眼を見開き、唸《うな》る。快い音楽なぞは人工の架空の幻に過ぎぬ。強い単調な永遠のリズムが鳴り、その上に、海は、壮麗なもの繊細なもの、醜悪なもの兇暴《きようぼう》なもの、あらゆる色感と量感とを織って動いて行く。ところが、二十三節目にさしかかると、突然、妙な事が起る。

想《おも》へば、よくも泣きたるわれかな。来《きた》る曙《あけぼの》は胸を抉《ゑぐ》り、
月はむごたらし、陽はにがし。
切なる恋に酔ひしれし、わが心痺《しび》れぬ。
竜骨*よ砕けよ、あゝ、われは海に死なむ。

今われ欧洲の水を望むとも、
はや、冷え冷えと黒き池、吹く風薫る夕まぐれ、
悲しみ余り、をさな児《ご》が、蹲《うづくま》つてはその上に、
五月の蝶《てふ》にさながらの、笹舟を放つ池かな。

あゝ、波よ、ひとたび汝が倦怠《けんたい》に浴しては、
綿船の水脈《みを》ひく跡を奪ひもならず、

標旗《はた》の焔《ほのほ》の驕慢《けうまん》を横切りもならず、
船橋の恐ろしき眼をかいくゞり、泳ぎもならじ。

この最後の三節の調子は、前とまるで違うのである。どんな詩人も、この様に唐突な転調を試みたものはない。(長いので全詩の引用は出来ないが、拙訳を参照して戴《いただ》ければ幸いである。)ランボオ自身さえ、この様なストロオフの出現を予期していたわけではあるまい。彼の詩は知的な構成を欠いている。何故あの潮の高鳴りが、突然この衰弱と沈黙とに連結しなければならなかったか。其処《そこ》には、何か運命の指嗾《しそう》めいたものがある様に思われる。海は裂けたのか。海を呑む奈落があったのか。無論、そんな事ではない。が又、作者が突然我れに還《かえ》った反省でもなければ感傷でもない。恐らくランボオは、ここで、海に見入り海を歌っているランボオという男を、あたかもあの奇怪な精神病者が己れの姿を何んの驚きもなく眺める様に、まざまざと見たのではあるまいか。彼の異様な視覚は、見たままを描いた。まるで運命を予見する様に。詩は、そういう印象を僕に与えるのである。彼の分身は、詩の陶酔に這入《はい》らず、詩の傍に立ち、その影を詩中に投影する。ランボオは、太陽の様な自作のうちに、黒点が現れるのを見る。光を吸収するものが、もう一人の自分である事を感じ、この夢魔が祓《はら》えぬ事を感ずるや、彼は、遅疑なく、自分の音楽に、不協和音を導入する。僕には、どうしても、そんな風に感じられる。彼は、一つの詩を完成しては、次の詩に移った詩人ではない。彼には、詩は、うつろい行く季節の様なものであった。彼が歌った様に、季*節は流れて行くのだ。その中に、ふと一緒に流されるお城が見える、その中にいる自分も見える。——錯乱の種が熟するのには手間はかからなかった。

＊＊＊

ランボオは、早くから、詩人に就いて異様な考えを抱いていた。それは、一八七一年五月十五日付の手紙に圧搾《あっさく》されているのだが、重要と思われる部分を引用する。(手紙は、*イザンバアル宛《あて》と*ドムニイ宛と、殆ど同じ内容のものが二通あるが、後者に拠《よ》る。)

「*千里眼でなければならぬ、千里眼にならなければならぬ、と僕は言うのだ。詩人は、あらゆる感覚の、長い、限りない、合理的な乱用によって千里眼になる。恋愛や苦悩や狂気の一切の形式、つまり一切の毒物を、自分を探って自分の裡《うち》で汲《く》み尽し、ただそれらの精髄だけを保存するのだ。言うに言われぬ苦しみの中で、彼は、凡《すべ》ての信仰を、人間業《わざ》を超えた力を必要とし、又、それ故《ゆえ》に、誰にも増して偉大な病者、罪人、呪《のろ》われた人、——或《あるい》は又最上の賢者となる。彼は、未知のものに達するからである。彼は、既に豊穣《ほうじょう》な自分の魂を、誰よりもよく耕した。彼は、未知のものに達する。そして、狂って、遂《つい》には自分の見るものを理解する事が出来なくなろうとも、彼はまさしく見たものは見たのである。彼が、数多《あまた》の前代未聞の物事に跳ね飛ばされて、くたばろうとも、他の恐ろしい労働者達が、代りにやって来るだろう。彼等は、前者が斃《たお》れた処《ところ》から又仕事を始めるだろう」（傍点ランボオ）

これは、断乎《だんこ》とした又かなり明瞭《めいりょう》な宣言である。この手紙が、発見されたのは、マラルメの死後であるが、やはり彼の眼は確かであった。ランボオにとって、詩とは、或る独立した階調ある心象の意識的な構成ではなかったし、又、無意識への屈従でもなかった。見た物を語る事であった。疑い様のない確かな或る外的実在に達する事であった。然《しか》し誰も見ない、既知の物しか見ない。見る事は知る事だから。見る事と知る事との間に、どんなに大きな隔りがあるかを、誰も思ってもみない。僕等は、そういう仕組に出来上っているから。何故《なぜ》か。ランボオは l'intelligence universelle（普遍的知性）という言葉を使っているが、僕等は、何時《いつ》の頃からか、その*俘囚《ふしゅう》となっているからである。僕等は大自然の直中《ただなか》にある事を知らない、知らされていない。歴史が僕等を水も洩《もら》さず取り囲んでいるからだ。そして歴史とは、普遍的知性の果実以外の何物であろうか。

人間は、手を持っているからこそ智慧《ちえ》を持つ、とアナクサゴラス*が言ったが、恐らく、人間の知性の正しい解明は、原始人の石鏃《せきぞく》*から近代人の機械に至る、人間が作り得たもの或は破壊し得たものの裡にしか求め得られまい。人間が種族保存上、有効に行動し生活する為《ため》に、自然は、人間に、知性という道具を与えたのは確からしいが、己れの謎《なぞ》を解いて貰《もら》う為に与えたとは到底考えられぬ事である。従って、知性は、行為の正確を期するに充分なものだけを正確に理解する。物と物との関係には、いよいよ通暁《つうぎょう》するが、決して物の裡には這入らない。その様なことは無用の業でなければ狂気の沙汰《さた》だ。恐らく、存在と認識との間のディアレクティック*は、永遠に空《むな》しいであろう。

若《も》し、手があるからこそ知慧がある、と言えるなら、同じ意味で、眼があるからこそ、耳があるからこそ、と言えるだろう。僕等の行為の有効性に協力しない眼や耳は、もはや眼とも耳とも言えまい。心理学者が、どんなに純粋な視覚とか聴覚とかを仮定してみた処で、無駄であろう。僕等の行為の功利性は、僕等の感覚の末端まで及んでいるだろう。人間は眼を持っているから見ると言ってはいけない、寧《むし》ろ眼なぞ持っているにも係わらずどうやら見るのだ、とベルグソン*は言っている。僕等の感官*は、自然を僕等の生存に巧妙に利用しようが為に、自然との直接な全的な取引を禁止する様な、或はそういう取引が非常に困難な様な、そういう構造に出来上っているらしい。僕等は、全力をあげて、人間という生物の裡に閉じこもっている。多くの神秘家が、肉体を侮蔑《ぶべつ》したのも故のない事ではない。

ランボオという奇怪なマテリアリスト*は、主観的なものに何んの信も置かなかった。彼には抒情詩というものは一向興味を惹《ひ》かなかった。彼の全注意力は、客観物とこれに触れる僕等の感覚の尖端《せんたん》にいつも注がれていた。どの様な思想の形式も感情の動きも、自律自存の根拠を、何処《どこ》にも持たぬ。それらの動きは、客観世界から、何等かの影像を借用して来なければ、現れ出る事がかなわぬ。と、言うのは、それらの運動が、客観世界の運動に連続している証拠である。ただ、この外部の自然の運動は、知性の機能によって非常によく整調された神経組織という、特殊な物質を通過するに際して、或る著しい変化を受ける。ランボオに言わせれば、「毒物」と化する。問題は入口にある、と彼は考える。若し、僕等の感覚が、既に、自然の運動の確率的平均しか受付けない様に整備されているものならば、僕等の主観の奥の方を探ってみた処で何が得られよう。愛の観念、善の観念、等々、総じて僕等の心の内奥《ないおう》の囁《ささや》きという様な考えは、ランボオには笑うべき空想と見えた。僕等は、ただ見なければならぬ、限度を超えて見なければならぬ。「あらゆる感覚の長い限りない、合理的な乱用」を試みねばならぬ。

　僕は、彼の「千里眼の説」の勝手な演繹《＊えんえき》を、これ以上進める気はない。恐らく、彼の真意から遠ざかるばかりだろう。彼の兇暴な宣言は、少しも哲学ではない。若し、これに実行が伴わなかったら、薄弱な論理をさらすだけであろう。従って重点は、後の方にある。「狂って、遂には、自分の見るものを理解することが出来なくなろうとも、彼はまさしく見たものは見たのだ」と彼は言い切る。彼は、実行前の企図や宣言を書いたのではなかったかも知れぬ。既に実行していたところを苛立《いらだ》たしげに反省してみたのかも知れぬ。自身の現存が詩作の唯一《ゆいいつ》の動機であった様な彼が、新しい詩作の動機の考案なぞに悩んだとも受取れぬ。彼は、「大洪水」の直後、「蜘蛛《くも》の網を透かして、虹《にじ》の橋にお祈りをあげる一匹の兎《うさぎ》」であった。何が彼の祈りを、こうまで兇暴なものにしたか。それは、彼自身の極端なあまり極端な人生に於ける孤立そのものだったであろうか。然し、そう解してみたところでさて何になろうか。

＊＊＊

　いずれにせよ、彼の宣言の徹底した実行の成果は、「イリュミナシオン」＊に現れた。

空前の危地に追い込まれたこの天才の才能は、言語表現の驚くべき錯乱となって展開された。僕等は、「宗教の神秘を、自然の神秘を、死を、出生を、未来を、過去を、世の創成を、虚無を、発《あば》こう」として「自然の光の金色の火花を散らして生きる」或る存在に面接し、自分等の生活界の座標軸が突如として顚覆《てんぷく》するのを感じ、或る本質的な無秩序と混沌《こんとん》との裡に投げ込まれる。そこで、マラルメを除けば、ランボオほど晦渋《かいじゅう》な詩を書いたものはないという定評が、当然生れて来るのである。想えば向う見ずな事であったが、僕が、彼の作品の飜訳《ほんやく》を手がけたのは未《ま》だ学生の頃であった。今では、そんな勇気はあるまい。だが、又想えば青春というものは、向う見ずとともに実に沢山な宝を抱いて逃げ去るものである。

僕は、自分の向う見ずが、多くの人々の向う見ずと同様に、一種の洞察力を含んでいたという事を疑わないが、それに就いて正当に書く事は難かしかろう。それよりも、僕から何かを要求し、僕にただ受身の立場をとる事を許さなかったランボオの晦渋さというものを考えてみた方がよかろう。誰が、平易な作品を前にして、向う見ずになれようか。

確かに、ランボオは晦渋である。然し、現代、ことに我が国に於いて、晦渋な作家を求める事が、どんなに困難であるかを考えてみてはいけないか。習慣というものは恐ろしいものだ。何故、誰も彼もがわかり切った事しか書いていない事に愕然《がくぜん》としないのか。進歩的と自称する政治思想、人間的と自称する小説形式、歴史や認識の運動の解明者と自称する講壇哲学、そういうものが寄ってたかって、真正な詩人の追放の為に協力している。言語表現は、あたかも搾木《しめぎ》にかけられた憐《あわ》れな生物の様に吐血し、無味平板な符牒《ふちょう》と化する。言葉というものが、元来、自然の存在や人間の生存の最も深い謎めいた所に根を下し、其処《そこ》から栄養を吸って生きているという事実への信頼を失っては、凡《およ》そ詩人というものはあり得ない。

一方の端に或る概念を明瞭に理解した男が立っている。その概念が感覚の仮面を被《かぶ》っていようと、感情の色合いを帯びていようと構った事ではない。その男の概念をそのまま明瞭に受取る権利を持ったもう一人の男が、一方の端に立っている。言葉は、既に、はっきりと両者の間の通達器官そのものと化して了《しま》っているのだが、両者はその事には気が付いていない。一方の端から話しかける、文学というものは概念的なものではないぞ、――すると一方で答える、君の言う事はよく解《わか》った、併《しか》し僕の意見も聞いてくれ。詩人の言葉は、電線に引っかかった烏《からす》の様に、通話をさまたげる。言ってみれば、そういう仕儀になって了ったのである。自国語のエスペラント語化を理想とする様な文学者が現れる様な時、僕は、自分の言うところに誇張があるとは思わない。

自分自身に、あり余るほどの難題と要求とを課した人の表現が、読者の怠惰な理解力に挑戦しない謂《いわ》れがない。ランボオの難解さには、少しも巧んだ跡はない。＊狂言綺《き》語《ご》を弄《ろう》して、人を驚かそうとする様な女々しい虚栄心は、凡そ彼には縁がない。又、人情的なもの感傷的なもの或は形而上学的《＊けいじじょうがく》なもの、そういうものが織りなす雰囲気の曖昧《あいまい》さなぞに、彼は一顧も与えてはいない。更に又、彼の難解さは、彼の独特な個性とか性癖とかに由来するものとも考えられぬ。その様な人間性の弱点を尊重するロマンティスムの迷信から、彼は全く逃れていた。

僕等が立会うものは、或る兇暴《きょうぼう》な力によって、社会の連帯性から捥《も》ぎとられた純粋視覚の実験である。尤《もっと》も、彼は立会人を期待していたわけではないが、僕等が立会ったなら、彼はこんな事を言ったかも知れない。推論は、自然に一指も触れる事は出来ない、と諸君は言う。だから、自然を直覚するのだとか愛するのだとかいう。信じられぬ。諸君は、そんな事を決して心の底から信じてはいない。諸君が、窒息しないで暮しているのを見ただけで充分だ。僕の報告が晦渋であるなどと文句をつけまい。僕は、「他界から取って来るものに形があれば形を与えるし、形のきまらぬものなら形のきまらぬ形を与える」（これは前に引用した手紙のうちの文句である）。それは実験の結果であって、僕の知った事ではない。実験の手続きに、ごまかしはない。せめて僕の＊サンタックスの明瞭と簡潔とに注意し給《たま》え。

言うまでもなく、彼が這入《はい》ろうとする世界は、認識自体の根拠が揺ぐ様な世界なのだから、彼の実験報告は、人々を一様に納得させる様には書かれていない。彼への敢然たる信頼と共鳴とに準じて、彼はその秘密の幾分を僕等に分つ。元来が、詩人等がその思想を人に分つ方法だが、彼は、その方法を言わば灼熱《しゃくねつ》する。彼は未知の国から火を盗んで来る。近寄るものは火傷《やけど》する。僕等は傷口に或る意味が生ずるのを感ずる。だが、詮《せん》ずるところ凡そ本物の思想の誕生というものは、皆そういうものではあるまいか。論証だけで出来上った思想は、人々の＊雷同性を挑撥《ちょうはつ》するより他に能があるまい。

扨《さ》て、ランボオは何を見たか。彼の見たものは、まさしく「他界」の風景であったか。僕には、何も言う事が出来ない。＊リヴィエルは、それについて聊《いささ》かの疑いもないと言う（J. Rivière; Rimbaud.）。ランボオが見たものは、読者には勿論《もちろん》、見た者自身にさえ無関係な或る外的存在を示す。ランボオの馳駆《ちく》する言語影像の不連続と混乱とは、見られた存在の在りのままの姿であり、その不連続と混乱とは「他界」の干渉によるものとしか考えられぬ。事物は、天から降りて来る何物かの力による秩序の回復を期待する、そういう乱脈な状態に於いて捕えられている、とリヴィエルは言う。その通りかも知れぬ。そうでないかも知れぬ。リヴィエルは、そういう意見を立証する為に、ランボオの未定稿を点検し、彼の文体の構成過程にまで分析の手を拡《ひろ》げているが、当然、立証に成功してはいない。「他界」を立証する前に、「他界」は信じられていなければならぬ。リヴィエルは、余儀なく自分のささやかな経験に立ち還《かえ》る。彼は、「飾画《*イリユミナシオン》」を読み進み、次の句に至って慄然《りつぜん》としたと言う。

妹*ルイズ・ヴァナン・ド・ヴォランゲムへ、――「北国」の海に向いた彼女の青い尼僧帽《コルネツト》。――難破した人々の為に。

彼は言う、不意に何処《どこ》からともなく伝えられる音信が、自分の知覚に小さな混乱を起したと思うと、魂の奥底で一種の事件が起った、ああ、諸君は分って呉れるであろうか、と。僕は、ランボオの誠実もリヴィエルの誠実も疑いはしない。だから、リヴィエルに倣《なら》って、僕の過去のささやかな類似の経験を附記する事を保留する。だが、疑わぬという事は信ずるという事であろうか。どうもそれは別々の心の動きの様に思われる。

＊＊＊

「他界」というものが在るか無いかという様な奇怪な問題に暫《しばら》く置く（尤も、そういう問題にいっぺんも見舞われた事のない人の方が、一層奇怪に思われるが）。確かな事は、僕等の棲《す》む「＊下界」が既に謎《なぞ》と神秘に充《み》ち充ちているという事だ。僕等が理解している処《ところ》から得ているものは、理解していないところから得ているものに比べれば、物の数ではあるまい。而《しか》も、その事が、僕等の生存の殆《ほとん》ど本質をなすものではなかろうか。だが、脇道《わきみち》に迷い込むまい。僕は、問題を努めて極限したいと思っている。と言うのは、なるたけ巧みに自分に質問したいと思っているのだが、それは容易にうまくいかない事である。

ランボオは、「＊飾画」を書き終ると、直ちに「地獄の季節」を書いたのであるが、その中で、彼は、もはや「飾画」を、一時の錯乱の結果としか考えていないと断言している。それは「＊悔《ま》いて了わねばならぬ脳髄に集り寄った様々な呪縛《じゅばく》」であった、と感ずる。彼は、嘗《かつ》て宣言した処を逆に言う、「たとえ、見たものは、まさしく見たとしても、見たものを理解出来なくなり、遂《つい》に心が狂った」と。この問題は、意志と決断とによって作り上げた狂気は、又、意志と決断とによって乗り超えられるという事に帰する様である。ただ、彼が、嘗ての「千里眼の説」の実行を顧みて、「言葉の錬金術」と呼んでいる事は注意を要すると思う。彼が、サンボリストのナルシスム*とは凡そ反対な「千里眼の説」を抱いた時、そして「あらゆる感覚の合理的乱用」を賭《と》してまで、裸の事物に推参しようとした時、彼の知性の発作による知性の否定は、当然受けるべき復讐《ふくしゅう》を受けた様に思われる。

彼が、見たものは、僕等からあまり遠くにあるので、どんな言葉を発明してみても伝える事が出来なかった。どんな感覚の助力を以《も》ってしても僕等に知覚させる事は出来なかった。余儀なく、彼は独りで「架空のオペラ*」を演じねばならなくなった。そういう愚行を、彼は悟ったのか。その様な事は考えられもしない。彼が苦しんだのは、自分が、「架空のオペラ」を演じた事であって、見物がいなかった事ではない。何故それは彼に「架空のオペラ」と思われ、確かな仕事とは思われなかったのか。彼自身確かに見たところを、確かに表現する術《すべ》を知らなかったからか。その様な幼稚な心理学はこの表現の達人には用をなすまい。どうして、彼にとって、見たところを表現する事と表現したところを見る事との間に区別があり得ただろうか。すると、彼は、未知の事物の形を見ようとして、言葉の未知な組合せを得たという事になる。「あらゆる感覚の合理的乱用」とは即《すなわ》ち言葉の錬金術に他ならなかったという事になる。彼が衝突したのは、「他界」ではなく、彼という人間の謎の根元ではなかったか。この不思議な詩人は、人間には言葉より古い記憶はないという事に苛立《いらだ》ったのではなかったか。

然《しか》し、彼自身が否定しようがしまいが、彼の「言葉の錬金術」からは、正銘の金が得られた。その昔、未だ海や山や草や木に、めいめいの精霊が棲んでいた時、恐らく彼等の動きに則《のっと》って、古代人達は、美しい強い呪文を製作したであろうが、ランボオの言葉は、彼等の言葉の色彩や重量にまで到達し、若《も》し見ようと努めさえするならば、僕等の世界の到《いた》る処に、原始性が持続している様を示す。僕等は、僕等の社会組織という文明の建築が、原始性という大海に浸っている様を見る。「古代の戯《たわむ》れの厳密な観察者」——厳密なという言葉のマラルメ的意味を思いみるがよい。

＊＊＊

ランボオが、「地獄の季節」を書き上げたのは、一八七三年の八月、ついで彼は、その出版を企図したが、忽《たちま》ち厭気《いやけ》がさし、本屋に金も払わず、印刷の進行中、手元の原稿、見本刷などを焼却して、永久に文学の世界を去った。「飾画」の初版本（一八八六年）の序文の中で、ヴェルレエヌ*は、こう言っている。「ランボオは、今年卅二歳になっている筈《はず》だ。今、彼はアジアに旅行して、芸術の仕事に没頭している」と。彼が、ランボオから「地獄の季節」の見本刷を送られていた事実は判明しているから、彼はこの断乎《だんこ》たる文学への絶縁状は早くから読んでいた筈なのである。マラルメがランボオを論じたのは、ランボオの死後であるが、彼も亦《また》、アフリカの僻地《へきち》に、未発表の宝が埋れていると想像するのも、あながち不当ではない、と書いている。それほど、驚くべき才能の突然の消滅は異様であり、考え難い事であった。

　彼の生涯が明らかになるにつれて、眩《くるめ》く様な*詞藻《しそう》の生活とこれに続く文字通り砂を嚙《か》む様な*蛮地の労働と取引の生活とが、殆ど不可解な対照を呈して浮び上り、評家達の頭を悩まし、互に矛盾する様々の解釈を生んだ。だが、それらの解釈は、様々の色彩の様に互に干渉して一条の白色光線を作り上げる様に見える。

　実際は、僕等の分析が為《な》すところを知らぬほど、それは自然な単純な成行きではなかったであろうか。「地獄の季節」執筆中の彼の*ドラへイ宛《あて》書簡の一節、「しかし、なかなかこれで規則的に仕事はしているんですよ。散文で幾つかの小話を書いている。総題は異端の書、或《あるい》は黒ん坊の書。馬鹿々々しい無邪気なものだ。ああ無邪気とは、無邪気、無邪気、無邪……ええ、うるさい」。これが、恐らくランボオが自作について言い得た一切である。こういうところに、近代文人の皮肉を読もうとする事が、問題を紛糾させる元になる。世には極端な無邪気が在る事を、非凡な人間の裡《うち》で、無邪気が最高の理論や判断と結んでいる事を、遅疑なく認めれば足りるのである。非凡人の行為の複雑さとは、多くの場合凡人の発明品に過ぎない。天才の得手勝手な好き嫌いによる、極めて単純で自然な行為が、常識人の眼には、何んと沢山な可能な行為のうちから、複雑極まる分別《ふんべつ》の結果選ばれた一つの行為と映るか。自明で何んの苦もない行為が、何んと苦しい忍耐を要する実践と映るか。

ランボオは、ただ、俺はもう厭になった、と言ったのである。「地獄の季節」に明らかな論理や観念を捜しても無駄だ。彼は、自分で持て余した自分の無邪気さが齎《もたら》した嫌悪《けんお》と渇望《かつぼう》との渦を追う。嫌悪は何等批判の形をとらず、渇望は理想の明らかな姿を描かない。ここでも亦彼は彼の現存以外に何んの動機を持たぬ。クロオデル*は、これをフランス散文の極致と呼んだ。そうかも知れぬ。だが、極致が、ランボオには出発であったとは。誰も、この様な「馬鹿々々しい無邪気なもの」は書けなかった。誰も「馬鹿々々しさ」と「無邪気さ」に、この様な絶対的な価値決定を与えたものはいなかった。

＊＊＊

ランボオが、アフリカで撮った写真が、*ベリッションの手で遺《のこ》されている。

彼は、散切《ざんぎ》り頭で、白い移民服の様なものを着て、跣足《はだし》で、石のごろごろした河原に立っている。背景には、太陽に焦《こ》げた*灌木《かんぼく》がある。黒い鞣皮《なめしがわ》の様な皮膚をして、眉《まゆ》をしかめ、眼は落ちくぼみ、頬はこけ、いかにも叩《たた》きのめされ、疲れ切った様子で立っている。――彼の手紙の一節、「枯れた木さえない、草っ葉一つない、一とかけらの土もない、一滴の清水もない。*アデンは、死火山の噴火口で、底には海の砂が一杯詰っている。見るもの、触れるもの、ただ僅《わず》かばかりの植物を辛《かろ》うじて生やして置く熔岩《ようがん》と砂ばかりだ。附近一帯は、全然不毛な沙漠《さばく》である。噴火口の内壁の御蔭《おかげ》で、此《こ》処《こ》は、風も這入《はい》らぬ。何んの事はない、穴の底で、僕等は石炭の窯《かま》の中にいる様に焼ける。こんな地獄へまで使われに来るとは、よくよくの宿命の犠牲者に違いない」（一八八五年、九月廿八日、アデン）。――「*嘗《かつ》ては、自ら全道徳を免除された*道士とも天使とも思った俺が、今、務めを捜そうと、この粗《あ》ら粗《あ》らしい現実を抱きしめようと、土に還る」と「地獄の季節」で書いた彼は、今、本当の地獄を抱いた様である。彼の渇望が、彼に垣間見《かいまみ》せたと思われた「勝利」も「真理」も遂に来なかった。嘗て、彼が、故郷の*オアズの流れを前にして歌った歌が、僕の心を横切る。彼は、そんなものを、思い出してもみなかったろうが、忘れる事が人を変えやしない。生涯に二つの生はないものだ。

鳥の群れ、羊の群れ、村の女達から遠く来て、
*はしばみの若木の森に取りまかれ、
午後、生まぬるい緑の霞《かすみ》に籠《こ》められて、
*ヒイスの生えたこの荒地に膝《ひざ》をつき、俺は何を飲んだのか。

この稚《おさな》いオアズの流れを前にして、俺に何が飲めただろう。
楡《にれ》の梢《こずえ》に声もなく、芝草は花もつけず、空は雲に覆《おお》われた。
この黄色い*瓠《ひさご》に口つけて、ささやかな棲家《すみか》を遠く愛《いとお》しみ、
俺に何が飲めただろう。ああ、ただ何やらやりきれぬ金色の酒。

俺は、剝《は》げちょろけた*旅籠屋《はたごや》の看板となった、
*驟雨《しゅうう》が来て空を過ぎた。
日は暮れて、森の水は清らかな砂上に消えた。
「神」の風は、氷塊をちぎりちぎっては、泥地にうっちゃった。

泣き乍《なが》ら、——俺は黄金を見たが、——飲む術《すべ》はなかった。
（「地獄の季節」錯乱Ⅱ—言葉の錬金術）

これが、いつも具体世界との直接の取引に終始した彼が生涯に歌う事の出来た唯《ただ》一つの抒情詩《じょじょうし》であった。何故《なぜ》かと言うと、彼が飢渇という唯一つの抒情の主題しか持っていなかったからである。感傷でもない、懐疑でもない、まさに抒情詩なのだが、あらゆる抒情詩の成立条件を廃棄した様に見えるその純粋さを前にしては、凡《およ》そ世上の所謂《いわゆる》抒情詩は、贅肉《ぜいにく》と脂肪とで腐っている。何んの感情もないところから、一つの感情が現れて来る。殆《ほとん》ど虚無に似た自然の風景のなかから、一つの肉体が現れて来る。彼は河原に身を横たえ、飲もうとしたが飲む術がなかった。彼は、ランボオであるか。どうして、そんな妙な男ではない。それは僕等だ、僕等皆んなのぎりぎりの姿だ。

＊
＊＊

一八九一年の冬、ランボオは、ハラル*で膝に癌腫《がんしゅ》を患《わずら》い、五月、辛うじてマルセイ*ユの病院まで辿《たど》りついたが、脚部切断の手術も効なく、十一月、信心深い妹のイザベルに看取《みと》られ、死んだ。

お前には、死ぬより他には、生に到る手段がなかった。あんな大きな欲望の為《ため》に取って置かれたものが、パンではなくて、苦《に》がい盃《さかずき》だとは。

沙漠への道という道を歩き尽した歩行者よ、お前にはもう進めない時が来る。両方そろって歩いていた足も、神様が片っ方をお取り上げになった。妹の手引きを求め、最期《さいご》の港まで来た今となって、お前にはこんな声が聞えて来ないか――ランボオよ、お前はいつも私から逃げたと考えていたか。

〈P. Claudel ; "Consécration"[*]――La Messe là-bas.〉

僕は、クロオデルの信仰を持たぬ。然し、往時は拒絶した彼の独断が、今は、僕の心に染《し》み渡る。僕には、恐らく再びランボオについて書く機は来まいが、僕の拙《まず》い訳が、読者がランボオを知る機縁又は彼を読む幾分の参考になれば幸いだと思っている。

（「展望」昭和二十二年三月号）

ルナアルの日記

「本を二十冊書き給《たま》え。批評家が二十行で批評してくれる。而《しか》もいつも勝つのは向うだ」とルナアル*が「日記*」に書いている。確かに二十冊の本を二十行で批評するかも知れないが、勝つのがいつも向うだとは限らない。世間は屢々《しばしば》批評家よりも賢明だからである。又「批評家とは、勿体《もったい》ぶる読者の事だ」と書いている。併《しか》し批評家は屢々人並みに勿体ぶった読者たる事に倦《あ》きるものだ。要するに、批評家が作家の傀儡《かいらい》*か、作家が批評家の傀儡かまことに判然しないもので、実際の人と人との交渉に於《お》けるが如《ごと》く、いずれ人はお互に相手の傀儡たらざるを得ないのだろう。

　ルナアルの「日記」を、正宗白鳥氏が「爽快《そうかい》なる書物」と形容していたが、「次第に狭められて行く作家の生活の、異様な痛ましい風景」というジイドの形容の方が適言だ、と僕は感じた。この異様な作家の楽屋話には心を打たれた。ばら撒《ま》かれた警句や皮肉の如きは何物でもない。ほんのこの書物の縁飾りだ。彼はレオン・ブルム*の言葉を引いてルメエトル*とフランス*との相違を語っている。ルメエトルは、すべてを理解する様に見えるが、理性の傀儡で、確固たるものも根深いものも持っていないが、フランスは、表面は軽々しく見えて、底には厳然とした理性があり、そこに根を下ろして了《しま》っていて、梃子《てこ》でも動こうとはしない、手先きだけで気紛《きまぐ》れな身振りをしているに過ぎない、そういう意味の事を書いている。以前、ルメエトルとフランスとの文芸批評集を一緒に乱読した頃を顧み、思い当るところがある様な気がした。

「ルナアルの庭園*には撒水《さんすい》の必要がある。文章が思想を扼殺《やくさつ》している。正確な音階はつたえているが、ピチカット*のように弱い」と、ジイドは、ルナアルの「日記」を評し、ルナアルの「晴着を着飾った利己主義」を皮肉っているが、ジイドに晴着と見えたものは、ルナアルにとっては小手先きの気紛れに過ぎなかったのであるまいか。僕にはどうもそう思われてならぬ。ルナアルの世間の狭め方はたしかに異様であって、利己とか独善とか逃避とかいう言葉が、どうしても当てはまらぬ一種の苦さが感じられるところに、この作家は梃子でも動かぬ根をおろしてしまっている。間口を拡《ひろ》げたジイドには、ついに張れなかった根を張っているように思われる。

ルナアルの「日記」は田舎の村長をしていた父親の自殺の年から始る。「親爺《おやじ》はいつでも、明徹な、然《しか》し緩慢な聡明《そうめい》さを持っている。彼の傍にいると、私は自分の聡明さが、あまりはっきりしたものとは思えない。――彼は思っているに違いない、『一体なんだって、みんな俺の息子の事を始終俺に話すのだろう。なんにも普通の人間と違ったところは見えんじゃないか』。これが、この「日記」にばら撒かれた数々のパ*ラドックスのうちで、一番奥の方にあるパラドックスである。彼の父親がどんな人物であったかは述べまい。「にんじん」*を読んだ人には、この人物は既に親しい筈《はず》だ。この確固たる平凡人が、或る日、驚くべき果断で、鳥でも打ちに行く様にドカンとやって了う。「結局親爺の死は、私の前からの矜《ほこ》りを一層強めただけであった」とルナアルは書く。彼はこの矜りについては一言も説明していないが、僕はそれを直覚する。ル*ピックの頑丈な手が、ルナアルを跳《おど》り上らせない。火薬の煙が彼の頭にこびりつき、「日記」の一番底に漂って、彼は其処《そこ》に根を下ろして了っている。皮肉や警句は、そこから花火の様に打ち上げられて消える。「日記」の最後の日附は一九一〇年四月六日だが、その日彼は次の様に書いた。「ゆうべ、私は起き上ろうとした。体が重い。一方の足が寝台の外に垂れる。やがて、その足を伝って、ひと筋の液体が流れる。それが踵《かかと》のところまで行きついて、やっと私は決心がつく。また蒲団《ふとん》のなかで乾いてしまうだろう――嘗《かつ》て、『にんじん』だったあの頃のように」

ジイドは、やはりルナアルに就いて書いている。

「思想にとって*類推《アナロジイ》の悪魔ほど始末の悪い敵はあるまい。『鬚《ひげ》を剃《そ》ったばかりの牧場』（ルナアル「日記」）というが如きものである。一群の文学者達の、ある事物を見るや、直ちに他の事物を聯想《れんそう》せずにはいられない癖ほど、厄介なものがあるだろうか」

僕はこういう文章を率直に受け納《い》れる事が出来ない。ルナアルという的にも当っていない。ジイド自身のペンからも離れている様な文章だ。ジイドの才をもってしても、批評文というものは、よくこんな風な恰好《かっこう》を取りたがる。と言うよりも、寧《むし》ろ、若《も》しジイドの才が類推の悪魔にあるのが確かなら、批評文がこんな恰好になるのも、彼の悪魔の仕業《しわざ》だろう。恐らくルナアルは類推の悪魔に悩まされた事などないであろう。「鬚を剃ったばかりの」という形容詞を見附けた事がただ愉快だったに違いない。彼が根を下ろしていたのは、もう類推の悪魔がものを言わない場所だ。恐らく彼は、花火は親爺の火薬から上るのをよく承知していたのである。若し彼に花火に関する苦労があったのなら、自分の花火が、*ロスタンの花火の様に傍若無人な美しさで拡《ひろが》らないという嘆きにあったに過ぎないだろう。

これも類推の悪魔の仕業かもわからないが、ルナアルの「日記」は、*チェホフの「*手帖《てちょう》」を聯想させる。チェホフの「手帖」にも、ジイドの気に入らぬ様な、しゃれた描写の見本が沢山あるが、彼もただ描写の見本を書き留めて置くのが愉快だったに過ぎまい。

無論この二つの本は大変趣を異にしている。等しく繊細で鋭敏だが、チェホフの才能は、ルナアルの様にチラチラした感じがなく落着いているし、しつこく自分の心を弄《いじく》ろうとはしないで、眼を人や物に据えている。けれども二人の本質はそう異ったものではあるまいと考えると、急に才能の色合いなぞは、黒板の字でも消す様に消して了いたい心地《ここち》になる。

「私の思想は病んでいる。そして私はこの隠れた病患を恥ずかしく思わない。もう少しも、仕事に対してばかりでなく、怠惰に対しても、欲望を感じない。何もしないことに対して、少しも悔いを感じない。星の世界を一周して来た一人の人間のようにぐったりしている。私は自分の井戸の底に触れたのだと思う。（中略）テエヌ*のような人々も、ルナン*のような人々も、こういう嫌悪、こういう隠れた病については語らなかった。彼等はこういう病気を知らなかったのであろうか。彼等は、愚痴をこぼさないという潔癖を持っていたのか、それとも、自分のうちをはっきりと見ようとしない卑劣さを持っていたのか」（ルナアル「日記」）

彼の井戸の底にいるのは、無論彼の親爺である。彼の親爺に対する、彼自身にすら分明ではない彼の愛情が、テエヌやルナンの卑劣を言わせるのである。彼には親爺の言葉が聞えていた筈である。テエヌもルナンも、見れば別に普通の人間と違ったところは見えんじゃないか、と。こういう思想を世間では通例シニスム*と呼んでいるが、シニスムもいろんな人の心に宿る。井戸の底に触れたシニスムというものを、僕には考える事が出来ない。

　ルナアルの語法がシニカルに見えるのも、彼の異様な自己沈潜によるのだが、彼の自己沈潜の異様さは、この国の長い象徴派*の文学運動の伝統から、彼が受取った着物にもよる。そういうものをみな洗い流してみれば（という様な事が言えるなら）井戸の底を云々《うんぬん》する彼は、「私の眼は光っているが、私の胸は暗いのだ」と「手帖」に書き留める時のチェホフとそう違った場所にいるとは思えない。

　ルナアルの井戸は、彼の発明にかかるものではない。言わば、予言者や天才よりも目方のかかりそうな健康な凡人、凡人よりも先きに生れて物事を知ってたような豚、豚よりも悠然たる山川草木、という具合に、文化概念並びにその奴隷《どれい》たる、或《あるい》は指導者たる文学、特に小説の歩みとは逆様に段々と下りて行く井戸の様なもの、そういう思想の光の達しない小暗い穴は、万人の胸にあいている様に思われる。穴に気が附かない為には、ルナアルの言葉を借りれば「決して手探りしないユウゴオ*の天才」を要する。穴の底に触れて、「もう書くことに喜びを感じない。私は、自分にあんまり困難なスタイルを作り上げて了った」と嘆くにはルナアルの天才を要する。又、穴に時々気がついて小便をひっかけて誤魔化すには、進歩主義者面《づら》を要する。いずれにせよ、万人の胸に、穴が開いている事は、僕には単純で明白な事に思われる。でなければ、芸術という様なものがある筈がない。

「月々の作品批評を書き散らすくらいなら、せめて友人の作家だけでも念入りに批評しておくのが、時を同じく生きた喜びであろうとは、日頃思うものの、さてあいつの作品に就ては心残りなく書き尽したというような場合に、万一立ち到《いた》れば、どんなに寂しいであろうか。しかしこれは杞憂《きゆう》である。作家の友情というものは、おれはお前の作品を知りつくし、批評しつくしてやったというような不遜《ふそん》な気持には、決して深まるものではない。おれはお前が分るが、それをうまく云えない、おれがお前に就て思うほんとうは、おれが書き残したところに、または、書けそうで書けぬもどかしさのうちに生きているのだといった風な気持のうちに、自《おのずか》ら通うものなのである。暗黙の温かさである」(川端康成「文芸時評」の一節)

ルナアルは、ルピックというたった一つの批評上の試金石を持っている。命題も尺度も思想も彼を助けにはやって来ない。彼が自分のルピックという「暗黙の温かさ」(冷たさかもしれぬ)を薄める必要を認めないからである。「批評は語られるべきもので、書かれるべきものではない。一ったん済んだ事をもう一遍やり直して何になる」。彼にとって批評とは雑談のうちに一ったん済んだ事だ。彼の雑談は、彼のルピック氏が宰領している、あらゆる人の批評的雑談が、あらゆる人のルピック氏に宰領されているように。だから彼にとって凡《およ》そ分析とは、ルピック氏を分析する事に他ならない。従って批評文は書いても一とまわりして出発点に戻って来る他はない。途中にあるのは勿体ぶって歩く道だけだ。だから彼は喋《しゃべ》るが書かない。こういう極めて原始的な批評原理から、彼の極めて陰翳《いんえい》に富む言葉が生れる。そして、この原始的な批評原理が、一般人の批評原理に他ならないのである。

正宗白鳥氏は書かないで喋る批評の大家である。氏の批評的感想文の老いないのも、その批評原理の単純さによるのであって、氏の批評の正確さ、少くともその客観性は、氏が自分の体温にものを言わせる以外、何に頼る興味も情熱もない、実にさっぱりしたものだという、そういうところに由来するのだ。氏は、決して新しいものに鋭敏な人ではない。類推の魔に憑《つ》かれて、新しい場所に出向いて行くジイドの様な型の人ではない。たぐり寄せて消化する人だ。そういう氏の反芻《はんすう》作用に隠された力業《ちからわざ》にくらべれば、氏の批評的分析の能力などは言うに足りない。

正宗氏も亦《また》、井戸を下るルナアルの体温とあまり違った体温を持った作家ではない。然し井戸の下り心地にもいろいろあろう。ルナアルが、あんなに苦しがっているのも、井戸は安住の地ではなかったというより寧ろバレス*のような男を身近かに感じて仕事をしなければならなかった環境の故《ゆえ》である。他人が苦しがっている本を、「爽快なる書」でもあるまい。とすれば、この言葉は苦がい皮肉を蔵する。

ルナアルの「日記」の飜訳《ほんやく》はわが国で一般読者の間にも非常に歓迎されて読まれたという話を聞いて、或るフランス文学者が訝《いぶか》っていたが、一般読書人を捕えたものは、この「日記」のフランス風な機智や皮肉ではないので、結局、ルナアルの到達した「井戸の底」が物を言ったのだと思う。一般読者達はルピック氏とは何者か、という事については、文学の専門家が考えているより遥《はる》かに鋭敏なものである。彼等はルピック氏の体温を無意識に感じているのだ。彼等はルナアルの裡《うち》のルピック氏が呟《つぶや》く言葉を聞く。「書物には味《あじわ》いがない。書物はもう何にも教えてくれない。それは丁度、画家に或る絵の模写をやれと言うようなものだ。ああ、自然よ！　私に残されているのはお前だけだ」。彼等は必ずしもこの言葉の痛ましさははっきり理解しないかも知れないが、ルピック氏は何を言いたくってはっきり言えないでいるかは、はっきりと直覚しているのだ。自然とは何かは、はっきり言えないとしても、それは確かに書物はもう何にも教えてくれないと人間に言わせる或るものだ、とは明らかに直覚しているのである。何処《どこ》を見ても人間を教えようとする書物ばかりが汎濫《はんらん》している現代に、ルナアルの「日記」を歓迎するのは、一般読者のそういう直覚による智慧《ちえ》なのだ。自然とは必ずしも山川草木を指さない。肉体が土という故郷を持っている時に、精神は伝統という故郷を持っている。伝統とは僕等の生活の思い出が沈澱《ちんでん》する言わば人類の記憶の穴だ。真理も虚偽もこの穴の住人となるや等しく伝統という不思議な言葉で着色され、動かし難い第二の自然と化する。肉体が大地からあまり高く飛び上れない様に、精神も（少くとも芸術の精神は）この穴から出てそう遠くには行けないものだ。

（「改造」昭和十年十一月号）

パスカルの「パンセ」について

＊サント・ブウヴがナポレオンの＊メモワルを論じた文の中で、ナポレオンの命令や書簡の文体は、＊パスカルの「＊パンセ」の文体に酷似していると書いている。「両者とも、言葉は、コムパスの尖端《せんたん》で彫りつけられ、而《しか》も、想像力も、まさしく欠けていない」(Causeries du Lundi. I.)。僕は、この大批評家の勘を信じたい。パスカルにとって考えるという事は、勝つか負けるかという事であった。

＊人間は考える葦《あし》だ、という言葉は、あまり有名になり過ぎた。気の利《き》いた洒落《しゃれ》だと思ったからである。或る者は、人間は考えるが、自然の力の前では葦の様に弱いものだ、という意味にとった。或る者は、人間は、自然の威力には葦の様に一とたまりもないものだが、考える力がある、と受取った。どちらにしても洒落を出ない。

パスカルは、人間は恰《あたか》も脆弱《ぜいじゃく》な葦が考える様に考えねばならぬと言ったのである。

人間に考えるという能力があるお蔭《かげ》で、人間が葦でなくなる筈《はず》はない。従って、考えを進めて行くにつれて、人間がだんだん葦でなくなって来る様な気がしてくる、そういう考え方は、全く不正であり、愚鈍である、パスカルはそう言ったのだ。そう受取られていさえすれば、あんなに有名な言葉となるのは難かしかったであろう。

　*クレオパトラの鼻が、もう少し低かったら、云々《うんぬん》という言葉も有名になった。この気難かしい思想家も、時には奇智を弄《ろう》する術《すべ》を心得ているのを見て、人々は安心した。歴史の必然には、偶然というものが、時に薬味の様に混っていると、巧みな言葉で、注意される事は、悪くはなかったのである。

　だが、これも亦《また》「コムパスの尖端で彫られた」彼の*肺腑《はいふ》の言であって、*ironie めいた意味は全くない。若《も》し、そうだとすれば、どういう事になったか。やはり、この言葉は有名になり損ったであろう。実は、パスカルには、歴史の必然性を云々する世の常識そのものが、自ら知らぬ巨《おお》きな ironie と見えていたに違いないのである。

　世人は、*ironiste というものを誤解している。ironiste は *idéaliste や *romanticist から遠いと思っているが、実は、健全で聡明《そうめい》な人からが一番遠いのだ。

ironiste の味《あじわ》っている満足というものは、考えてみるとまことに不思議なものだ。彼は、自分の ironie が、大多数の人々に通じない事が得意である。併《しか》し、通じる人が、又、あまり少数だと困った事になる。何故《なぜ》かと言うと、彼は、いつも恰好《かっこう》な話相手に取巻かれている必要があるから。彼の頭は元来、俳優の様にしか働かないのだから、観客がだんだん減って、鏡の前で独り演技しなければならなくなれば、こんな閉口な事はない。

「パンセ」の冒頭で、パスカルが l'esprit* de géométrie と l'esprit* de finesse との相違を語っている事は、誰も知っている。両者の秩序がどういう風に異っているかを説かれて、成る程と合点しないものはないのだが、両者の相違を云々する l'esprit* de Pascal は説明していないというところが肝腎《かんじん》なのである。

パスカルは、両者の性質の区別なぞを読者に解《わか》って貰《もら》いたいのではない。彼は難かしい忠告をしているのだ。感じたところから推論するのはいいが、推論したところが感じられる様に工夫して見給《みたま》えと忠告しているのだ。そう思わないと、彼が、もっと先きで次の様に言うところが解らない。

「自分は、長い年月を、数学の研究に費した。――人間の研究を始めた時、数学が人間に適していない事に気付いて、数学を知らない人々より、数学に深入りした私の方が、遥《はる》かに自分の状態について迷っている事を覚《さと》った」

パスカルは、人間の研究を、*モンテエニュから学んだと言われる。*剽窃《ひょうせつ》したとさえ言われている。詰らない事である。二人はまるで違った人間だ。モンテエニュは、今だに剽窃されている。現代の ironiste 達は、みんな彼の悪い弟子だ。

モンテエニュは、凡《すべ》てを充分に疑ったが、よく磨きのかかった自意識だけは、信じもし愛しもした。そして、彼にとって、自己とはそれ以上でも以下でもないと言える様な態度を巧みにとった。つまり、後世の自尊心が、拙劣に模倣し易《やす》い事をして置いた。

パスカルはまるで違う。モンテエニュに対して彼の洩《もら》した嘲笑《ちょうしょう》を*瞥見《べっけん》すれば足りる。

「己れを語ろうとは何んという愚劣な企《たくらみ》だ。――ふとした事で、お目出度《めでた》さから馬鹿な事を言うのは、あり勝ちな病気だが、計画的に馬鹿な事を言うとは我慢ならぬ事である」

パスカルの「自分」というものに就いての考えは、凡《およ》そ単純で徹底していて哲学も文学も這入《はい》り込む余地がないという風に見える。「パンセ」のなかに「『自分』とは何か」という見出しの付いた短文があるが、僕は、「パンセ」の中でも名文だと思っている。ああいう単純で深い味いを持った文章は、僕を本当に驚かす。

　パスカルは、「自分」という様なものは、人間の美貌《びぼう》にも才能にもない、肉体のなかにも魂のなかにもない所以《ゆえん》を簡明直截《ちょくせつ》に分析して見せて、突然、次の様な結論に飛び移る。

「だから、ただ官位や職務の故《ゆえ》に尊敬されている人々も軽蔑《けいべつ》してはいけない。総じて人が他人を愛するのは、相手にいろいろ借り物の性質があればこそだ」。結論まで来たら読者は冒頭の文句に戻るがよい。「或る人が窓に凭《もた》れて通行人を眺めている。私がそこを通りかかる。彼は私を見るために、其処《そこ》にいるのだと言えるだろうか。否《いな》」

　附言して置くが、或る人も、往来も、窓も、君の外部にばかりあるとは限らない。

「偶然が思想を喚《よ》び起し、又、偶然が、それを取去る。思想を持ち続ける術もなければ、思想を獲得する術もない」。尤《もつと》もな事だ、と人は言う。「パンセ」を書いていた当時のパスカルが、どんな健康状態にあったかは誰でも知っているところである、と。彼は、もう、切れ切れにしか思索する事が出来なかった、という考えが、「パンセ」の読者に付き纏《まと》う。つまり、あの書かれずに終った「アポロジイ」*が、若し書かれていたらという空想から逃れ難いのである。パスカルの悲痛な表情、そんなものが、「パンセ」の文体にまざまざと見えたりする。空想のなせる業《わざ》である事には気が付かぬ。有名な彼の*デッス・マスクが空想家達に沢山の嘘《うそ》を語る。

神経病は、足元に深淵《しんえん》が口を開けている様を、彼に屢々《しばしば》見せたと言う。歯痛の苦しみをまぎらわす為《ため》に、彼は*サイクロイドの難題を解いたと言う。伝説を信ずるなら、後の方の伝説を信ずるがよい。そうすれば、先きの文章の裏側で彼の剛毅《ごうき》な心が、こう断言しているのが聞えるだろう。「人間が持ち続ける術を知っているものは、思想ではない、記憶に過ぎぬ。獲得出来るものは、知識であって、思想ではない」と。

「パンセ」は未完成ではない。一体何に対して未完成なのか。

「パンセ」のうちにばら撒《ま》かれた*アフォリスム、そんなものはない。モンテエニュの言い廻しや*ピロニアンの論証を、どんなに自在に操ってみても、彼には、アフォリスムという様な形式を作る事が出来ない。彼の*天稟《てんぴん》はそういう形式を、いや、あらゆる形式を乗り超えて了《しま》う様に見える。適当な言葉が精神を捕えたり、精神が巧みに言葉を捕えたりする様な事は、パスカルにはないらしい。精神が到《いた》る処《ところ》で言葉に衝突する、而も彼は平気で進んで行く。パスカルの文体は、彼の死後に出来たものだ。恰《あたか》もナポレオンの行動が消え去った後に、ナポレオンの文体が現れた様に。

パスカルは、まるで賭《か》ける様に書く。衝動と分析力とが見事に一致したニイチェ*の様な否定の達人も、パスカルの様には烈《はげ》しくない。あらゆるディアレクティック*を否定しようとして、屢々まことに精緻《せいち》なディアレクティックを書いて了うし、つまらぬアフォリスムもばらまく。

「人間とは、一体、何んという怪物であるか。何んという珍奇、妖怪《ようかい》、混沌《こんとん》、何んという矛盾の主、何んという驚異か。万物の審判者にして愚鈍なる蚯蚓《みみず》。真理の受託者にして曖昧《あいまい》と誤謬《ごびゅう》の泥溝。宇宙の栄光にして廃物。誰がこの縺《もつ》れを解くだろうか」

言う迄《まで》もなく、これが「パンセ」の主題だが、パスカルの音楽は主題だけで出来ている。縺れがいよいよ解き難いものとなる様に、そういう様に考えて行く事。縺れが次第に解けて行く様に考えるやり方は、サイクロイドによいだろうが、怪物には駄目である。

考えれば考えるほど解らなくなる様な考え方、これはパスカルの採用した断乎《だんこ》たる方法であり、彼はこれを“chercher en gémissant”*と名付けた。en gémissant とは文学的な形容ではない。

*ヴォルテエルも*クウザンも「パンセ」を文学者流に読んで誤ったのである。パスカルは、「*人間嫌い」になるほど感傷的ではないし、「悩める魂」と呼ばれる様な浪漫派でもない。

「無用にして不確実なる*デカルト」。これはパスカルの独白である。「あらゆる哲学は、一時間の労にも値せぬ」。彼は、そう屢々自分に言い聞かす必要があった。凡てを説明しようが為の認識の修練、この誘惑は、彼の様な明敏な精神には大変強いものだったから。

「無限に比べれば虚無、虚無に比べれば一切、無と一切との中間物」、「僕等は何も確実には知り得ないが、又、全く無智でもあり得ない。僕等は、*渺茫《びょうぼう》たる中間に漂っている」。これが、パスカルの見た疑い様のない「人間の真実な状態」であり、人生はそういうシステムとして理解されなければ、それは誤解であり、そういう実在として知覚されなければ、錯覚である。僕は、パスカルを独断家とも懐疑派とも思わない。彼は、及び難く正直であり大胆であるに過ぎない。

現代のフランスの哲学者や文学者は、“*Les conditions humaines” という言葉を好んで口にしたがるが、それは、彼等がもうパスカルの様に “*Voilà notre état véritable.” と言う大胆さも正直さも失って了ったからである。人間の唯《ただ》一つの現に在る *état が見えて了った人には、人間が人間である様々な *conditions を数え上げる事は無意味であった。

「彼が、己れを高くしたら、僕は、彼を卑下させる。自ら卑下したら、高めてやる。彼が、己れを不可解な怪物と認めるまで、いつでも彼に抗言してやる」

こういう言葉が、*パラドックスと映る精神が、そもそも倒錯した精神ではないのか。精神の努力は、いつも謎《なぞ》から解決の方に向う、解らぬものが、はっきり解る様になる、そういう向きに進むもので、その逆ではないと誰が決めたのか、この疑いは自然であり、少しも不具なものではないから。

解決がついたという事は、眠りについたという事である。覚めていたければ疑う事を止《や》めてはならぬ。「パンセ」のなかで、パスカルが、あんなに屢々*ピロニスムについて語っているのも尤もな事である。「ピロニスムに光栄あれ」と彼は言う。処《ところ》が、彼は又こう言うのだ、「謙遜《けんそん》について謙虚に語る人は少く、貞節について純潔に語る人は少く、ピロニスムについて懐疑的に語る人は少い」。

懐疑派にならずに、疑う事、そういう難かしい事をやった人間というものを心に描いて読めば、彼の次の様な何気ない言葉にも、分析と意志との筋金が這入っていると気が付くであろう。

「思想を書きとめようとする、思想は屢々逃げ去って了う。だが、この事は、僕に、忘れて許《ばか》りいる自分の弱さを考えさせる。又、その事は、忘れ去った思想と同じ様に、僕には教訓になる。何故かというと、私がひたすら心掛けているのは、自分の空《むな》しさを知る事だからである」

人々は、有名な「賭」*について、その論証の独創性を云々する。独創性なぞ詰らぬ事だし、彼は、論証に成功してもいない。注意して読めば、彼の「賭」は、彼の祈りの様にも見え、嘲罵《ちょうば》の様にも受取れるが、ともかく決して論証ではない事は解るのである。

彼は、相手に賭けねばならぬ、と言う。何故賭けねばならぬかは言わない。そして、神は在る、の方へ賭けるのが、合理的である所以《ゆえん》を論証する。併《しか》し、先《ま》ず賭けるか賭けないかが問題であり、いくら儲《もう》かる事をはっきり悟らせても、賭けぬものは賭けぬ、と彼はよく承知している。相手は理性という財布の口を締めている。彼は、からかっているのである。終《しま》いの方を読めば読者は成る程と思うだろう。

左に忠実に訳して置く。

「『彼等（信仰ある者）のやったいろはを手本にするんだね。つまり、聖水を受けたり、弥撒《ミサ》を上げて貰ったり何や彼《か》や、まるで信仰はもう得られたといった風に、万事をやる、ああいうやり方をやってみ給え。そうやっているうちに自然に君は信ずる様になるよ、間抜けになるよ』――『いや、そこだよ、困るのは』――『そりゃ、又、何故だい、損する金もない癖に』」

賭けるか賭けないかも賭けねばならぬ。因《ちなみ》に、「間抜けになる」という言葉を、ポオル・ロワイヤルの「パンセ」編纂者《へんさんしゃ》は驚いて削った。ヴィクトル・クウザンが、驚いて元通りにし、「間抜けになる――それは半可通な学者の貧しい智慧《ちえ》では近づき難い最高の真理に到達する為に、子供に還《かえ》る事だ」という間抜けな註《ちゅう》を付した。

「ピロニスムに就いて懐疑的に語る人は少い」と言った人が、子供に就いて天真に語る人は少い事を知らなかった筈《はず》はない。「一方の極端まで達したところで何も偉い事はない、同時に両極端に触れて、その間を満たさなければ」。彼は、そういう風に生き、そういう風に考え、そういう風に書いた。そして書き方についてこう書いた、

「僕は、ここに自分の思想を無秩序に、だが、恐らく意図のない混乱の形ではなく書こうと思う。これが真の秩序である」。

「パンセ」は、そういう秩序で書かれた。そこで人生の謎の結び目は、誰の手にも解き難いものと見える様にあらゆる工夫がなされている。読者は*アレキサンダアの剣は、神の手にある事を合点する。

　だが、これはパスカルに言わせれば、彼の独創ではない。「*聖書の著者達が、神を証明するために自然を用いなかったのは、驚くべき事柄である。彼等は凡て、神を信じさせるように仕向けたのである。*ダビデ、*ソロモン、その他の人々は『世に真空はない、故に神は存在する』というような事は言わなかった」

　彼も亦《また》仕向けたのである、効果なぞ少しも期待せずに。最初に信じなかったものが、あの様に疑えた筈があろうか。

神が現れた。ここで、僕は「パンセ」の中で一番奥の方にある思想に出会う。

「人は、神が或る人々は盲にし、或る人々の眼は開けたという事を、原則として認めない限り、神の業《わざ》について何事も解らぬ」

　その通りである。僕等は、そういう神しか信ずる事が出来ないからだ。盲であろうが、目明きであろうが、努力しようが、努力しまいが、厳然として、僕等に君臨する様な真理を、僕等は理解する事は出来るが、信ずる事は出来ないからだ。何故なら、それは半真理に過ぎないとパスカルは考えたからである。

（「文學界」昭和十六年七月号、八月号）

チェホフ

或る夜の夢に*チェホフが出て来た。

鳥打帽子をかぶり、鼻眼鏡をかけ、不精鬚《ぶしょうひげ》を生やし、痩《や》せた蒼《あお》い顔でニコニコしている。ははあ、この人は鳥打帽子をかぶったまま死ぬ積りらしい、すると——

「顔を見ればわかりますよ。君は*『桜の園』の事が言いたいんだろう。ありゃ何んでもないよ。ほんの*ファルスさ。人生のファルスより、少しはましなところがあるとしても、まあ、私の死後何年もちますかねえ、七年、それとも七年半くらいは、見に来る人もあるでしょうか。——ほんとに、何が言いたいのですか。どうも批評家というものは、落着きのない人達だ。私なんかもう廿五年間だよ、廿五年間批評家の御託《ごたく》を聞いて来たが、為《ため》になった忠告など一つだって聞いた例《ため》しがない。それも無理もない。これで私はなかなか難解の部類に属する作家だからね。処《ところ》で、君の前だが、どうも批評家には、私の易しさという極意がわからない。いや、無理もない事です。人間は難かしさを求める、これは人間の進歩に、大いに関係があります。そう、そう、たった一つ覚えてますよ、これには感服した、＊スカビッチェフスキイがこんな事を言った事がある。アントン・チェホフは、酔っぱらって、溝の中で死ぬだろう、ってね。私は、ほんとに心を動かされました。私は、真面目《まじめ》で言ってるんですよ。奴《やっこ》さんは、必度《きっと》私が腹を立てたと思っているんでしょう。馬にたかる蠅《はえ》は、労働する馬の全筋肉の緊張というものを理解しません。私は皮肉を言っているんじゃないよ、皮肉を言うのは身体に毒です。言う人にも言われる人にもね。無駄な事ですよ――酔っぱらって、溝の中で死ぬだろう、何んて巧《うま》い事を言ったものだ。まるで予言者の言葉だ。だから、決して当りゃしませんがね。しかし、当らないところに予言の力はあるのですぞ。当るのは科学の方です。両者の区別が分って来ると、人生が少し見えて来ます。おや、又、脇道《わきみち》にそれたね。私は脇道が好きでね。犬みたいなものさ。序《つい》でだから注意して置くが、思想家という奴は真っすぐ歩く、ありゃ君、鼻が利《き》かないのだよ。外《ほか》に理由はない、全然ありません。そこで、私の方の理由だが、いや今の予言の話だが、打開けて言えば、あれが私の理想だったんだ。驚いてはいけない。理想は高尚なものとは限らない。理想主義者には合点がいかぬだろうが、理想にもピンからキリまであります。ただ、その共通する性質は、理想は決して摑《つかま》えてはいけない、決して摑えられない或るものだという点です。これを一番よく理解していた人を君は知ってるか。*トルストイです。実に偉大な人だ。私は若い時から尊敬して来ました。若い作家達が不平を言うと、誰もトルストイの様には書けませんよと慰めてやります。尤《もっと》も慰めにはなりませんな。彼等はトルストイを尊敬せざるを得ないというその事が辛《つら》くて堪《たま》らないのですからな。私も若い頃はそうでしたよ。さよう、*『退屈な話』を書いた頃かな。いやもう、実は退屈どころの沙汰《さた》ではなかったさ。恐ろしく意地の悪い尊敬すべき魔法使だよ。それに加えてもう一人*ドストエフスキイという途方もない狂人がいる。いいかね、そんな化け物が直《す》ぐ隣近所にいるんですぜ。君には想像もつくまいが、これでは新規に事を始めようとする良心ある青年作家は気が変になるより外はない。無論、私もなりました。まあ見ていて御覧、今に、ロシャ文学に於《お》いて、トルストイ、ドストエフスキイの先きは断崖《だんがい》絶壁であるという事に思い当る文学者がきっと出て来るから。尤もその文学者は、同時に、この二大先輩の体系を綜合《そうごう》する一層高次な体系なんというおかしなものの発案者にならぬとも限らない。いやロシャ人にはあり勝ちな事ですよ。それでは、何が断崖絶壁だかわからない理窟《りくつ》になるね。従って私が断崖絶壁の最初にして最後の発見者だったという事になる。厭《いや》な役割さ。仕方がない、やっつけましたよ。不平が言えないたちでね。なあにただそういうたちさ。何《ど》んな風にやっつけたかって？　それが巧く言えればねえ。だから言ったじゃないか、酔っぱらって溝の中で死ぬという理想を抱いたとね。ありのままの言葉はわかり難《に》くい。いいですか。ありのままを申し上げているんだよ。ありのままの言葉はわかり難《に》くい。いいですか。ありのままの言葉は、ありのままに信じてもらわないと困る。批評家は疑り深いね。いや、少し言い方が拙《まず》いかな。先刻も言った通り、理想のトルストイ的定義に従えば、酔っぱらって死ねば理想ではなくなる、それでは、どうしたらこの理想を燃やしつづける事が出来るかだけが問題だ。お分りでしょう。算術ですよ。そこで私は掘り出した、何かを掘り当てる望みなぞ一切捨ててね。ええ、勿論《もちろん》あの見上げるのも我慢がならぬ断崖絶壁の根元をですよ。お察しの通り、それが私のサガレン*行さ。だが、断って置くが、それ以上いろいろ御察し願いたくはありません。あれは、確か三十歳の時でしたなあ。私は*スヴォオリンに書いてやりました。まさに地獄絵だ。嘗《かつ》ての私には、『クロイチェル・ソナタ』*は一つの事件だったが、今では笑止な埒《らち》もないものに見える、確かそんな事を書いてやった。嘘《うそ》も誇張もなかったんですがね。人間三十歳には三十歳の言葉がある。止《や》むを得ない事です。私は何かを掘り当てた、それは確かだ。しかし、実は地獄絵などというものではなかったんですよ。ただの地獄絵だったら、後になれば忘れもしたでしょう。今となれば、はっきりと言えますがね、あれは人生の平凡事と瑣《さ》事《じ》が化けたものだったんです。あの大先輩の大思想も遂《つい》に動かす事が出来なかった最後のもの、平凡事と瑣事、まあそう言ったわけだ。当時だって、嗅《か》ぎつけてはいたんだ。実に厭な感銘だったですからねえ。実に厭な感銘を持ち還《かえ》った、とスヴォオリンに書いたのをよく覚えているよ。これは三十歳の言葉ではない。随分長持ちのした品物です。この背負わされて還って来た飛んだ御土産が即《すなわ》ち私の文学的動機さ、私の以後の全作品の唯一《ゆいいつ》のですよ。よござんすか。この実に厭な感銘という奴がさ。行為の深い動機というものは、先《ま》ず行動を起して、逆に確かめて行くものです。心理学者には難問ですな。幸か不幸か人間は心理学者じゃない。何もサガレン島が悪いのじゃない、私は見たかったものだけを見、予感したかったものだけを予感したに過ぎないのでしょう。ところで、私は確かめにかかった。意見という意見が、インテリゲンチャの平凡な生活の裡《うち》で空《むな》しく死んで行く光景、お分りでしょう、私がどうしてそんな退屈な光景を倦《う》まず弛《たゆ》まず書きつづけたか。実にひどい事です。人間の鼻の平凡さを確かめる為に、一つ一つつまんで見ると言った様な仕事ですからな。こんな仕事が文学と呼べるかどうか、一つまあ、考えてみて下さい。

無論、私にもよく分ってはいない。で、兎《と》も角《かく》、私は文学とは呼ばず、労働と呼ぶ事にはしていましたがね。御注意して置くが、人間万事身から出た錆《さび》ですよ。私としてみれば、あの実に厭な感銘という怪物を手懐《てなず》けたい一念だった。毎日飯を食って下剤をかけねばならん。意見という虫が湧《わ》きますからね。今晩は特別ですよ。私は自作について喋《しゃべ》った事はありません。世間では私の気の弱さだとか内気だとかのせいにしている様だが、まあ、それもあります、が、ちと間違っている様ですよ。労働者は労働について口数が少いのが本筋です。殊《こと》に私の様な労働者はね。だって何が言えるんです。くどい様だが動機は一つしかない。個々の作品のあれこれの動機などというものは私にはない。小手先きの細工でもしてみなければね。黙っているより仕方がないじゃありませんか。批評家に吠《ほ》えつかれる弱みですなあ。一つの動機から一つの手法が生れた、ふむ、喋り出したのだから、みんな喋りましょう。いや、まことに簡単明《めい》瞭《りょう》な手法なんです。*ゴオリキイに言ってやった事がある、*雨が降ったら、雨が降ったとお書きなさい、とね。若い作家に会うと、いつでも同じ忠告をするんだよ。短かく、出来るだけ短かくお書きなさい、小説家というものは嘘を付き勝ちなものだからね。*ブウニンと海を見ていた時の事だっけ。彼は私に、海はお好きですかと聞くのさ。好きですよ、だけどあんまり淋し過ぎますね、と答えた。すると彼は、その淋し過ぎるところが好きなんです、と言いましたよ。私が、彼の言葉に何を発見したと君は思うか。青年の心理をかね。違う。文学的手法の誤りをだ。ねえ、ブウニン君、海を描写するのは難かしい事ですよ。君は子供が試験の時に書いた描写を知ってますか、海は広い、とそれだけです、見事なものじゃないか。彼は、おとなしく聞いていたっけ。あの人達は有望な敏感な作家です。私は忠告なんぞ実はしているのではない。自分の文学の果てについて苦がい独言を洩《も》らしていたのだ。あの人達は、そう感じてくれたに相違ありません。しかし世間というものは、そうは行かぬ。私がモオパッサンの様な短篇の名人だなどと言っている。あの人の才能は大したものです。私などの比ではない。然《しか》し、もともと二人はたちの違った人間なんですよ。第一体格が違いますよ。私にはボートは一人で担《かつ》げません。あの人には、人生の平凡事を観察する驚くべき天《てん》賦《ぷ》の才があった。而《しか》もその才能は、非凡な意見と平凡な事実との対決という詛《のろ》われた問題に、私の様に躓《つまず》かなかった。私は率直に言うが、そんな詛われた問題は、泥くさいロシヤ*の田舎医者の頭に宿って然《しか》るべき問題でしてね、メダン*のグルウプの選手には似合いません。私の師匠はサガレンだが、あの人の師匠はフロオベルです。いいかね、率直に聞いて下さいよ。師匠が良すぎたのです。あの人の天賦の才はね、あんまり良すぎた師匠に、あんまり完全なその審美的理由を授けられて了《しま》ったのだ。後になってその自分の才能に疲労して来るのも無理もない理《ことわり》です。ペシミスム*の『水の上』*を『ベラミ*』というヨットが逃げて行きます。皆んな運命だよ。作家というものは、自分の運命は愛さなくてはいけない、徹底的に。あの人は自殺に向って逃げた。私は逃げないが、死が向うからやって来るのを待っていたんだから、同じ事です。私は随分長い間待ちましたよ。ただぼんやり待っているのも辛い事ですから、それに不正な事ですからね。烈《はげ》しく働き通しましたよ。雨が降ったら、ああ、雨が降ったら、雨が降ったとお書きなさい、と言ってね、これは、真面目な掛け声ですよ。こんな真面目な掛け声って他にあるもんじゃない。そうじゃないですか。それがね、その文句がね、そっくりそのままヴァアリャ*が泣いたら、ヴァアリャが泣いたとお書きなさいと変って来た時、これはなかなか難かしいトランスポジション*でしたがね、その時『桜の園』が出来上ったんです。写実主義の極致などという悪い洒落《しゃれ》は御免蒙《こうむ》りますよ。写実主義という少しばかり手の込んだ写真術なぞ私は問題にした事はない。問題は写すべき実さ、実とは何か、その意味とは、価値とは。私はそれを発見したとは申し上げますまい。或る労働の掛け値のない結果を披露したまでです。如何《どう》です、あの出来は。芝居ですからねえ、役者が揃《そろ》わないと読んだだけだとわかり難いところがある。その代り役者さえ揃えば、驚くほどわかりいい作品ですよ。それこそ飛んでもなくわかりいい近代劇です。例えばだね、モスクヴァの芸術座が、あれをパリでやるとする、お客はロシヤ語なぞ知りはしません。ちっとも構わない。台詞《せりふ》なんざ何語で言ってもよろしい。ちゃんとわからせて見せます、請合うね。だからファルスだと言ったでしょう、ファルスというものは、そうでなくちゃならない。あそこに万年大学生というのが出て来るでしょう。端役《はやく》で。いや端役も主役もなくしたところに実は作者の苦心があるのだがね、あの万年大学生の万年という仇名《あだな》は、どの人物にもよく似合うんですよ。万年地主に万年商人、万年執事に万年養女、いいですか、万年という仇名がつかない人間なんて、みんな疑わしい存在ですよ。私も神様のお芝居では、万年文士で登場したいものさ。いや、冗談にとられては困る。君の国の例をとって申し上げればね、人生は例えば海苔巻《のりまき》みたいなものさ。海苔は思想だとか意見だとか心理だとか感情だとか性格だとかなんだとか、文士の好きな物質で出来ていて、人生は、こいつにぐるりと巻かれているんだよ。私は、そいつを輪切りにして、飯粒を数えてみただけです。別段変った事をしたわけではないが、そうしてみると、飯粒どもが寄り合っているのは、海苔のせいではないらしいという事がわかる。飯粒自身の粘着力のせいである。誤解しないで下さいよ。餅《もち》になった場合を言うのではない。いや、どうも吾《わ》れ乍《なが》ら拙劣な比喩《ひゆ》だ。こんな事では文士は落第ですな。まあ一っぺん御覧願いたい。役者は巧いですからねえ。実際、打開けて言いますとね、大根だって名演が出来る様に仕組んであるんですよ。例えば、東京で、そこいらの素人《しろうと》を集めて、東北弁から鹿児島弁まで使わせてやって御覧なさい、それでも結構見られます。役者は、自分の事ばかり考えて、てんでんばらばらに演《や》っていればいいのですよ。ガアエフ*は氷砂糖を嚙《かじ》って、隅は白玉、真ん中は赤玉、と言ってりゃいい、独立自尊です。人間も万年という仇名が似合うくらい落着いて来ますとね、他人の事なんか、てんで考えないものですよ。それも極く自然にね。極く自然に他人というものとは馴《な》れ合わない。まあ舞台を見て下さい。誰も彼も他人の世界に対しては、お互にちんぷんかんぷんですよ。それでいて兎も角人類社会を立派に形成していますからなあ。共通のイデオロギイなんて空疎《くうそ》なものを、彼等は信じてやしない。飯粒各自の粘着力ですよ。してみると理想的社会ですかねえ。いやどういたしまして。よくも、やくざな連中ばかりが集ったものです。陳腐平凡の陳列ですよ。彼等だってね、たまには独創的な嘘がついてみたいに違いない、でなければ同類を捜して抱き合いたいでしょう。しかし許しません、そんな事は舞台裏でやって貰《もら》います。私という一風変ったマテリアリスト*はね、原子番号札*を首にぶら下げた人間でないと真面目には扱いません。従って舞台を許しません。さあ、もうお分りでしょう、私がファルスだと言った意味が。八〇年代のロシヤの風俗を描いた？　冗談でしょう。何年代の何処《どこ》の風俗でもないですよ。ありゃそもそも実人生ではないですよ。しかし忘れないで下さいよ、実人生の芝居の底には、もう一つの人形劇があるという事を。私の発見かも知れない、私の幻かも知れない。いずれにせよ確かな事は、もう直き死なねばならんという事です。はっきり予感しておりますよ。私の死という人生最大の平凡事がもう直ぐやって来るとね。*ペテルブルグの停車場に、私の死骸《しがい》が、牡蠣《かき》の箱と並んで着くでしょう。死の予感のうちに鮮やかな幻を見た――これはどこの詩人の文句でしたかねえ。いや、飛んだ長話をしましたね。お休みなさい。私の事なんか気にかけて夢なんぞ見ていては駄目ですよ、人間には、熟睡が大切です」

目が覚めた。夜は明けていた。僕は、魔法使の様な聖者の顔を想《おも》い描こうと努めていた。

（「批評」昭和二十三年十一月号）

ニイチェ雑感

*ニイチェが死んだのは、丁度五十年前の今日である。無論、身内であるわけがないから、命日で思い出したというわけのものはないが、五十年で彼の著作権が切れ、切れた途端に出版しようと競う書店の数は多く、全集の推薦文を依頼されたのを機会に、ニイチェの事を考える事にした次第であるから、私にしたって書店並みの性根《しょうね》である。

　彼の死んだのは五十年前だが、彼がもはや彼ではなくなったのは六十年前で、著作権の意味さえ何やらわからぬ白痴になって、彼が十年も生きていたのは、誰も知る処《ところ》である。*大戦前、*ヒットラー攻撃を標榜《ひょうぼう》する「マリアーヌ」という新聞が、フランスで出た時、文藝春秋社で、それを取って貰《もら》っていたが、或る日発狂したニイチェの写真が出ているのを見た。口髭《くちひげ》は堂々としていたが、もう何を見ているかわからぬ痴呆《ちほう》の眼附きで、寝巻の様な子供っぽい服を着せられていた。*背後には、息子を抱きかかえる様にして、母親が立っていた。信心深い女は、今こそ反キリストを安心して愛《いと》しむ事が出来る。彼女は穏やかな顔で、痩《や》せ萎《しな》びていた。在りふれた写真かもしれないが、私はそういうものを初めて見たので、非常に強い印象を受けた。周りの記事に何が書いてあったか知らぬ。私は、そんなものを読もうともしなかった。写真を切り抜いて、持って還《かえ》り、大事にしていたが、物を落したり、無くしたりする癖が烈《はげ》しい方で、やがて、何処《どこ》へやら見失い、残念がったが及ばなかった。ニイチェの事を考えると、あれこれの著書よりも、その写真が眼に浮ぶ。文藝春秋社の編輯《へんしゅう》机の前で、写真を見詰め乍《なが》ら、何を考えていたか言う事が出来ない。忘れて了《しま》ったからではない。その時の言い様のない感じが蘇《よみがえ》って来て、言い様がないからである。ニイチェ研究者でなくても笑うかも知れないが、その時、私は、「永遠回帰*」が乾板《かんぱん》に写っていると感じたのである。「大いなる醜悪、大いなる不幸、大いなる失敗」は、「ツァラトゥストラ*」が語るより、はっきり語られていると感じた。

シルヴァアプラナ湖畔*の経験などどうでもよい。この何んの事やらわからぬ心理的経験は有名になり過ぎている。いずれにせよ、そういう経験は、自分はこんな始末でくたばるに相違ない、それだけは確実だと感じているところから常に考えていた人、その他の中途半端な一切の考える立場を拒絶して来た人、そういう人にでなければ、起り得なかったろう。これは確からしく思われる。全く新しい思想が、ニイチェを見舞ったわけではなかろう。彼は叫び声をあげただけである。こんな愚劣極まる現在が、永遠に回帰する、而《しか》も敢《あ》えて現在を欲するか、と。これは既に、若年の頃、「*教育者としてのショオペンハウエル」で、「*この人を見よ」の中の彼の言葉に従えば、誓約して置いた生き方である。

＊＊＊

ニイチェは、「教育者としてのショオペンハウエル」を、私という人間を知る鍵《かぎ》だと、これを書いてから十年も経《た》ってから、*ローデへの手紙で言っているが、どんな鍵だかは言っていない。鍵を開けるのは読者の方だ。これはニイチェの変らぬやり方である。

彼は、*ショオペンハウエルの第一頁《ペエジ》を読むや否《いな》や、あらゆる頁を読んで、あらゆる言葉を傾聴するに違いない事を決定的に感じて了う、そういう種類のショオペンハウエルの読者だ、と言っているが、彼の書いたものは、まさにそういう読者の書いた「ショオペンハウエル論」であって、この哲学者の哲学上の*ドグマを、後年のニイチェは罵倒《ばとう》もしているが、哲学上のドグマなぞ、初めから問題ではなかったのである。相手を信頼し切った愛読者として、ニイチェがショオペンハウエルから感得したものは、もっと深い処にあるもの、ドグマが死んでも今日もショオペンハウエルが私達を動かしているものだ。感得とは私の勝手な言葉ではない。ニイチェはこの哲学者を語り、愛読者の「生理的印象」を語るのだ、とさえ言っている。「教育者としてのショオペンハウエル」は、同時代人への攻撃が目的であり、それは鋭く雄弁で、一篇の重点をなしているのだが、ニイチェの鍵を開けるのなら、私としては、彼が愛読者としての気持ちを語る最初の部分を選びたい。

　ショオペンハウエルが、カント*の「批判*」から立ち上ったのは周知の事であるが、この点で、ニイチェは特色ある洞察を述べている。カントによって厳密に証明された知性の相対性を、いろいろと弄《いじ》くり廻している様な「計算機械」達には自分は何の興味もない、何故《なぜ》絶望しないのかと彼は言う。彼は、カントから与えられた打撃により、絶望した心を語るクライスト*の手紙を引用し、人間は幾時《いつ》になったら、クライストの様に自然に素直に感じる様になるか、何時《いつ》になったら哲学の意味を自分の心の底に照らして計る事を学ぶ様になるかと言っている。ショオペンハウエルは、それをやった。それをやったところに、ニイチェが見たものは奇怪なほど明らかな当り前な事であった。正直な思想家。その点で、彼に肩を並べられる思想家はモンテエニュ*一人だと断言しているのも面白い。同時にニイチェは、当代の思想家の、不機嫌、憂鬱《ゆううつ》、錯雑が、つまるところ自分自身に対する信頼感の不安定を胡麻化《ごまか》そうとする虚偽から来ているのであって、他に尤《もっと》もらしい理由など一切ないのだと見る。処《ところ》で、正直であるとは、「人生の全像」が、この苦痛と不幸との絶えぬ絵が一と目で見えているという意味だ。ショオペンハウエルは、この絵から、画家を発見しようと男らしく、単純に、誠意をもって考えて行く、他の思想家達が、絵も見えずにカンヴァスと*顔料《がんりょう》とを研究している間に。この愛読者は、そういう風に読んだ。

＊＊＊

ショオペンハウエルは、その主著*の序文で、自分のこの著作は、思想体系ではない、*賢者の石とも称すべきたった一つの思想であると言っている。思想体系に於《お》ける諸部分の関係は、建築学的関係に過ぎないが、生きた一つの思想は、いかに包括的なものでも、その諸部分は有機的に聯関《れんかん》して、完全な統一をなしておらねばならぬ。処が、部分が全体を支え、同時に全体が部分を支えるという有機体の如《ごと》き思想内容を、かくの如きものとして論文形式で表現する事は至難の業《わざ》である。論文に最初の行があり、最後の行があるという事が、そもそも困った事だ。これ以上には書けぬという処まで、著者も苦心したのだから、読者も少くとも本書は二度読んで貰《もら》いたい。最初は、初めの部分を後の部分の前提として読み、次にはその逆の読み方をして、欲しい。それから廿五年後にはこんな事を言っている。廿五年も経って、自分の根本信念に揺ぎがないとは喜ばしい次第であるが、人間は成熟するものであるから、講述の調子は変って来るのは致し方なく、別冊を設けて増補訂正を行った。何故一丸《いちがん》として提供してくれないかと言われるかも知れないが、それは人生行路に於ける二つの時期に出来る事を、同時にやれという無理な註文《ちゅうもん》であるばかりではなく、又、かくの如く別々に提供して、吾が青春の気力と老年の円熟との対照の妙を期そうとした著者の意を諒《りょう》とされたい。無色の*対物鏡は一つのレンズでは足らぬ。読者は、*フリントと*クラウンの*二つを組合せたレンズを通して人生を眺める楽しみを得られるであろう、云々《うんぬん》。

ニイチェも亦夥《またおびただ》しい硝子《ガラス》の組合わされた、驚くほど明るいレンズである。たった一つの有機的思想を信ずるものは、そうならざるを得ない。彼は、矛盾を怖《おそ》れずに書いたと人々は言い乍ら、何故、彼は矛盾を必要としたといわないのだろう。彼には凸《とつ》面レンズと凹面レンズが入用であった、という事は、論理的表現というものは、深い意味での修辞の問題の一部に過ぎなかったのである。彼は最後に、「この人を見よ」というレンズを仕上げた。

ニイチェが、ショオペンハウエルに誘われて立ったのは、彼の言葉を借りて要約すれば、事物と自分との間に書物や意見の介在しない地点、事物を初めて見、事物から初めて見られる、そういう双方の運動が交わり存する地点、歴史に生みつけられる事なく、歴史の危険に曝《さら》されて立つ地点であり、そういう処から考え事をするというのが、ニイチェが哲学者たらんとする誓約であった。かような哲学者としてのショオペンハウエルにとっては、カント哲学さえ仏教やキリスト教の神話と同様に、何よりも先《ま》ず非凡な修辞的道具と見えたに相違ない、とニイチェは考えた。かような哲学者の態度を言うのに、ニイチェは悲劇的という修辞を用いた。彼は「永遠回帰」の哲学者をディオニュソス*と呼んだ。これは、伝説上の人物は彼の思い通りになったが、ショオペンハウエルという現実の人物とは、やがて別な道を歩く他はなかったという意味である。

＊＊＊

病気はニイチェの全生涯に附き纏《まと》った。彼の様に、発想の根源を、いつも己れの体験に求めたものの表現が、病気の影響なしにはすまぬ、特に、彼の著作の断片的な形式は病者を想《おも》わせる、そういう考えは、私の様なニイチェの愛読者には向かない。私が、彼の著書に惹《ひ》かれるところは、彼自身の生まの体験で、どんなに瑣細《ささい》なものであろうと、到底その監視から逃れ得てはいまいと思われる程の、彼の恐ろしい様な哲学的感受性なのである。彼は一生これが為《ため》に苦しんだ。そして、これを「大いなる健康」と呼んだ。即《すなわ》ち病気を健康な眼で眺める事も出来れば、健康を「病者の光学」＊で照す事も出来る、そういう自在を会得《えとく》しなければ、生きた人間を生きた人間が批判するなどという事は、おかしな事になる。

ニイチェは、自ら箴言《＊しんげん》の達人だと言っているが、言葉通りにとってはよくない。外観が箴言や警句に似ている事は何んでもない。彼は人を戒めてもいないし、自らしゃれてもいない。そんな事は彼には出来ない。私にいつも彼の断片的表現の真の力と思われるものは、それがあれこれの意見ではなく、完膚《かんぷ》なきまでに分析され、観察された対象のそのままの形であるという印象から来る。若《も》しそれが意見であれば、限界まで行き着くその徹底性によって、反対の意見を招く様に慄《ふる》えている印象から来るのである。彼の文章は、皮を剥《は》がれ、風に吹かれた彼の哲学的感受性という器官そのままの形であり、それに眼があり、私の心を見透す。

＊＊＊

「私はニイチェを読む、彼を読むに必要な悪意を以《も》って」とヴァレリイ＊は言っている。

これはニイチェの知らぬフランス風の*アイロニイだ。彼は、彼が腹を立てようと立てまいと、*ルーテルの血筋をひいている。そういう血筋についての日本人として一種の不感症の意識が、ニイチェを読むには、凡《およ》そ女々《めめ》しさを知らぬ善意が必要だ、と私に言う様である。ニイチェは暴露心理学の名人ではない。それは彼にはあんまり易しい芸である。心理は暴露されるが、ひたすら彼が隠そうとしているものが、常に其処《そこ》にある。それは真理の絶対性であり、其処にはドイツの伝統的精神の血が流れている。頑固な執拗《しつよう》な容赦のない精神の渇望《かつぼう》が、憧憬《どうけい》がある。これを、彼の「悪意の智慧《ちえ》」のうちに、いつも感じているのには強い善意を要する。

「*人間的な、余りに人間的な」を書いていた時期、実証的科学に熱中していた頃、ニイチェは、「*ポジティヴィスムを全部吸収する事が必要であった。私が依然としてアイディアリストである事が必要だったから」と書いている。この態度から、彼はいつも正直だったから、大変重要な事が生じた。政治的闘争は、いつも相手しか考えない犬の喧嘩《けんか》の様なものであるが、そしてあらゆる論戦好きは、このたわいもない又卑怯《ひきよう》な技術に誘われるものだが、ニイチェくらい、人を攻撃し批判し而もこの誘惑から免《まぬか》れて天真な思想家はあるまい。理由は一つだ。彼はいつも自分と戦っていたからである。彼の攻撃文の迫力も説得力もそこ以外からは来ていない。暴露されるものは、常に自分自身だ。併《しか》し、どんなに暴露されても、どんなに否定されても（これが、あらゆる処で、どんなにやり切れぬ極端まで行くかは、彼の読者はよく知っている）、どうしても生きようとするものが自分の裡《うち》にある、其処が彼の考えによれば、哲学的真理の棲《す》む場所であった。彼の根本思想は、彼の言葉で言えば、彼の Pudendus* であった。明るみに出せば、必ず誤解され、危険を招かざるを得ない点で、それは Pudendus であるが、どうしても明るみに出さなくてはならぬ点で真理なのである。彼は、真理の危険を聖者の如く知り、言葉の危険を詩人の如く知っていた哲学者だ。ここから彼の表現の、恐らく隈《くま》なく意識された不安定が生ずる。彼に比べれば、彼を師とする現代の実存主義*の哲学者達は、殆《ほとん》ど転調を知らぬ音楽家の様に見える。

＊＊＊

反道徳とか、反キリストとか、超人*とか、ニヒリスムとか、孤独とかという言葉は、ニイチェの著作から取上げられ、誤解され、濫用《らんよう》されているが、これらの言葉が、近代に於ける最も禁欲的な思想家の過剰な精神力から生れた言葉だと思えば、誤解の余地はないだろう。彼は妹への手紙で言っている、「自分は生来おとなしい人間だから、自己を喚《よ》び覚ます為に烈《はげ》しい言葉が必要なのだ」と。ニイチェが未《ま》だ八つの時、学校から帰ろうとすると、ひどい雨になった。生徒たちが蜘蛛《くも》の子を散らす様に逃げ還《かえ》る中で、彼は濡《ぬ》れない様に帽子を石盤上に置き、ハンケチですっかり包み、土砂降りの中をゆっくり歩いて還って来た。母親がずぶ濡れの態《てい》を咎《とが》めると、歩調を正して、静かに還るのが学校の規則だ、と答えた。発狂直前の或る日、乱暴な馬車屋が、馬を虐《ぎゃく》待《たい》するのに往来で出会い、彼は泣き乍《なが》ら走って、馬の首を抱いた。因《ちなみ》に彼はこういう事を言っている、「私は、いつも賑《にぎ》やかさのみに苦しんだ。七歳の時、既に私は、人間らしい言葉が、決して私に到達しない事を知った」。凡そ人生で宗教と道徳くらい賑やかな音を立てるものはない。ニイチェは、キリストという人が賑やかだ、と考えたことは一度もない。

* * *

ニイチェは音楽を愛した。彼ほど音楽を愛した哲学者は他にあるまいと思っていたが、嘗《かつ》てニイチェの書簡集を読んでいて、「私が骨の髄から音楽家であることは、神様だけが御存じだ」という文句にぶつかり考え込んで了《しま》った事がある。これは確か「*マイスタージンガー」を聞いた後の言葉だ。ニイチェは、*ワグネルを自分を解く鍵《かぎ》だとは言っていない。彼に到《いた》るワグネルという戸口は開け放されているからである。

だから這入《はい》り易《やす》いというわけではない。彼はワグネルを愛し、又憎んだ。

ニイチェは、「ツァラトゥストラ」を音楽だと言っている。比喩《ひゆ》ととるのは間違いだ。音楽は、まさしく、かくの如きものとして、彼には聞えていたのだと私は思う。もう一つ奇怪な例をあげよう。彼の一生で彼を本当に驚かした書物が三つある。廿一歳の時読んだショオペンハウエルの主著、卅五歳《さんじゆうご》で出会ったスタンダアルの「赤と黒」*、四十三歳の時、偶然仏訳を手にしたドストエフスキイの「地下室の手記」*、この三番目の書を読んだ当時の手紙で、彼は昂奮《こうふん》して書いている、他に言い様がないから言うのだが、これは私を歓喜の頂まで持って行った血の声だと言う。第二部は、「汝《なんじ》自身を知れ」というパロディイに関する天才的な心理学だが、第一部は全く非ドイツ的な（ドイツという言葉は、ニイチェの用いた最大の反語の一つであることに注意したい）世にも不思議な音楽だと言うのである。「地下室の手記」を読んだ人に、これが音楽として聞えて来る耳を私は要求したいのだ。これが音楽家ニイチェへの鍵だ。もう一つ援用しよう。これは、「曙光《しよこう》」*の中にある「悪人と音楽」と題する短章である。

「無条件の信頼のうちに生れる愛の完全な幸福は、疑い深い、悪意を持った、不機嫌な人間より他の人間に与えられた事があるだろうか。惟《おも》うにこういう人間達は、愛の幸福に面して、法外な、信じた事もなければ信ずべくもない、自分の魂の例外を味《あじわ》うのだ。その他一切の彼等の表裏の生活とは、はっきり区別された、あの無辺際《むへんさい》な夢みる様な感覚が、或る日彼等を襲うのである。貴い謎《なぞ》か奇蹟《きせき》の様だ。金色の光に溢《あふ》れ、絵にも言葉にも尽せない。無条件の信頼は、人を沈黙させる、いや懊悩《おうのう》も憂鬱も、この幸福の沈黙に包まれてある。だから、そういう幸福感に圧倒された魂は、他の凡《すべ》ての善良な魂よりも、音楽に感謝を抱くのが常である。彼等は音楽を通じて、さながら色彩ある煙を透す様に、自らの愛を、言わば一《ひ》と際《きわ》遠く、深く、軽やかに、見、又聞くのだ。音楽は、彼等には、自らの異常な状態を静観し、一種の疎遠《そえん》と安堵《あんど》の感を以って、初めてその眺めに接し得る唯一《ゆいいつ》の方法である。すべて愛するものは音楽を聞いて思う、これは私の事だ、私の代りに語っているのだ、音楽は何もかも知っている、と」

これは、ニイチェに於ける音楽の観念の動きを、自ら高速度カメラで写してみたものである。音楽に意識の心地よい眠りを求める善良な人々には、これは奇妙な動きであろう。*善悪の彼岸が味いたいなら、先ず悪人たるを要する。ニイチェにとって、生とは、決して眠り込んではならぬ意識の事である。音楽は眠ってはならぬ意識が呼吸する、彼の言葉で言えば「倫理的空気」だ。彼の様な、抒情《じょじょう》が理論を追い、分析が情熱を追う、高速度な意識には、音楽の速度しか合うものがない。

　こういう風に考えて来れば、ベエトオヴェンを非常に尊敬していたニイチェに、音楽は何故《なぜ》是非ともワグネルでなければならなかったかを推察する事が出来る。ワグネルの音楽は、ベエトオヴェンの音楽と同様、音楽の一流派という様なものではない。ワグネルは、ベエトオヴェン以後に現れた最初の新しい音楽上の普遍的な意識である。彼の新しさは、言わばシュウマンが一旋律の上に行ったスペクトル分析の如《ごと》きものを、和声音楽の全組織に行ったところにあるのであり、ニイチェが同時代人として先ず惹かれたものは、この大分析家の意識の多様性であった。最も近代的な多声的資質であった。近代が彼の敵だったのは、道徳が彼の敵だったのと同じ意味しかない。これまでの一切の道徳の問題に、真の道徳性そのものが欠けていると感じた様に、実りある真の近代性が当代に欠けている事を彼は感じていたのである。現代に生みつけられた「教養ある賤民《せんみん》」の安心した懐疑主義や相対主義から、現代という母体に到る事は出来ない、彼等には自己表現というものが欠けているから。これが、ニイチェの信条であり、歴史感覚であった。*ワグネリアンがワグネルを生む筈《はず》がない。この感覚が、複雑で矛盾に充《み》ち、多感で不安なワグネルという人間が、凡そ当代の弱点という弱点を、意識して勇敢に背負って出発している事を見抜いた。青年期に青年らしさが一番難かしかった青年を、又*ジークフリートという刻苦した大人だけが産出し得た青年を見抜いた。
「*バイロイトに於《お》けるワグネル」は「教育者としてのショオペンハウエル」の様に素直な論文ではない。ニイチェはショオペンハウエルとは、静かに別れたが、ワグネルの場合はそうは行かなかった。ここでも大事なのは、同時代人への反撃ではなく、ワグネルへの愛だが、この愛は相手とあんまりその苦痛を分ち過ぎているのを、既に自ら知っている様に見える。ニイチェという*反フェミニストは、何も彼《か》も見抜く事によって燃える愛しか信じなかったのである。彼のワグネルへの讃嘆《さんたん》には苦がいものがあり、憤慨には辛《つら》いものがある。彼の書くものに現れるワグネルは、彼が当代で天才たる事を信じた唯《ただ》一人の女の様な姿に見える。「男らしい女なぞ、こっちから逃げ出す。女らしい女なら向うから逃げ出す」。併し、問題の出発点は心理学にはなかった。ショオペンハウエルは、ニイチェにただ哲学者の覚悟を齎《もたら》しただけだが、ワグネルは、患《わずら》った現代に於いて、どんな健康が、これから創造出来るだろうかという課題として現れた。

　ニイチェは、ワグネルを理解するという言葉を誰にも許さなかった、ただ一人ボオドレエルを除いて。彼の考えによれば「*悪の華」という詩を書いたこの「半気違い」

だけが「*デカダンスの心理学」に通暁《つうぎよう》していたからである。当代の哲学が「純粋学問」となって死ぬのは、デカダンスに関する哲学的智慧を持たぬからだ。患いも悪も知らぬからだ。彼が「*悲劇の誕生」で、ディオニュソスの名の下にワグネルを考えていた時、彼を見舞った創造の観念とは、どうしてあの様な大病人に、あの様な正確な厳密な表現形式が可能かという驚きに他ならなかったのだが、ワグネルという実際の怪物は、勝手に独り歩きしていたのである。ワグネルが必要としたのは、観念ではない。聴衆と成功とである。そしてそれは、誠実な芸術家としての本心からの欲求であり、必要であった。名誉欲も俳優気質も官能も贅沢《ぜいたく》も狡猾《こうかつ》も、悉《ことごと》く、魔術師の様に、音楽に変える大手腕を持っていたが、彼にしてみれば、それはあるがままの自己表現であったろう。ワグネルは、讃《ほ》められれば喜んだが、非難などには、たとえニイチェの非難であろうと、全く興味がなかった。ニイチェは、これを「殺人的侮蔑《ぶべつ》」と呼んだが、ワグネルには、ニイチェを怒らした哲学上の変節などというものはない。ワグネルの哲学は、初めから和*声的器楽の組織構造に規定されていた。ニイチェの炯眼《けいがん》に、どうしてそれが見えていなかった筈があろう。ニイチェは、ワグネルとの離別が、凡そ芸術というものへの否定となる事をよく意識していた。それは、止《とど》まる事を欲しない烈しい批判精神の飛翔《ひしよう》である。彼が詩人でなかった事を嘆くのは愚かであろう。彼は無比な散文を遺《のこ》した。「ニイチェ対ワグネル」*は、彼の散文中の傑作である。彼の批判という音楽は、ワグネルを否定して、大きな円を描いて進み、又「悲劇の誕生」まで還《かえ》って来る様だ。未だ聞えぬ音さえ聞き分けている様だ。分析と象徴とが一緒に、烈しく静かに奇妙な爆発を起しているのに立会う様だ。こんな散文を書いた人は、彼の前にも後にもない。

＊＊＊

ニイチェの哲学は、体験の哲学とか生の哲学とかと呼ばれている。ジンメル*は、後代の思想家へのニイチェの贈物は、生という近代的世界観の解決概念だという。そんな事で誰が間違うものか。贈物は、依然として危険であるし、ニイチェは、もっとはっきりした巧みな言葉を遺している。「私は一つの運命であった」*と。

（「新潮」昭和二十五年十一月号）

「ヘッダ・ガブラー」

*実験劇場の「*ヘッダ・ガブラー」の公演を見て、種々の感想を得た。

実験劇場なぞと妙な名前の様だが、明治以来、*新劇は、*イプセン劇の公開的実験を重ねて今日に及んでいると考えれば、そんな名前も、理窟《りくつ》に適《かな》って妙であるとも言えるだろう。無論、皮肉ではない。私達は、わが文化国家という実験劇場にあって、皆多かれ少かれ俳優であり観客である事を強いられている。不平を言っても始るまい。寧《むし》ろ、福沢諭吉の楽天主義は、今日でも未だ有益だと思っている方がいいだろう、彼の考えによれば、われわれは、西洋文明という異物の到来によって、「恰《あたか》も一身にして二生を経るが如《ごと》き、一人にして両身あるが如き」幸運を経験している。これは「既に体を成したる文明の内に居て、他国の有様を推察している西洋人輩」には到底味《あじわ》う事の出来ぬ日本の識者の僥倖《ぎょうこう》である、という。処《ところ》で、彼の楽天主義の美点は、彼が次の様に考えるところにある。僥倖とは何か、「僥倖とは、即《すなわ》ち実験の一事」である、自国にあって、他国が実験出来るという好機を摑《つか》んでいるという事だ、「一生相比し、両身相較し、其《その》前生前身に得たるものを以《もっ》て、之《これ》を今生今身に得たる西洋の文明に照らして、其形影《けいえい》の互に反射するを見ば、果して何の観を為《な》す可《べ》きや」。併《しか》し、実験嫌いのイデオローグ*にも、国運を賭《と》しても実験がしてみたい革命家にも関係のない、こういう極く当り前な見解だけを保持するのは、案外骨の折れる事である。この見解を行う喜びや苦しみを味っている人々も、意外なほど少いものである。これは「文明論之概略」*という名著の急所を成すと私には思われた考えであり、その事に就いて書いたのは、もう随分以前の事だが、時勢が大きく変った今日でも、考えは変らない。文化の過去の見取図や将来の設計図をあまり信用せず、現に見えている文化の生態を見ている限り、同じ考えが、私の念頭を去らない。そういう次第で、「ヘッダ・ガブラー」を見物し乍《なが》ら、いかにも西洋文化の純粋な真面目《まじめ》な意識的な実験に立会っている想《おも》いがした。見物にもいろいろあるだろうが、私などは、実験劇場には最もふさわしい見物として拍手を送った、と自分では勝手に思っている。

　西洋の文学が、私達に到来する際、先《ま》ず飜訳《ほんやく》という大実験を経るという事は、余程の大事であると思われるが、今日の様な飜訳文学の氾濫《はんらん》時代になると、日本語と外国語とが形影相照すのを見て、いかなる観を為すか、という様な問題で苦労していては、訳者も仕事が間に合うまいと思われる。飜訳が面倒な微妙な実験であるという様な事は、大勢としては、次第に忘れられて行く。読者の方にも、飜訳文学を、新聞の外国電報を読む様に読んで了解するという傾向があるであろう。処が、飜訳劇となると、そうは行かない。言わば、飜訳は舞台の上で、身を以って行われねばならぬ。原作の西洋の男女と日本人の所作《しょさ》や台詞《せりふ》とは、形影相照し、自らに問い相手に計り、一種際《きわ》どい魅力を実現して、刻々に見物の心を摑まねばならぬ。これは貴重な実験である。

ヘッダが自殺して幕が下りた時、私は、何んという理由もないのだが、ヘッダのお腹にいる赤ん坊も死んで了《しま》った事をふと考えたので、連れの者に、「君は、ヘッダが妊娠しているとは知るまいな」と言うと「へえ、しかし何故《なぜ》さ、そこまで気を廻さなくてもよかろう」と彼は言った。彼は教養ある敏感な男であるが、ぶっつけにこの芝居を見ては、ヘッダの妊娠に気が付き様もなかった。道理は彼の方にある様である。イプセンは、ヘッダの妊娠を、*テスマンの小母《おば》の台詞を通じて、最初の幕でほんの少し、最後の幕でほんの少し匂《にお》わせる。匂いを嗅《か》ぎ分ける分けぬで、見物のヘッダの見方は余程変って来る筈《はず》だ。今度の公演では、どうも演技者は、見物に犬の様な嗅覚《きゅうかく》を要求している様子であった。併し、これはただ俳優の演技如何《いかん》の問題ではあるまい。飜訳台本に関係して来る処も大であろう。試みに*プロゾルの仏訳を開けてみたら、記憶から言うのだから断言は出来ないが、実験劇場の台本より余程はっきり匂わせた台詞になっている様に思われた。処が、次いで*竹山道雄さんから拝借した*Halvdan Koht の「イプセン伝」を読んでいたら、プロゾルの訳は悪訳だという一節に出会った。そうなっては、私にはもう何やら解《わか》らぬ。この評家によると、イプセンの台詞というものは非常に微妙なニュアンスを持ち、英訳も独訳も駄目だという。本国人にかかっては、いずれ名訳なぞ存在する筈があるまい、と思って読んで行くと、なかなか面白い意見がある。飜訳というものは、片手間仕事になり勝ちなものであるし、又、飜訳家には、得て詩人的直覚を欠く者が多い、のみならず、例えばプロゾルの場合の様に、ひょんな事から飜訳権を独占して了うという不都合もあって、イプセン劇は悪訳だらけとなり、作者の真価を外国人に問うに就いての障碍《しょうがい》をなした次第であったが、遂《つい》にこの障碍を破ったものは名優の出現であったと言う。*エレオノラ・デューゼとか*ガブリエル・レジャーヌとかいう名女優こそ、イプセンの真の飜訳家であったと言うのである。尤《もっと》も、俳優側から見ると*「人形の家」以後、イプセンの悲劇は、いかにも皆女優の成功を熱望している風に書かれていて、成功した女優さんは誰もイプセンに会い度《た》くなるそうで、御蔭様《おかげさま》でとやると、イプセンはいつも「貴女《あなた》の為《ため》に芝居を書いた覚えはない」と苦がい顔をしたそうだが、イプセンの臍曲《へそまが》りは、彼の勝手で、どうでもいい。名優が悪訳を突破した、突破するには恐らく台詞の上で直覚による大胆な自由な発明が敢行されたであろう、という事、それだけには格別問題はないとしても、これをわが国で行われている飜訳劇に照してだんだん考えを進めてみると、飜訳劇のみならず、新劇一般が、言わば隠し持っている大きな問題に触れて来る様に思われるのである。

実は、私は、この考えの端緒を、「ヘッダ・ガブラー」の公演の印象から直接得たのである。私は、はじめからこの印象の分析以上の事を書いているわけではない。どうしてこう俳優諸君は何んとなく元気のない感じなのであろうか。なる程陰気な芝居である。陰気な芝居を陽気にやって欲しいと言うのではない。役者というものは、見物を呑《の》んでかかって、威張り臭っていて然《しか》るべきものであろう。歌舞伎役者のいい気な自惚《うぬぼ》れにも、見物がそれを求めている限り、正当な理由がある。芝居に化かされに行く楽しみである。幕が揚《あが》れば、俳優だけが王者であり、原作者とか演出家とか、そんな余計なものは消えてなくなるのが、芝居の定法《じょうほう》であろう。私は、絶えずイプセンという決して登場しない俳優の影を追って坐っていた。これは見物としては辛《つら》い事であった。その時私はこう思った。例えばイプセンと田村秋子さん*との間では意志は疎《そ》通《つう》しているのだ、疎通していないという考えでは何事も始るまい、ただ途中に飜訳台本という邪魔がある、理窟に合わぬ考えの様だが、正直なところ、これがその時の私の感じそのままなのである。日本の俳優の自由と自信とを阻《はば》んでいるのは、イプセンという西洋の詩人ではない、飜訳台本という癌《がん》である。何故切開しないか。無論少々滑稽《こっけい》な言い方であるくらいは承知しているが、素人《しろうと》には素人なりに岡目《おかめ》八目《はちもく》も亦《また》あろうかという積りだ。

劇の飜訳は、詩の飜訳と同様、一種格別な飜訳の苦心を要求している筈のものだが、今日迄《まで》西洋近代劇は、恐らく散文並みの飜訳を通じて紹介されて来たのである。飜訳者達は世の大勢に従い、西洋近代小説の読者を目当てに、活字を通じて西洋近代劇を提供して来たのであって、彼等の眼中には俳優も観客も実は無かったのであり、イプセンをおやりか、拙訳でよろしかったらどうぞ、と言っていたのである。俳優も演出家もいい面《つら》の皮であるが、其処《そこ》は又よくしたもので、例えばイプセンの飜訳本は、あたかもイプセンの思想の如く神聖なものと映り、何しろ思想を演ずるのであるから、その解釈にばかり多忙を極めていた次第であった。大雑把《おおざっぱ》に言えば、これが飜訳劇史を動かして来た情勢であり、又、情勢という厄介な力は、その大雑把な性質にあるとも思われる。

歌舞伎劇の封建性を攻撃して得々《とくとく》たる時期は既に過ぎたが、新劇はさて何を反省すべきかについて態度を明らかにしていない様に見える。近代劇の運動は、従来芝居にはならぬと思われたものを芝居にする事に着目した運動で、言わばバルザックの「人間劇」概念の応用運動であり、ここに行われた変革は、劇的シチュエーションの、平凡な日常生活への大胆な移転にあったので、演劇概念の根本が動揺したわけではない。併し、其処には、どうしても劇に於ける散文的手法の過信という勢いは生じたのであり、西洋でも恐らくそういう事になったと推察されるが、わが国ではこれはひどい事になった。「お芝居」に対する侮蔑《ぶべつ》反感は、知らず知らずのうちに醸成蓄積されて、遂に福田恆存《つねあり》作「キティ颱風《たいふう》」の如き、作者自ら、私には役者などという専門家は不要であると公言し兼ねない演劇風散文の出現を見た。この散文の美点に就いては、既に提灯《ちょうちん》を持った事があるから、ここでは天罰覿面《てきめん》とでも言って置く。元を辿《たど》れば、近代演劇が近代散文文学の附属物として、到来し飜訳され、書架から舞台に向って歩いたという結果の現れなのである。

演劇が、発生的に、詩や音楽や舞踏に、固く結ばれていたという事は、極めて自然な事に思われる。そういう言わば演劇という木に、自然に生じた花や実の、純粋な演劇を考えた上での処理が、古典劇の厳格な約束や形式を生んだと言えよう。近代劇には当然同じものの新しい処理が要る。例えばイプセンの天才はこの処理に現れたのであって、彼の問題的思想やフロイト的心理学なら、其他の世界にもその代りはいくらもあったであろう。「幽霊」の独創性は、作者が遺伝の悲劇に気附いた処にあったのではなく、ギリシア悲劇という範型に改めて着目した処にある。

学生時代、辰野先生のモリエールの講読を聞いていて、私は面白くもおかしくもなかった。こんな高尚な喜劇は御免であると思っていた。或る時、これで見物は笑うんですか、と愚問を発すると、先生は答えた、笑うさ、ゲラゲラ笑うよ、君は落語を本で読んで笑うかね。私は飜然《ほんぜん》として悟る処があったのを思い出す。どんなに散文化されても台詞は散文にはならない。俳優の肉声に乗り一種の歌として聞えて来なければ、その本当の意味は現れる筈がないから。

「幽霊」が評判をとった当時、「ルーゴン・マッカール」のゾラの評判も大変なものであった。或る人が、イプセンに、ゾラの作をどう思うか、と訊《たず》ねたら、イプセンは、ふん、ゾラの事なら家内と子供にまかせてある、と答えたそうだ。恐らくこの時、イプセンは、人には言われぬ演劇的処理の苦痛を思っていたのだと推察される。ゾラはオスワルドに言う、「舞台どころではないぞ、さっさと下り給《たま》え、君には親父の遺伝がある」。イプセンが、やって来る。「成る程癈人《はいじん》だ、もう口も利《き》き度くはあるまい、だが、もう一っぺん出てみるんだな、台詞は何んとか工夫しよう」

事件や行動から性格へ、性格から心理へと赴く近代文学の強い傾向を演劇も辿った。イプセンの晩年の諸傑作では、事件はすべて過去に起って了ったと安心した人々が、過去という恐るべき幽霊の力を計量する事は、愚鈍な人間の力に余るがままに、お互に解った積りの聡明《そうめい》な心理的会話を取り交しているうち、事件の幽霊が現れるという仕組である。この象徴的事件を構成するものは偏《ひとえ》に台詞であって、イプセンの処理は、この点に集中されたに違いないのである。如何《いか》にして日常会話の観念を台詞という象徴的動作そのものと化するか。この音楽家は、台詞という音符を五線紙の上に記しておいたのだが、そのまま演奏出来た俳優は幸運である。わが国の舞台には、忠実な学術的飜訳という過去の幽霊が立ち現れ、名優もひたすらこれを忠実に発音しようと悩んでいる。この処まことに劇中劇とも称すべく、観客席の隅々《すみずみ》まで透《とお》る様に工夫されたに違いない原作者の台詞は、ヘッダの天性の美声を以ってしても屡々《しばしば》＊レーヴボルグだけにしか解らぬ会話になる。レーヴボルグはムニャムニャ言って独りで呑み込み眼玉をむく。若《も》し、金科玉条《きんかぎょくじょう》の観ある飜訳台本に、演出家特に俳優諸君の協力により、イプセンの精神を推察して、大胆な意訳飜案が行われなければ、飜訳劇公演の前途は暗いであろうと思われる。

ヘッダが死ぬと、茫然《ぼうぜん》自失したブラック判事が、やがて気を取り直し、妙な批評をする、人間は、こんな事をするものではないのだが、と。今度、「人形の家」を読み返してみたが、ノラの家出を見送った*ヘルマーは同じ事を言ってもいいのだ、と気附いた。ノラは女権論者を喜ばせば済む様な女ではない。ノラという女の裡《うち》にヘルマーが人間を認めなかったという理由で、彼女は逃げ出すのだが、ノラという人間の裡に、ヘルマーが女を認めなかったら、やっぱり彼女は逃げ出すだろうとは、イプセンがよく承知していた処である。世の中とは男の世の中だと気附いたノラの終幕の演説口調は、恐らく見物をうならせたに相違ないが、よく読んでみると、ちっともそんなあんばいのものではない。彼女には、言葉が見附からない、本当に感じているものを言う事が出来ない、そういう台詞なのである。ノラに扮《ふん》した、あるドイツの女優は、幕切れで、どうしても家を出て行くのが嫌だと言い張り、遂に家出をしないノラという新型を発明したそうであるが、彼女の説では、ノラの家出の心理は不合理で不可解であると言う。私に言わせれば、若し彼女が幕切れで一発ズドンとやったら名優と言うべきである。ノラが、世の中とは男の世の中に過ぎないと気附いた事など、作者としては大した事ではなかったろう。第一幕から、自分の死亡広告をして廻る、年老いたオスワルドの様な医者を、ノラの周りにうろ附かせている作者の用意は、何の為か。医者の呪《のろ》いは、劇中で一番敏感な彼女だけにかかっているのである。彼女を愕然《がくぜん》とさせたものは、新しい知識でも教養でも無論ないが、自己発見という様なものでもない。それは、何かしら得体《えたい》の知れぬものだ。彼女は、自分の無邪気な生の力が、そのまま何か野性的な暗い邪悪な本能の色を帯びて来る事に慄然《りつぜん》としている。彼女が言う奇蹟《きせき》とは、既に*オスワルドが叫ぶ太陽を予告している様に見える。彼女は、もう充分に魔性である。「四十五歳の女と関係し、彼は怪談を書き出した」というチェホフの言葉が、ふと思い出されたが、イプセンもノラを扱って以来怪談を書き出したのである。イプセンというフェミニスト写真師と言った*ストリンドベルクは見損なった。名優の名演に酔った見物の眼には、「*ロスメルスホルム」の舞台に、白い馬が見えたかも知れないし、「*海の夫人」の舞台では、海から来た男の姿は見えなかったかも知れない。「*野鴨《のがも》」に現れた象徴主義などという曖昧《あいまい》な言葉を使う必要はあるまい。これは、観察と批判の果てに語り出された比類のない怪談である。

　私が「野鴨」を読んだのは、廿《にじゅう》年以上も前の事だ。再読して、ここには、私の青年期に合点の行く様な事は、殆《ほとん》ど何も書かれていないと思った。「*ブランド」の予言者が雪崩《なだれ》で死んでから、廿年経つと二人の贋《にせ》予言者が現れ、自惚《うぬぼれ》、冗談、利己心、虚栄心、愚鈍、滑稽、そういうもの許《ばか》りを携えて、凄惨《せいさん》な悲劇を編み出す。無論、作者はもう説教などを信じていないが、これは攻撃でも諷刺《ふうし》でもない様だ。作者の異様な沈着と冷静とが感じられるが、その力は黙している。何を目当てに、こんな奇怪な悲劇を明るみに出す為、これ程精巧綿密な工夫はなされたか、それが全く不明なところが、怪談の一番無気味なところである。*ヘドキックは小娘ではない。彼女の自殺の心理はヘッダのより単純だと主張する理由は少しもない。贋予言者の一人は言ってもいいのだ、「十四歳の子供がこんな事をするわけがないのだが」。

「人形の家」と「幽霊」の革新的な新しさに度を失った世論に対し、イプセンは*「民衆の敵」で抗議した。尤《もっと》も抗議だったか嘲弄《ちょうろう》だったか知れたものではないのだが、保守派はデモクラシイの愚劣さを眺めて喝采《かっさい》し、急進派の*アナーキストは、己れの社会哲学の反映を認めて満足するという妙な始末になった後、イプセンは、自作に関する一切の弁解も解説も止《や》めて了った。イプセンの仮借《かしゃく》ない自己批判は、「ブランド」以来、その作の劇的テーマや劇的シチュエーションの眼を奪う様な強い色彩の裏に隠れて、陰気な執拗《しつよう》な歩みを続けていた。彼は「人民の敵」のストックマンに、自由主義者とは、自由人が迎え撃つべき最も狡猾《こうかつ》な敵だ、と言わせる。一人で立つ人間が一番強い、と言わせる。併し、作者自身は、裏に隠れていて、何も言いはしないのである。と言うのは、彼の晩年の諸作のうち、唯《ただ》一つ怪談めいたところのないこの作品は、甚だ皮肉な狡猾な姿をしている様に見えるという意味だ。彼は抗議を止めて了った。諦《あきら》めたのではない。恐らく内心の疑惑はいよいよ熟して来るばかりだったからである。虚偽は確かにいつも大衆の側にあるが、一人で立つ者は、果して強いかどうか。真理は自分が知っているが、残念乍《なが》らそれは合理的な真理ではない、正直に語れば怪談めいてくる真理を以って、抗議や勝利が果して可能であるか。

私がはじめてイプセンの作に接したのは、高等学校時代に読んだ「ヘリゲランドの勇士」*であるが、この北欧の伝説の哀愁は、丸善から買って来たエブリマンズ・ライブラリイ*の匂《にお》いと混じて未《いま》だ忘れる事が出来ない。晩年のイプセンは胸の中に消えずに燃えている伝説の火に悩むのである様に思われる。彼の「ヘッダ・ガブラー」は、フロオベルで言えば「ボヴァリイ夫人」*の様な意味合いの作であり、ヘッダはエンマの様に、日常生活がどうしても満たしてくれぬ訳のわからぬ願望を抱き、水平線の濃霧のうちに白帆の影を求めている難破した水夫であって、イプセンも亦《また》ヘッダは私だと言っている様だ。ヘッダはエンマの様に、訳のわからぬ願望を生活に試みてみようとはしないが、ヘッダの倦怠《けんたい》は、決して有閑や教養から来るものではない。彼女は、作者から、運命の神の言葉は聞くが、人間社会の言葉は聞かぬ伝説の女の魂を分たれているのである。イプセンのボヴァリスム*は雪や峡湾《フィヨルド》や海を曳《ひ》き摺《ず》って、近代生活のうちに流れ入り、ノラもヘッダも*レベッカも*エリーダも*エルラもみんな押し流す。誰一人救ってやらぬとは、成る程奇怪なフェミニストである。「海の夫人」では、細君に憑《つ》いた魔物は、幕切れでとうとう姿を消す様だ、それも夫婦が絶望した挙句《あげく》の果てにである。「*小さいアイヨルフ」の夫妻は、最後に希望めいたものを摑《つか》んだ様な様子だが、二人は最愛の息子を殺している。エルラは*グンヒルトと和解したらしいが、「*ボルクマン」の死骸《しがい》の傍でである。要するに、そんな事で安心するには、見物はもう長々と無気味な話を聞き過ぎている。「幽霊」の母親は、毒薬を持って息子の前で逡巡《しゅんじゅん》しているうちに幕が下される。或る人が、イプセンに、ああいう事態では、やはり思い切って決行するのが一番正しい唯一《ゆいいつ》の解決でしょうね、と言うと、イプセンは、いかにもそれが唯一の正しい解決だ、併し解決は延びるんだよ、人間生きているとは、希望が捨てられぬという意味だからね、と悲しそうに答えたそうである。

処で、登場人物に勝手に解決を与えたり与えなかったりしている事が、美とか真実とかの探求であると信じている劇作家という風変りな職業は如何《いか》なる悲劇となるか。「*建築家ソルネス」は遂《つい》に神も人間も棲《す》めぬ、空虚な尖塔《せんとう》を築き上げ、その頂から墜落して即死する。イプセンが「ソルネス」を書いたのは、余生を過ごす為に、長年の外国生活を打切って、故国に還《かえ》ってからである。世界的名声が、彼の周囲を取巻いていたのは勿論《もちろん》であるが、イプセンの伝記を読む者は、あたかもシルクハットとフロックコートと手袋と蝙蝠傘《こうもりがさ》で、名声に対し完全武装して了った様な不思議な人間の姿を、嫌でも認めなければならない。何かと言ってはイプセンを中心とする催しものや集会が開かれた。政治団体は右翼、左翼に別れ、学生は学生、老人達は老人達で、めいめい勝手な集会を開催して、イプセンを招待したが、彼は規則でも遵奉《じゅんぽう》する様に、これに応じ、常に極めて形式的な答辞を行ったそうである。この名優は、各国で演じられる芝居の上演料、発刊される本の印税の瑣細《ささい》な面倒な計算まで、独演して決して誤る事はなかった。ヘルマン・バング*という人が、モオパッサンに就いて講演した時、招待されたイプセンは、フロックコートを着て最前列に来ていたが、膝《ひざ》の上のシルクハットを弄《いじく》り、まるで聞いていない様な様子だったが、モオパッサンは、人間の死を、動けない肉体に間断なく卵を生みつけようと群がる蒼蠅《あおばえ》に譬《たと》えたという話になると、突然イプセンは顔を上げ、講演者を見据えたが、それは、まるで動物園のライオンが檻《おり》の中から、夜空に見入っている様な悲哀の表情で、バングは、話をしながら、突然イプセン自身が何を見ているか感じたと言っている。当時、「餓《う》え」を書いて評判になったクヌート・ハムスン*が「ノールウェイ文学」という演題で各地を講演して廻っていた。彼の意見は、新文学は在来の外的リアリズムを捨て、潜在意識の大きな世界に這入《はい》って行く為に、新しい内的リアリズムを取上げねばならぬという説で、特にイプセンをはじめ、＊ビョルンソン、＊キイランドなど、旧文学の大家達に対する痛快な攻撃が、各地で非常な評判を呼んでいた。ハムスンがオス＊ローにやって来ると、イプセンが聞きに行くかどうか、行ったらどうなるか、という取沙汰《とりざた》で、大騒ぎであったが、講演会が開かれると、招待されたイプセンは、やはり最前列の第一番の席にいた。彼は聴衆の視線などには全く無関心で、終始和《なご》やかな顔を講演者に向け、弾劾《だんがい》演説を熱心に傾聴した。彼は、これについて何んの感想も洩《も》らさなかったが、「ソルネス」が書かれたのはその翌年であった。次いで彼は、「小さいアイヨルフ」を海に誘う鼠取《ねずみと》りばあさんを描き、ライオンの死の様な「ボルクマン」を描き、最後に、ソルネスという芸術家に「死から目を覚ました時」生前既に死んでいた事をもう一っぺん確かめさせた。彼のペンは、もう動かなかった。扨《さ》て、伝記作者は、イプセン夫人が見たというイプセンの幕切れの演技について記している。長い事病牀《びょうしょう》にあって、絶望だと言われてからも、彼の頑健な肉体はよく堪えた。或《ある》朝、誰もう動くとは信じなかった彼の上半身が、突然ベッドの上で起き上った。彼の眼は何かを凝視していたが、やがて口が動き、彼は大声で、はっきり言った、「ところが、違うんだ」。

（「新潮」昭和二十五年十二月号）

注　解

作家の顔

ページ

九　＊北条民雄　小説家。大正三年（一九一四）京城生れ。郷里は徳島県。一九歳でハンセン病を発病。昭和一二年（一九三七）一二月死去、二三歳。

＊癩病院　癩病患者を専門に収容・治療する病院。癩病（ハンセン病）は癩菌による慢性の感染症。当時、患者は癩予防法（昭和六年制定）によって強制的に収容・隔離されていた。同法は昭和二八年の改正（「らい予防法」）を経て、平成八年（一九九六）に廃止された。

＊間木老人　北条民雄が昭和一〇年一一月、『文學界』に秩父号一の筆名で発表した小説。

一〇　＊モチフ　創作の動機となる内面的要因。

＊小説の書けぬ小説家　中野重治の小説。昭和一一年一月、『改造』に発表した。

＊一般　同様。

＊フロオベル　Gustave Flaubert　フランスの小説家。一八二一～一八八〇年。作品に「ボヴァリー夫人」「感情教育」など。

＊ジョルジュ・サンドへの書簡　ジョルジュ・サンド George Sand は、フランスの女性

作家。一八〇四～一八七六年。中村光夫訳は昭和一〇年（一九三五）一一月、文圃堂書店刊。

一一

*カルタゴ戦役　ポエニ戦争ともいう。北アフリカで、フェニキア人の植民都市として栄えたカルタゴは、前三～前二世紀にかけてローマと地中海世界の覇権を争い、第三次ポエニ戦争の際、ローマの将軍スキピオ（小アフリカヌス）に包囲され滅亡した。

*女衒　女性を遊郭に売ることを職業とする者。

*シュブュル　古代ローマにあった民衆が住む地区の名。

*香具師　祭礼などで、商品を売る人。てきや。

*クロワッセ　フローベルの故郷ルーアンの近郊にある町。一八四六年以降、フローベルはこの町に住んだ。

一二

*鮮血淋漓　生き血がしたたり落ちるさま。

*ロオレンス　David Herbert Lawrence　イギリスの小説家。一八八五～一九三〇年。作品に「チャタレイ夫人の恋人」など。引用の手紙は一九一〇年、ヘレン・コーク宛のもの。

*形而上学的　「形而上学」は哲学の一部門。事物や現象の本質あるいは存在の根本原理を、思惟《しい》や直観によって探求しようとする学問。

一三

*不死鳥　エジプト神話の霊鳥。不滅・再生の象徴。

*正宗白鳥　小説家、劇作家、評論家。明治一二年（一八七九）岡山県生れ。この年五七歳。作品に「牛部屋の臭《にお》い」「入江のほとり」など。昭和三七年没。

＊廿五年前…　引用は、この年、昭和一一年の一月一一日と一二日に、正宗白鳥が『読売新聞』に発表した「トルストイについて」から。前年の一二月、ナウカ社から出版された「トルストイ未発表日記・一九一〇年」の読後感想として書かれた。

＊家出して…　一九一〇年一〇月二八日、八二歳のトルストイは侍医を伴って家を出た。途中、肺炎となり、一一月七日、リャザン＝ウラル線のアスターポヴォ駅（現在のレフ・トルストイ駅）の駅長官舎の一室で死去した。

＊山の神　自分の妻。ここではトルストイの妻ソフィアをさす。

＊孤往独邁　独りで行くこと。

一四　＊癲癇　意識障害などの発作を繰り返す慢性の脳疾患。ドストエフスキーは終生癲癇に苦しめられた。

＊瑣事　些事。ささいなこと。

一五　＊狂水病　狂犬病の別称。犬などのウィルス性伝染病。

＊カント　Immanuel Kant　ドイツの哲学者。一七二四～一八〇四年。主著に「純粋理性批判」「実践理性批判」「判断力批判」など。ただし、カントの死因は老衰である。

＊私小説　作者が作者自身の実生活と、その生活経験に伴う心境・感慨を記した小説。

思想と実生活

一六　＊廿五年前…　前注参照。

＊正宗白鳥　小説家、劇作家、評論家。三四四頁参照。
＊拙文　著者がこの年、昭和一一年（一九三六）一月に発表した「作家の顔」（本書一三頁～参照）をさす。
＊氏は答えている　正宗白鳥は『中央公論』に連載中の「文芸時評」で〈抽象的煩悶〉と題して著者に反論した。

一七　＊翁「翁」は男の老人の敬称。ここではトルストイをさす。
＊ト翁「トルストイ翁」の意。

一八　＊一九一〇年の日記「トルストイ未発表日記・一九一〇年」。前頁「廿五年前…」参照。
＊ソクラテスの細君　古代ギリシャの哲学者ソクラテス（前四六九～前三九九）の妻クサンティッペ。悪妻の代表的存在として伝えられている。

一九　＊ストラアホフ　Nikolai Nikolaevich Strakhov　ロシアの哲学者、批評家。一八二八～一八九六年。一八五九年末にドストエフスキーと知り合い、以後、愛憎相半ばする交際が続く。一八八三年、「ドストエフスキーの回想」を含む「ドストエフスキー伝」をミルレルとの共著で出版。以下の書簡は、その年の一一月二六日（露暦）付のトルストイ宛《あて》のもの。

二〇　＊ヴィスコヴァトフ　Pavel Aleksandrovich Viskovatov　ロシアの文芸史家。一八四二～一九〇五年。ドストエフスキーの知人。デルプト大学教授。

二一　＊スタヴロオギン　ドストエフスキーの小説「悪霊」の主人公。非情なニヒリスト。

＊ゾシマ　ドストエフスキーの小説「カラマーゾフの兄弟」に出る高潔な老僧。

＊バルザック　Honoré de Balzac　フランスの小説家。一七九九〜一八五〇年。「人間喜劇」と総称される九一篇の長短篇小説のなかに、フランス革命（一七八九）後の社会を舞台として約二千人の人物の性格、職業、境遇、階級等々を描いた。「ゴリオ爺《じい》さん」「谷間の百合」など。

＊猫の生活力　ドストエフスキーが、彼の支援者ヴランゲリに出した、借金の申込みの手紙（一八六五年四月一四日付）にある言葉。最愛の兄を失った悲しみと借金苦に打ちひしがれながらも新たな生活を始めようとする絶望的なエネルギー（同じ書簡中の言葉）を自嘲《じちょう》気味にこう表現した。より原文に近い訳語としては「猫の生命力」。

二二

＊逆説　通常一般に認められている説に反しながら、なおその中にある種の真理を含む説や事象、また一見矛盾のように見えるがよく考えれば真理である説や事象。

＊私小説　作者が作者自身の実生活と、その経験に伴う心境・感慨を記した小説。

＊心境小説　作者が自分自身の生活に即し、主観的にその心境を描写した小説。

＊地下室の手記　Zapiski iz podpol'ya　ドストエフスキーの中篇小説。一八六四年発表。四〇歳の退職官吏が、ペテルブルグ郊外の部屋に引きこもり、世の中への毒念を書き綴《つづ》る。

二三

＊ラスコオリニコフ　ドストエフスキーの小説「罪と罰」の主人公。貧しい元大学生で、選ばれた者は人類の幸せのために殺人すらも許されるという想念に捉《とら》えられ、金貸しの

老婆《ろうば》を殺害する。
＊クロワッセ　フローベルの故郷ルーアンの近郊にある町。三四四頁参照。
＊フロオベルは…　三四三〜四頁参照。
二五　＊加能作次郎　小説家。明治一八年（一八八五）石川県生れ。作品に「世の中へ」「厄年」など。昭和一六年（一九四一）没。以下の引用は、加能が『東京朝日新聞』に連載していたエッセイ「老いたるカナリヤ」の〈五〉（昭和一一年三月一〇日）から。
＊四十八の時　作品「アンナ・カレーニナ」が完成した一八七七年の春、トルストイは四八歳であった。
＊アンナ・カレニナ　Anna Karenina　トルストイの長篇小説。一八七五〜七八年刊行。社会の因襲に抗い、道ならぬ恋に走るが、結局は鉄道自殺を選ぶしかなかった貴族の女性の悲劇を描く。
＊ナポレオンの凡人たる…　トルストイはその作品「戦争と平和」（次項参照）で、主人公の目を通して、名誉欲にとりつかれた卑小なナポレオン像を描いた。
二六　＊戦争と平和　Voina i mir　トルストイの長篇小説。一八六八〜六九年刊行。ナポレオン戦争下のロシアとロシア人の運命を規模壮大に描く。
＊わが懺悔　Ispoved'　トルストイの自省録。一八八二年刊行。生の喜びを欺瞞《ぎまん》として断罪した回心の表明の書。
＊膠着　しっかり着くこと。ねばりつくこと。

中野重治君へ

二八　＊閏二月二十九日　中野重治が、この年、昭和一一年（一九三六）に発表した評論。中野重治は詩人、小説家、評論家。明治三五年（一九〇二）福井県生れ。この年三四歳。昭和五四年没。

＊駁論　他人の考えや論証を批判し攻撃する論。

二九　＊エピゴオネン　思想・芸術などの分野で他人の真似《まね》ばかりして独創性のない人。亜流。

＊非合理主義　一般に、理性や論理を重視せず、感情や直観に頼って行動する生活態度をさす。哲学用語としては、世界についての究極の認識は、悟性ではなく直観や神秘的体験によって得られるとする立場。

＊合理主義　一般に、生活や考え方において理にかなったことを重視する態度をさす。哲学用語としては、経験に基づかない理性的認識を真の認識と考え、数学を学問の模範とし、存在や価値に関して人間が先天的に持つとされる生得観念を認める立場をさす。

＊シェストフ　Lev Shestov　ロシアの哲学者。一八六六年生れ。不安の哲学の主唱者として第一次大戦後に広く知られた。著書に「ドストエフスキーとニーチェ（悲劇の哲学）」など。一九三八年没。

＊シェストフに関する文章　「レオ・シェストフの『悲劇の哲学』」をさす。昭和九年四月、『文藝春秋』に発表した。

三〇　＊様々なる意匠　著者のデビュー評論。昭和四年（一九二九）、『改造』の懸賞評論に応じて二席に入選、同誌九月号に掲載された。

＊意匠　趣向、工夫。

三一　＊フランス象徴派詩人等　一九世紀後半のフランスにおいて、内面的思考や主観的情緒を何らかの象徴によって表現しようとした詩人たち。ボードレール、マラルメ、ヴェルレーヌ、ランボー、ヴァレリーなどがその代表。

三二　＊鳥瞰　鳥が地上を見おろし見渡すように、大きく展望すること。

三三　＊到来もの　他から贈られた物。ここでは外国から来た物、舶来物、の意。

志賀直哉

三四　＊志賀直哉　小説家。明治一六年（一八八三）宮城県生れ。この年四六歳。作品に「城《き》の崎にて」「和解」「暗夜行路」など。昭和四六年（一九七一）没。

三六　＊エドガア・ポオ　Edgar Allan Poe　アメリカの詩人、小説家。一八〇九〜一八四九年。小説「黄金虫」「モルグ街の殺人」などによって推理小説の祖となる。詩に「大鴉」「鐘」、詩論に「ユリイカ」など。これらはフランスの象徴詩に影響を及ぼした。

＊奇譚作者　珍しく面白い物語や言い伝えを作り上げる者。

＊セザル・フランク　César Auguste Franck　ベルギー生れのフランスの作曲家、オルガニスト。一八二二〜一八九〇年。作品に「交響的変奏曲」「ヴァイオリン・ソナタ

イ長調」「交響曲　ニ短調」など。

三七　＊規矩　手本、法則。

＊神速　非常に速いさま。

＊耀眩　まぶしいほどに輝くさま。

＊孱弱　ひよわなこと。

三八　＊アントン・チェホフ　Anton Pavlovich Chekhov　ロシアの小説家、劇作家。一八六〇〜一九〇四年。小説に「可愛い女」「犬を連れた奥さん」、戯曲に「かもめ」「三人姉妹」「桜の園」など。

＊或る朝　志賀直哉の処女作。明治四一年、数え年二六歳で書かれ、大正七年（一九一八）に発表された短篇小説。祖父の三回忌の法事の朝の情景を描く。

＊退屈な話　Skuchnaya istoriya　チェーホフの中篇小説。発表は一八八九年、二九歳。「私」は世に知られた医学教授、しかし年老いて人間への関心を失い、養女の人生についての問いかけに答えられない。

＊挽歌　人の死を哀しみ悼む詩歌。

三九　＊ウルトラ・エゴイスト　ここでいわれる「エゴイスト」は、自らの精神的・肉体的個性を凝視し、肯定し、これを率直に描き出す作家、の意。具体的には次行以下に説かれる。

＊氛気　ある感じ、雰囲気。

＊助六　歌舞伎十八番の一つ「助六由縁《ゆかりの》江戸桜」のこと。家宝の名刀友切丸を尋ねる江戸

の男伊達《おとこだて》・花川戸の助六（実は曾我《そが》の五郎）は、恋人の遊女揚巻《あげまき》に言い寄る髯《ひげ》の意休に刀を抜かせるため、さまざまに挑発する。

＊先験的な笑　同一の経験の有る無しにかかわらず、いつでも誰でも、見たり聞いたりすれば催す普遍的な笑い。

四〇

＊ぼうさん　坊ちゃん。

＊清兵衛と瓢箪　志賀直哉が大正二年（一九一三）一月、『読売新聞』に発表した短篇小説。一二歳の清兵衛は、瓢箪に魅せられ、教室でも手離さない。とうとう教師に見つかり取り上げられる。家でも怒った父親に集めた瓢箪を割られてしまう。

＊玄能　大型の鉄製の槌《つち》。

＊荆棘　いばら。転じて、障害や困難。

＊輾転　ころがること。

＊ヴェルレエヌ　Paul Verlaine　フランスの詩人。一八四四〜一八九六年。詩集「艶なるうたげ」「言葉なき恋歌」「叡知」など。

四一

＊逆説的風景　「逆説」は、通常一般に認められている説に反しながら、しかしなおその中にある種の真理を含む説や事象。また「急がば回れ」など、一見矛盾のように見えるがよく考えれば真理である説や事象。

＊クローディアスの日記　志賀直哉が大正元年九月、『白樺』に発表した短篇小説。シェイクスピアの悲劇「ハムレット」を、その登場人物で、兄王を殺したデンマーク王クロ

ーディアスの日記という形式で捉《とら》え直す。
＊正義派　志賀直哉が大正元年九月、『朱欒《ザボン》』に発表した短篇小説。電車が少女を轢《ひ》くのを目撃した三人の線路工夫の心理を描く。
＊范の犯罪　志賀直哉が大正二年一〇月、『白樺』に発表した短篇小説。范という中国人の奇術師が、ナイフ投げの演技中に妻を死なせた事件の判決までを描く。
四二 ＊大脳　脳の一部。思考など精神作用を営む場。
＊小脳　脳の一部。運動や平衡をつかさどる。
四三 ＊虹彩　眼球の瞳孔《どうこう》周囲の膜。伸縮して目に入る光の量を調節する。
＊トロピズム　生物学上の用語で、「屈性」「向性」のこと。動植物の器官が外部の刺激に対して、一定の方向に曲がる現象をいう。
＊ジェラル・ド・ネルヴァル　Gérard de Nerval　フランスの詩人、小説家。一八〇八～一八五五年。一八四一年から断続的に精神の変調をきたした。詩集「幻想詩集」、小説集「火の娘たち」など。
＊夢と生　ネルヴァルの最後の小説「オーレリア」の副題。
四四 ＊児を盗む話　志賀直哉が大正三年四月、『白樺』に発表した短篇小説。瀬戸内海沿岸の町に一人住まいで小説を書いている男が、孤独感から自分の通う按摩《あんま》の家の女の子を誘《ゆう》拐《かい》し、自宅に連れ帰る。
＊ショパン　Frédéric François Chopin　ポーランドの作曲家、ピアニスト。一八一〇

〜一八四九年。主としてパリに居住。二曲のピアノ協奏曲と様々なピアノ独奏曲を作曲し、「ピアノの詩人」と呼ばれる。
＊装飾音符　曲の構造を変えずにある表情を付加したり、華麗にしたりするための飾りの音。特殊な記号や小さな音符で楽譜に示す。前打音、後打音、トリル、アルペッジョなど。

四六
＊モオパッサン　Guy de Maupassant　フランスの小説家。一八五〇〜一八九三年。「脂肪の塊」「女の一生」など。
＊フロオベル　Gustave Flaubert　フランスの小説家。一八二一〜一八八〇年。「ボヴァリー夫人」「感情教育」など。
＊細骨鏤刻　「細骨」は「砕骨」等の錯誤か。非常な苦心。「鏤刻」は金属や木に絵や文字をきざむこと。転じて文章や辞句を推敲《すいこう》・修飾すること。
＊鏨　金属に細工を施すための鋼製の鏨《のみ》。

四七
＊真鶴　志賀直哉が大正九年（一九二〇）九月、『中央公論』に発表した短篇小説。恋に目覚め始めた漁師町の少年が、小さな弟の手を引いて買い物に出かけた一日を描く。
＊城の崎にて　志賀直哉が大正六年五月、『白樺』に発表した短篇小説。療養先の温泉地、城崎における生死の境の心境を綴《つづ》る。
＊夢　志賀直哉が大正九年一月、『雄弁』に発表した短篇小説。夢で見た学習院時代の友人の記憶、その友人との偶然の再会、さらに彼からもらった手紙の引用からなる。

＊或る男、其姉の死　大正九年一〜三月、志賀直哉が『大阪毎日新聞』夕刊に連載した小説。「私」が一八歳の年に家出して行方不明だった兄、姉の死の床での兄との九年ぶりの再会、そこから回想される父と兄との愛憎と衝突を描く。

＊和解　志賀直哉が大正六年一〇月、『黒潮』に発表した中篇小説。長年に及んだ父親との確執の氷解過程を描く。

四八
＊象嵌　ある物に別の材料をはめこむこと。またその製品。

＊カタストローフ　物語の終局、劇の大詰め。

＊ポオの如き資質　ポーはその評論「構成の原理」の中で、自身の「大鴉」制作の過程を詳しく語っている。

五〇
＊一眦　「眦」はまなじりの意。「一眦をもって」は一目見て、一目で。

＊鵠沼行　志賀直哉が大正六年一〇月、『文章世界』に発表した短篇小説。長兄である主人公が、休日に祖母や母、弟や妹たちを連れて、鵠沼へ出かけた一日の情景を描く。

＊母の死と新しい母　志賀直哉が明治四五年（一九一二）二月、『朱欒』に発表した短篇小説。一三歳での実母の死、次いで現れた継母を受け入れる少年の心情を描く。

五一
＊速夫の妹　志賀直哉が明治四三年一〇月、『白樺』に発表した短篇小説。少年時代によく訪れた友人の一家の繁栄と没落、その友人の妹への淡い恋情の記憶を綴る。

＊豊年虫　志賀直哉が昭和四年（一九二九）一月、『週刊朝日』に発表した短篇小説。執筆に訪れた信州戸倉の街の情景を描く。「豊年虫」はカゲロウ。

五二　＊性格破産者　自分自身を過度に意識するが意志薄弱、意識と行動が乖離《かいり》した病的な人物のこと。広津和郎が大正六年（一九一七）に発表した小説「神経病時代」の登場人物がその典型とされる。
　　＊斫断　切断すること。
五三　＊マルセル・プルウスト　Marcel Proust　フランスの小説家。一八七一～一九二二年。作品に「失われた時を求めて」。

志賀直哉論

五四　＊志賀直哉　小説家。明治一六年（一八八三）宮城県生れ。作品に「城の崎にて」「和解」「暗夜行路」など。昭和四六年（一九七一）没。
　　＊志賀氏の作品について…　著者は、昭和二年一月、東京帝国大学仏蘭西文学科在学中に「志賀直哉の独創性」を書き、武者小路実篤《むしゃのこうじさねあつ》に届けたが未発表に終った。その後、昭和四年一二月、『思想』に「志賀直哉」（本書三四頁～参照）を発表した。
五五　＊和解　中篇小説。前頁参照。
　　＊法がつかぬ　なすすべがない。
　　＊城の崎にて　短篇小説。三五四頁参照。
　　＊焚火　志賀直哉が大正九年（一九二〇）四月、『改造』に発表した短篇小説。湖のほとりで、妻や知人と焚火に興じた夜、知人の一人が雪の山道での不思議な経験を語る。

五六　＊私小説家　「私小説」は、作者が作者自身の実生活と、その生活経験に伴う心境・感慨を記した小説。

五七　＊尾崎一雄　小説家。明治三二年三重県生れ。志賀直哉の影響を受けて作家を志す。昭和一二年七月、「暢気眼鏡《のんき》」で第五回芥川賞を受賞。昭和五八年没。

五八　＊ウェルズ　Herbert George Wells　イギリスの小説家、評論家。一八六六〜一九四六年。「世界史大系」などの啓蒙科学書を著し、また「タイム・マシン」や「透明人間」などで科学小説・未来小説の分野を開拓した。「選集」とあるのは「世界文豪読本全集ウェルズ篇」（第一書房、昭和一二年刊）のこと。

＊無間地獄　原文ではlimbo。煉獄《れんごく》のこと。カトリックの教義では、天国と地獄の中間にあり、軽い罪を犯した人やキリスト以前の時代の善人などが死後に送られ、罪を償い、また信仰を得て天国に向かう場所。浄罪界。「無間地獄」は仏教用語で、阿鼻地獄ともいい、最大の罪人が罰せられる焦熱地獄。

＊サッカアレイ　William Makepeace Thackeray　イギリスの小説家。一八一一〜一八六三年。作品に「虚栄の市」「ヘンリー・エズモンド」など。

＊ディッケンズ　Charles Dickens　イギリスの小説家。一八一二〜一八七〇年。作品に「クリスマス・キャロル」「二都物語」など。

五九　＊月五十円　当時は巡査の初任給が月四五円、小学校教員の初任給が月五〇円であった。

＊武田麟太郎　小説家。明治三七年大阪生れ。この年三四歳。プロレタリア作家として出

発し、後に市井事ものを発表する。昭和二一年（一九四六）没。

六〇 ＊銀座八丁　昭和九年八～一〇月、『東京朝日新聞』夕刊に連載した小説。

＊下界の眺め　昭和一〇年八月～一一年二月、『都新聞』に連載した小説。

＊釜ヶ崎　昭和八年三月、『中央公論』に発表した小説。

＊志賀直哉全集　「志賀直哉全集」は昭和六年に改造社から大判一冊本で刊行され、昭和一二年からは第二次全集全九巻が同じく改造社から刊行されていた。ここで言及されているのは後者。価格は各巻二円八〇銭。

六三 ＊リアリズム　写実主義。現実的な素材と客観的描写を重視する文学表現上の技法。一八世紀のイギリスに興り、一九世紀ヨーロッパの自然主義文学の土台となった。日本には明治一〇年代に導入され、坪内逍遥《しょうよう》、二葉亭四迷《ふたばていしめい》などによって展開された。

六五 ＊滝井孝作　小説家、俳人。明治二七年（一八九四）岐阜県生れ。小説に「無限抱擁」「結婚まで」など。昭和五九年没。

＊芭蕉の正風　「芭蕉」は江戸時代の俳人、松尾芭蕉。「正風」は芭蕉とその一門の理念・俳風をいう語。わび・さび・しおりなどと表現される閑寂の境地を尊ぶ。「蕉風」とも。

六六 ＊エレメント　要素、構成分子。

六七 ＊フロオベル　Gustave Flaubert　フランスの小説家。一八二一～一八八〇年。ここに引かれた教えは弟子の小説家モーパッサンに与えられた。

六八 ＊本所　現在の東京都墨田区南部の一地区。もと東京市三五区の一つ。隅田川東岸の低地で、中小工場が密集する商工業地域。
*トリヴィアリズム　瑣末《さまつ》主義。
六九 *ロマンティスム　ロマン（浪漫）主義。一八世紀末から一九世紀初頭にかけて、ヨーロッパで展開された芸術上の思潮・運動。自然・感情・空想・個性・自由の価値を重視した。
*ヴァレリイ　Paul Valéry　フランスの詩人、思想家。一八七一年生れ。詩篇「若きパルク」、評論「ヴァリエテ」など。一九四五年没。引用の言葉は「レオナルド・ダ・ヴィンチの方法」〈覚書と余談〉から。
七〇 *演繹　一般的な原理から、特殊な事柄を、論理的手続きのみで推論すること。
*病因論　病気の原因についての研究。病原学。
七一 *印象批評　芸術作品から得られる印象に基づき、客観的基準を用いず主観的に行う批評。
七二 *ユニック　独自な、無比の。
*暗夜行路　志賀直哉の長篇小説。大正一〇年（一九二一）から昭和一二年にかけて『改造』に断続連載された。
*時任謙作　「暗夜行路」の主人公。祖父と母の不義の子として生れ、結婚してからふたたび妻の過失を知らされるという運命に直面しながら、精神の平安と自足を模索する。
七七 *モラリスト　人間精神を探究する人。

＊白樺派　文学・美術雑誌『白樺』（明治四三〜大正一二）に拠った作家たち。武者小路実篤、志賀直哉、有島武郎、里見弴《とん》、岸田劉生《りゅうせい》、高村光太郎など。否定的な人間観に行き詰まった自然主義に対し、自己への忠実と成長を中心とする個人主義、さらに人道主義、理想主義の立場に立った。
＊巨大な神話　「旧約聖書」の〈創世記〉で、人類最初の夫婦アダムとイヴが、神の戒めにそむいて智恵の木の実を食べ、そのため楽園エデンを追放されたという物語をさす。
＊モンテエニュ　Michel de Montaigne　フランスの思想家。一五三三〜一五九二年。著作に「エセー」他。モンテーニュをはじめパスカル、ラ・ロシュフーコーなど、一六〜一八世紀初頭のフランスで、人間の心理や本性を観察・探求し、倫理的考察もまじえて随筆や箴言《しんげん》の形で書いた文筆家たちは特にモラリストと呼ばれ、以来フランス文学の一つの伝統となっている。

八〇　＊オルテガ　José Ortega y Gasset　スペインの哲学者。一八八三年生れ。ドイツ観念論とニーチェの哲学を批判的に摂取し、生の哲学を展開した。著書に「ドン・キホーテについての省察」「大衆の反逆」など。一九五五年没。引用の言葉は「知性の改造」（一九二六）から。

菊池寛論

八一　＊菊池寛全集　菊池寛は小説家、劇作家。明治二一年（一八八八）香川県生れ。「無名作

家の日記」「恩讐《おんしゅう》の彼方《かなた》に」などで文壇的地位を確立、後に「真珠夫人」「貞操問答」等、自ら通俗小説と呼んだ作風で文学界に波紋を起した。また、雑誌『文藝春秋』の創刊、文芸家協会の設立、芥川・直木賞の設定など、作家の育成、文芸の普及にも貢献した。昭和二三年（一九四八）没。「菊池寛全集」は昭和四〜五年、平凡社刊。全一二巻。

八二

＊谷崎氏　谷崎潤一郎。小説家。明治一九年東京生れ。作品に「刺青《しせい》」「蓼《たで》喰う虫」など。昭和四〇年没。

＊春琴抄　谷崎潤一郎の中篇小説。昭和八年六月、『中央公論』に発表。大阪道修町の薬種商鵙屋《もずや》の盲目の娘春琴と、彼女に献身的な愛を捧《ささ》げる奉公人佐助とを描く。

＊貞操問答　菊池寛のいわゆる通俗小説。困窮した一家を立て直すため、三姉妹の次女新子は上流家庭前川家の家庭教師となる。が、主人準之助と恋に落ち、元子爵令嬢である準之助の妻と衝突する。昭和九年七月二二日から昭和一〇年二月四日にかけて『東京日日新聞』『大阪毎日新聞』に連載した。

＊魯迅　中国の文学者。一八八一〜一九三六年。日本で医学を学び、帰国後に処女作「狂人日記」を発表、中国近代文学の創始者となった。作品に「彷徨」など。

＊林守仁　ジャーナリスト。明治二九年鹿児島県生れ。魯迅と交渉を持ち、「阿Q正伝」を訳し、多くの中国報道を行う。昭和一三年没。

＊阿Q正伝　魯迅の小説。主人公の貧農「阿Q」が、辛亥《しんがい》革命に翻弄《ほんろう》される姿を通じて、近代中国の問題を風刺的に描く。一九二一〜二二年発表。

八三 ＊魯迅全集　昭和一二年（一九三七）改造社刊の「大魯迅全集」全七巻のこと。
＊ゴオリキイ　Maksim Gor'kii　ロシアの小説家、劇作家。一八六八〜一九三六年。戯曲に「どん底」、小説に「母」など。
＊ジイド　André Gide　フランスの小説家。一八六九年生れ。作品に「狭き門」「田園交響楽」「贋金《にせがね》つかい」など。一九五一年没。
八四 ＊正宗白鳥　小説家、劇作家、評論家。明治一二年（一八七九）岡山県生れ。菊池寛論には「菊池寛論『その他』」（昭和三年四月、『中央公論』）などがある。昭和三七年（一九六二）没。
＊杉山平助　評論家。明治二八年大阪生れ。菊池寛論には、「菊池寛論」（昭和八年八月、『中央公論』）などがある。昭和二一年没。
＊ボオドレエル　Charles Baudelaire　フランスの詩人。一八二一〜一八六七年。詩集に「悪の華」「パリの憂鬱《ゆううつ》」など。
＊文藝春秋　菊池寛が大正一二年（一九二三）に創刊した雑誌。
＊通俗文学　芸術性よりも娯楽性や大衆性に力点を置き、プロットの構成によって読者を引きつける文学。現代風俗をテーマにした通俗文学は明治三〇年代に流行した家庭小説に始まるが、菊池寛は大正九年、「真珠夫人」でこの分野に新境地を開き、以後は通俗長篇に専念、昭和期にはその人気から通俗文学の大家と見なされるようになった。

八五　＊父帰る　菊池寛の戯曲。大正六年、『新思潮』に発表。二〇年前、多くの借財を残したまま家族を捨てて愛人と出奔した父親が、ある晩家に帰ってくる。老いた妻と次男は歓迎するが、一家を支え養ってきた長男は父を敵と呼び追い返す。

＊新道　菊池寛の小説。昭和一一年一月一日から同年五月一八日まで『大阪毎日新聞』『東京日日新聞』に連載した。

＊志賀　志賀直哉。小説家。明治一六年宮城県生れ。作品に「城の崎にて」「和解」「暗夜行路」など。昭和四六年没。

＊里見　里見弴。小説家。明治二一年神奈川県生れ。作品に「多情仏心」など。昭和五八年没。

＊芥川　芥川龍之介。小説家。明治二五〜昭和二年。作品に「鼻」「羅生門」など。

＊佐藤　佐藤春夫。詩人、小説家。明治二五年和歌山県生れ。作品に「田園の憂鬱」など。昭和三九年没。

＊自然主義的小説技法　「自然主義」は一九世紀後半にフランスを中心として興った文学思想・運動。自然科学と実証主義に基づき、自然的・社会的環境の中の人間の現実を客観的に描こうとした。ゾラやモーパッサンらがその代表。日本では島崎藤村、田山花袋《かたい》などを先駆とし、多くは自己の私生活に基づく告白小説の形をとった。

八七　＊雷同　事柄のよい悪いを考えずに、他人の意見に賛成すること。

八八　＊新珠　菊池寛の小説。『婦女界』に大正一二年七月から一三年一〇月まで連載。大正一二（一九二三）～一三年、三巻本で春陽堂から刊行。
＊吉村冬彦　物理学者、寺田寅彦《とらひこ》の筆名。明治一一～昭和一〇年（一八七八～一九三五）。ここで言われている随筆は「錯覚数題」（昭和八年八月、『中央公論』）。
＊ハイディンガア・ブラッシ　「ハイディンガア」Wilhelm Karl von Haidinger はオーストリアの地学者。一七九五～一八七一年。「ブラッシ」はここではブラシ（刷毛）状の模様のこと。
＊ヘルムホルツ　Hermann von Helmholtz　ドイツの生理学者、物理学者。一八二一～一八九四年。「エネルギー保存の法則」を確立し、また、生理音響学や生理光学の開拓者となった。

八九
＊啓吉物　菊池寛の身辺雑事に取材した短篇のうち、啓吉を主人公とした短篇群。「啓吉の誘惑」「妻の非難」「流行児」「R」「おせっかい」「将棋の師（小品二つ）」など。
＊忠直卿行状記　菊池寛の小説。大正七年九月、『中央公論』に発表。越前少将松平忠直は、権力者ゆえの孤独から狂乱に陥ってゆく。
＊出世　菊池寛の小説。大正九年一月、『新潮』に発表。
＊葬式に行かぬ訳　菊池寛の小説。大正八年二月、『新潮』に発表。
＊受難華　菊池寛の小説。大正一四年三月～一五年一二月、『婦女界』に連載。

九〇
＊譲吉　「出世」の主人公。
＊玩弄　もてあそぶこと。なぶりものにすること。

＊半自叙伝　菊池寛の自伝。『文藝春秋』に昭和三年五月から四年一二月まで連載した。

九一　＊高橋是清　財政家、政治家。安政一年（一八五四）生れ。大正一〇年首相に就任。一時引退するが蔵相として復帰し、昭和初期の金融恐慌《きょうこう》の処理を担当した。昭和一一年、岡田内閣の蔵相時に二・二六事件で殺害された。

九一　＊作家凡庸主義　菊池寛の随筆「芸術と天分―作家凡庸主義」のこと。大正九年三月、『文章世界』に発表した。

九二　＊善心悪心　里見弴の自伝的青春小説。大正五年、『中央公論』に発表。

九四　＊描写の後に…　小説家高見順（明治四〇～昭和四〇年）が、昭和一一年五月、『新潮』に発表した論文「描写のうしろに寝ていられない」をふまえている。

＊ブルジョア文学者　ブルジョアを擁護する文学者、ブルジョアに属する文学者。「ブルジョア」は資本主義社会における有産階級、金持。

九五　＊林房雄　小説家。明治三六年大分県生れ。プロレタリア文学の作家として活動後、著者らと『文學界』の創刊に参加。作品に「青年」など。昭和五〇年没。

＊武者小路実篤　小説家。明治一八年東京生れ。作品に「お目出たき人」「人間万歳」など。昭和五一年没。

九六　＊修辞学的批評　「修辞学」は聞き手や読者に感動を与え、また説得性を高めるため、言葉の最も有効な表現法を研究する学問。ここでは、小説の表現形式や文体、技法についての批評、の意。

＊観照　主観を交えず、対象をありのままにながめ、その本質を認識すること。
＊disillusion-proof　英語。幻滅のおそれなし、というほどの意。
＊大震災　大正一二年（一九二三）九月一日、関東地方とその近辺に起った関東大震災のこと。東京府と近県の死者約一〇万人、負傷者約一〇万人、破壊焼失戸数約七〇万戸に及んだ。

九七　＊小説家協会　菊池寛が大正一〇年夏、小説家の社会的地位向上と生活基盤の安定を期して劇作家協会とともに結成したもの。大正一五年一月に両者を合併して文芸家協会となった。
＊近松秋江　小説家、評論家。明治九年（一八七六）岡山県生れ。作品に「別れたる妻に送る手紙」「黒髪」など。昭和一九年（一九四四）没。

九八　＊三千円　現在の三〇〇万〜三五〇〇万円ほど。

九九　＊岸田國士　小説家、演出家。明治二三年東京生れ。新劇運動を指導。戯曲に「紙風船」、小説に「由利旗江」など。昭和二九年没。「現代演劇論」は昭和一一年一一月、白水社刊。
＊輾転反側　心配や悩みのために眠れず、何度も寝返りを打つこと。
＊山本有三　小説家、劇作家。明治二〇年栃木県生れ。小説に「真実一路」、戯曲に「生命の冠」など。昭和四九年没。

一〇〇　＊プロレタリヤ文学　プロレタリア、すなわち近代資本主義社会における賃金労働者の生活と階級意識に基づいて現実を描く文学。大正末期から昭和初頭にかけて大きな勢力となったが、昭和九年以後、弾圧によって壊滅した。

*転向問題　「転向」は、国家権力の強制等によって思想や主義を放棄すること。日本では特に昭和初年、治安維持法（大正一四年制定）によって共産主義者が弾圧され、その主義を放棄したことをさしていう。

*第二の接吻　菊池寛が、大正一四年七月三〇日から一一月四日まで『大阪朝日新聞』『東京朝日新聞』に連載した小説。その失敗や新聞小説について、『文藝時報』大正一四年一一月創刊号、『中央公論』大正一五年七月号に書いている。

一〇一　*武田麟太郎　小説家。明治三七年大阪生れ。プロレタリア作家として出発し、後に市井事ものを発表。昭和九年には『東京朝日新聞』夕刊に「銀座八丁」を、同一〇〜一一年には『都新聞』に「下界の眺め」を連載した。昭和二一年没。

一〇二　*モオパッサン　Guy de Maupassant　フランスの小説家。一八五〇〜一八九三年。

*女の一生　Une vie　男爵夫人アデライドは無力な夫との空しい生活に人生を過ごし、その娘ジャンヌも外見だけ立派なやくざ者のラマール子爵《ししやく》と結婚して辛酸をなめる。一八八三年発表。

*髷物小説　時代小説。

一〇四　*独行道　江戸初期の剣客、宮本武蔵が、その死の七日前、正保二年（一六四五）五月一二日に、自らの生涯を省みて記した二一ヶ条（刊本によっては一九ヶ条）の言葉。

菊池さんの思い出

一〇六　＊文藝春秋　月刊雑誌。菊池寛が大正一二年（一九二三）に創刊した。

＊菊池さん　菊池寛。小説家、劇作家。三六〇頁「菊池寛全集」参照。昭和二三年（一九四八）三月六日死去、五九歳。

＊麴町　現在の東京都千代田区内の一地区。

一〇七　＊梅原さん　梅原龍三郎。洋画家。明治二一年（一八八八）京都生れ。作品に「桜島」「北京秋天」など。昭和六一年没。

＊久米さん　久米正雄。小説家、劇作家。明治二四年長野県生れ。菊池寛・芥川龍之介らと交友。作品に小説「破船」「竜涎香」、戯曲「牛乳屋の兄弟」など。昭和二七年没。

＊情人　恋人。ここは大正一四年一一月から共に棲《す》んでいた長谷川泰子のこと。

一〇九　＊二等車　旧国鉄（現在のＪＲ）の三等級制時代の客車の中級車。等級制は昭和四四年に廃止された。

＊佐藤碧　佐藤碧子。明治四五年東京生れ。昭和五年四月から一三年まで菊池寛の秘書を務めた。

菊池寛

一一〇　＊菊池寛　小説家、劇作家。三六〇頁「菊池寛全集」参照。

＊菊池寛論　昭和一二年（一九三七）一月、『中央公論』に発表した。本書八一頁～参照。

一一二　＊浜本浩　小説家。明治二四年（一八九一）愛媛県生れ。作品に「浅草の灯」「十二階下の少年達」など。昭和三四年没。

＊啓吉物　菊池寛の身辺雑事に取材した短篇のうち、啓吉を主人公とした短篇群。三六四頁参照。

＊私小説　作者が作者自身の実生活と、その生活経験に伴う心境・感慨を記した小説。

＊父帰る　菊池寛の戯曲。大正六年（一九一七）、『新思潮』に発表。同八年初演。三六二頁参照。

＊通俗小説　芸術的価値の追求より、一般大衆の関心・興味に応じたストーリーや表現を重視する小説。

一一三　＊将棊「将棋」に同じ。

一一四　＊作家凡庸主義　エッセイ「芸術と天分―作家凡庸主義」のこと。大正九年三月、『文章世界』に発表した。

＊芥川　芥川龍之介。小説家。明治二五～昭和二年。

＊久米　久米正雄。小説家。明治二四～昭和二七年。

一一五　＊幸田露伴　小説家。慶応三～昭和二二年（一八六七～一九四七）。作品に「五重塔」「運命」など。中国と日本の文学に対する考証・研究でも業績を残した。

一一六

＊ドーソン　Abraham C. M. d'Ohsson　アルメニア系のスウェーデンの外交官、歴史家。一七八〇～一八五五年。

＊蒙古史　一八五二年刊。岩波文庫版（全二冊）は田中萃一郎訳で昭和一一、一三年刊。

＊辰野隆　仏文学者、随筆家。明治二一年（一八八八）東京生れ。著者の東大仏文科時代以来の恩師。著書に「ボオドレエル研究序説」など。昭和三九年（一九六四）没。

＊文學界　文芸雑誌。著者は昭和八年一〇月の創刊時から編集同人として関わり、同一〇年一月からは編集責任者を務めた。

＊池谷信三郎　小説家。明治三三～昭和八年。作品に「望郷」など。

＊中村光夫　評論家。明治四四年東京生れ。第一回池谷賞を「二葉亭四迷論」で受賞。昭和六三年没。

＊保田与重郎　評論家。明治四三年奈良県生れ。第一回池谷賞を「日本の橋」で受賞。昭和五六年没。

＊津村秀夫　映画評論家。明治四〇年兵庫県生れ。『朝日新聞』学芸欄の映画批評で第二回池谷賞受賞。昭和六〇年没。

＊自然主義小説　「自然主義」は一九世紀後半にフランスを中心として興った文学思想・運動。自然科学と実証主義に基づき、自然的・社会的環境の中の人間の現実を客観的に描こうとした。ゾラやモーパッサンらがその代表。日本では島崎藤村、田山花袋らを先駆とし、多くは自己の私生活に基づく告白小説の形をとった。

一一七　*真珠夫人　菊池寛の長篇小説。大正九年（一九二〇）六月〜一二月、『大阪毎日新聞』『東京日日新聞』に連載。サロンの女王として君臨する男爵《だんしゃく》令嬢瑠璃子が、女性を弄《もてあそ》ぶすべての男性に挑戦するが、崇拝者の一人によって殺される。

一一八　*disillusion-proof　英語。幻滅のおそれなし、というほどの意。

一一九　*社会小説　社会問題を主題とし、社会批評、政治批評の意図を含んだ小説。

*文藝春秋　月刊雑誌。菊池寛が大正一二年に創刊。

*小説家協会　三六六頁参照。

*三千円　現在の三〇〇万〜三五〇万円ほど。

*普選　普通選挙。身分や性別、財産、教育などの制限をせず、平等に選挙できる制度。日本では大正一四年に男子のみ実現し、女子については戦後の昭和二〇年に認められた。

*民衆党　社会民衆党。右派の無産政党。大正一五年結成。

一二〇　*ブルジョア文学者　ブルジョアを擁護する文学者。単に金持ち階級の文学者という意味でも用いられる。「ブルジョア」は資本家・地主など資本主義社会における有産階級。

一二一　*映画　菊池寛は昭和一〇年、日本映画協会理事に、昭和一八年には大映社長に就任した。

*今日出海　小説家、評論家、演出家。明治三六年北海道生れ。著者とは東京帝国大学仏文科以来の友人。昭和五九年没。

一二二　＊壺井栄　小説家。明治三三年（一九〇〇）香川県生れ。作品に「暦」「二十四の瞳《ひとみ》」など。昭和四二年（一九六七）没。

＊日比野士朗　小説家。明治三六年東京生れ。昭和一二年、応召。上海《シャンハイ》戦線で戦った記録「呉淞クリーク」がある。昭和五〇年没。

＊窪川稲子　小説家。明治三七年長崎県生れ。後に、佐多稲子。作品に「キャラメル工場から」など。平成一〇年（一九九八）没。

一二三　＊祝詞、宣命　岩波文庫の正式な書名は「祝詞／寿詞《よごと》」。昭和一〇年刊、千田憲編。「祝詞」は神道の儀式の時、神に奏上することば。「宣命」は天皇の命令を宣《の》べ伝える文書。

一二五　＊花を引こう　「花」は花札のこと。

一二七　＊吉田茂　外交官、政治家。明治一一年東京生れ。昭和二一年、同二三〜二九年の間、首相として敗戦日本の再建にあたった。昭和四二年没。

「菊池寛文学全集」解説

一二八　＊菊池寛　小説家、劇作家。三六〇頁「菊池寛全集」参照。

＊アッシュマン　Margaret Ashmun　一八七五〜一九四〇年。ここで言及されている小説の分類は、編著書「近代短篇集」に見える。

一二九　＊三浦右衛門の最後　菊池寛が大正五年（一九一六）一一月、『新思潮』に発表した小説。

＊刑部　右衛門が逃亡先として頼った高天神城主、天野刑部。

＊十八貫　「貫」は尺貫法の重さの単位。一八貫は約六八キログラムの重さ。
＊苧殻　麻の皮をはいだ後の茎。極めて軽いものの喩《たと》え。
＊浅井了意　江戸前期の仮名草子作者。生年不詳、元禄四年（一六九一）没。
＊犬張子　「狗張子」。浅井了意が元禄五年に刊行した仮名草子。

一三〇　＊里見弴　小説家。明治二一年（一八八八）神奈川県生れ。作品に「善心悪心」「多情仏心」など。昭和五八年（一九八三）没。

一三一　＊藤森成吉　小説家、劇作家。明治二五年長野県生れ。昭和五二年没。
＊旧先生　大正八年七月、『文章世界』に発表した小説。実在の人物「山川先生」を題材とした。元中学の老英語教師で空想的情熱家。開墾や移民の夢を抱いて八ヶ岳・信州・東京・北海道と移り住む。

一三二　＊外道　邪道、邪説。本来は仏教用語。
＊暗夜行路　志賀直哉の小説。大正一〇年から昭和一二年にかけて『改造』に断続連載。祖父と母の不義の子として生れた時任謙作が、結婚してから再び妻の過失を知らされるという運命に直面し、精神の平安と自足を模索する。

一三三　＊バーナード・ショウ　George Bernard Shaw　イギリスの劇作家、批評家。一八五六〜一九五〇年。イギリス近代劇の創始者。辛辣《しんらつ》な風刺と皮肉でも知られる。戯曲「人と超人」「メトセラに還《かえ》れ」など。

一三五　＊disillusion-proof　英語。幻滅のおそれなし、というほどの意。

一三六　＊自然主義文学　三七〇頁「自然主義小説」参照。

一三七　＊無名作家の日記　菊池寛が大正七年（一九一八）七月、『中央公論』に発表した小説。東京の文学仲間から離れ、京都の大学に入った作家志望の青年が、東京の仲間の華やかな動静に心を波立たせる。

＊通俗小説を書き始めた　大正九年、『大阪毎日新聞』『東京日日新聞』に「真珠夫人」を連載、次いで大正一四年、『大阪朝日新聞』『東京朝日新聞』に「第二の接吻」を連載、これらの通俗小説によって多大の読者を得た。

一三八　＊父帰る　菊池寛の戯曲。大正六年、『新思潮』に発表。三六二頁参照。

一四〇　＊イプセン　Henrik Ibsen　ノルウェーの劇作家。一八二八〜一九〇六年。作品に「ペール・ギュント」「人形の家」など。

＊ハウプトマン　Gerhart Hauptmann　ドイツの劇作家、小説家。一八六二〜一九四六年。戯曲に「日の出前」「沈鐘」など。

一四一　＊プロレタリア文学運動　三六七頁参照。

＊ブルジョア文壇　「ブルジョア」は当時、資本主義社会の有産階級をいうと同時に、単に裕福、上流階級の意でも用いられた。ここはそういう階層に属する作家たちの連携社会の意。

一四二　＊忖度　他人の胸中を推しはかること。推察、推測。

林房雄の「青年」

一四五　＊林君　林房雄。小説家。明治三六年（一九〇三）大分県生れ。プロレタリア文学者として活動後、著者らと『文學界』の創刊に参加。この年三一歳。昭和五〇年（一九七五）没。

＊青年　林房雄の長篇小説。昭和七年から九年にかけて『中央公論』『文學界』に発表、同九年三月、中央公論社から刊行した。倒幕と攘夷《じょうい》に燃える二人の青年（若き日の伊藤博文と井上馨《かおる》）が、欧州文明を目のあたりにしてその非をさとり、開国論者となって闘う。

＊約束した「青年」評　『文藝春秋』昭和九年二月号に、「真面目な批評を書く事を約する」と書いていた。

一四六　＊直木三十五　小説家。明治二四年大阪生れ。作品に「南国太平記」など。この年、昭和九年二月二四日死去、四三歳。

一四七　＊ロマン・ロオラン　Romain Rolland　フランスの小説家。一八六六年生れ。作品に「ジャン・クリストフ」など。一九四四年没。

＊レエニン　Vladimir Il'ich Lenin　ロシアの革命家、政治家。一八七〇〜一九二四年。

＊レオナルド　Leonardo da Vinci　イタリアの画家、彫刻家、建築家。一四五二〜一五一九年。レオナルド・ダ・ヴィンチ。

＊生命の飛躍　フランスの哲学者ベルグソン（四〇六頁参照）の用語。ベルグソンはその

著書「創造的進化」で、生物は、生命が本質的に持つ「根源的躍動」の力によって進化すると説き、それを「エラン・ヴィタール」élan vital と呼んだ。

一四八
*制作三昧　「三昧」は一つの事に熱中する意。
*醇乎　純粋であること。まじりけのないさま。
*唯物史観　歴史や社会の発展の原動力を、人間の生産労働がもたらす物質的・経済的生活の諸関係に置く立場。

一四九
*馬関戦争　「馬関」は下関。元治一年（一八六四）八月、英・仏・米・蘭の四国連合艦隊が、先に外国船を砲撃した長州藩に対する報復として下関を砲撃した事件。
*伊藤俊輔　明治の政治家、伊藤博文のこと。天保一二年（一八四一）、周防《すおう》の国（山口県）生れ。維新後、藩閥政権の中心となり、初代首相を務める。明治四二年（一九〇九）一〇月、暗殺された。
*志道聞多　明治の政治家、井上馨のこと。天保六年〜大正四年（一八三五〜一九一五）。周防の国生れ。維新後、外相・内相・蔵相等を歴任した。
*獄中　林房雄は、昭和五年（一九三〇）四月に共産党シンパ事件で検挙された後、保釈。七月、大正一五年時の京大事件の判決が決まり下獄、七年四月に出獄した。
*東洋艦隊　長州藩の外国船攻撃への抗議文書を運ぶ、英国海防艦バロッサ号と通報艦コオモラント号のこと。「青年」第三章で描かれる。
*マンチェスタア　英国イングランド北西部、ランカシャー地方の大商工業都市。産業革

命の発祥地。

＊広重　安藤広重。江戸末期の浮世絵師。作品に「東海道五十三次」など。ただし、「青年」で語られるのは葛飾北斎《かつしかほくさい》の「富嶽《ふがく》三十六景」。

＊トレエシイ中尉　東洋艦隊の旗艦ユライアラス号の乗組士官。第一六章で、医師ブラウンが、北斎の「富嶽三十六景」を示しながら日本文化を讃《たた》えるのに対し、日本を未開国とみなして否定的意見を述べる。

一五〇　＊プロレタリアート　資本主義社会における賃金労働者の階級。

＊割木松の峠　周防の国（山口県）の小郡《おごおり》の南西約八キロメートル、今坂から山中への街道の途中にある峠。

＊晋作　高杉晋作。長州藩士。天保一〇年〜慶応三年（一八三九〜一八六七）。馬関戦争では藩の正使として和議を進めた。

一五一　＊日本最初の西洋料理　「青年」の終章、下関の茶屋で、伊藤俊輔は通訳官アーネスト・サトウを、ボイルしたハゼやすっぽんのシチューなどでもてなす。サトウは、感謝の言葉とともに、「これは日本で最初の西洋料理かもしれない」と述べる。

一五二　＊戦争と平和　Voina i mir　トルストイの長篇小説。ナポレオン戦争下のロシアとロシア人の運命を規模壮大に描く。

＊ツルゲネフ　Ivan Sergeevich Turgenev　ロシアの小説家。一八一八〜一八八三年。作品に「猟人日記」「ルージン」「父と子」など。

一五三　＊デニソフ　「戦争と平和」の登場人物。ロシアの騎兵中隊の隊長。

＊メレジコフスキイ　Dmitrii Sergeevich Merezhkovskii　ロシアの詩人、小説家、評論家。一八六六〜一九四一年。

＊黄色いウンコで…　「戦争と平和」のエピローグにある。メレジコフスキーはその著「トルストイとドストエフスキー」でこの場面に言及している。

一五四　＊バザアロフ　ツルゲーネフの小説「父と子」の主人公。過去の権威の一切を否定し、神を科学におきかえた唯物論者でニヒリストの青年インテリゲンチャ。引用の言葉は、「父と子」の〈六〉から。

＊寺田寅彦　物理学者、随筆家。明治一一年（一八七八）東京生れ。昭和一〇年（一九三五）没。引用の言葉は昭和九年四月、『中央公論』に発表した「ジャーナリズム雑感」から。

＊三原山投身者　「三原山」は伊豆大島にある活火山。当時この火口に飛びこむ自殺者が多かった。

＊浅間　浅間山。長野・群馬両県境に位置する活火山。

一五五　＊粗笨　粗雑。

一五六　＊主体的リアリズム　自然主義や社会主義リアリズムの受動性・客観性・硬直性などに抗し、文学にはパトス（感情・激情）という作家の実存主義的な主体性が導入されねばならないとする立場。

一五七

＊社会主義的リアリズム　現実を社会主義革命発展の観点から捉え、表現する芸術上の立場。当時、社会主義国家を建設中であったソビエト（現ロシア）の現実を踏まえ、肯定的・能動的に進歩・向上する社会を描く傾向が強い。
＊否定的リアリズム　進歩・向上を続けるソビエトの現実に対し、日本の現実は退廃的かつ不健全である、プロレタリア文学再建のために、このネガティブな現実を注視せよと説く立場。
＊自然派　「自然主義」に同じ。三七〇頁「自然主義小説」参照。
＊浪漫派　「浪漫主義」に同じ。一八世紀末から一九世紀初頭にかけて、ヨーロッパで展開された文学・美術上の思潮・運動。古典主義・合理主義に反抗し、自然・感情・空想・個性・自由の価値を主張する。
＊バルザック　Honoré de Balzac　フランスの小説家。一七九九〜一八五〇年。「人間喜劇」と総称される九一篇の長短篇小説のなかに、フランス革命（一七八九）後の社会を舞台として約二千人の人物の性格、職業、境遇、階級等々を描いた。「ゴリオ爺《じい》さん」「谷間の百合」など。
＊自然は芸術を模倣する　オスカー・ワイルド（次項参照）が、その芸術論「嘘の衰退」（一八八九）に記した言葉。
＊ワイルド　Oscar Wilde　イギリスの詩人、小説家、劇作家。一八五四〜一九〇〇年。小説「ドリアン・グレイの肖像」、戯曲「サロメ」、童話集「幸福な王子」など。

一五八　＊プロレタリヤ文学　プロレタリア、すなわち近代資本主義社会における労働者階級の生活と階級意識に基づいて現実を描こうとする文学。大正末期から昭和初頭にかけて大きな勢力となったが、昭和九年（一九三四）以後、弾圧によって壊滅した。

一五九　＊清算「克服」とほぼ同意。当時、「清算」という言葉は、マルクス主義者たちには「ブルジョア的傾向の克服」という意味に使われていた。ここではその語意・語法を逆手にとって用いている。

＊転向　共産主義者・社会主義者などが、権力による強制等のためにその主義を放棄すること。昭和九年、日本のプロレタリア文学は国家の弾圧を受け、多くの小説家が転向した。

＊政治か文学か？　林房雄が昭和九年四月、『改造』に発表した文芸時評の題名。

一六〇　＊一年間の沈黙　林房雄は二度の獄中生活を送った。この年、昭和九年には一一月一七日から刑期一年で静岡刑務所に下獄することになっていた。出獄は翌年一一月。

＊ディケンズ　Charles Dickens　イギリスの小説家。一八一二〜一八七〇年。作品に「クリスマス・キャロル」「二都物語」など。

林房雄

一六一　＊林房雄　小説家。明治三六年（一九〇三）大分県生れ。この年三八歳。プロレタリア文学者として活動後、著者らと『文學界』の創刊に参加。作品に「青年」など。昭和五〇年（一九七五）没。

一六三 ＊天稟　生れつき備わっているすぐれた才能。天賦《てんぷ》。

一六四 ＊下獄　牢獄《ろうごく》にはいって刑に服すること。林房雄が昭和五年に続いて二度目に下獄したのは昭和九年一一月。刑期一年。

＊深田久弥　小説家。明治三六年石川県生れ。短篇集に「津軽の野づら」など。昭和四六年没。

＊山田清三郎　小説家、評論家。明治二九年京都府生れ。この時、山田清三郎も治安維持法違反などの罪で、昭和九年八月以来、獄中にあった。昭和六二年没。

＊山田の創作集　自伝的長篇小説「地上に待つもの」のこと。昭和九年一二月、ナウカ社から刊行された。

一六七 ＊係蹄　縄で獣の足を引っ掛けるようにしたわな。

一六八 ＊転向問題　ここでいわれる「転向」は、国家権力の強制等によって思想や主義を放棄すること。日本では特に昭和初年、治安維持法（大正一四年制定）によって共産主義者が弾圧され、その主義を放棄したことをさしていい、昭和九年から一一年にかけて、共産主義作家の転向を描いた作品群が現れ、「転向文学」と呼ばれた。

＊左翼運動　急進的・革新的立場を推進しようとする動き。ここでは、プロレタリアートによる社会主義革命運動。ちなみに「左翼」とは、一七九二年のフランス国民議会の、議長席から見て左側に急進派のジャコバン党が議席を占めたことによる。

一七〇　＊大森義太郎　経済学者。明治三一～昭和一五年（一八九八～一九四〇）。マルクス主義学者として知られ、昭和一二年一二月逮捕、翌年、仮出所、一四年九月、正式に保釈されていた。著作に「史的唯物論」など。

富永太郎

一七二　＊瀝青色　「瀝青」は黒色ないし濃褐色の粘質または固体の有機物質。アスファルトなど。道路舗装や塗料に用いる。
＊穹窿　大空、天空。また半球状の天井をもいう。
＊エデンの楽園　「旧約聖書」の〈創世記〉で、人類最初の夫婦アダムとイヴが置かれた場所。
＊双眸　両方の瞳《ひとみ》。
＊富永　富永太郎。詩人。明治三四～大正一四年（一九〇一～一九二五）。著者とともに『山繭』の同人となり、象徴主義的な詩を発表するが肺結核で早世。二四歳。没後に刊行された『富永太郎詩集』（私家版）がある。
＊ボオドレエル　Charles Baudelaire　フランスの詩人。一八二一～一八六七年。詩集に「悪の華」「パリの憂鬱《ゆううつ》」など。

一七三　＊恕すべき　「恕す」は思いやりの気持で相手を許す。
＊ランボオ　Arthur Rimbaud　フランスの詩人。一八五四～一八九一年。詩集に「地獄

の季節」「飾画」。
＊地獄の一季節　ランボーの詩集。ただしここは、大正一三年春、著者が初めてランボーと出会った「地獄の一季節」の原書のことを言っている。「ランボオⅡ」（本書二三六頁〜）、「ランボオⅢ」（同二三九頁〜）参照。
＊纏縛　からみしばること。
＊倏忽たる　あっというまの。
＊夭折　若くして死ぬこと。
＊流竄の天使　堕天使。「流竄」は罪によって遠方の地に追放されること。ヴェルレーヌは詩人論「呪《のろ》われた詩人達」の中で、ランボーをこう喩《たと》えた。

富永太郎の思い出

一七四　＊富永太郎　詩人。明治三四〜大正一四年（一九〇一〜一九二五）。肺結核で早世。前頁参照。
＊ランボオ　Arthur Rimbaud　フランスの詩人。前頁参照。
＊エゴティスム　自己中心主義。
＊中原中也　詩人。明治四〇〜昭和一二年（一九〇七〜一九三七）。詩集に「山羊の歌」「在りし日の歌」。
一七五　＊彼を悼む文章　大正一五年一一月、『山繭』の富永太郎追悼号に寄せた「富永太郎」（本

書一七二頁～参照）をさす。

一七六　＊Au Rimbaud　富永太郎の創作によるフランス語で、中原中也によれば「ランボーへ」の意という。「ランボオⅢ」にこの詩の全文が引かれている。二四三頁～参照。

＊Parmi les flots：…　フランス語。前項の詩 Au Rimbaud の最終行。富永太郎自身が中原中也のために試みた日本語訳には「波の中は殉教者でうようよですよ」とある。

＊彼が死んだ時に…　富永太郎は大正一四年（一九二五）一一月一二日死去。著者はその前月、盲腸炎を患い手術を受けていた。

中原中也の思い出

一七七　＊海棠　バラ科の落葉小高木。春にリンゴの花に似た薄紅色の花をつける。

一七八　＊中原　中原中也。詩人。明治四〇年（一九〇七）山口県生れ。詩集「山羊の歌」「在りし日の歌」など。昭和一二年（一九三七）一〇月二二日没、三〇歳。

＊子供をなくし　昭和一一年一一月、二歳の長男、文也を小児結核で亡《な》くした。

＊忖度　他人の胸中を推しはかること。推察、推測。

＊彼の情人　長谷川泰子のこと。大正一三年（一九二四）四月から中原と棲《す》み、大正一四年一一月から小林と棲んだ。明治三七年生れ、平成五年（一九九三）没。

一八〇　＊千里眼　千里の先まで見える眼。転じて、人の心の奥底を洞察する力、またその力を持つ人。

一八一
＊八幡宮　鶴岡八幡宮。
＊寿福寺　鎌倉市扇ヶ谷にある臨済宗の寺。
＊凝灰岩　火山灰、火山礫《れき》などが積もって固まった岩。
＊十銭玉　現在の百円玉の感覚。
＊トランプの二十一　手持ちのカードの数の合計を二一に近づけるゲーム。

一八二
＊セル　薄地の毛織物の一種。着物地や袴地《はかまじ》、コート地などに用いられた。
＊汚れちまった…　中原の詩集「山羊の歌」所収の詩「汚れちまった悲しみに……」の冒頭句。

一八三
＊三つの時に…　詩集「在りし日の歌」所収「三歳の記憶」に、「その蛔虫《むし》が、稚厠《おかわ》の浅瀬で動くので」とある。
＊十二の冬に…　「在りし日の歌」所収「頑是ない歌」冒頭に、「思えば遠く来たもんだ十二の冬のあの夕べ　港の空に鳴り響いた　汽笛の湯気は今いずこ」とある。
＊ホラホラ…　「在りし日の歌」所収「骨」の一節。

一八四
＊ヴェルレエヌ　Paul Verlaine　フランスの詩人。一八四四～一八九六年。詩集に「艶なるうたげ」「言葉なき恋歌」「叡知」など。

一八五
＊秋の夜は…　以下、「在りし日の歌」所収「一つのメルヘン」の全文。
＊硅石　珪石。石英や水晶など、珪酸質岩石の総称。

死んだ中原

一八七　＊君　中原中也のこと。詩人。明治四〇年（一九〇七）山口県生れ。昭和一二年（一九三七）一〇月二二日没、三〇歳。
＊ホラ、ホラ、これが僕の骨　中原中也の詩「骨」の一節。昭和九年六月、『紀元』に発表した。

一八八　＊君に取返しのつかぬ事を…　大正一四年（一九二五）一一月下旬、著者は中原の愛人、長谷川泰子と同棲した。「中原中也の思い出」（本書一七七頁〜）参照。

島木健作

一九〇　＊島木健作　小説家。明治三六年（一九〇三）北海道生れ。この年三八歳。農民運動に投じるが昭和三年（一九二八）の三・一五事件で検挙、転向。その獄中体験を描いた「癩」でデビュー。他に「再建」「生活の探求」など。昭和二〇年没。
＊或る作家の手記　昭和一五年一二月、創元社刊。

一九一　＊文は人なり　フランスの博物学者、思想家ビュフォン Georges Buffon（一七〇七〜一七八八）が、一七五三年、アカデミー・フランセーズ入会にあたって行った講演「文体論」で用いた言葉。

一九二　＊僕の家の向い　当時、著者は鎌倉扇ヶ谷に住み、島木健作は道路を隔ててその真向いに住んでいた。

一九三　＊ハルビン　現在の中国黒竜江省の省都。
一九四　＊自己韜晦　自分の身分や才能、本心などを目立たないように隠すこと。
一九五　＊満洲開拓民　「満洲」は中国の東北地方一帯。明治三七〜三八年の日露戦争後、大陸国策の一環として満州・蒙古《もうこ》（内蒙古）地方への移民が奨励され、昭和一一年、広田弘毅《こうき》内閣の二〇年一〇〇万戸移民計画によって本格化した。
　＊生活の探求　島木健作の長篇小説。東京の学生生活に不満を覚え、郷里へ帰って農業に従事しようとする青年を通して作者自身の転向体験を描く。昭和一二〜一三年、河出書房刊。
一九六　＊セル　薄地の毛織物の一種。着物地や袴地、コート地などに用いられた。
　＊さなだ虫　寄生虫の一種で、脊椎《せきつい》動物の腸内に寄生。真田紐《さなだひも》に似て平たく細長く、数メートルにも達する。
一九七　＊お丸　持ち運びできる便器。

島木君の思い出

一九八　＊島木君　島木健作。小説家。明治三六年（一九〇三）北海道生れ。前頁参照。昭和二〇年（一九四五）八月一七日没、四一歳。
　＊瀬戸物に夢中　著者は昭和一〇年代半ばから陶器をはじめとする骨董《こっとう》に熱中した。島木が鎌倉扇ヶ谷の小林宅の向いに転居したのは昭和一四年一一月。

一九九　＊李朝　朝鮮の最後の王朝。一三九二〜一九一〇年。ここはその中期頃までに作られた無紋の白磁器のこと。

＊仲通り　現在の東京都中央区日本橋にある。骨董店が軒を連ねる。

＊吉原　東京の遊廓《ゆうかく》。江戸時代に始まり、現在の台東区千束にあった。

＊引手茶屋　遊廓にあった茶屋の一種。遊客を遊女屋へ送迎したり、酒宴をさせたりした。

＊薩摩上布　麻織物のひとつ。琉球《りゅうきゅう》（現沖縄県）宮古・八重山の諸島で作られた上布が、薩摩藩に貢納《こうのう》されて広まったもの。

二〇〇　＊古唐津　唐津焼の古陶器。唐津焼は現在の佐賀県唐津市およびその一帯で焼かれた陶器の総称。起源は室町時代とされるが、豊臣秀吉が朝鮮に出兵した文禄・慶長の役（一五九二、九七）を契機として朝鮮人陶工が渡来、多くの窯が彼らによって開かれた。

＊古萩　萩焼の古陶器。桃山時代、現在の山口県萩に起った。

川端康成

二〇二　＊川端康成　小説家。明治三二年（一八九九）大阪生れ。この年四二歳。作品に「伊豆の踊子」「禽獣《きんじゅう》」「雪国」など。昭和四七年（一九七二）没。

二〇三　＊ドストエフスキイ　Fyodor Mikhailovich Dostoevskii　ロシアの小説家。一八二一〜一八八一年。著者は、昭和八〜一二年の間、ドストエフスキーの作品論「『永遠の良人』」「『未成年』の独創性について」「『罪と罰』についてⅠ」「『白痴』についてⅠ」

「『地下室の手記』と『永遠の良人』」「『悪霊』について」を発表した。

*パラドックス　逆説。三四七頁参照。

二〇四　*天稟　生れつき備わっているすぐれた才能。天賦。

*フロオベル　Gustave Flaubert　フランスの小説家。一八二一〜一八八〇年。作品に「ボヴァリー夫人」「感情教育」など。

*テエヌ　Hippolyte Taine　フランスの哲学者、批評家。一八二八〜一八九三年。実証主義を代表する思想家。科学的文学史研究の創始者の一人。著書に「現代フランスの起源」「芸術哲学」など。

二〇五　*ヴァレリイ　Paul Valéry　フランスの詩人、思想家。一八七一年生れ。詩篇「若きパルク」、詩集「魅惑」、評論「ヴァリエテ」など。一九四五年没。引用の言葉は、一九二九年発表の「党派」から。

二〇六　*川端康成選集　昭和一三〜一四年刊。全九巻。

*高等学校　旧制の高等学校。中学修了の男子に通常三年間の高等普通教育を授けた。在学年齢は通常一七〜二〇歳。川端康成は、大正六年（一九一七）九月、東京の第一高等学校に入学した。

*手札形　印画紙などの大きさで、約八〇ミリ×一〇五ミリのもの。

二〇七　*古賀春江　洋画家。明治二八〜昭和八年。文学者、詩人と交流があり、川端康成とは特に関係が深かった。作品に「素朴な月夜」など。

二〇九
*忖度　他人の胸中を推しはかること。推察、推測。
*童話という言葉　たとえば随筆「末期の眼」に、古賀春江の絵の童話性は自分の心にも通じるものだと述べている。
*活計　暮らしを営むこと。

二一〇
*北条民雄　小説家。大正三〜昭和一二年（一九一四〜一九三七）。一九歳でハンセン病を発病。作品に「いのちの初夜」など。
*小川正子　医師。明治三五年（一九〇二）山梨県生れ。昭和七年、ハンセン病患者の救済活動を開始。昭和一八年没。
*豊田正子　小説家。大正一一年東京生れ。小学生時代の生活記録「綴方教室」が刊行され話題を呼んだ。
*野沢富美子　文筆家。大正一〇年神奈川県生れ。作品に「煉瓦女工」など。
*葬式の名人　川端康成の短篇小説。幼少期にあいついで肉親を失った「私」の、死をめぐる記憶。大正一二年五月、『文藝春秋』に発表。
*禽獣　川端康成の短篇小説。愛育する小鳥や犬の死に、昔、一緒に死のうとした女の姿が重なる。昭和八年七月、『改造』に発表。

二一一
*満洲　中国の東北部地域。ここは昭和七年、日本が同地に建設した満州国のこと。
*呉清源　中国の囲碁棋士。一九一四年福建省生れ。昭和三年に来日、第一級の棋士として活躍した。

三好達治

二一二　＊三好達治　詩人。明治三三年（一九〇〇）大阪生れ。東京帝国大学仏文科以来、著者と交流。この年三八歳。詩集に「測量船」など。昭和三九年（一九六四）没。
＊夜沈々　昭和一三年八月、白水社から刊行。
＊鎌倉に来ると　三好達治は昭和一三年四月、東京・小石川から鎌倉・極楽寺に移り住んだ。

二一三　＊河鹿　カジカガエル（河鹿蛙・金襖子）のこと。谷川の岩間にすむアオガエル科の一種。背中は斑《まだら》模様のある灰褐色で、腹は淡黄色。雄は美声を発する。
＊佐藤信衛　哲学者。明治三八年茨城県生れ。著書に「近代科学」など。平成元年（一九八九）没。

二一四　＊大岡　大岡昇平。小説家、評論家。明治四二年東京生れ。高校在学中から著者に学び、戦前はスタンダール研究で知られていた。昭和六三年没。

ランボオ　Ｉ

二一六　＊孛星　彗星《ほうきぼし》。「孛」は力強くおきたつ意。
＊ランボオ　Arthur Rimbaud　フランスの詩人。一八五四～一八九一年。
＊斫断　するどく切断すること。

＊眩暈　めまい。

二一七

＊酩酊の船　Le Bateau Ivre　ランボーの詩。一八七一年（一七歳）頃の作品。
＊ヴェルレエヌ　Paul Verlaine　フランスの詩人。一八四四〜一八九六年。
＊シャルルヴィル　フランス北東部アルデンヌ県の町。ランボーの生地。
＊ラシイヌ　Jean Racine　フランスの劇詩人。一六三九〜一六九九年。
＊ヴィクトル・ユウゴオ　Victor Hugo　フランスの詩人、小説家、劇作家。一八〇二〜一八八五年。
＊魁偉　人並みすぐれて、大きくそびえたっているさま。
＊勦絶　ほろぼしつくし、根だやしにすること。
＊ファンタン・ラツウル　Henri Fantin-Latour　フランスの画家。一八三六〜一九〇四年。「テーブルの隅」という群像画の中にヴェルレーヌ、ランボーを描く。
＊流竄の天使　堕天使。「流竄」は罪によって遠方の地に追放されること。ヴェルレーヌは詩人論「呪《のろ》われた詩人達」の中で、ランボーをこう喩《たと》えた。
＊Les Illuminations　ランボーの詩集「飾画」。一八八六年刊。
＊Vagabonds　〈放浪者〉。
＊ブラッセル　ベルギーの首都。ブリュッセル。

二一八

＊ロオシュ　フランスの北東部にある村。ランボーの母親の出身地。
＊滑液膜炎　関節の運動を滑らかにする液を分泌している関節嚢《のう》内の膜の炎症。

二一九

＊マルセイユ　フランス第二の都市。地中海に面した貿易港。
＊大歩行者　フランスの詩人マラルメはランボーを評して「途轍《とてつ》もない通行者」と書いている。
＊神速　非常に速いさま。
＊ドン・カルロス党員　ドン・カルロスはスペインの王族。王位を要求し、一八三三年蜂起《ほうき》、内乱となった。
＊パテルヌ・ベリション　Paterne Berrichon　ランボー研究家。一八五五〜一九二二年。一八九七年、ランボーの妹イザベル（一八六〇〜一九一七）と結婚。一九一二年に「アルチュール・ランボー著作集（詩と散文）」を編集刊行した。
＊ジャン・マリイ・カレ　Jean-Marie Carré　フランスの文学研究者。一八八七〜一九五八年。
＊悪の華　Les Fleurs du Mal　フランスの詩人ボードレールの詩集。
＊主調低音　「主調」は、たとえば「交響曲第五番　ハ短調」のように、楽曲の全体を通して根本となる調性のこと。特に低音と結びつく概念ではないが、著者は作者の宿命の「根底にある不変の特質」の比喩《ひゆ》として用いる。
＊錬金　錬金術。近代化学以前の神秘的な学問。永生や絶対を夢見、卑金属を合成して貴金属を作ろうとしたり、不老長寿の霊薬を産み出そうと試みた。秘伝は象徴、寓意《ぐうい》によって表され、その手法がランボーたちフランスの作家や詩人に創作原理として取り込ま

れた。ランボーの「地獄の季節」〈錯乱Ⅱ〉には「言葉の錬金術」という題も与えられている。

二二〇 *地獄の一季節 Une Saison en Enfer ランボーの詩集。一八七三年八月完成。同年一〇月、ブリュッセルのポート書店に五〇〇部印刷させ、数冊の見本を友人に配るが、印刷代未払いのため、一九〇一年まで書店の倉庫に眠っていた。

*私は… 「地獄の季節」冒頭にある詩句。

二二一 *瑰麗 珍しく美しいこと。きわめて美しいこと。

*解纜 出帆。本来は船のともづなを解く意。

*われ、非情の… 「酩酊の船」の冒頭二連。

*フラマン フランドルの、の意を表すフランス語の形容詞。「フランドル」はベルギー西部・フランス北部・オランダ南西部を含む地域名。

二二二 *揺曳 ゆらゆらと揺れなびくこと。

*想へば、よくも… 「酩酊の船」の最終三連。

*竜骨 船底の船体中心線を船首から船尾まで貫いている一本の部材。キール。

*瀦水 「瀦」は水溜《たま》り、沼などの意。「瀦水」も同様の意味。

二二三 *焮衝 「炎症」に同じ。医学用語。細菌感染などによって組織が傷ついたのに反応し、身体の一部が熱や痛み、はれを起こすこと。

*一眦 「眦」はまなじりの意。「一眦をもって」は一目見て、一目で。

二二四

＊俺の心よ…　ボードレール「悪の華」の中の〈虚無の味〉の詩句。

＊帰納　個々の具体的事実から一般的な命題ないし法則を導きだすこと。

＊犬儒主義　社会一般の道徳や習慣を意図的に無視する態度、主義。古代ギリシャにおいて、一切の社会的規範を軽蔑《けいべつ》し、自然に与えられたものに満足して生きる犬のような無欲な生活を理想としたアンティステネスが創始したギリシャ哲学の一派、犬儒学派（キュニコス学派）に由来する。

＊旋転　くるくるとまわる。

＊俺の心よ…　ランボーの無題の韻文詩の冒頭。「Vertige」（眩暈）はパテルヌ・ベリションがつけた題。

二二五

＊燠　赤くおこった炭火。

＊自然に帰れ　ロマン主義（三七九頁「浪漫派」参照）の特徴の一つ。伝統や古典、人工的なものへの反逆。

＊吾れは墳塋の…　ランボーの詩集「飾画」の中の〈生活〉の末尾にある詩句。「墳塋」は墓所。後にはここを、著者は「墓場の向うから来たこの俺に、なんの任務があるものか」と訳している。

＊パイプを咬えて…　ボードレール「悪の華」〈読者に〉に、「煙管をふかしては、絞首台のことなど夢みている」（小林秀雄訳）倦怠、という表現がある。

＊流絢　綾錦《あやにしき》を敷き流したようにあでやかなさま。

二二六

＊かくて私は…　ランボーの詩集「地獄の季節」の中の〈錯乱Ⅱ〉の詩句。後にはここを、著者は「而《しか》も俺は、俺の魔法の詭弁《きべん》を、言葉の幻覚によって説明したのだ。／この精神の乱脈も、所詮は神聖なものと俺は合点した」と訳している。

＊詭弁　人をあざむくために行う一見正しそうに見えるが実は成り立たない議論のこと。こじつけの議論。道理にあわぬ弁論。

＊祝聖　キリスト教で、ある一定の人や物を神聖な用にあてるため、一般的・世俗的な使用範囲から引離す手続きをいう。聖別。

＊私は、架空のオペラとなった「地獄の季節」の中の〈錯乱Ⅱ〉の詩句。

＊荆棘　いばら。転じて、障害や困難。

＊膠着　しっかり着くこと。ねばりつくこと。

二二七

＊律格　本来は漢詩の構成法についての言葉。平仄《ひょうそく》、押韻など。

＊規矩　物事の規準となるもの、規則、手本。ここでの「規矩する」は「規定する」「測定する」の意で用いられている。「規」はコンパス、「矩」はものさし。

＊対蹠　正反対。

＊私の健康は…　「地獄の季節」中の〈錯乱Ⅱ〉の詩句。

＊羸弱　身体が弱ること。

＊シムメリイ　古代人が世界の西の果てにあると考えていた国。古代ギリシャの詩人、ホメーロスの作品とされる「オデュッセイア」では霧と雲に覆《おお》われた夜の国。オデュッセ

ウスは死者たちを訪ねてそこへ行く。キムメリア。
＊ああ、私の…　「地獄の季節」の中の〈地獄の夜〉の詩句。
＊サックス　ザクセン。ドイツ東部の地方。
＊倨傲　おごりたかぶること。
二二八　＊最高塔の歌　「地獄の季節」の中の〈錯乱Ⅱ〉に引用されている韻文詩。
二二九　＊俺はありとある…　「地獄の季節」の最後の詩〈別れ〉の詩句。
二三〇　＊輪奐　建物が広大で壮麗なこと。
＊クウロン　Marcel Coulon　フランスの評論家。一八七三年生れ。著書に「呪《のろ》われた詩人ランボーの問題」「ランボーの生涯とその作品」など。一九五九年没。
＊ドラヘイ　Ernest Delahaye　ランボーの故郷シャルルヴィルの市立高等中学校以来の友人。ドラエー。一八五三年生れ。一九〇一年頃から、「アルチュール・ランボー」などランボーの思い出を発表する。一九三〇年没。
＊宝匣　宝物を納める箱。「匣」は箱の意。
＊耳朶　耳たぶ、耳。
＊今や、魂の裡にも…　「地獄の季節」の中の〈別れ〉の詩句。後にはこれを、著者は「扨て、俺には、魂の裡にも肉体の裡にも、真実を所有する事が許されよう」と訳している。
二三一　＊詮表　調べて明らかにすること。

＊救世軍　キリスト教プロテスタントの一派で、一八六五年、イギリス人ブースが創始。軍旗や軍服、軍楽隊をもち、軍隊的秩序のもとに民衆伝道や社会事業を行う。日本には明治二八年（一八九五）に支部が設けられた。

ランボオ　Ⅱ

二三二　＊ランボオ　Arthur Rimbaud　フランスの詩人。一八五四〜一八九一年。

＊狷介　自分の意思をかたくなに守り、他人と協調しないこと。

＊改竄　自分に有利なように書き直すこと。

二三五　＊文学への離別　ランボーは一〇代の半ばで詩作を始め、二〇代早々に筆を絶った。遅くとも一八七五年、満二一歳までには完全に詩作から離れたと考えられている。

＊労働の半生　ランボーは文学と絶縁して以後十数年にわたって漂泊を続け、最後はアラビア、アフリカで交易に従事するが苦闘が続いた。

＊マラルメ　Stéphane Mallarmé　フランスの詩人。一八四二〜一八九八年。

＊途轍もない通行者　マラルメの文学論集「ディヴァガション」に収められた「アルチュール・ランボー」の中にある表現。

＊ストラディヴァリウス　イタリアのアントニオ・ストラディヴァリ（一六四四頃〜一七三七）の作ったヴァイオリンの名器の総称。

＊クロオデル　Paul Claudel　フランスの詩人、劇作家。一八六八〜一九五五年。

二三六

*八卦や　占い師。八卦見。

*地獄の季節　Une Saison en Enfer　ランボーの詩集。三九四頁参照。

*白鳥の歌　白鳥は死ぬ前に歌うという伝説に基づき、その人が最後に作った詩歌や歌曲をいう。

*酩酊の船　Le Bateau Ivre　ランボーの詩。一八七一年（一七歳）頃の作品。

*身を引き裂かれる不幸　「地獄の季節」の中の〈不可能〉に見える詩句。

*吾妻橋　浅草付近の隅田川にかかる橋。

*ポンポン蒸気　焼玉エンジンで動く小型蒸気船。隅田川の八丁堀から千住大橋を往復していた。

*向島　隅田川の東岸、現在の墨田区内。

*銘酒屋　銘酒を売るという看板を出した下等の遊女屋。

二三七

*富永太郎　詩人。明治三四～大正一四年（一九〇一～一九二五）。肺結核で早世、二四歳。同人雑誌『山繭』を創刊するなど著者と親交を結んでいた。「富永太郎」（本書一七二頁～）、「富永太郎の思い出」（同一七四頁～）参照。

*ヴェルレエヌ　Paul Verlaine　フランスの詩人。一八四四～一八九六年。一八七一年九月、ランボーの詩才をいちはやく見出し、七二年七月～七三年七月の間、二人は行動を共にした。「ランボオⅠ」（本書二一七頁～）参照。

*流竄天使　堕天使。「流竄」は罪によって遠方の地に追放されること。ヴェルレーヌは

詩人論「呪《のろ》われた詩人達」の中で、ランボーをこう喩《たと》えている。
*海の児　パイプ煙草《たばこ》の銘柄。
*夭折　若死に、早死に。
*攪拌　かき混ぜること。
二三八 *ああ、この不幸には…　ランボーの韻文詩〈堪忍《かんにん》〉の最終行。「屈託」は何かにとらわれくよくよすること。

ランボオ　Ⅲ

二三九 *ランボオ　Arthur Rimbaud　フランスの詩人。一八五四〜一八九一年。
*廿三歳の春　「廿三歳」は数え年。大正一三年（一九二四）の春。著者は第一高等学校に在学し、この年四月、第三学年に進級した。
*神田　東京都千代田区内。大正時代の初め頃から書店街として発展していた。
*メルキュウル版　「メルキュウル」はフランスの出版社メルキュール・ド・フランス社のこと。
*地獄の季節　Une Saison en Enfer　ランボーの詩集。三九六頁参照。
*豆本　ここでは、ほぼ新書サイズ、一〇〇頁弱の簡便な本。
*マラルメ　Stéphane Mallarmé　フランスの詩人。一八四二〜一八九八年。
*途轍もない通行者　マラルメの文学論集「ディヴァガシオン」に収められた「アルチュ

ール・ランボー」の中にある表現。

二四〇 ＊ボオドレエル Charles Baudelaire フランスの詩人。一八二一〜一八六七年。

＊悪の華 Les Fleurs du Mal ボードレールの詩集。一八五七年刊。

＊富永太郎 三九九頁参照。

＊カルマンレヴィイ版 「カルマンレヴィイ」はフランスの出版社。

二四一 ＊猫っかぶりの… 「悪の華」冒頭の〈読者に〉から。

＊船長、時刻だ… 「悪の華」最後の詩〈旅〉から。

＊ドオム 半球形の屋根や天井。丸天井。ドーム。

＊旅への誘い ボードレールの詩集「悪の華」の一篇。

＊夜は明けて… ランボーの詩集「地獄の季節」中の〈悪胤〉の一節。翻訳は著者。

二四二 ＊霹靂 急激な雷鳴。

＊眩暈 めまい。

＊肺患 肺の病気。肺病。

＊蓬髪 ヨモギのように伸びて乱れた髪。

二四三 ＊Au Rimbaud 富永太郎の創作によるフランス語。著者と共通の友人中原中也によれば「ランボーへ」の意という。

＊Kiosque… 「キオスクにランボオ／手にはマニラ／空は美しい／えゝ 血はみなパンだ」(富永太郎自身が中原中也のために試みた自作の翻訳による)。

二四四

＊Ne voici… 「詩人が御不在になると／千家族が一家で軋《きし》めく／またおいでになると／掟《おきて》に適《かな》つたことしかしない」(同前)。

＊Que Dieu… 「神様があいつを光らして、横にして下さるやうに！／それからあれが青や薔薇《ばら》色《いろ》の／パラソルを見ないやうに！／波の中は殉教者でうようよですよ」(同前)。

＊Au Parnassien 「パルナス派へ」の意。「パルナス派」は四〇四頁参照。

＊Solde ランボーの詩集「飾画」中の一篇。

＊遺産分配書 富永太郎の詩。

＊病院にいて 富永太郎は大正一四年（一九二五）一一月一二日死去。同年一〇月、著者は大島へ旅行し、帰京後に盲腸炎で手術を受けていた。

二四五

＊サンボリスト 象徴派の詩人。

＊プロゾディイ 詩における韻律学、韻律法。

＊ギュスタアヴ・カアン Gustave Kahn フランスの詩人。一八五九～一九三六年。

＊ヴォギュ 文芸雑誌。『ラ・ヴォーグ』。一八八六年創刊。象徴派の文学運動の拠点となった。

＊ロオム街 パリ北部、サン・ラザール駅近くのマラルメの自宅前の通りの名。一八七〇年代、火曜日に詩話会が開かれた。

二四六

＊ルコント・ド・リイル Charles Leconte de Lisle フランスの詩人。一八一八～一八九四年。

＊前大戦　第一次世界大戦。一九一四〜一八年。

＊ダダイスム　第一次大戦末期に、フランスで興った芸術運動。意味のない音声詩や自動書記などの新技法を生み、自発性と偶然性を重視した。

＊シュウルレアリスム　超現実主義。一九二〇年代、フランスに興った芸術運動。意識下の世界や自由な幻想の表現をめざした。

＊言葉の錬金術　「地獄の季節」中の〈錯乱Ⅱ〉に出る言葉。「錬金術」は近代化学以前の神秘的な学問で、永生や絶対を夢見、卑金属を合成して貴金属を作ろうとしたり、不老長寿の霊薬を産み出そうと試みた。秘伝は象徴、寓意《ぐうい》によって表され、その手法がランボーたちフランスの作家や詩人に創作原理として取り込まれた。

＊物語としての…　次行の「性格は鋭く…」「世の果て…」とともに「地獄の季節」中の〈錯乱Ⅱ〉から。

＊シンメリイ　古代人が世界の西の果てにあると考えていた国。三九六頁参照。

＊アンドレ・ブルトン　André Breton　フランスの詩人。一八九六年生れ。シュルレアリスム運動の創始者。一九六六年没。

＊精神のオオトマティスム　「オオトマティスム」は自動運動、自律性。ここでは、フロイトの無意識に関する理論から導き出された精神の自動運動、の意。

＊ラフォルグ　Jules Laforgue　フランスの詩人。一八六〇〜一八八七年。自由詩の創始者。

二四七　＊ヴェルレエヌ　Paul Verlaine　フランスの詩人。一八四四〜一八九六年。三九九頁参照。
＊詩界のソクラテス　マラルメをさす。
＊パルナス　ここは一九世紀後半、ルコント・ド・リールを中心として興った詩の流派の高踏派（パルナス派）をさす。
＊ポオ　Edgar Allan Poe　アメリカの詩人、小説家。一八〇九〜一八四九年。

二四八　＊骰子の一擲　Un coup de dés　マラルメの最晩年の詩篇。一八九七年作。特殊な組版と七種類の活字を用いて印刷され、内面の詩をそのまま視覚的に定着させようとしたもの。全篇に「骰子一擲（サイコロの一振り）は、決して偶然を、廃棄しないだろう」という詩句が特別なデザインで配置されている。

二五〇　＊薄青い不安な眼を…　ヴェルレーヌの詩人論「呪われた詩人達」中の〈アルチュール・ランボー〉に出る一節に基づく表現。
＊隊商の編成　「隊商」は砂漠などをラクダや象に商品を背負わせて往来する商人の一団。ランボーは一八七五年頃から文学を離れ、最後はエジプト、エチオピアで交易に従事した。

二五一　＊面帕　被衣《かずき》、面紗、ヴェール。女性が外出時、顔をかくすために頭からかぶった衣。

二五二　＊ヴィニイ　Alfred de Vigny　フランスの詩人、小説家。一七九七〜一八六三年。詩篇に「モーゼ」、小説に「ステロ」など。

二五三　*大洪水　「旧約聖書」〈創世記〉に出る洪水伝説のこと。神は、堕落した人類を滅ぼすための大洪水を起こす前に、義人ノアに方舟を作って難を免れるよう命じた。彼とその家族は、アダムとイヴにつぐ人類の第二の祖先になったという。

二五四　*上田敏　英文学者、詩人。明治七〜大正五年（一八七四〜一九一六）。西欧各国の文芸思潮の紹介につとめ、特にフランス象徴主義の移植に寄与した。訳詩集「海潮音」「牧羊神」など。

*酔どれ船　Le Bateau Ivre　ランボーの韻文詩。「酩酊の船」とも訳される。

*非情の河を降って　「酔どれ船」の冒頭に、「われ、非情の河より河を下りしが」とある。

*ストロオフ　詩において、一つのまとまりとなっている数行の詩行。連。

二五五　*竜骨　船底の船体中心線を船首から船尾まで貫いている一本の部材。キール。

二五六　*拙訳　著者による「酔どれ船」の翻訳。昭和六年（一九三一）に「酩酊船」を白水社から、昭和八年「アルチュル　ランボオ詩集」第一巻を江川書房から、それぞれ刊行していた。

*指嗾　そそのかすこと。けしかけること。

二五七　*季節は流れて行くのだ…　「地獄の季節」中の〈錯乱Ⅱ　言葉の錬金術〉に引用されている詩に、「ああ、季節よ、城よ…」の詩句がある。

*イザンバアル　Georges Izambard　ランボーが在籍していたシャルルヴィル高等中学校の修辞学の教師。ランボーを文学的に啓発した。一八四八〜一九一六年。

＊ドムニイ　Paul Demeny　イザンバールの友人の詩人。一八四四年生れ、没年未詳。
＊千里眼　原文では voyant。普通の人には見えないものが見える人、の意。
二五八 ＊俘囚　とりこ、俘虜。
二五九 ＊アナクサゴラス　Anaxagoras　古代ギリシャの哲学者。前五〇〇年頃〜前四二八年頃。言及されているアナクサゴラスの言葉は、アリストテレスの「動物部分論」によって伝えられている。
＊石鏃　石のやじり。矢の先につけて相手に突き立てるための石製の武器。
＊ディアレクティック　弁証法。本来は学問の方法に関する用語。相互に対立する意見や事柄、そのいずれもを媒介にしてより高い水準の真理に迫ろうとする態度、あるいは手続きをいう。
＊ベルグソン　Henri Bergson　フランスの哲学者。一八五九〜一九四一年。ベルクソン。直観主義の立場から近代の自然科学的世界観を批判した。著書に「物質と記憶」など。
＊感官　感覚器官。
二六〇 ＊マテリアリスト　唯物論者。唯物論は物質のみを真の実在とし、精神や意識はその派生物と考える哲学上の立場。
二六一 ＊演繹　一般的な原理から、特殊な事柄を、論理的手続きのみで推論すること。
＊イリュミナシオン　Les Illuminations　ランボーの詩集「飾画」。一八八六年刊。
二六二 ＊宗教の神秘を…　「地獄の季節」中の〈地獄の夜〉の詩句から。

＊自然の光の…　「地獄の季節」中の〈錯乱Ⅱ〉の詩句から。

二六三　＊彼の作品の飜訳を…　著者は東大在学中の大正一五年（一九二六）八月、「ランボオⅠ」（本書二一六頁〜参照）を書き、そこにランボーの詩を自ら訳して引いた。続いて東大を出た翌年の昭和四年（一九二九）一〇月、『文学』に「地獄の季節」の訳載を開始し、以後ランボー詩の翻訳に集中する。

＊搾木　物を強く締めつけるための用具。

＊符牒　記号、符号。

＊エスペラント語　ポーランドの言語学者ザメンホフ（一八五九〜一九一七）が創案した人工の国際語。一八八七年に公表され、日本でも明治三九年（一九〇六）、日本エスペラント協会が設立された。

二六四　＊狂言綺語　実体のないことを大げさに飾り立てて表現した言葉。

＊形而上学的　「形而上学」は哲学の一部門。事物や現象の本質あるいは存在の根本原理を、思惟や直観によって探求しようとする学問。

二六五　＊サンタックス　シンタックス。言葉の組合わせによる句や節や文の構成法。

＊雷同性　自分自身の見解や判断をもたず容易に他人の説に同調する性質。

＊リヴィエル　Jacques Rivière　フランスの批評家、小説家。一八八六〜一九二五年。『N・R・F』誌編集長。「ランボー」は一九三〇年刊。

二六六　＊飾画　前頁「イリュミナシオン」参照。

二六七　＊妹　ここはシスター（尼僧）の意。シスターへの呼びかけ。

＊下界　人間界、現世。

＊飾画　ここにいう「飾画」は、当時「飾画」の一部をなすとされていた詩群、すなわち「地獄の季節」の一章〈錯乱Ⅱ〉に引用されている韻文詩（いわゆる「後期韻文詩」）をさす。

二六八　＊悔いて了わねば…　「地獄の季節」中の〈錯乱Ⅱ〉の詩句。

＊ナルシシスム　自己陶酔、自己偏愛。ナルシシズム。

＊架空のオペラ　「地獄の季節」中の〈錯乱Ⅱ〉に「俺は架空のオペラとなった」とある。

二六九　＊ヴェルレエヌ　Paul Verlaine　フランスの詩人。三九九頁参照。

二七〇　＊詞藻　詩歌や文章。また詩文の才。

＊蛮地　未開の地。ランボーは一八七五年頃から文学を離れ、世界各地を放浪した後、エジプト、エチオピアで交易に従事した。

＊ドラヘイ　Ernest Delahaye　ランボーの故郷シャルルヴィルの市立高等中学校以来の友人。ドラエー。一八五三〜一九三〇年。「アルチュール・ランボー」などを発表。この書簡は一八七三年五月のもの。

二七一　＊クロオデル　Paul Claudel　フランスの詩人、劇作家、外交官。一八六八年生れ。詩に「五大讃歌」、戯曲に「繻子《しゅす》の靴」など。一九五五年没。

二七二　＊ベリッション　Paterne Berrichon　ランボー研究家。一八五五～一九二二年。一八九七年、ランボーの妹イザベル（一八六〇～一九一七）と結婚。一九一二年に「アルチュール・ランボー著作集（詩と散文）」を編集刊行した。

＊灌木　丈の低い木、低木。

＊アデン　アラビア半島南西端の港湾都市。紅海の入口にあり、地中海とインド洋とを結ぶ航路上の要地。

＊嘗ては…　「地獄の季節」中の〈別れ〉の一節。

＊道士　僧、仙人などの意。原文ではmage。古代ペルシャ等のゾロアスター教の祭司や古代ギリシャの天文学者を指す言葉。魔術師の意もある。

二七三　＊オアズ　オワーズ川。フランス北部を流れる。セーヌ川の支流。

＊はしばみ　カバノキ科の落葉樹。高さ三～五メートル。葉はほぼ円形で先がとがる。

＊ヒイス　ツツジ科の常緑低木エリカ属の総称。荒地に群生し、春または秋に白や淡紅色などの花をつける。

＊瓢　ヒョウタンで作った酒や水などを入れる器。

＊旅籠屋　宿屋、旅館。

＊驟雨　にわか雨、夕立。

二七四　＊ハラル　エチオピア東部の都市。

＊マルセイユ　フランス南部、地中海沿岸の港湾都市。

二七五　＊Consécration…　クローデルの詩集「彼方のミサ」（一九一七）に収められた詩〈聖別〉。

ルナアルの日記

二七六　＊ルナアル　Jules Renard　フランスの小説家。一八六四〜一九一〇年。作品に「にんじん」など。

＊日記　ルナールが一八八七年（二三歳）から一九一〇年（四六歳）まで書き続けた日記。引用は一八九八年一一月二五日の記事から。

＊傀儡　あやつり人形。

＊レオン・ブルム　Léon Blum　フランスの批評家、政治家。一八七二〜一九五〇年。

二七七　＊ルメエトル　Jules Lemaître　フランスの批評家。一八五三〜一九一四年。著書に「現代作家論」「劇の印象」など。

＊フランス　Anatole France　フランスの小説家、批評家。一八四四〜一九二四年。作品に「エピキュールの園」など。

＊ルナアルの庭園には…　この引用はジイドの「日記」〈一九二六年八月一三、一五、二〇日〉の記述から。二七九頁の「思想にとって…」も同様。

＊ピチカット　ピッツィカート。弦楽器の演奏で、弓を用いず、指で弦をはじく奏法。

二七八　＊パラドックス　逆説。三四七頁参照。

*にんじん　Poil de Carotte　ルナールの小説。一八九四年刊。母に愛されなかった自身の少年期を題材とする。一九〇〇年には戯曲化した。

*ルピック　「にんじん」の登場人物。主人公にんじんの父親。妻にも子供にも心を閉ざしている。

二七九 *類推の悪魔　連想が、客観的事実や人間のコントロールを離れて、まるで自分の力で次々に連想を生んでいくかのような現象のこと。

*ロスタン　Edmond Rostand　フランスの劇作家。一八六八〜一九一八年。戯曲「シラノ・ド・ベルジュラック」(一八九七)で名声を博する。ルナールはロスタンと親しかったが、嫉妬《しっと》も強く、つきあいには疎密《そみつ》のあったことが日記に綴《つづ》られている。

*チェホフ　Anton Pavlovich Chekhov　ロシアの小説家、劇作家。一八六〇〜一九〇四年。小説に「可愛い女」「犬を連れた奥さん」、戯曲に「かもめ」「三人姉妹」「桜の園」など。

*手帖　チェーホフの創作のための覚書。一八九一年から最晩年の一九〇四年にかけて、四冊の手帖が残されている。

二八〇 *テエヌ　Hippolyte Taine　フランスの哲学者、批評家。一八二八〜一八九三年。科学的文学史研究の創始者の一人。主著に「芸術哲学」など。

*ルナン　Ernest Renan　フランスの宗教史家、言語学者。一八二三〜一八九二年。キリスト教の科学的歴史研究を行った。主著に「キリスト教起源史」。

二八一 ＊シニスム 社会一般の道徳や慣習を意図的に無視する態度、主義。犬儒主義、皮肉主義。三九五頁「犬儒主義」参照。

＊象徴派 一九世紀後半のフランスに興った芸術上の立場。内面的思考や主観的情緒を何らかの象徴によって表現しようとした。

＊ユウゴオ Victor Hugo フランスの詩人、小説家、劇作家。一八〇二〜一八八五年。詩集に「静観詩集」、小説に「レ・ミゼラブル」、戯曲に「エルナニ」など。

二八四 ＊バレス Maurice Barrès フランスの小説家、政治家。一八六二〜一九二三年。自我と祖国と民族を重視した三部作「自我礼拝」（一八八八〜九一）で人気を得、一九〇六年にはアカデミー・フランセーズ会員に選ばれる。若い頃から交友があったルナールはこの時、「殆ど評価したことがない男が羨《うらや》ましいのか」と日記（同年一月二五日付）に記している。

パスカルの「パンセ」について

二八六 ＊サント・ブウヴ Charles-Augustin Sainte-Beuve フランスの批評家。一八〇四〜一八六九年。近代批評の創始者。著作に「文学的肖像」「月曜閑談」など。

＊メモワル 一八一五年、セント・ヘレナ島に随伴した軍人や歴史家が、ナポレオンの口述を編纂《へんさん》した回想録。

＊パスカル Blaise Pascal フランスの哲学者、科学者。一六二三〜一六六二年。

＊パンセ　Pensées　パスカルの遺稿集。「思考」「思想」の意。パスカルの死後、一六七〇年にポール・ロワイヤル修道院版が出版され、その後、フォジェール、ブランシュヴィック、ラフュマなどの研究によって原稿が整理・配列されて刊行されている。著者が読んでいるのはブランシュヴィック版（一八九七年初版刊）。

二八七　＊人間は考える葦だ　ブランシュヴィック版「パンセ」三四七にある。

＊クレオパトラの鼻が…　ブランシュヴィック版「パンセ」一六二にある。クレオパトラ Cleopatra（前六九〜前三〇年）は、プトレマイオス朝エジプト最後の女王。古来、美女の典型とされる。

＊肺腑の言　心の奥底にある言葉。

＊ironie　フランス語で、皮肉。

＊ironiste　フランス語で、皮肉屋、風刺家。

＊idéaliste　フランス語で、観念論者、空想家。

＊romanticist　英語で、ロマン主義者、夢想家。

二八八　＊l'esprit de géométrie　フランス語で、幾何学の心、合理的な精神。

＊l'esprit de finesse　フランス語で、繊細の心、情感的な直観力。

＊l'esprit de Pascal　フランス語で、パスカルの心。

二八九　＊モンテエニュ　Michel de Montaigne　フランスの思想家、モラリスト。一五三三〜一五九二年。著作に「エセー」など。

＊剽窃　他人の作品・学説などを自分のものとして発表すること。
＊瞥見　ちらっと見ること。
二九〇 ＊アポロジイ　弁明。ここでは「護教」の意で、「パンセ」自体がその草稿であるとされるキリスト教擁護論のこと。
二九一 ＊デッス・マスク　死者の顔から石膏にとった面型。デスマスク。
＊サイクロイド　ある円が直線または曲線に沿ってすべることなく転がるとき、その円周上にある一点が描く曲線。
＊アフォリスム　警句。簡潔な表現で鋭く真理を述べたもの。
＊ピロニアン　懐疑論者。古代ギリシャの哲学者で懐疑論の祖ピュロン（前三六〇年頃～前二七〇年頃）に由来し、客観的真理を認識することの可能性を疑い、「判断保留」を主張する立場の人。
＊天稟　生れつき備わっているすぐれた才能。天賦。
二九二 ＊ニイチェ　Friedrich Wilhelm Nietzsche　ドイツの哲学者。一八四四～一九〇〇年。実存哲学の祖。著作に「ツァラトゥストラかく語りき」「善悪の彼岸」など。
＊ディアレクティック　弁証法。四〇六頁参照。
＊chercher en gémissant　うめきながら探る、の意。ブランシュヴィック版「パンセ」四二一に出る表現。
二九三 ＊ヴォルテエル　Voltaire　フランスの小説家、思想家。一六九四～一七七八年。著作に

「哲学辞典」、小説「カンディード」など。

＊クウザン　Victor Cousin　フランスの哲学者。一七九二〜一八六七年。一八四二年、アカデミー・フランセーズに「パンセ」改版の必要を説く報告書を提出した。

＊人間嫌い　ヴォルテールの著「哲学書簡」〈第二五信パスカル氏の「パンセ」について〉に出る言葉。

＊デカルト　René Descartes　フランスの哲学者、科学者。一五九六〜一六五〇年。精神と物質の徹底した二元論や機械論的自然観などを展開した。

＊渺茫　はてしなく広いさま。

＊Les conditions humaines　人間の諸条件。

二九四　＊Voilà notre état…　これが我々の真実の状態である。

＊état　状態。

＊conditions　諸条件。

＊パラドックス　逆説。三四七頁参照。

＊ピロニスム　懐疑主義。前頁「ピロニアン」参照。

二九五　＊賭　ブランシュヴィック版「パンセ」第三章「賭の必要性について」を指す。

二九六　＊聖水　カトリック教会で司祭によって聖別された水。洗礼・ミサなどに用いる。

＊ポオル・ロワイヤル　パリ南西郊外にあった女子修道院ポール・ロワイヤルを本拠地とするジャンセニスト（カトリック改革を推進する禁欲的な一派）たちの通称。パスカル

もその同調者の一人だった。

二九七　＊アレキサンダアの剣　古代プリュギアの首都ゴルディオンの神殿に奉納されていた荷車と杭《くい》をつなぐ綱は、誰にも解けないほどに複雑に結ばれていた。解く者はアジアを征するという言い伝えがあったこの結び目を、前三三三年、東征途上のアレクサンドロス大王は剣で両断して問題を解決した、という伝説に基づく表現。

＊聖書の正典の著者達が…　「著者達」はここではユダヤ教が正式に聖典と定めた諸書である「旧約聖書」の作者たち。

＊ダビデ　David　イスラエル第二代の王。在位前九九七年頃〜前九七二年頃。「旧約聖書」の詩篇の大部分の作者とされる。

＊ソロモン　Salomon　イスラエルの王。在位前九六二年頃〜前九三二年。ダビデの子で、「旧約聖書」の箴言、伝道の書、雅歌の作者とされる。

チェホフ

二九九　＊チェホフ　Anton Pavlovich Chekhov　ロシアの小説家、劇作家。一八六〇〜一九〇四年。小説に「可愛い女」、戯曲に「かもめ」「三人姉妹」「桜の園」など。

＊桜の園　Vishnyovyi sad　チェーホフの最後の戯曲。一九〇四年初演。現実社会の急変を理解できず、先祖伝来の桜の園を手放す危機に瀕《ひん》した女地主ラネーフスカヤと、その領地を別荘分譲地にと図る元農奴の新興商人ロパーヒンとの対照を描く。全四幕。

＊ファルス　笑劇。本来は中世フランスの一幕物の滑稽劇。

三〇〇　＊スカビッチェフスキイ　Aleksandr Mikhailovich Skabichevskii　ロシアの批評家。一八三八〜一九一一年。一八九〇年代にチェーホフの「デカダン的傾向」を批判してメレジコフスキー（三七八頁参照）と論争した。

三〇一　＊トルストイ　Lev Nikolaevich Tolstoi　ロシアの小説家、思想家。一八二八〜一九一〇年。チェーホフより三二歳年長。

＊退屈な話　Skuchnaya istoriya　チェーホフの中篇小説。一八八九年発表。「私」は世に知られた医学教授、しかし年老いて人間への関心を失い、養女の人生についての問いかけに答えられない。

＊ドストエフスキイ　Fyodor Mikhailovich Dostoevskii　ロシアの小説家。一八二一〜一八八一年。チェーホフより三九歳年長。

三〇二　＊サガレン行　「サガレン」はサハリンの欧米での古い呼び方。チェーホフは一八八〇年代末に文学的地歩を確立したが、一八九〇年、八四年以来の結核をも顧みず単身サハリン島に旅行、流刑《るけい》囚の実情を詳しく調査した。この旅行は記録文学作品「サハリン島」（一八九五年刊行）を生み、新境地が開拓された。

＊スヴォオリン　Aleksei Sergeevich Suvorin　ロシアのジャーナリスト。一八三四〜一九一二年。当時の最大の新聞社「新時代」の創立者、社主。チェーホフとの間に多数の往復書簡がある。ここで言及されているチェーホフの手紙は、一八九〇年一二月一七

日付のもの。

*クロイチェル・ソナタ　Kreitserova sonata　トルストイの中篇小説。一八九〇年発表。男性ヴァイオリニストとの合奏に陶酔する妻を、嫉妬《しっと》から殺した男の告白からなり、男は結婚、家族、性欲の絶対的否定を訴える。

三〇四

*ゴオリキイ　Maksim Gor'kii　ロシアの小説家、劇作家。一八六八〜一九三六年。戯曲に「どん底」、小説に「母」など。

*雨が降ったら…　この忠告は、一八九九年一月三日付のゴーリキー宛《あて》の手紙にある。

*ブウニン　Ivan Alekseevich Bunin　ロシアの詩人、小説家。一八七〇年生れ。詩集に「落葉」など。チェーホフ、ゴーリキーと知り合って以後散文へ進み、一九三三年、ソ連（現ロシア）初のノーベル文学賞を受賞した。一九五三年没。

三〇五

*ロシヤの田舎医者　チェーホフ自身のこと。チェーホフはモスクワ大学医学部卒。三十代を通じて、モスクワの南七〇キロメートルの村メリホヴォで医者としても活動した。

*メダンのグルウプ　「メダン」はパリ近郊の地名。フランスの作家ゾラの別荘のあった場所。ここに青年作家たちが集まり、一八八〇年、中篇集「メダンの夕べ」を刊行、モーパッサンはそこに「脂肪の塊」を収めて一躍名声を得た。

*ペシミスム　悲観論、厭世《えんせい》主義。

*水の上　Sur l'eau　モーパッサンの旅行記。一八八八年発表。

*ベラミ　Bel-Ami　モーパッサンの長篇小説。一八八五年発表。パリのジャーナリズム

三〇六 界で、青年が美貌《びぼう》を武器に女性を踏み台にしながら出世していく。
＊ヴァアリャ 「桜の園」の登場人物。ラネーフスカヤ夫人の養女ヴァルヴァーラ・ミハーイロヴナの愛称。二四歳。劇中、始終涙ぐんでいる。
＊トランスポジション 移し変え、転換などの意。

三〇八 ＊ガアエフ 「桜の園」の登場人物。主人公ラネーフスカヤ夫人の兄レオニード・アンドレーエヴィチ・ガーエフ。氷砂糖が好物で、また、間投詞がわりに玉突きのことを言う癖がある。
＊マテリアリスト 唯物論者。唯物論は、物質のみを真の実在とし、精神や意識はその派生物と考える哲学上の立場。
＊原子番号札 「原子番号」は原子の種類を示す数。それぞれの電子の数と一致し、天然には水素の一からウランの九二まで存在する。ここは人間を原子に見立てて比喩として使われている。

三〇九 ＊ペテルブルグ 現在のサンクト・ペテルブルグ。ロシア北西部のネヴァ川河口に位置し、当時はロシア最大の都市。一七一二年から一九一八年までロシア帝国の首都。

ニイチェ雑感

三一〇 ＊ニイチェ Friedrich Wilhelm Nietzsche ドイツの哲学者。一八四四年生れ。一九〇〇年八月二五日、ドイツのヴァイマルで死去した。

＊大戦前　「大戦」は第二次世界大戦。

三一一

＊ヒットラー　Adolf Hitler　ドイツの政治家。一八八九〜一九四五年。一九三九年、ポーランドに侵攻して第二次大戦を起した。

＊反キリスト　キリスト教の敵、の意。ニーチェは、キリスト教批判者として「私は反キリストだ」と宣言し（「この人を見よ」）、またこの題名の著作（一八八八）も書いた。

＊永遠回帰　無限の時間の中では、一度あったことは必ず永遠に繰り返されるとする、ニーチェ哲学の根本思想の一つ。永劫回帰。

＊ツァラトゥストラ　Zarathustra　古代ペルシャの宗教家、ゾロアスターのドイツ語名。ニーチェは著書「ツァラトゥストラかく語りき」の中でその名を借り、自由で真に主体的な人間の典型として描いた。引用の言葉は〈第四部　最も醜い人間〉から。

＊シルヴァアプラナ湖畔　スイスのジルス・マリーアにあるジルヴァプラーナ湖畔。一八八一年八月、ニーチェはここで「永劫回帰」のヴィジョンに襲われた。

三一二

＊教育者としての…　ニーチェが論文集「反時代的考察」の第三部として一八七四年に発表した評論。

＊この人を見よ　Ecce homo　ニーチェの自伝。死後、草稿を編集して一九〇八年に限定出版された。

＊ローデ　Erwin Rohde　ドイツの古典文献学者。一八四五〜一八九八年。ニーチェの友人。

三一三

＊ショオペンハウエル　Arthur Schopenhauer　ドイツの哲学者。一七八八〜一八六〇年。著作に「意志と表象としての世界」など。

＊ドグマ　個人の信条のこと。元来はギリシャ語で、個人の信念や見解の意。のちにラテン語化され、キリスト教の教義や信条を意味する言葉としても用いられる。

＊カント　Immanuel Kant　ドイツの哲学者。一七二四〜一八〇四年。理性の自己批判の哲学を展開した。

＊批判　カントによる三批判書の一つ「純粋理性批判」。一七八一年初版、一七八七年第二版刊行。

＊クライスト　Heinrich von Kleist　ドイツの劇作家、小説家。一七七七〜一八一一年。喜劇「こわれがめ」など。

＊モンテエニュ　Michel de Montaigne　フランスの思想家、モラリスト。一五三三〜一五九二年。ここで言及されているニーチェの言葉は「教育者としてのショーペンハウアー」〈二〉に出る。

三一四

＊顔料　絵具の原料。

＊主著　一八一九年刊行の「意志と表象としての世界」のこと。言及の言葉は〈第一版への序文〉の中に出る。

＊賢者の石　中世ヨーロッパで、錬金術師たちが、あらゆるものを金に変え、万病を癒す力を持つと信じて捜し求めた物質。

三一五　＊対物鏡　顕微鏡や望遠鏡に用いられる観測対象に面するレンズ。接眼レンズと組合せて使う。

＊フリント　フリントガラス。鉛を含むガラスで、酸化ナトリウム・酸化カリウム・酸化鉛・珪酸《けいさん》が主な成分。屈折率が高い。

＊クラウン　クラウンガラス。成分中に鉛を含まず、アルカリ金属やアルカリ土類金属を含むガラス。屈折率が低い。

＊二つを組合せたレンズ　ガラスを通して物体の像を作ると、色によって屈折率が違うため像を結ぶ位置が異なり、出来上がった像はぼやけてしまう。このため、二つ以上の屈折率の違うガラスを組み合わせて用いることで補正する。

三一六　＊ディオニュソス　ギリシャ神話の豊穰《ほうじょう》と酒の神。ローマ神話のバッカス。ニーチェは、著書「悲劇の誕生」において、ギリシャ芸術の特質のうち、古典的な晴朗さ、高貴さを「アポロン的」と呼び、それに対立する特質として「ディオニュソス的」という概念を提示して以来、根源的な動的生命力の象徴として「ディオニュソス」という言葉を使い続け、ついには、一八八九年の精神錯乱後に書いた手紙に「ディオニュソス」と署名するに至った。

三一七　＊病者の光学　「この人を見よ」〈なぜ私はかくも賢明なのか一〉にある言葉。自分は見えない所を見る心理学を病苦の時期に習得した、と語っている。

＊箴言　教訓となる短い言葉。

三一八

＊ヴァレリイ　Paul Valéry　フランスの詩人、思想家。一八七一〜一九四五年。詩集に「魅惑」、評論に「ヴァリエテ」など。引用の言葉は、アンリ・アルベール宛の「ニーチェに関する四通の手紙」（一九〇七）の〈第一信〉から。

＊アイロニイ　皮肉。

＊ルーテル　Martin Luther　ドイツの宗教改革者。一四八三〜一五四六年。ルター。一五一七年、カトリック教会による免罪符販売に反対して教皇から破門を受ける。この一件が宗教改革のきっかけとなった。

＊人間的な、余りに人間的な　Menschliches, Allzumenschliches　ニーチェが一八七八年、八〇年に発表した二部形式の評論。

＊ポジティヴィスム　実証主義。観念や想像ではなく客観的事実に基づいて物事を証明しようとする考え方。一九世紀フランスの哲学者コント（一七九八〜一八五七）が最初に哲学的・体系的にまとめた。

三一九

＊Pudendus　ラテン語の形容詞で、恥じるべき、の意。ただし、この引用の基となった「悦《よろこ》ばしき知識（華やぐ智慧）」（一八八二年初版、一八八七年新版）〈第二書・六四・懐疑家〉ではpudendum（ラテン語の中性名詞で「（女性の）外陰部、恥部」の意）となっている。

＊実存主義　人間の個的実存を哲学の中心におく立場。科学的な方法によらず、人間を主体的にとらえ、人間の自由と責任を強調する。

三二〇 ＊超人　神への信仰を喪失した世界で人間の理想となるような真に主体的な人間。ツァラトゥストラがその典型とされる。
＊マイスタージンガー　Meistersinger　ワーグナーの楽劇「ニュルンベルクのマイスタージンガー」のこと。一八六七年完成、全三幕。
＊ワグネル　Richard Wagner　ドイツの作曲家。一八一三〜一八八三年。ワーグナー。従来の歌劇を改革、より総合芸術としての統一感を高めた楽劇を創始した。作品に歌劇「ローエングリン」、楽劇「トリスタンとイゾルデ」など。
三二一 ＊赤と黒　Le Rouge et le Noir　長篇小説。青年ジュリアン・ソレルの野心と恋愛を通して、ルイ・フィリップ王政復古下のフランスの政治社会情勢を描く。
＊地下室の手記　Zapiski iz podpol'ya　中篇小説。四〇歳の退職官吏が、ペテルブルグ郊外の部屋に引きこもり、世の中への毒念を書き綴《つづ》る。
＊曙光　Morgenröte　ニーチェの箴言集。一八八一年発表。
三二二 ＊善悪の彼岸　通常の道徳的価値観を超越した境地。ニーチェには、この言葉を標題にした著作「善悪の彼岸」Jenseits von Gut und Böse（一八八六）がある。
三二三 ＊ワグネリアン　ワーグナー崇拝者。
三二四 ＊ジークフリート　ワーグナーの楽劇「ニーベルングの指環」第二日、第三日の主人公。ゲルマン民族の伝説の英雄。奸計《かんけい》によって殺されるが、その死が結果として指環の呪《のろ》いを解くことになる。

*バイロイトに於ける…　ニーチェが論文集「反時代的考察」の第四部として一八七六年に発表した評論。

*反フェミニスト　「フェミニスト」は、ここでは、女性を尊重する思想を持ち行動に表す男性のこと。ニーチェは諸著作の中での女性への辛辣《しんらつ》な表現で知られる。

*悪の華　Les Fleurs du Mal　ボードレールの詩集。一八五七年刊行。

三二五　*デカダンス　頽廃。

*悲劇の誕生　Die Geburt der Tragödie aus dem Geiste der Musik　ニーチェが一八七二年に発表した処女作「音楽の精神からの悲劇の誕生」。

*和声的器楽　「和声」はハーモニー。ある旋律を中心に、楽音を重層的に構成すること。「器楽」は楽器のみによる音楽。

三二六　*ニイチェ対ワグネル　Nietzsche contra Wagner　ニーチェが一八八八年に発表した評論。

*ジンメル　Georg Simmel　ドイツの哲学者、社会学者。一八五八〜一九一八年。著書に「歴史哲学の諸問題」「貨幣の哲学」など。

*私は一つの…　自伝「この人を見よ」で繰返し言われる。

「ヘッダ・ガブラー」

三二七　*実験劇場　昭和二四年（一九四九）、GHQ（第二次世界大戦後、日本を占領していた連合国軍の総司令部）民間情報教育部の斡旋で、東京の有楽町ピカデリー劇場が現代演劇の実験劇場となり、第一回公演が同年五月に始まった。

＊ヘッダ・ガブラー　Hedda Gabler　イプセンの戯曲。一八九〇年作。愛のない結婚をしたガブラー将軍の一人娘ヘッダが、自殺するまでの深層心理を描く。

＊新劇　明治末期以降、ヨーロッパ近代劇の影響を受け、近代的理念を反映させた演劇。歌舞伎劇などの伝統演劇に対していう。

＊イプセン劇　イプセン Henrik Ibsen はノルウェーの劇作家。一八二八〜一九〇六年。

三二八　＊イデオローグ　イデオロギーの提唱者、唱道者。

＊文明論之概略　福沢諭吉の著作。六巻。明治八年（一八七五）刊。文明の本質を歴史的にあとづけ、文明開化に急だった日本のあるべき方向性を示した。

三二九　＊テスマン　ヘッダが、愛のない結婚をした夫。平凡で無趣味な学者。

＊プロゾル　Maurice Prozor　一八四八〜一九二八年。イプセンをフランス語に訳し、紹介した。著作に「外交的に見たボヘミア」、詩集に「ロマンスなき言葉」などもある。

三三〇　＊竹山道雄　評論家、ドイツ文学者。明治三六年大阪生れ。昭和五九年（一九八四）没。

＊Halvdan Koht　ノルウェーの歴史家、伝記作家、政治家。ハルヴダン・コート。一八七三〜一九六五年。

＊エレオノラ・デューゼ　Eleonora Duse　イタリアの女優。一八五九〜一九二四年。ド

ゥーゼ。一八八五年以降、世界を巡演し、フランスのサラ・ベルナールと人気を二分する国際的女優となった。

＊ガブリエル・レジャーヌ　Gabrielle Réjane　フランスの喜劇女優。一八五六〜一九二〇年。一八七五年にデビュー、潑剌《はつらつ》とした演技で人気を博し、一八九四年、「人形の家」を初演した。

＊人形の家　Et dukkehjem　イプセンの戯曲。一八七九年発表。弁護士ヘルメルの妻ノラは、偽善的な夫を批判し、人形のようにではなく人間として生きたいと述べて家を去る。

三三一

＊田村秋子　女優。明治三八年東京生れ。小山内薫《おさないかおる》の築地小劇場に参加。戦後は映画と舞台で活動し、この時、ヘッダを演じた。昭和五八年没。

三三二

＊岡目八目　他人の囲碁を傍で見ていると、実際に対局している人より八目多く読めるということ。転じて、当事者より第三者の方が情勢がよく判るということ。

三三三

＊人間劇　革命後のフランス社会全体を描くという野望のもとに書かれたバルザックの小説九一篇の総題。人間喜劇。「谷間の百合」「従妹《いとこ》ベット」など。

＊シチュエーション　状況、場面。

＊福田恆存　評論家、劇作家、翻訳家。大正元年（一九一二）東京生れ。平成六年（一九九四）没。

＊キティ颱風　昭和二五年一月発表。四幕。昭和二四年夏、キティ台風の夜に変死した資

本家夫妻の別荘に、ここをサロンにしていた連中が集い、相変らずのおしゃべりを続ける。

三三四 ＊幽霊 Gengangere イプセンが一八八一年に発表した戯曲。家名を守るためにだけ愛のない結婚生活を続けてきたアルヴィング夫人と、因襲という「幽霊」をめぐる社会劇。

＊ギリシア悲劇 紀元前六世紀後半に、古代ギリシャのアテナイでディオニュソス神の祭礼に奉納する芝居として始まり、前五世紀のアイスキュロス、ソポクレス、エウリピデスの三大悲劇詩人によって完成された演劇。アイスキュロス「オレステイア三部作」、ソポクレス「オイディプス王」、エウリピデス「メデイア」など。

＊辰野先生 辰野隆《ゆたか》。仏文学者、随筆家。明治二一年（一八八八）東京生れ。著者の東大仏文科以来の恩師。昭和三九年（一九六四）没。

＊モリエール Molière フランスの劇作家、俳優。一六二二〜一六七三年。フランス古典劇の代表者の一人。作品に「守銭奴」など。

＊ルーゴン・マッカール ゾラが書いた全二〇巻の長篇小説群「ルーゴン・マッカール家の人々」（一八七一〜九三）のこと。「ルーゴン・マッカール叢書《そうしょ》」ともいう。第七巻「居酒屋」、第九巻「ナナ」などがとりわけ知られる。

＊オスワルド 「幽霊」の登場人物。外国で画家となり、放埒《ほうらつ》な父の死後、家に帰るが次第に悲劇的な運命に巻きこまれていく。

三三五 ＊レーヴボルグ 「ヘッダ・ガブラー」の登場人物。歴史学者。ヘッダの夫となるテスマンと彼女を争う。敗れた後、未練から軽率に行動して大事な原稿を失い、ヘッダから与えられたピストルで自殺する。

三三六 ＊ヘルマー　ノラの夫。ヘルメル。

三三七 ＊オスワルドが叫ぶ太陽　「幽霊」の終幕直前、致命的な発作に襲われたオスワルドは、太陽が欲しい、と母親に告げる。

＊ストリンドベルク　Johan August Strindberg　スウェーデンの劇作家、小説家。一八四九～一九一二年。ストリンドベリ。

＊ロスメルスホルム　Rosmersholm　イプセンが一八八六年に発表した戯曲。ロスメル屋敷を舞台に、男女間における信頼関係の成立ちがたさを描く。

＊海の夫人　Fruen fra havet　イプセンが一八八八年に発表した戯曲。「海から来た女」。「ロスメルスホルム」とは逆に男女間の信頼関係の可能性を暗示する。

＊野鴨　Vildanden　イプセンが一八八四年に発表した戯曲。大切にしていた野鴨を「真実」のために射とうとするが果たせず、自分の胸を射ち抜いた娘の悲劇。

＊ブランド　Brand　イプセンが一八六六年に発表した戯曲。「一切か無か」をモットーに、理想の追求に妥協はなく、ついに雪崩に斃《たお》れた牧師ブランドの懊悩《おうのう》。

三三八 ＊ヘドキック　「野鴨」で自害する娘。夢想家で小心な写真師の一人娘。

＊民衆の敵　En folkefiende　イプセンが一八八三年に発表した戯曲。鉱泉保養地の医師ストックマンが、鉱泉の汚染の公表を押さえようとする町の人々と戦う。「人民の敵」

とも訳される。

三三九

*アナーキスト　政治的権力を否定し、個人の自由と独立を望む考え方の人。無政府主義者。

*ヘリゲランドの勇士　Hærmændene på Helgeland　イプセンが一八五七年に発表した戯曲。北欧古代の物語《サガ》に取材した。

*エブリマンズ・ライブラリイ　イギリスの最も普及した叢書の一つ。一九〇六年創刊。

*ボヴァリイ夫人　Madame Bovary　フローベルの小説。田舎医者ボヴァリーの妻エンマが、退屈な生活からの脱出を夢見て不倫に走り、借金に追いつめられて自殺する。

*ボヴァリスム　ボヴァリー夫人気質。フランスの文学研究家、ジュール・ド・ゴーティエが提起した、自分に与えられた生活や環境に満足せず、絶えず別の生き方に憧《あこが》れる偏執的傾向のこと。

三四〇

*レベッカ　「ロスメルスホルム」の登場人物。

*エリーダ　「海の夫人」の登場人物。

*エルラ　一八九六年発表の戯曲「ヨン・ガブリエル・ボルクマン」John Gabriel Borkman の登場人物。

*小さいアイヨルフ　Lille Eyolf　一八九四年発表の戯曲。自分らの享楽《きょうらく》のために幼い息子を不幸にした著述家とその妻が、息子の溺死《できし》を経て諦念《ていねん》とともに貧村の子供たちに尽そうとする。

＊グンヒルト　エルラと双子の姉妹。ボルクマンの妻。
＊ボルクマン　銀行頭取。世間的成功のために真情を押殺し、初恋のエルラを捨てた。
＊建築家ソルネス　一八九二年発表の戯曲「建築家ソルネス」Bygmester Solness の主人公。教会建築にも住宅建築にも才腕をふるいながら心満たされず、さらには新時代の到来に怯《おび》える老建築家。

三四一　＊ヘルマン・バング　Herman Bang　デンマークの小説家。一八五七〜一九一二年。作品に「路傍にて」「イレーネ・ホルム嬢」など。
＊クヌート・ハムスン　Knut Hamsun　ノルウェーの小説家。一八五九年生れ。作品は他に「大地の恵み」など。一九五二年没。

三四二　＊ビョルンソン　Bjørnstjerne Bjørnson　ノルウェーの小説家。一八三二〜一九一〇年。作品に「アルネ」「陽気な少年」等。
＊キイランド　Alexander Lange Kielland　ノルウェーの小説家。一八四九〜一九〇六年。作品に「労働者たち」「毒」など。
＊オスロー　ノルウェー王国の首都。

解説

江藤淳

この集には、主として作家論が収められている。最近では、作家論というものは次第に緻密《ちみつ》に、学問的になり、文献学的なおもむきさえ見せるようになって来たが、小林秀雄氏の場合は、いずれも個人的に深い交渉のあった詩人や作家を論じたもので、それがおのずから氏の文学生活の年輪を示しているのが特色である。

氏は鋭敏な直覚によって、たちまち作家達の秘密に到達する。あらゆる文章の背後に、その作者の人間がいるというのが氏の信念であって、「作家の顔」という思想もこの信念から生れている。この「顔」は、西欧の評伝作者たちの描く散文的な肖像とはちがう。いわば肉眼に映じる目鼻立ちではなく、心眼に映った精神の相貌《そうぼう》といったものにほかならない。この直覚は非時間的なものであるから、当然氏は作家の内的な表情の変化を追ったりはしない。一瞥《いちべつ》のうちにもっとも本質的なものと信じる「顔」を脳裏に焼きつけてしまう。氏はまた、他人は結局自己を映す鏡だともいっているが、これらの「顔」はいずれも各々の作家たちの「顔」であると同時に、小林氏自身の「顔」だともいえるのである。

日本の近代作家を論じたもののうちで、年代的に一番旧《ふる》いのは『富永太郎』である。これは大正十五年に出た同人雑誌『山繭《やままゆ》』に書かれた。富永は詩人であり、小林氏とは東京府立一中の同窓で、初期の氏に重要な影響をあたえた人物である。小林氏は、富永によってボードレールを識《し》り、やがてランボオに出逢《あ》った。富永が小林氏の小説『一つの脳髄』や『ポンキンの笑い』(『女とポンキン』)に寄せた批評は、大正十四年十一月に二十五歳で夭折《ようせつ》したこの詩人の非凡さを示している。彼は『富永太郎詩集』一冊を残したにすぎなかったが、それは日本の文学がはじめて「近代」に魂をふれ合わせたということを立証した貴重な業績であった。富永については、『声』一―九号に連載された大岡昇平氏の『富永太郎の手紙』というすぐれた評伝があることを併記しておきたい。

中原中也《ちゅうや》を小林氏に紹介したのは富永であった。中原の愛人が小林氏の許《もと》に走り、氏がその女性と異常な同棲《どうせい》生活を送るにいたった体験は、小林氏の人間観に深い痕跡《こんせき》をのこしている。恋愛事件の秘密は、たとえば、『死んだ中原』の、

《ああ、死んだ中原

僕にどんなお別れの言葉が言えようか
君に取返しのつかぬ事をして了《しま》ったあの日から
僕は君を慰める一切の言葉をうっちゃった

ああ、死んだ中原
例《たと》えばあの赤茶けた雲に乗って行け
何んの不思議な事があるものか
僕達が見て来たあの悪夢に比べれば》

のリリシズムの底にかくされているであろう。同様に、戦後に書かれた『中原中也の思い出』の、妙本寺の海棠《かいどう》の散るのを見ている場面は、小林氏にとって中原がどのような友人であったかを象徴的にあらわしている。この一節は美しい。が、おそらくあまりに美しい。中原自身は「日記」に、

《岡田来訪。小林を誘って日本一の海棠を見にゆく。大したこともなし。しかしきれいなものなり》

とだけ書いている。

中原中也の愛人だった女性との同棲生活は三年近くつづいたが、破局はある晩小林

氏が錯乱した女をあとにして家を出るというかたちでおとずれた。氏は奈良に住んでいた志賀直哉《なおや》氏の許に走ったのである。『志賀直哉』の書かれたのは、昭和四年の十二月であるが、その原型は大正十五年秋に書かれていた。小林氏は、当時の知的青年の例にもれず、志賀直哉の文学に早くから親しみ、そこにひとつの理想型を見ていた。が、氏の独創は、志賀氏の文学に心酔するのみならず、志賀氏と自分を距《へだ》てる距離を明確に知っていたことにある。距離をかたちづくるのは小林氏の「自意識」であって、この近代の所産が氏を批評というかたちで自己を語るという道におもむかせるのである。

『志賀直哉』が書かれた当時の文壇が、左翼文学全盛時代だったことを忘れるわけにはいかない。

《私にこの小論を書かせるものは此《こ》の作者に対する私の敬愛だが、又、騒然と粉飾した今日新時代宣伝者等に対する私の嫌厭《けんえん》でもある。》

という冒頭の態度表明は、「世の若く新しい人々へ」という副題とともに、論者の意図が奈辺《なへん》にあったかを物語っている。小林氏は「未来像」の氾濫《はんらん》する浮き立った政治的季節に、

《この作家の魔力は、最も個体的な自意識の最も個体的な行動にあるのだ。氏に重要

なのは世界観の獲得ではない、行為の獲得だ。氏の歌ったものは常に現在であり、予兆であって、少くとも本質的な意味では追憶であった例《ためし》はないのである。》

という志賀氏の「現在」と「行為」に生きる裸像を投じ、それが「若く新しい読者」に受取られることを念じたのである。氏が志賀直哉からもらったこの「現在」と「行為」という思想は、九年後の昭和十三年に書かれた『志賀直哉論』のなかにも生きている。ここに『志賀直哉』にはなかった「読者」の問題があらわれているのは、小林氏の批評家としての成熟を示している。

昭和四年四月に、雑誌『改造』の懸賞論文『様々なる意匠』で文壇に登場した小林氏は、昭和八年十月に雑誌『文学界』が創刊されたときには、すでに文壇の「指導的批評家」と目されていた。林房雄、島木健作、川端康成《やすなり》氏らは小林氏とともに『文学界』同人となった人々である。中野重治《しげはる》氏は同人にはならなかったが、昭和十年には一年間『控え帳』という随想を連載している。『文学界』は、当時、林、島木氏らの左翼文学からの転向者と、小林、川端氏らのいわゆる「芸術派」との合同によって成り立っていたので、文壇的には「呉越同舟《ごえつどうしゅう》」などというかげ口を叩《たた》かれた。この雑誌に最初もっとも積極的だったのは武田麟太郎《りんたろう》であったという。が、次第に小林、林両氏が責任を分担するようになった。

『林房雄の「青年」』は、このような協力関係から生れた友情にあふれた感動的な文章である。同時代の作家を絶讃《ぜっさん》した文章には、有名な『横光利一』という『機械』評があるが、どちらがすぐれているかといえば『林房雄の「青年」』がすぐれているのである。この文章が書かれたとき、林氏は治安維持法適用の最初の被告の一人として、下獄するところであった。『林房雄』が書かれた昭和十六年には、しかし林氏は熱烈な日本主義者になっていた。この文章は、世間から寄せられる政治的偏見に抗して、林氏という人間の魅力に読者を直接にみちびいて行く力を持っている。

島木健作は同じ『文学界』の同人となった転向作家でありながら、林氏とは対照的な資質の持主で、事実二人の間に共感の生ずる余地はなかった。『島木健作』は『或《あ》る作家の手記』の批評で、やはり島木と同様に満洲開拓民の視察をおこなって『満洲の印象』というルポルタージュを書いた小林氏の、この「不手際《ふてぎわ》な野人」の孤独に対する共感がにじんでいる。『島木君の思い出』は追悼《ついとう》文で、この文章にかぎらず小林氏の書く追悼文はどれも異様に美しい。

『文学界』は、昭和十一年七月号から文芸春秋社に発行所を移した。文化公論社、文《ぶん》圃堂《ぽどう》というような以前の発行所が経営困難になったためであるが、この結果菊池寛と小林氏の間に親密な関係が生じたのは当然である。『菊池寛論』は重要な論文で、従来新聞小説に転向して成功した単なる「社会的名士」としてしか評価されていなかった菊池を、あえて「作家」として論じ、「純文学」と「大衆文学」との間の因襲的な壁を一挙に打破するという大胆な価値転換を試みた作品である。そこに託されているのは、自己解体しかけたインテリゲンツィアの信念喪失に対する批判であり、同時に民族的な――あるいは一般生活者に根を下《おろ》した文化への夢である。氏がこれを最初に現在まで四度菊池寛を論じているのは、ひとつにはこの夢がいかに理解されがたいかを感じているためであろう。

『ランボオⅠ、Ⅱ』の書かれたのは小林氏の青年時代である。のちに氏は、「僕は、数年の間、ランボオという事件の渦中にあった」と書いた。ⅠとⅡとの間には四年の歳月が介在し、Ⅱは明らかにランボオへの告別の辞であるが、いずれのランボオも、「出発」し、「絶縁」するものとして描かれていることにかわりはない。しかし、近年の研究はランボオの文学絶縁の書と考えられていた『地獄の季節』の制作年代を、散文詩集『イリュミナシオン』の前に決定するにいたった。したがってこれらの論文のリアリティを支えているのはもっぱら氏のランボオに託したものの深さだといえるのである。小林氏の作家論の特色である強烈な主観性が、これらの論文にはあらわにうかがわれる。

昭和十三年三月号の『文学界』に書いた短文のなかで、小林氏は、
《私の眼は光っている。だが私の心は暗いのだ》
というチェーホフの言葉をひいて、
《僕の様な眼でも幾分ずつでも強く光って来る事は出来るのだ。いや自ら努めて出来る事はそういう事だけだ。併《しか》し心を明るくする事は出来ない。そんな方法はないのである》
と書いている。正宗白鳥氏との間におこなわれた有名な「思想と実生活」論争においても、他の西欧作家を論じた文章においても、小林氏の作家論の凛然《りんぜん》とした勁《つよ》い文体のかげに、どれほど「暗い心」がかくされているかが見えなければ、結局何も読まなかったというに等しいのである。

（昭和三十六年七月、文芸評論家）

本書は新潮社版第五次『小林秀雄全集』および『小林秀雄全作品』（第六次全集）を底本とした。

表記について

新潮文庫の文字表記については、原文を尊重するという見地に立ち、次のように方針を定めました。

一、旧仮名づかいで書かれた口語文の作品は、新仮名づかいに改める。
二、文語文の作品は旧仮名づかいのままとする。
三、旧字体で書かれているものは、原則として新字体に改める。
四、難読と思われる語には振仮名をつける。

小林秀雄著
Xへの手紙・私小説論
批評家としての最初の揺るぎない立場を確立した「様々なる意匠」、人生観、現代芸術論などを鋭く捉えた「Xへの手紙」など多彩な一巻。

小林秀雄著
ドストエフスキイの生活
文学界賞受賞
ペトラシェフスキイ事件連座、シベリヤ流謫、恋愛、結婚、賭博——不世出の文豪の魂に迫り、漂泊の人生を的確に捉えた不滅の労作。

小林秀雄著
モオツァルト・無常という事
批評という形式に潜むあらゆる可能性を提示する「モオツァルト」、自らの宿命のかなしい主調音を奏でる連作「無常という事」等14編。

小林秀雄著
本居宣長
日本文学大賞受賞（上・下）
古典作者との対話を通して宣長が究めた人生の意味、人間の道。「本居宣長補記」を併録する著者畢生の大業、待望の文庫版！

志賀直哉著
和解
長年の父子の相剋のあとに、主人公順吉がようやく父と和解するまでの複雑な感情の動きをたどり、人間にとっての愛を探る傑作中編。

志賀直哉著
暗夜行路
母の不義の子として生れ、今また妻の過ちにも苦しめられる時任謙作の苦悩を通して、運命を越えた意志で幸福を模索する姿を描く。

堀口大學訳
ランボー詩集

未知へのあこがれに誘われて、反逆と放浪に終始した生涯——早熟の詩人ランボーの作品から、傑作「酔いどれ船」等の代表作を収める。

堀口大學訳
ヴェルレーヌ詩集

不幸な結婚、ランボーとの出会い……数奇な運命を辿った詩人が、独特の音楽的手法で心の揺れをありのままに捉えた名詩を精選する。

チェーホフ
神西　清訳
桜の園・三人姉妹

急変していく現実を理解できず、華やかな昔の夢に溺れたまま没落していく貴族の哀愁を描いた「桜の園」。名作「三人姉妹」を併録。

チェーホフ
神西　清訳
かもめ・ワーニャ伯父さん

恋と情事で錯綜した人間関係の織りなす日常のなかに、絶望から人を救うものは忍耐であるというテーマを展開させた「かもめ」等2編。

ニーチェ
竹山道雄訳
ツァラトストラかく語りき（上・下）

ついに神は死んだ——ツァラトストラが超人へと高まりゆく内的過程を追いながら、永劫回帰の思想を語った律動感にあふれる名著。

ニーチェ
竹山道雄訳
善悪の彼岸

「世界は不条理であり、生命は自立した倫理をもつべきだ」と説く著者が既成の道徳観念と十九世紀後半の西欧精神を批判した代表作。

作《さつ》家《か》の顔《かお》

新潮文庫　こ－6－2

昭和三十六年八月二十日 発行
平成十九年八月二十五日 四十七刷改版
令和 四 年六月五日 五十刷

著者 小《こ》林《ばやし》秀《ひで》雄《お》
発行者 佐藤隆信
発行所 株式会社 新潮社

郵便番号 一六二―八七一一
東京都新宿区矢来町七一
電話 編集部(〇三)三二六六―五四四〇
読者係(〇三)三二六六―五一一一
http://www.shinchosha.co.jp

価格はカバーに表示してあります。

乱丁・落丁本は、ご面倒ですが小社読者係宛ご送付ください。送料小社負担にてお取替えいたします。

印刷・株式会社精興社　製本・加藤製本株式会社

ISBN978-4-10-100702-1 C0191